美
读
MEIDU

美好生活，与你共读

―――― 蒋峰小说典藏

白色流淌一片(上)

蒋峰 著

山西出版传媒集团
北岳文艺出版社
·太原·

图书在版编目（CIP）数据

白色流淌一片 / 蒋峰著. —太原：北岳文艺出版社，2015.3（2019.12重印）
（蒋峰作品典藏系列）
ISBN 978-7-5378-4360-7

Ⅰ.①白… Ⅱ.①蒋… Ⅲ.①长篇小说—中国—当代 Ⅳ.①I247.5

中国版本图书馆CIP数据核字（2014）第302433号

书　　名	白色流淌一片（全2册）	
著　　者	蒋　峰	
责任编辑	刘文飞	
装帧设计	政凯 × 1XLE Studio	
出版发行	山西出版传媒集团·北岳文艺出版社	
地　　址	山西省太原市并州南路57号	
邮　　编	030012	
电　　话	0351-5628696（太原发行部）	
	010-57427288（北京发行部）	
	0351-5628688（总编办）	
传　　真	0351-5628680　010-57571328	
网　　址	http://www.bywy.com	
经 销 商	新华书店	
E－mail	bywycbs@163.com	
印刷装订	环球东方（北京）印务有限公司	
开　　本	880mm×1230mm　1/32	
印　　张	13.75	
字　　数	405千字	
版　　次	2015年3月第1版	
印　　次	2019年12月第2次印刷	
书　　号	ISBN 978-7-5378-4360-7	
定　　价	68.00元	

序　我为什么还要写作

二〇一二年春天我在南京，有天下午去一家书店避雨。很小一张门面，要弯着腰下几级台阶才能进去，里面几乎没有灯，所有的书都零散地堆在地上，我要跟跳房子一样找地儿下脚。书架上反而没几本书，仿佛从书架到书垛是条单行道，读者把书从架上拽下来，翻几页扔在书垛上，老板就懒得把它们再一一塞回去了。我以为挑不出什么，可在雨停之前还是找到两本书准备结账，一本是梁实秋的集子，他是我在写作文的年纪就喜欢的作家；另一本是我朋友的旧作，以前见到他都是假装看过这本书，读一读让自己别那么心虚。诡异的事情在结账时发生了，我拿到门口问老板多少钱。他一脸茫然，皱眉看着我。我知道这种小书店价钱不定，有些是全价，大部分会打折，具体的折扣要看出版的年份和版次，甚至要考虑那个年代的物价，这是个复杂的换算。他把两本书放到公平秤上，告诉我一斤二两，算我七块。我没明白，问他怎么算的。好像我在怀疑他的业界良心，他让我再看秤，指着上面的数字大声说："六块一斤，十元两斤。"

这是让每个写作者都会心碎的一句话。我去过很多城市、很多书店，我从没想过会在这里问出菜市场一样的口令——这书怎么卖的，多少钱一斤？而事实上，菜市场也很难找着比十元两斤更便宜的东西。猪肉十五元一斤，牛羊肉三十元一斤，香蕉苹果也不止这个价。真的，每个字要写多重才能生存？

我十四岁立志当作家，十八岁开始写作，小时候以为作家可以有很多种活法，像歌德那样高光，像卡夫卡那样阴暗，像拜伦那样多情，像福楼拜那样孤独，像格林那样居无定所，像厄普代克那样足不出户。他们都写过好书，都曾激励我前行，可我从来不敢想象，有一天这些大师的作品就像牛羊肉那样滴着血，放在秤上论斤卖。

对文学而言，这是最糟糕的时代，视听艺术更快捷、更准确地替代了文字阅读；人均每年读书不到五本，其中还算上中小学生的二十本教材；图书出版每年以百分之五十的速度向下递减；近十年的研讨会都在讨论文学是否已死，或是还有多久会死；那些剩下的作家，仿佛邪教成员一般稀少而古怪。这种种的一切让我在三十岁的时候开始质疑：最初的梦想是不是一个死胡同？十五年前王小波就自问《我为什么要写作》，他说他要做那个反熵的人，他认为他有文学才能，他要做这件事。他提醒过我们做这件事有多苦，只是他没说有那么苦，而且十五年后会更苦。

我于二〇〇四年出版第一本书，到现在正好十年，陆续出版几本长篇。或好或坏，但我一直在努力。有过一些吹捧之辞，说我如何坚持，如何有实力、有潜力，早晚成大器。这些恳请不要再讲，听起来说起来都像是酒醉之后的失败之音。说多了没意思,我肯定往前走。也有人劝我做些富贵事,反问我,继续写作有意义吗?难道写得过博尔赫斯吗?说这话的是前辈,我担心是好意,所以没翻脸离席。我想回答他,首先,我也不知道我下一部作品能不能写得过博尔赫斯,他站得再高也没挡着我的路;再说,就算写不过,就算一万个写作者才能顶出一个博尔赫斯,我起码可以为九千九百九十九个白骨贡献一个单位,不要那么怀疑地看着我,我没粉饰自己,总要有人做白骨。

这十年所有审判文学的研讨会我都没参加,我不相信文学会死,我不相信我的梦想是一个死胡同。没有理由,我必须信,因为只有相信这些,我才有力气干好这件事。也许这些可以解释,我为什么还要写作。这是文学最坏的时代,但也是最需要我们的时代,要是文学哪天真的守不住了,那我就做一个文学守陵人,告诉来往的后人,文学曾经葬在这里。

二〇一四年五月

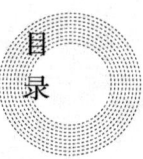

目录

CHAPTER 1

遗 腹 子　1

CHAPTER 2

花 园 酒 店　35

CHAPTER 3

六 十 号 信 箱　75

CHAPTER 4

手 语 者　161

遺腹子

CHAPTER 1

1

出事那天说好了去领证的。许玲玲在斯大林大街没等到小吴,快到中午她看见天边有好几片乌云在追着一片白云跑,她赶紧上了19路车。从车站走回家还是淋了点雨,头发湿了让她不高兴,上到一楼半她看见家里的门是开着的,小吴不知道约在斯大林大街吗?

她侧头溜一眼,不是小吴,她爸和两个朋友在外屋说话。他们只抽烟,不喝茶,弄得哪哪儿都是烟。她关上外屋门,爸爸有客人,按规矩该去厨房烧水泡茶。她把水接满,打开煤气。她想一会儿要不要跟他说说小吴呢,让她等了一上午。可是她下月初六就要和小吴结婚了,这是他们小两口的事。爸爸一定会这么说,他会说,我老了,管不动了。

我们没办法,我们也无能为力。她爸的声音从外屋传过来。那两个男的都没说话,他们应该不是她爸的朋友,不然年纪也太小了点。有一个挺眼熟,想不起在哪儿见过。不过她在汽车厂住了二十多年,见谁都似曾相识。水烧好了,盖子被水汽顶起来。她拎着水壶走到门口。她爸还在说话呢,他们还没领证,我们没责任。

许玲玲推开门,两个年轻人马上站起来望着她,眼熟的那个又弯腰把手头的烟掐了,手蹭着裤子看她。玲玲右手拿着托盘,几个茶杯在上面乱撞。那个人把手扬起来,却说不出话。玲玲想起在哪儿见过他了,他们都是小吴单位的同志。她躲过他们的目光,低下头看左手,白汽从壶嘴儿一阵阵地冒。她咽了口唾沫,含着泪迎着他们的眼神。她早该猜到的,早在那片最干净的云被那么脏那么多乌云围追堵截的时候,她就应该预感到,小吴出事了。

2

第一个电话是上午九点一刻。有个女人打过来,说是派出所的,问她叫什么名字,在哪个城市。莫名其妙,林宝儿枕着手机想,你算干吗的呀,来抓我啊?可是她太困了,她怕说太多话就睡不着了。她说北京,接着翻身面墙继续睡,手机还在脑袋下面震个没完。

后面那个电话肯定没到中午,这回是个男的,说话还有点结巴,说是什么公司的北京办事处。她也没听清是哪家公司,非要她去一趟。林宝儿闭着眼睛说没空。那边不停地坚持,还说了不少废话,全是结巴的,差点儿让她再次入睡。她打断这个人,问他是不是佳明派过来的。他结巴了半天,说:"是。"

"那干吗去公司?你请我吃午饭吧。"她将手机放床头,双手去揉耳垂,耳洞有点痒。昨晚她喝太多酒,没摘耳环就睡了。她双臂支起头部,隔好几米对着手机说:"朝阳大悦城五楼,'一茶一坐'。"她没开扬声器,听不着算了,她正好一个人去吃。

她一点多到的,还不慌不忙地把前四层逛一遍。那个人就坐在餐厅的禁烟区候着。他那打扮,怎么说呢?太正式了,写字楼下班的全是这套衬衫西服,并且不算贵,一千多块钱的品质。林宝儿盯了会儿他袖口的扣子,ZARA品牌的,碰上打折几百就够。推销员的穿法,她想,她认为找房子的、卖保险的、拉广告的,都是推销员,这城市有一半人是推销员。

餐桌不大,六十厘米见方,林宝儿坐到他对面。他双手奉上名片。

她注意到他手腕上没有表，接过来看名片背面，英文那面，以她的英语水平刚好能连猜带认地把名片看懂。他没英文名字，是拼音，三个字——Xiu Zhibo，起码她知道他姓修，总不会是"朽"吧？下面是公司，以前能看出来，但这回的单词她不认识几个，连 Ltd 都没找着。右边那标识很熟，老见着。她翻到汉字的一面，对修智博笑了。中国平安，他还真是卖保险的。

"你也是佳明的朋友？"

"不算是，你点份什么吧？"见面听他讲话不结巴，比电话里顺多了。他半起身递菜单，身下一杯水被他碰倒，洒出一大半。她没接菜单，也不想帮忙，双臂环抱看他出丑。修智博举着菜单愣了两秒，才识趣地坐回去。

林宝儿离开椅背，向他倾着身子说："你点什么，我double就好了。"

但似乎这也让他难堪了，他也许已经等了她一小时，桌上只有一杯清水。他没打算在这儿吃，只想安排林宝儿一餐。林宝儿扭头冲着墙壁忍不住想笑，她看着铺满一面墙的餐厅文化史说："佳明没给你一笔可以随便点单的开销吗？"

"什么？"他翻菜单，低头应着。他招手叫来服务员，交代她点好的每一份，然后托了下无框眼镜，问林宝儿："什么开销？"

"他这次聪明了呀。"林宝儿笑着说，"你之前他已经派过来三个人了，佳明给了他们足够的钱，让他们陪好我。你知道他们拿他的钱做什么？用这钱泡我，跟我约会。我就顺着他们来。所以他这次就没有给你汇钱，是吧？"

他双目无神，没听明白，至少是没明白的样子。

林宝儿对他眨眼睛："说说吧，你负责什么任务？"

"任务？"

"是啊，前面的都有啊，什么理由都有。概括起来就是我再考虑考虑，挽救我们俩。弄得我们俩一分开，世界末日会来临似的。"

他欲言又止，穿过她的肩膀往远处看，仿佛她身后来了个他多年未见的老友。他问："警察没给你打电话吗？"

"真安排警察了？"她回头看，没人向这边走，"哪儿呢？"

她还在回着头，修智博看着她脑后的发髻问："你叫什么名字？"

林宝儿转头冲他笑，他当然知道她叫什么。

"我们说的这个人，"他说，"昨天晚上死了。"

她看着他眼睛，试图找到破绽，证明他在骗她。她说："这次够狠的，必杀招了吧？怎么样？我答应他，然后他就复活了？"

"复活不了。"

"干吗说得这么真？你知道吗，你的前任跟我说，他在昆明被车撞折了腿，让我去看看他。结果我多问两句，他就禁不住乐了。另一个人说他得了癌症，我问什么癌，结果他慌慌张张，编了个心脏癌。"

"我不清楚你和他到底是什么状况，我连你名字都不知道。他之前没发生过车祸，也没得癌症，他是昨天死的。我只是个业务员，中国平安。上海那边上午先确认你在北京，通知我跟你接洽一下。我以为警察已经通知你了。"

她有点不舒服，感觉衣服全都粘在肚子上，站起来把衣摆拽到胯部，盖住裙子上面。已经是立冬的时日，再过一个月下雪了她也只穿这么多。没准儿今年例外，要多穿点。坐下来她拨了一次电话，那边关机，女的用中文说一遍，男的用英文讲一遍，听到"power off"，她放下电话问："你们怎么找到我的？"

"他身上的手机。上海那边说,你在他通讯录的第一个——啊老婆,我们还不知道你名字。"

"为什么是'啊老婆'?"

他说:"我以前也这么干,把重要的人加个'啊',就是A,这样打开通讯录就是。"

她得靠手掌托着脸才不会令头坠下去,问:"那有别的老婆吗?A老婆B老婆C老婆?"

"没有,只有你一个。"

"你跟他说,别闹了,我答应他就是了,我不想再这么玩儿了。"

"他真的死了。昨晚十点钟,有人用锤子在他脑袋上凿了十几下,扔进苏州河,今天早上上班的人都看见了。"

"看见什么?"

"看见尸体漂在河面上。"

她咽下口水,但还是不断从舌底生出唾液,在嘴里打转。此时下咽都那么费劲。她抓起皮包在里面翻了一通,问修智博:"有烟吗?"

他摇摇头。林宝儿继续翻,右手使劲划拉,恨不得把头藏到包里再不出来。最后她绝望了,哭着对他说:"你一个大男人居然没烟?"她伸手抹了下双眼,挎上包起身说,"我去买一包。"

B1层的超市才有烟,修智博坐在"一茶一坐"看她走出去。他能料到她会在缓慢下行的扶梯上痛哭流涕。大悦城直达一层的扶梯和林宝儿止不住的眼泪,却是那么不协调的一景。服务员端来一份清炒芥蓝、一份鸡煲,跟着后面又摆上一杯抹茶和一杯龙井。他看着煲里翻滚的红油,什么都没想。那些红油逐渐安静的时候,他收到了林宝儿的短信,没有标点,五个字:我不回来了。

3

电视剧都是骗人的，许玲玲再也不想看了。那里总会有个大夫从手术室里出来，摘下口罩，对守候在外面的家属长舒一口气，说，他命大，如果打击部位再往左一寸，或是再往右一寸，可能就没命了。不然就是另一种演法，走出来的大夫连口罩都没摘，也不说话，只是摇头，死寂的氛围过后，外面的家人哭成一团。然而真实的大夫却不一样，他说了好多。他说要是再往左一寸，小吴就没命了；要是再往右一寸，小吴就什么事都没有了。

现在呢？他花了好长时间跟老许解释，什么叫作植物人。他说，至于哪年哪月醒来说不准，可能小吴睡二十年都醒不了，也可能明天一早他就睡饱了，还跟你们一起喝豆腐脑呢。

没法判断老许听明白没有。大夫还站着，老许却坐下来，双掌揉着脸，想了一会儿，捂着脸对大夫说，其实他不可能明天就醒来，是吧？

大夫把白帽子取下，帽檐早就被汗水浸湿了。他低头一折两折把帽子揣进白大褂的兜里，仿佛这些不幸都是他造成的。他双手插在兜里看着许玲玲说，暂时不会苏醒，就算十年二十年他真醒了，那时候全身肌肉萎缩，也是个废人。

他如果一直这么睡着，许玲玲扭头望病房的大门问，那他就不会变老了，对吗？

她爸瞪她一眼。她说错话了吗？她咬着嘴唇好让自己别哭。老许重新站起来，和大夫面对面地讲，该怎么办？

你们肯定清楚，小吴是个孤儿，没父母，没兄弟姐妹，所以，你们说了算。

我们说了不算，他是工伤，你去跟他们厂长商量，我们跟他没关系，我闺女跟他也没关系。

许玲玲鼻子一酸，眼泪涌了出来，忽然间喘气一抽一抽的，胃跟被火燎了似的难受。她问厕所在哪儿，冲过去扶着墙壁对着水池呕吐。出来时老许正拿着她的外套等她。许玲玲想去看看小吴，老许把她拉出了医院。

职工医院离家不到五里地，刚下过雨，微风袭人。他俩有一辆"永久"车，老许说走过这段上坡再骑车载她。许玲玲点点头默许，但是没忍住，一时甩出去好几滴泪水。她推车故意落在爸爸身后，这样她可以肆意哭泣。那么多眼泪，多少还是有点细声。老许装作听不到，没回头看她。他知道此时劝她什么都没用，等这几个月挺过去，她会领悟到，她还能有新的幸福。

东风大街每两分钟才驶过一辆汽车。路旁的杨柳要比楼房多，雨后成群的知了汹涌鸣叫。阳光从点着的叶尖穿过蜻蜓的翅膀，照进每一处角落。也许从跟小吴处对象到筹备婚礼，就是一段为时十三个月的小插曲，老许自我安慰，玲玲还年轻，大把的青春，什么都来得及。两个小伙子逆行从他身边骑过去，老许就要发火骂人的时候，后面传来自行车倒地的声音。

没人撞到玲玲，她自己跑到柳树下，对着树根呕吐。老许退两步把"永久"扶起来，玲玲的头还在顶着树皮。她吐一下午了，肚子里早没食物可吐。老许苦着脸看她受罪。好半天玲玲直起身子大口喘气。他把手绢递给她擦擦口水和眼泪，掏出水瓶让她多喝点。

玲玲仰脖喝水的一瞬又看到了那片最干净的云彩，那些乌云全都不见了，可它还在。她有点小感动，对它凝望许久，视线好容易从天空移开时，她看见她爸都要哭出来了。老许接过水瓶，憋了一会儿，哑着嗓子问，啥时候的事呀，玲玲？

4

这回换修智博被叫醒，晚上十一点不到。重回单身之后，他一直睡得很早，他怕黑夜里东想西想，他已经分手三年了。电话那边说，白天不好意思，误会他了，之后就是沉默。他知道是中午那个女孩儿。讲不清为什么，他对她的印象全都凝结在她起身拽肚子前面衣服的画面。他说没事，把手机换到左手，腾出右手去开台灯找眼镜。他知道这个电话肯定没法在三十秒以内打完。

林宝儿说下午才反应过来，他只是工作，为了佳明保险的事，可是她却把他晾在了"一茶一坐"。她顿了一下，仿佛在寻找更多的罪状，"我不该让你请客的，还讲了那么多傻话。"她说，"不然我一会儿回请你吧。"

"不用了，再说很晚了，雨也挺大的。"说完他就后悔了，他知道黑夜对悲伤有多大的催化作用。

他听到她的叹息，几乎就要被雨声湮没了。她说："我一直都没有吃饭。"

地点定在簋街的火锅店，他下出租车时她已经坐在里面，上身被一团水汽萦绕。就像多年的老友，他很安静地坐到她对面，跟服务员借用毛巾擦脸上的雨水。

她看着他说:"早知道你被淋,去接你好了。"

修智博向窗外望,一辆红色的"马六"停在大雨中。她问他还点些什么吗,眼睛却盯着翻滚的红油。他摇摇头,掏出一包烟扔到她面前。

"我叫林宝儿。"她说。

他把名字记下来,问她何时可以要一份身份证复印件。

"他还买过保险吗?"她直截了当地问。

"准确地说是寿险。"他说,接过她手中的勺子搅拌锅底,"所以受保人应该是他自己,如果他能平安无事的话。现在他有了意外,我们还不确定谁能继承这笔钱。"

"你知道我没这资格。"她侧低头,咬咬嘴唇,"我还没和他结婚。"

他点点头,夹几片羊肉放进锅里。

"谁杀的他?"

"这个还不清楚。"他感觉脚下软软的。

"你说警察会找我谈的,不会的,早上找过我,我没理他们,之后就没找我。我没和他结婚,他死的时候,我人在北京。我对他们一点用都没有。"

修智博没应声,脚下那些软东西是一团一团的,他大概知道是什么了。

"其实我对你也没用了,是吧?"她问。

他也不知道怎么说,摇头,肉已经熟了,他不想吃,又夹点青菜放进去,叶子立即就蔫了。

"可能还有点用,"她说,"你还可以安慰我,这会让你感觉自己很善良。"

"话不是这么说的。"

似乎她知道自己说得有点过火了,她把一些菜捞出来,换个话题:"他没有别的继承人?他爸妈呢?"

"你不知道吗?"

"我不知道。我问过他,有时候他回家,我要跟他回去,他总藏着掖着,不带我,就像他爸是死刑犯似的。我什么都不知道。"

"他没有继承人。"

"没有继承人?"

"他是个孤儿。"

"孤儿?"她苦笑,单手托着脸,"这有什么丢人的?"

"你们,"修智博顿了一下,也点上一支烟,他这回谨慎多了,"你们准备结婚的?"

"是他准备了,我没准备。我想嫁给他,但不能嫁给他。我们吵了几次,他就去了上海。我应该答应他的求婚,对吗?他那么希望有个家。不是说我是否名正言顺,拥有他的继承权,我不在乎这些。而是,"她对着雨愣了一会儿,回过身来说,"我欠他一个家。"

她捂着嘴,眼泪在眼圈里晃,拿包烟起身。他没记错,她又拽拽身上的衣服,去了洗手间。修智博弯腰看到桌下全是成团的纸巾。他叫服务员拿罐可乐,问她这桌是几点开始下单的。服务员查了一下,说下午两点五十就在这里了,哭了一下午。他想用漏勺捞锅里的碎渣。但她确实什么都没吃。

差不多十分钟她坐回来,心情好多了,对着红油长吁一口气,对他说谢谢。然后她微笑,接着保持微笑,又长吸一口气:"我决定把他的孩子生下来。"

5

自己的女儿,三个多月了,老许居然一点儿没看出来。要是她妈妈还活着就好了,这种事母亲准能第一个知道。可是在老许的记忆里,她妈似乎就没活过,死那么多年了。

他跟玲玲商量堕胎,那不是商量,是在用商量的口气宣布他的决定。他说最迟到礼拜天,他会联系一个好大夫把这事办得干净利索。玲玲瞪大眼睛直摇头,印象里这是她第一次对父亲反抗。父女俩大吵了一架,到最后许玲玲拿着菜刀抵住自己,问他今天是什么日子。本来今天要做新娘子的,她依然瞪大眼睛说。之后她瘫在地上哭也哭不动了。

后来老许就不提这茬儿,夜里睡不着觉,他骑车去了职工医院。借助窗前的月光他在小吴的床前坐了半小时。他对这孩子印象不错,踏实本分,可以把女儿托付给他。现在却愈发恨他,仿佛小吴故意要被车间的钢床砸到,故意逃避一个未婚夫、一个父亲的责任。临走时他掏出剪子对着输液管比画了半天未能下手,然后他略感蒙羞地推车回家。

你对不起我,对不起玲玲。

房间没开灯,一个黑影坐在外屋等着他。老许将剪子放在茶几上,摸着黑靠在床上和玲玲面对面。好多话他白天说过,那时候两人情绪都太激动,老许觉得有必要再讲一遍。他说,你把你爸看扁了,我不怕人家笑话我没女婿有外孙,我从来就不在乎这些,我是担心你。

玲玲没还嘴,这样真好。

他继续讲,你没工作,脑子不好使,也许以后能有机会上班,但绝对不够你养孩子的。我六十三了,等孩子上小学我就七十了,该死了。路是你们娘儿俩的,你照顾不了他。老许想如果再动情点,她会更受用,想着想着他还真哭了出来。那种干哭的声音响在屋子里,听起来很难受。明天就跟我去医院吧,他带着哭腔说,一完事谁也不知道,你还能找个好人家,做个好新娘。

他不说了,也不哭了,就静静地等女儿答应。他讲道理时玲玲没插嘴,讲完玲玲也不说话。他也不催她,起身铺床。玲玲接过枕头抱住,看他忙左忙右。挂钟响的时候她终于说出了第一句话,爸,这是我的,长这么大第一次有个东西是我的,求求你,别把它抢走了。

6

篑街之夜的雨连下了三十多个小时,直到第三天中午才开始放晴。林宝儿被午后的阳光照醒,难得的好心情。她找点松子喂给啊贵。看样子它还没饿,还是踩着圆环停不住地跑。那是只松鼠,早先佳明送她的。打听到他花了三百六才买下来,她半张着嘴,给它起好了名字:"啊!贵!"

有两个显示佳明的未接来电,见鬼了。她打过去问是哪位。那边又开始结巴上了。哦,是修智博,她暗自好笑,把手机调至扬声放在桌上,腾出双手整理房间。可以先从叠衣服开始。修智博问她吃过了没有。似乎聊点没用的可以缓解紧张。

"没吃呢。你要请我吗?"

他"可可可"说了半天,才接上个"以"。她抱着衣服哈哈大笑,一抹阳光照在她的嘴唇上,打开窗看过去,天空居然那么蓝,一片云彩都找不到。她对着电话说:"那就定个时间吧。"

"可是我在上海。"

他这回没怎么结巴。林宝儿想,这个就是传说中的电话恐惧症吧。她问去上海干吗了,那边天气好吗。

他沉默了好一会儿,跟要承认错误似的说:"佳明今天火化。"

林宝儿把衣服扔下,拿起电话,关掉扬声器,问:"来的人多吗?"

"没有葬礼,不是你想的那种,因为没家属,是警察火化的,就像例行公务。我连火葬场都没去,我是来取DNA报告的。"

林宝儿听着,推开窗户望远处有没有云。从外面看去,一个女孩儿的身子在十七楼的阳台往下倾。

"你想要他的某件遗物吗?"修智博问。

"不要,"她回身看看屋里还没叠的衣服,"他的遗物都在我这儿。"

"还是有一些,警察留给他一个叫李小天的朋友了。"

"我认识他。"

"嗯,我昨天查了一遍,我让他们做了佳明的DNA报告。等他的孩子生出来,会有资格继承他的遗产和保金,就相当于给了你。"

"谢谢。"她找出一支烟点上,"但这样好像我拿生育赚钱似的。"

"你别这么想。"

她不想在房间里待着了,应该约谁出来吃个饭,看场电影。可她又不愿对哪个朋友解释佳明,至少现在没心思。她一个人步行进了电影院。七排十五座,一部古装大片,全让十六座的小男孩儿给毁了。里面每句西北话这孩子都要放声学一遍。有好几次林宝儿忍无可忍,要不是他妈妈在旁边,她早跳过去掐死他。前排的几个人也不断地回头表示反感。他妈妈先是向他们低声道歉,然后警告儿子再这样就再也不带他看电影了。可孩子忍不住想学,这成了他此时的惯性。他妈妈跟他商量:"我们现在出去,我给你买冰淇淋和爆米花,好不好?"影片还不到一半,他们就离开了电影院。

她也是单亲妈妈吗?林宝儿看着娘儿俩的背影想。现在她左侧空了两个座位,她坐到正中间,双臂展开。有一段煽情,她哭了,与影片无关,她越哭越厉害,后来止不住,她也提前退了场。六七亿票房的电影,那里一下子就多了三个空位。

7

没两个月就藏不住了,老许带玲玲离开汽车厂,去市里住。那年代不时兴租房,挨家挨户地找在厂区上班的人家换。老许解释说,生完孩子我们就回来,没人知道你都有过什么事。玲玲没再逆着他,陪老许去借搬家的马车。躺在马车上她又看到了那片云,可是不确定,那么多那么白,一朵挨着一朵,流在天空里,**白色流淌一片**。

搬进新家她还是不出门,每天关在新家里看电视。她早不看电视剧了,那些都是骗人的。她改看动物世界,里面讲狮子要经过两三千次的交配才能受孕。她瞪大眼睛看这些森林之王,她为什么一次就有宝宝了?这也许就是人类有几十亿,而狮子才几千只的原因吧。

她喜欢袋鼠那集,算上重播她看了三次。袋鼠宝宝睡在妈妈肚子里,睡饱了就露个小脑袋看看外面。这种镜头一出现,她就觉得身体的血液都在兴奋地跳动,眯着眼睛看它们一蹦一蹦的,恨不得跟着节奏拍手。

我不想把孩子生出来,有天晚饭的时候她对爸爸说。那时候已经六个月了，老许放下筷子，倾着头审视玲玲。

我想一直怀着它，谁也抢不走。

老许没理她，任她自说自话，有点怪想法要比产前焦虑强多了。他有更重要的事操心，托人送礼他虚构了一个年满二十八岁的儿子，前两年去深圳打工，每个月都会给家里寄二百块钱，就在今年夏天，被一个酒后驾车的香港人撞死了。他对不同部门讲着同一个故事，声情并茂，讲多了他自己都觉得是真的了。他说，他儿子还留下一个怀孕的女人，就快生了，他想要这个孩子。我孙子的户口当然要上到我们许家，他越说越真切，有回一抬头还真看见儿子领着媳妇、孙子回来过年。儿子叫什么他早想好了，至于孙子或是孙女的名字，他还没有定。然而不管怎么说，他们都姓许。他们许家从父女两人一下子变成大户人家了。

星期六要在职工医院例行检查，老许带着玲玲回了汽车厂。他把帽檐压得低低的，不希望被哪个熟人认出来。一楼挂了号他们去三楼等待，排到玲玲时老许让后面的人先去。他还做了别的打算，为此还带了两条红塔山。他打算下午王大夫上班时递过去，他想偷偷给玲玲做次B超。

到中午父女俩坐在医院长椅上一人一个土豆丝卷饼。玲玲也没抱怨，事实上她比她爸更好奇这个宝宝是男孩儿还是女孩儿。王大夫下午两点上班，老许退休的同志跟他推荐的。同志说，这个大夫好说话，喜欢抽烟，你进去说是刘老师的朋友，他就明白你什么意思。其实谁都不知道刘老师是何方神圣。

两点一刻老许陪女儿进诊室，把两条烟放大夫桌上，还不敢马上推过去，就像刚买来自己抽的。王大夫简单询问几句，抓起听诊器检查玲玲的心跳，玲玲孩子的心跳。

老许的左手被玲玲双手握着，右手藏在烟后往大夫那边轻推，低声说，我是刘老师介绍来的。王大夫没理他，皱着眉听心跳，有个新问题困住了他。他摘下听诊器，戴上老花镜，边写边说，去做个B超。老许连连点头，拉玲玲出去。

红塔山忘拿了，王大夫喊住他。

他戒烟了吗？老许不明白，想了一下午也想不通。四点多钟王大夫指着片子跟老许说，这是脑袋。老许似懂非懂地跟着答应。王大夫接着指，这也是个脑袋。

两个脑袋？玲玲问。她又联想到了袋鼠宝宝，两个脑袋从口袋里伸出来看世界。

王大夫眼睛没离屏幕，摸了会儿白大褂没找到烟，打开老许的一条抽出一包，打开一包抽出一支，剩下的又推给老许，自言自语说，龙凤胎啊。

8

林宝儿很想跟修智博解释，她生孩子不是为了险金，她在北京有房有车穿名牌，比大多数女孩儿阔绰多了。佳明怎么说她的，她不缺钱，但缺一个前途。她听进去了，就因为太对了，她想到这句就来气。然而她能怎么办？她都不知道自己还能干什么，换几年前还可以去酒吧唱歌，估计这两年酒喝多了，嗓子也废了。

她有想过从最底层做起，每月一两千的薪水做助理。有回她很低调地去家广告公司应聘，所谓低调就是去市场买一堆杂牌衣服套身上，扎起头发戴个没镜框的眼镜去面试。女经理对她印象不错，许诺不出意外的话，下周一来公司，实习期三个月。助理还要实习？连装带演的谦卑让她差点儿就成功了。只有一个疏忽,她是最后一个面试的,谈话结束和女经理一起走出公司。听说她打算坐地铁去知春路谈一个客户后,林宝儿提出送她过去。晚高峰堵在路上让两个女人都有点不自在。她还记得经理最后一个动作是拿起车窗前的太阳镜打量,一束夕阳那么不巧地穿过北三环,照在镜片上,把烫金的GOOCI晃得刺眼睛。那次之后她再也不主动送谁回家了。

如果再有机会,她真想摇着经理的肩膀讲,我给你做助理不是为了钱,是为有个前途。如果再有机会?这不可能,过去就过去了,若是真能改变什么,她希望回到一年前,一心一意地和佳明在一起。从没有哪个人的失去让她如此悲伤。

趁肚子还没起来,她要报个学习班,随便学点东西,没准儿学明白了就是大好前途。选来选去却报了个胎教班,相比于英语速成、会计培训及主妇厨艺,这个又好玩又实用。上课时间是每周一三五的晚上七点半,一次课要两个小时,她算了一下,平均每小时三百多的学费。来上课的都有家人陪伴,妈妈或是老公。只有她是一个人,提着包站在门口茫然无措。胎教老师要关门时对她笑笑,问:"你姐姐还没到吗?"

她头转一圈张望,低头看看,哦,现在胎教的确太早了。

还真挺有意思的,原来胎教班不是教大人的,老师授课的教育对象是这些妈妈肚子里的孩子们。头一小节放音乐,莫扎特和肖邦,接下来是诗歌会,老师先朗诵了几首诗,要求每个妈妈回家选首最喜欢的诗,下次上课大声读出来,给你的孩子听,也要让别人的孩子听。

林宝儿几乎是半张着嘴听老学员的诗歌,不仅仅是有兴趣,她开始热爱从那些妈妈嘴里跳出的文字,她完全被那些文字的旋律迷住了。她觉得自己以前过得好肤浅,不是说给宝宝学的吗,她听起来却那么新鲜。

十点前她在第三极书店挑了本最厚的诗集《中外诗歌鉴赏》。回到家里她食指压着诗行一字一字地读到凌晨三点多。关灯之后她细细回忆，选了裴多菲的一首诗作为朗诵作业。匈牙利诗人，她刚知道这就是写过"生命诚可贵，爱情价更高"的那个人。她又打开灯把那首诗抄了下来，诗里讲，女孩儿是冰冷冬日，男孩儿是炙热夏天，只要她肯上前一步，他一定会后退一步，那样他们就能在温润宜人的春季相爱了。

她举起抄好的诗句对着夜色读出来，读到第三遍的时候她多了些哭腔，她深吸一口气让自己更大声、更勇敢，她越来越觉得这不仅仅是给宝宝读的，佳明也在天堂的那个街角倾听着她。

9

两个孩子，这不是压力乘以二的算法，如果养不起，那孩子们全完了。老许去了理发店，把白发染回黑色，做了一个牌子去天桥下面蹲点，重新干回力工的老本行，往五楼六楼搬砖搬家具。他都退休十年了，他没敢跟任何人讲，他已经六十三岁了。

每一天他都要把账算清楚，今天赚了多少钱，还差多少才够养两个孩子。攒足的计划遥遥无期，可生产的日子是定好的，就在那里，最多还剩三个礼拜。他琢磨能卖的东西，首先是那十六本集邮册，他玩集邮快五十年了，一册册放到自行车后座，他推到邮局门口，数九寒天，他浑身哆嗦着站了三个下午。他以为这些是生命里最值钱的，可全部卖光才一千出头。最后一本他死掐手里不松开。他哀求说，长春还是伪满首都的时候就有这本了，多少再加点儿吧。

失去邮票的头一夜他有点儿恍惚，天一亮他就破罐破摔地要把所有东西都卖掉。整套家具多少钱？三十？拿走吧。手表多少钱？十五？十七我就卖！玲玲看着她爸发疯也不敢阻拦。她最受不了的是，老许要把她最钟爱的电视也卖掉。她咬着嘴唇一脸委屈。老许说等咱家有钱了，孩子们出息了，再买个彩色的。

没有了电视，玲玲只能对着窗外的大雪发呆。她看见他推着一车的东西消失在白色尽头，不一会儿那里就回来一个空着手的黑点。哦，老许把自行车也卖了，以后来回就是走。

家徒四壁，除了发愣只能睡觉，每天玲玲都要睡上一个午觉才醒来，有时候午饭后还能睡上一觉。有天午觉时她被老许惊醒，老许正吃力地从她手腕上把玉镯拽下来。玲玲睁眼就要往外跑，手被爸爸死死拉住，这把她逼急了，冲着老许使劲吼，这是妈妈给我的！

你记得你妈妈长什么样吗？那你就别要孩子！老许比她更大一个分贝，这把女儿吓着了。玉镯被撸下来，玲玲一抽一抽地哭，她说，你不是我爸爸，你就认钱，你会把我孩子也卖掉，我绝对不会生下来，你没机会把他们抢走！

玲玲说到做到，算好三个星期临产，她却一点动静都没有。早一个星期老许就不再去天桥等活儿，只在家陪着她，可一天不来，两天不来，十天又不来，就仿佛那俩孩子在子宫里走迷路了，找不到出口似的。

有时候老许会问问她怎么样，有没有异常。每到这时玲玲就瞪大眼睛望着他，似乎在警告，永远别想打这两个孩子的主意。玲玲发现了新的娱乐，家里的弹簧床可以蹦着玩。老许劝不住，好说歹说让玲玲答应只往正上方蹦，别往床边跳。

老许的新乐趣是养花，那种没人要的君子兰，土是在花坛里挖的，花盆和苗都是跟别人讨的，比集邮好多了，而且老许因此关心每天的阳光了。

快过年了，玲玲也没动静，蹦床技术却愈发娴熟。老许看她挺着肚子一上一下，比跳在自己心上还难受。每回跳床玲玲都念念有词哼哼唧唧，腊月二十三的声音特别大。老许的眼神跟着她上上下下。他辨识了好半天，确定玲玲毛裤上的黑道道不是脏东西，是被浸湿了。他声音发抖，一着急嗓子又哑了，对着玲玲喊，你快下来，你羊水破了！

10

林宝儿跟修智博讲，教诗歌的老师姓李，非常喜欢她这个学生，觉得她有很强的文学领悟力。修智博听完哈哈大笑，说可能因为你是她唯一一个生出来了的学生吧，见过世面，她其他的学生还在人家肚子里呢。林宝儿不高兴，像修智博这种人一旦跟你混熟了，就狗嘴里吐不出象牙。他的话一下子否定了两个人，一是李老师怀才不遇，可见才能一般；二是讲林宝儿并不是真聪明。林宝儿噘着嘴，猛踩一脚刹车，对修智博扬着下巴说："去去去，自觉坐后排去！"

那天修智博是陪她听胎教课的，第一次有人陪她听诗歌。她喜欢上了诗歌，也喜欢李老师。每次课后她都会跟李老师去喝碗鱼片粥，再把她送回家。林宝儿什么都跟她说，她讲了怀孕是怎么回事，讲了佳明是什么样的男孩儿，讲了当初为什么不肯嫁给他，因为佳明知道她以前的一切，她当时没觉得，只是不隐瞒，后来明白肯定不能嫁给知道她太多的男人。因此她又讲了自己的过去，来解释她为什么没有那种经济压力。

李老师托着腮听她说完，这跟林宝儿的倾听姿势一样。她喜欢李老师对她经历的反应，不羡慕，也不反感，通常别人的这两种态度都令她不安。

"你有没有想过，如果你没有一技之长，"李老师说，"你下一个男人还是要问，你哪来的钱？"

"还会有下一个吗？"她脱口而出。她无法想象哪一天，一个长相天马行空的男人会替代佳明的脸，印在她心里。

"总会有的，你会重生爱别人的欲望，盼望那个人也爱你。"

林宝儿喝了一口奶茶，没说话，她回想当初对佳明从认识到爱的那个过程，甜蜜而苦涩的旅途，还会再复制一次吗？什么样的男人才有这种资格呢？

"你要学点什么。"李老师建议，"它不仅仅能让你现在的生活变得名正言顺，还可以让你慢慢发现，你自己的未来才是最重要的。"

就是最后一句，彻底把林宝儿拽走了。那天她把车停在楼下，迟迟没有上楼，将自己的二十七年全过了一遍，佳明说对一半，她是缺前途，但更缺少信心，只有她真的学会了很多知识，她才能像信任那些人一样信任自己。

她报了北师大的成人自考，她询问过李老师，像她这么对诗歌感兴趣，可以先学汉语言文学。开学的头一夜没睡好，啊贵在笼子里叫个不停，踩着那个圆环以电扇一样的速度在转。后来没声音了，她打开灯面对笼子，捂着脸失声哭出来："啊！贵！"

中午她开车去了平安大厦，十九层 C 座，名片上这么写的。她一眼就看见了在角落里吃盒饭的修智博。"调皮捣蛋的学生才会被老师分到这种位置。"她过去靠在他办公桌上，说，"你下午有事吗？"

"有，我只要上班，就全是事儿。"

"你上次说，我只要把佳明的孩子生出来，能分着多少钱？"

修智博愣了一下，开抽屉翻出文档，在计算器上算了一遍，说："照现在的行情，有三百多万。其实险金没多少，据说他的画，因为绝版，越来越值钱了。"

"要那么多？"

林宝儿直接往外走。修智博看着她背影从门口拐出去。她的包还在这儿，那她就是抽烟去了。他抓紧时间把饭菜往嘴里扒拉。他可不想让她以为，自己吃盒饭还能吃得这么香。

没两分钟林宝儿回来了，见他刚才还一盒的饭忽然没了，她会心地笑了："你没吃饱吧。你下午请个假，陪我办件事。事办好了，你要吃什么我请你什么。"

"不成，我忙着呢。"

"忙你个大头鬼！"林宝儿轻踢他一脚，"你必须陪我，我下午去打胎。"

11

过了五个小时，王大夫从产房出来，把老许拉到一边说，这个我无能为力，你女儿根本不配合我们。老许没听明白，苦着脸等他说下去。

王大夫给他打着手势模拟，我们让她扩张，往外顶，但她使劲往里缩，一点也不配合。

不能啊，玲玲一直特别乖，老许抓着王大夫的胳膊解释，她是不是紧张？王大夫仰头苦笑，再紧张也不至于把话听反，还有，你怎么当父亲的？王大夫凝视着他说，她晚产了二十天。

老许从门窗望着熟睡的女儿，想进去和她谈谈。但玲玲刚注射镇静剂，一时醒不了。已经是晚上十点半，王大夫说他今晚不回家，现在去吃饭，再过两个小时，看看十二点她醒来的反应如何，如果再抗拒的话，他摇摇头，就很难讲了。说完他大步下了楼。

老许跟在他后面下去，走出医院，外面正在下大雪，不时有零星的烟花在夜空闪烁。他踩着新雪，深一脚浅一脚地走到厂区一号门，敲开一家水果铺要四箱苹果。店里也没这么多，老板问他苹果梨行不行？老许摇摇头，坚决不行，苹果有多少算多少，全部送到职工医院。

本来他想一楼到四楼，病人、大夫每人发个苹果，这个晚上平平安安。一楼发过一半他明白这个想法并不可行。十一点了，他总不能为一个苹果把人家叫醒。而那些没睡的人呢？都在被病痛折磨，更没心思吃苹果。他把剩下的苹果再匀成四箱，放在每层的服务台。这样也能有效果，他抱着最后一箱爬楼梯想，他们老许家一定会平平安安。

四楼的护士看见他上来大声喊他，告诉他许玲玲醒了。产房又一次大乱，他望着那边却发现自己的双腿居然跑不动。另一个从产房出来的护士冲他喊，是保大人，还是保孩子？

保大人，俩孩子我都不要，我就要我闺女！他吃力说着，可是嗓子又哑了。玲玲在里面时不时地哀叫，这种事不能打麻药的吗？他要抓着裤腿才有力气走过去。王大夫从里面出来拦住他，摘下口罩，抓紧时间抽两口烟,烟雾在他嘴里一圈圈地绕。

她确实开始配合了,但来不及了,他说着又吸了两口,快进快出,接过护士拿来的单子给老许,签个字吧,剖腹。

不能剖,老许摇着头,双手还在抓着裤腿,他向后退一步说,不能剖。剖了就留疤了。

笑话!王大夫呵斥他,转眼这支都抽完了,命重要,疤重要?

疤重要。

王大夫又点上一支烟,使劲咬着烟嘴,离老远都能看见他气得青筋暴跳。他指着老许叫,不剖的话,全死!孩子,大人,三口人,全死!

那也不能剖,剖了就没人要了!他吼出来,也不是针对谁,整条走廊都回荡着他的声音。我闺女脑子有毛病,是傻子,以后我死了,谁也不要她,还不如就这么死了!

产房的护士停了下来,玲玲侧过头,透过半开的门远远地看着爸爸哭。

我救不了你,玲玲,老许死命抓着头发掉眼泪,你得使劲救你自己,爸把话给你撂下,一会儿你要是死了,爸在这儿陪你一起死。

12

大夫介绍了三种人流,无痛的,半麻醉的,还有个是不打麻药,就是很痛的。如果全麻醉,医师没法根据病人的痛感刮宫,多少会对子宫有点损伤。反过来讲,没麻醉对子宫危害最小,当然,特别特别疼。

林宝儿听他讲完,看着表格问:"子宫损伤会怎样?"

"可能影响以后的生育,其实可能性很小。"

她伸手在这三栏点了几个来回，说："那就无痛的呗。"

站在一旁的修智博插嘴了："半麻醉的不是挺好吗？"

"嘿，"林宝儿仰头笑话他，"你们这帮卖保险的最喜欢中庸。行就行，不行拉倒。就是你们，不行也行，行也不行。"

"那干吗要我来？"

修智博白了她一眼，提着她的包到走廊候着。两分钟后林宝儿穿着消毒衣服，跟着大夫推开门走向处置室，似乎心情不错，从他身边经过时，还对他打了个V。修智博也不了解这种事要多长时间，也没带本书出来。等得无聊他偷偷翻她包里有什么好玩的，有个iPad Air，打开看看，可以无线上网。他先发条微博，说他此时正在医院等一个女孩儿做人流。点击发送前又修饰了一下文字，估计看着了会想，这女孩儿谁？干吗要你去陪？他的生活平淡如水，这可能是他今年最酷的一条微博了，他故意给粉丝留点想象空间。其实只有十几个人关注他。

然后他挂了会儿QQ，也不知道找谁聊，直接进到欢乐斗地主。豆儿快输没的时候林宝儿踢了他一脚。

"这么快？"他说。

她指着iPad说："送你了。"

"我不要。"

"你干吗不要？"

"我干吗要？"

"拿回去慢慢想。"

她开车问他吃什么。他说你请吃饭，你自己定。他们去了泰国餐厅，整个大厅都飘着咖喱味儿。上菜以前他俩都没怎么说话。听说有手撕的菜，林宝儿起身去洗个手。修智博留意着那个细节，不会再有了，她再也不用拽一拽衣摆，遮住肚子了。

她坐回来，修智博低头看菜单，就是不理她。林宝儿在桌下踢了他一下，问他是不是不高兴。

"还好吧。"修智博有气无力地应着。

"我打胎，又不是你儿子，你哪门子不高兴？"

"我好心喂驴肝肺了。"

"什么驴肝肺？"林宝儿抢过菜单，卷成一筒要敲他头。

"当时你那么有决心说要生出来，我都被你感动了。我请了假，自己掏钱去上海请人做DNA报告，你这个单子我顶着压力，迟迟不结单。还有，我只负责保险，他的画卖多少钱跟我没关系。我花钱请律师帮你申请下来资格。现在呢？我就知道你三天热乎，你对谁都不可能持久的。"

"我爱不爱他，跟我是否给他生孩子没关系。"她十指紧扣，沿着右手拇指说，"你给我打个电话。"

"干吗？"

"打吧。"

修智博拨号打给她。手机在林宝儿包里响起。林宝儿掏出来给他看屏幕，来电显示是佳明，见鬼了。她摁下接听，对着电话说："是你打来的吧。"

修智博的手机传来一样的话。他挂掉电话，点点头。

"要看下我通讯录吗？"林宝儿望着他说，"我把所有的电话都存成了他，二百多个号码，连10086都是。每个电话都是佳明来电，我得跟人家聊上几句，才知道对方是谁。快半年了，我的世界只有他。"

13

护士喊"生了"的一刻,老许从座位上站起来,隔着产房的门问她是男孩儿女孩儿。那边死寂般的沉默。他听见护士拍打婴儿的屁股,但没有一丝的啼哭声。老许转身求助外面的人。望着所有人,他指着门里面,上下牙颤了半天也没能问出口。玲玲在里面又一次大哭起来,哭声渐弱的时候,一个护士端着托盘走出来。

一点活气也没有吗?老许靠在墙上问。

死胎,她已经尽量地轻声说。还没有人告诉玲玲,第一个孩子已经没了。

留着,我们许家埋,老许跟着护士往前走,还有一个,是不是?我想剖腹,救活一个算一个,是不是?

护士停下来,回头审视着他,说,来不及了,真的晚了。

老许从后门去住院部,他想一切结束之前看看小吴。真够招笑的,算上一对儿女,五个人,这个植物人会最长寿,无忧无虑,长命百岁。他坐在床边握住他的手,头两年他都是把这个孩子当儿子待的。以前是你对不起我们,老许说,现在我对不起你,玲玲也对不起你。他看着一滴滴的输液,真均匀,一秒半一滴,这就是你的生命单位,你好好活着吧。

雪停了,天也快亮了。老许躺在雪地上想,应该再周全一些,他不能马上就死,他得把女儿和外孙、外孙女埋好了,再找个荒郊野地慢慢死。想到这些,他鼓足力量又站了起来。路过大厅时,还拣了个苹果咬一口。

才到三楼就有护士冲他尖叫。开始他听不清,那边反复叫,是这四个字——母子平安。老许咽了口唾沫,张了半天嘴问不出话,又咽了几口唾沫。

他没急着去看孩子,先去了产房。门推开的一刹,玲玲对他笑了,此时他再也绷不住了,靠在墙上哭起来。然后他抱了抱女儿的头,把眼泪抹在她头发里。

我刚告诉小吴了,我跟他说,你有儿子了。

孩子能姓吴吗?玲玲问。

不能,他得上咱家的户口。

你跟小吴说什么了,爸?你有告诉他,我那天去斯大林大街了吗?你告诉他,我等了一个上午,我想嫁给他。

我说了。我说,孩子不能随你姓,但可以用你的名字,他会像你一样好。

真好,佳明,许佳明,他是我的,以后谁也不许从我身边把他抢走。我现在就想他了。爸,我从小就没妈妈,天生就笨,自己名字也不会写,连新娘都当不上,老天爷欠我整整一辈子。玲玲晃着食指,哭了好一会儿,才继续说,我以后不要老天爷还我了。玲玲顿了一下,从窗户望过去,雪后的乌云不见了,一朵朵云彩连在一起,映在夜空里,**白色流淌一片**。

我喜欢这样,不要太晴,没有云,也不要太阴,全是黑云。玲玲眨着眼中的泪水说,爸,我就让他保佑许佳明是个聪明孩子,让老天爷保佑他以后能有个特别特别幸福的一辈子。

14

林宝儿说自己一定是蔡文姬、李清照转世,要么就是司马迁被阉之后,含恨投了女儿身,反正就是冰雪聪明,人家五六年都过不了的专业,她不到两年就赚满学分,拿到学位。"你想啊,那些寒窗苦读的学生都得四年毕业。"坐在"一茶一坐",她对修智博张牙舞爪地比画,"我下一步就是,报比较文学的研究生。"

"比较什么?"

"你们这帮做保险的就是没文化。"她接过菜单,报菜谱似的一气儿说了十几个,还问修智博记住没有。

"记住了。"他挑了三个菜报给服务员下单,"那你打算什么时候工作?"

"不知道,你说什么职业最适合我?"

"总之不可以教外国人中文。"

"为什么?"

"不能让他们知道,中国有你这么漂亮的女孩儿。"

"得了吧,"林宝儿往后靠,笑着说,"都两年了,也没见你干什么。"

"我是不好意思杀熟。"

第一个菜端上来了,林宝儿叫服务员开瓶红酒,庆祝她大学毕业。她说:"要是一会儿喝多了,你有责任送我回家,修智博。"仿佛这句话含义颇深。似乎他们已经心照不宣,尤其在今晚。过去两年有不少好机会被他们错过了。都确定自己爱对方,可谁都不确定对方是否爱自己。

估计也不急着表白或上床,他们还挺享受这阶段的。

修智博说年后他差不多要升到部门经理。林宝儿恭喜他,说这回再贪污就没人敢查了吧。他说:"也不行,权限之内最多就是给你下十份保单,自己受保,再偷偷把你做掉。"

"前提是,你得娶了我吧?"

修智博又被问住了,脸憋得通红,林宝儿提议讲笑话,一人一个,看谁最先讲不出新的来。林宝儿有小白兔系列做本钱,连着讲十个。修智博可不成,又没事先温习,讲不出五个就卡壳了。好半天,他想出个老段子,大致是两人一起养狗,叫屁股那狗先死了,两年后见着叫脸的狗,跟主人唏嘘,要是我屁股没死,也有你脸这么大了。接着就冷场了。

修智博明白他说错话了,林宝儿听后一语不发,就跟初次见面的情形一样。林宝儿在包里一阵乱翻。其实她早就戒烟了,但她需要找个托词去自我调整。她说她去买包烟,提包下了扶梯。虽然这回她不会再泪奔大悦城,但同样也不会再回来了。

最后两个菜端上来,修智博还是看着红油翻滚,酒精被燃尽。他早就知道,从第一次见面那天,他就爱上了林宝儿;他也知道,这女孩儿忘不了许佳明,即使他有幸跟林宝儿白头偕老,也无法取代许佳明的位置。他没胃口,连筷子都没掰,直接开车回了家。

夜里十一点半,他被电话吵醒。林宝儿怪他怎么那么狠心,看见她喝了酒还不送她回家。什么逻辑?修智博睁大眼睛看无尽的黑暗,问她在哪里。她说簋街的火锅店。

进门的时候他扫眼她桌下有没有纸团,还真有十来个。他弯腰捡一个放桌上,她挥挥手:"拿下去,恶心死了。"

他坐下来，摸摸她的脸，说："又在这儿哭一晚上？"

"我不是气你，我气我自己。一旦跟佳明有一点联系的，我听到就受不了。老这样，我和你能有什么结果呀？你又对我那么好。"

"别，你可别把我说得太备胎。"

她破涕为笑："你不生我气吧？"

他摇摇头。

"你知道吗？他是个孤儿，我总会想象他这一路是怎么过来的。有时我就把他想得很悲惨。我想他好不容易熬过他的童年、少年，终于长大了，快到三十岁，他刚要开始自己的人生，就结束了。"

"他不是孤儿，我以前骗你的。他爸妈都还活着。"

林宝儿嘟着嘴看他："你又哄我。他没继承人，我又不是不知道。"

"有，真有。"他动了几筷子肉，低头看着碗说，"他爸爸是植物人，算今年已经躺了三十年。他妈在精神病院，也待了二十多年。他有个继父，在监狱里是死缓，就是无期。他十岁左右，继父又娶了个继母，结婚五年被他继父给杀了。"修智博拿漏勺搅着火锅，又是一锅翻滚的红油，"你之前抱怨他从来不讲他自己，每次回长春也不肯带你去。他是没法跟你解释。试想一下，他回家都要干吗，先去医院看个植物人，再去精神病院见个疯子，回头还要去监狱探视个杀人犯，最后去墓前拜拜死人。"

林宝儿扭头看外面，此时没有下雨，她托着下巴说："我该答应他的，跟他结婚，我真的欠他一个家，应该把我们的孩子生下来。"

"有件事，你一直都没讲，你刚见我时，还把我当成他派来的说客。就是，你为什么拒绝他求婚？"

"因为他知道我太多了，我就不能再跟他结婚了。不然等他成了我老公,那些事会像掘坟一样地被刨出来,成为我俩永恒的绊脚石。"

"都是什么事情呢?"

他在套她,林宝儿含着笑看他。估计他早就猜到了个大概,那她也不要自己讲出来。因为如果他再知道了她的一切,她就又错过了眼前这个好男人。

花园酒店

CHAPTER 2

1

过了春天,开始有人来家里见许玲玲。每回老许都会抱着许佳明坐在一边。头一个来的姓刘,以前是铸造厂的,去年因为身体问题办了病退,在桌前坐了半小时,咳了不下三百声。老许对女儿摇摇头,这个不行,看这身子骨都挺不到夏天。但是许玲玲喜欢,她手托着脸,痴迷地盯着那人蜡黄的脸和被烟熏黑了的牙齿。她知道总要出现一个人,带她离开这个家。

把姓刘的赶走后,老许把他用过的碗筷煮了三次,他盯着最后一锅翻滚的水,一狠心端着铁锅到楼下扔掉了。

第二个年轻些,刚从部队下来,就是少了条胳膊,一个晚上都在讲他的英雄事迹。这一次许玲玲更加专注,双手托脸望着他的口型,可是一句也没听进去,她在享受听他说话的乐趣。他感觉也不错,估计以前没人这么迷他的事迹,手舞足蹈地反复讲,军事演习,在云南,狙击埋伏,身边就是吐芯子的眼镜蛇,两难选择,要么一动不动被蛇咬死,要么起身跑远暴露蓝军目标,最后他被蛇咬了一口,大叫着跑远,暴露了蓝军目标。

胳膊就这么没了,老许皱眉看着打结的空袖子,问他如果把结打开垂下来,再装个假的能不能好点儿。战斗英雄没理他,一只手完成了拿烟、叼嘴上、掏出打火机、再点着的全部过程。他抽第一口,闭眼回味一下,说:"这是我的勋章。"

"什么?什么勋章?在哪儿?"

"排毒截肢后,领导没给我授勋。这是我给自己的奖励,这个结,我的勋章。"

老许点点头,也不知道做出什么反应最合适。

战斗英雄抽两口,把烟掐掉,先表态说:"你们看怎么样?我觉得还行,挺好。"

老许连连点头,放下怀里的许佳明,到谈正事的时候了。可是许佳明着急了,一个晚上他都瞪着大眼睛看他们讲话。他想要是没戏,就按着答应老许的条件办,一句话也不说,但是陌生人看上她了,他要出击了。

许佳明从桌下钻过去,抱住许玲玲的膝盖,慢悠悠地说:"妈妈,我困了。"

所有人都愣住了。老许把他抱到房间,许玲玲低下头抓紧吃菜,战斗英雄第一回讲了与部队无关的话:"他叫你妈妈?"

许玲玲嘴里被一口菜占着,点点头,又摇摇头,然后不知道怎么想的,又点着头。

战斗英雄追着问:"你不是说,你是他姑姑吗?"

"我没说。"

"我说的,怎么了?"老许从里屋出来问。

"什么怎么了?介绍人说,玲玲是他姑姑,你是他爷爷,你儿子早两年死了。"

"我是有个儿子,可是死三十多年了,三岁就死了。我们没想让你看出来,一开始我们是按照介绍人的意思准备的。"

"准备?你们这是诈骗!你是他妈妈,孩子他爸呢?"

"睡着了。"许玲玲说。

"睡着了?"

老许告诉他:"植物人,醒不过来了。"

"万一醒过来呢？如果我跟她结婚了，她男人又起来了，这算怎么回事？"

"他爸在医院，工伤，靠葡萄糖维持，你要是不放心，我去把管子拔了。"

"老爷子，你疯了吧？"他声音高起来，似乎刚被吓着。

"醒来也没事，他俩没结婚。"

"孩子都有了，还没结婚？这孩子户口怎么上的？"

"户口本上写着呢，是我孙子。"

"你们又绕回来了。我跟你捋捋，我是少只胳膊，所以介绍人把你闺女介绍给我，伤残军人对低能儿，也差不多了吧？现在你又给我搭个拖油瓶的？而且医院那个要是醒来，就是俩了。"

"医院那个醒不来，孩子我来养，我一直当孙子养的。至于我闺女，就是脑子有点笨，她不是低能儿，家务都是她做的。"

战斗英雄起身掏裤袋，说："我还是把饭钱给你留下来吧，劝你们啊，以后可别再招摇撞骗了。"

"我还早就受不了你刚才吹的那些事，"这人留不住了，老许决定还击，"十几年没打仗了，和平年代你掉只胳膊，丢人不丢人？"

战斗英雄："军事演习，演习，你懂吗？"

"演个屁！你忽悠谁都行，别忽悠我。我就是从'三八线'活过来的，我们整个营都被炸没了。我一九五〇年过去，在朝鲜待了十年，连朝鲜话都学会了。你跟我充军功？你还是换个人家吧。"

他摔门而去，许佳明从床上惊醒过来，拽把椅子站上去和老许看窗外。那个军人逐渐走进花园深处，有只松鼠在他左侧的树枝间蹿上蹿下，一路跟着他。

前两年他们把房子换到这儿来,周围的邻居都以为许佳明是他的孙子。老许从东边的窗户能看到南北两座花园的全景,以前这里叫共青团花园,不知道谁把石板上的"共青团"三个字抹掉了,可是又没人想得出能在上面添点什么,右侧一排就那么空着。失去了"共青团",经费也削减了,那里的花越来越少,草越来越高,几盏忽明忽暗的路灯自从被一群拿弹弓的孩子一夜击碎后,就再没人装上过。夜间巡逻的人从以前的小分队逐渐减成了一个耳背的打更老头儿。就是这一个,还只是在值班室睡觉,不到天亮不出来。这么干,早晚要完,老许想。

操不了这个心,他有更烦的事情。给女儿相了大半年的亲,已经是十月底。这里下了第一场雪,刚落到路面就结成了冰,在白天化成水掺着泥土又冻成了硬块。撑不过一个月,连续几场雪,这里就要被一片白色覆盖,偶尔太阳上来时,冰雪融化,**白色流淌一片**。他本来想着要在过年前把事情安顿好,现在看来女儿和外孙没法一起打包。只能先解决一个,找个好人家把女儿托付出去,外孙还可以带在身边。等过了年他就六十七了,没法养活三个人了。

他合上窗帘,把佳明抱回到床上,脱衣服进了被窝。两年前,玲玲有回睡觉把两岁佳明的左臂压骨折了,老许就要求他离开妈妈,和自己睡。头两回玲玲还进来偷孩子,被他打了一回,夜里就再也不敢摸进来了。

除了这些,他还担心遗传。大夫说玲玲只有五岁到七岁孩子的智商,他早忘了女儿五岁以前是什么样,其实是发现得太晚了。那年头好多烂摊子,等老许一个个处理掉回头再看,孩子已经傻了。许佳明现在四岁,那就应该是四岁孩子的智商。那再等两年呢?如果有那么一套题让他俩做，看看母子俩谁得分高，就知道佳明有没有被遗传了。好像不是这样的，得去医院检查，但是现在去肯定没用，四岁的孩子当然还是四岁的智商，什么都看不出来。不过老许至少能做到，让他们母子远一点儿，别影响了孩子，快点把她嫁出去。

睡一半老许醒来了，还是夜里，天没亮。他穿好衣服在房间走一圈。他相信人是不会无缘无故在深夜醒来的，肯定是有意外状况刺激了他的神经。他去厨房检查煤气阀门，摸着每扇窗户，是不是有哪扇没关好，漏风。大门锁着的，没小偷进来，玲玲睡得也很熟。那就是没问题，是他自己神经衰弱。

他又回到被窝，浑身冰冷，想办法让自己暖回来，再去抱外孙。黑暗中传来很细微的声音，说不上哪儿发出来的，床下、暖气管道、楼上，好像都不是。他闭上眼睛，像品酒一样去感受这些。算不上声音，似乎是频率极高的声波，床都跟着震，还是听不出来是什么东西。

突然一声巨响，接着噼里啪啦的，有人在鼓掌，一大群人的欢呼。他连忙下床，撩开窗帘往外看。在花园，人们刚刚锯倒了一棵老杨树。那么高那么老的树，比他的年纪都大，十来分钟就没了。

不是很清楚，路灯都不亮，屋里那层玻璃结了窗花，上面全是许佳明用指甲划的霜道道。他把里层窗户打开看过去。雪地里有两拨儿人，一拨儿在搭建临时工棚，其余的人拽着不知道从谁家扯过来的电线，接上电锯伐树。他们在倒下的老树上砍些枝子，就在杨树林里拢起火堆。

看了有十分钟，老许知道是怎么回事了，终于有人接手这里了，现在他们是一根电线一把锯，等明天把工棚搭起来，就可以支出几十根电线几十把锯。等到那时候，不单是这片杨树林，东边的松树林，南边的柳树林，都会一起被砍倒。要是他们还嫌不够，可能会把池塘的浮冰敲碎，将下面的水抽出来，用土填平，在那些鱼虾被活埋的地方建起一幢高高的大厦。

老许把里窗关上，看着佳明划过的霜花，眼泪一下子就掉下来了。他感觉这个夜晚的好多失眠的老人都像他一样，站在窗前懦弱地看着这一切。喜欢来花园溜达的、聊天的、打牌的，都是快七十的老人了，你们就不能等两年，等这帮老头儿老太太们死光了，再来毁掉这全部吗？

2

原来这就是一个声音，一个仪式，告诉你，我们来了。又下一场大雪后，天寒地冻，这些人一夜间就消失了，留下了几十个树桩露在雪地上。相比于石路旁的长椅，老人们更喜欢坐在树桩上。头戴帽子脚踏白雪，从窗户望去，仿佛一群着了色的雪人。

老许还惦记着介绍对象的事，来过两个，都有残疾，是不是常说的"般配"就是这个意思。但就是谁也没带玲玲走。坏在佳明身上，他不肯喊"姑姑"，也不肯闭嘴，"妈妈、妈妈"拼命地叫。有什么办法呢，又不能打他。

媒人说会想办法，保证找个合适的。这回介绍个姓于的小伙子，来的那天正好赶上许佳明生日，四岁了。算哪天？夜里十二点左右生的，左还是右？老许也弄不清楚，当时一团糟，大夫、护士加起来也使不上劲。主要是玲玲不想生，她怕生出来就被人抱走了，她想跟袋鼠一样把孩子留在肚子里，哪儿也别去。折腾到半夜，大家都打算放弃的时候，小佳明受不了了，自己爬出来了。

傍晚五点多钟，于勒拎了个蛋糕进来。媒人说他内向，话少，吃好喝好最重要。但老许要和许佳明先说两句话。他把佳明拉进屋，让玲玲在客厅陪于勒一会儿。可是俩人就在客厅闷着，饺子的热气把许玲玲和于勒隔到桌子的两边。他们一句话也不说，也不动筷子，不约而同地侧过头看着墙上的钟。

老许在里屋跟佳明商量，外面那个是来家里的第五个叔叔了，别再搞砸了，别再喊"妈妈"了。许佳明歪着头，透过姥爷的肩膀看窗户，从他这个角度能看到阴下来的天空。风已经起来了，窗框被刮得"呼嗒嗒"地响。

"为什么？"许佳明爱这么问，像口头禅一样。

老许习惯了他的"为什么"，外孙不是真的想知道原因，那只是对成人世界的一种参与方式。他弯下腰，脸贴近佳明，说："这回答应了吗？"

"我没有姑姑。"

"那你就什么都别叫！"

回到客厅两个人还是没说话。于勒看见老许回来，放松了些，满脸的笑意。他妈妈忙着数蜡烛，数数就乱了，抽出五根插在蛋糕上。许佳明站椅子上"一二三四，一二三四"地数了好几遍，拔掉了一根，递给她大声说："妈妈，今天我四岁！"

深水炸弹，老许真想把外孙拽下来就打。几个人都愣了一会儿，还是于勒叔叔解了围，他敲了两下碗，对他们笑笑，先夹了一个饺子。老许拿出酒要给他倒上，他摇摇头，手掌盖住自己的杯子。不是说吃好喝好吗？老许想想不喝也行，就把酒放回柜子里，和大家一起默默吃饺子。

算佳明四个人，什么也不聊，响彻屋子的只有外面的风声和尴尬。许佳明趴在桌前盯着蛋糕，一口也不吃。他感觉完了，这个话不多的男人一定会把妈妈带走,那样他就真的只有姑姑了。想着想着他放声哭了出来。于勒叔叔掏出手绢,将他的鼻涕眼泪一把擦掉,然后指了指玲玲,又指了指自己,对老许点点头。

老许放下筷子,点起一支烟,问道:"你觉得合适?"

许玲玲抬头望着于勒问:"我和你合适吗?"

于勒惶惑了一阵儿,左右手握在一起,两个拇指在拳头上点了几下说:"啊吧?啊吧啊吧!"

"哎呀。"许佳明忍不住喊了出来。这个男人不会说话,也听不到他喊"妈妈"。

3

挂钟里的长针还指在"4"的时候,许佳明就醒了。他只睁着右眼看,长针落在短针后面,换一只眼睛,长针还是在后面,然后他把双眼都捂住,就什么都看不到了。

许佳明最喜欢礼拜天,不用被叫醒去幼儿园,能睡到自然醒。如果他肯憋着,一直装睡,可以躺到短针走过"8"。通常不用那么久,妈妈就会跑过来抱他。他闭着眼睛也能摸到奶头,把它含进嘴里。但是姥爷发现后不让妈妈再喂奶了,有一回他还打了妈妈。他只打妈妈,从来不打佳明,他和妈妈一起犯了错,姥爷就两倍打妈妈。他哭着求姥爷说,他不会把妈妈喝光的,那里早就吸不出奶了。

外面工地的人们出来了,声音嘈杂起来,吊车铁钩的影子在墙壁上晃了一圈,又离开了房间。妈妈还不进来,姥爷也没去四十七栋浴池泡星期日大澡,他们都不对劲。下了一夜的雨,早上天晴了,两个人在外屋的窗前说话。又有什么人要来了吗?

听不到他们说什么,他也不想下床。姥爷要求佳明一旦醒来,就不许再回到床上。他有很多规矩,如果佳明不遵守,姥爷就会打妈妈。他翻过身,背对着挂钟,身前是一面涂了绿漆的墙。他往上看,接近天花板的地方有个黑点。他忘了那是蚊子还是苍蝇,前天被姥爷拍死在那里。有了新目标,他又玩起一只眼游戏,确实,左右眼看它的位置是不一样的。他伸手指用左眼瞄准,换了右眼,手指就跑到黑点左边去了。要是他够高就好了,他会站起来摁住它,再换眼睛看黑点,看它还跑不跑。

这一天许佳明快五岁,四岁半。躺在夏日雨后的凉爽清晨,他还不知道有一个漫长而不安的人生在前方等着他。在那个人生里他才华横溢,或许还有短暂的荣华富贵,他更不会知道自己将品尝到爱情的苦与甜。成人后的他至少能试图去争取幸福和消灭痛楚,可此时他过不去,未来不是高速路牌,开快点就到了,那是时间,三百六十五天才走了一小站。他五岁的人生就像是两边的高墙给他挤出了一条窄路,他做不了选择,都没空转身,只能硬挺过去,所有的不情愿和伤心仿佛架在窄路上的梯子,他得跟跟跄跄地爬上去,再从梯子的那一侧战战兢兢地滑下来。

他那时无法想那么多,他还小,更多的伤痛是成年之后的他附加给童年记忆的。但是有些感觉,他没想到过了那么多年还能记着。二十二岁那年他第一次去录音棚录广告,他对着话筒,导演和录音师在玻璃墙的另一面对他打着手势。一支牙膏广告,只有八个字,重重的男低音——"超效超能,洁白无痕"。虽然听起来跟牙膏不沾边,那更像是威猛先生的效果宣传，然而他录了十几遍依然找不到节奏音准。没错，说话也会跑调的。他拿下耳麦示意暂停，他要找找感觉。这时停电了，就那么寸，他被电子门锁在里面了。外面的人着急，各种夸张表情，却帮不上忙。他摆摆手让他们放心，录音棚够大，还不至于缺氧窒息。他把座椅调后倚在上面眯了一会儿，他知道，有了这次意外，只要他差不多过了，人家就会录用他的。大概有十分钟，十五分钟，电子门的红灯闪了一下，导演从门外走进来兴奋地要拥抱他，也就是在这一刻，他的眼前出现的不是导演和录音师，而是推门进来的妈妈。

"佳明？"妈妈轻唤他。

他连忙闭上眼睛，装睡的话她会上床搂住他。可这次没有，她绕过床前关上窗，将盖房子的声音挡在外面，俯身亲了亲他的脸。他要装得再像一点，可是什么样才更像是睡觉呢？他眯起左眼望着她，好漂亮，一身白纱，头上还有花。他换右眼看，不在刚才的地方了。他知道只有把妈妈抱住，目标才不会跑。

工地吊车铁钩的影子忽然打在妈妈脸上，许佳明倒抽了一口气。外面有人敲门，很多人，敲了几下就用拳头捶门，似乎还有人踹了几脚。许佳明坐了起来，瞪大着眼睛看妈妈。姥爷在客厅把门打开了，一群男人冲进来。佳明看到了于勒叔叔在最前面，呵呵笑个没完。于勒叔叔听不见声音，所以干什么都特别大声，他对着妈妈笑了半天。身后的人群在门和玻璃上贴上红字，左右长得一样的字。于勒叔叔掏出一袋硬币洒到床上，拍拍许佳明，一把将妈妈抱起来。许佳明瞪大着眼睛说不出话。那些人迎风而来，顺风而去，就这样把妈妈抢走了。

4

老许不想活了,所以急着算一笔账,需要攒多少钱给外孙,才可以放心去死。没那么好算,从现在开始到许佳明二十三岁毕业分配还有十八年,每年都会不同,饭量会越来越大,以后上了学,还有学杂费、书本费和校服费。他都按照最低的标准,不然他死亡的愿望就更难实现了。

玲玲嫁走后的头两个月,每回半夜醒来,他就坐到桌前在草纸上写写画画。有时候会走神,给那边的妻子写字条,片言只语,零零散散。他把写完就反悔的话挑出来,存到罐里,剩下的天亮前在火盆烧给老伴儿。他以前不叫老伴儿,她死的时候还不到三十,随着他逐渐老去,称谓也改了。过了那么久,死人都变老了。

罐里装着的更多是"对不起"之类的致歉,原因很复杂,其中他最愧疚的是,老伴儿死后,他还苟活世上二十多年。在那些字条里,他几次跟她解释,不是他贪生怕死,是他实在走不开。这么多年活着也不幸福,没什么好留恋的。他说,死法他都想好了,钨过量中毒。二十二栋老王的儿子以前是灯泡厂的,家里存了好多钨丝,他可以去要点,按两条命的量吃下去,剩最后一口气打个110,免得被发现得太迟,尸体臭了。

早几年他就这么想了,活着太累了,一点乐趣也没有。那时是惦记玲玲,要不是小吴出了意外,玲玲早嫁过去了,他也就跟着死了。结果他还得活着,女儿还在家里,又生出个外孙。

那也得有个时限,许佳明出世那年他六十三了。想把外孙养大,他得活到八十多岁。遭不了二十年的罪,他快挺不下去了。他身体没问题,没有心脏病,没有高血压,没有糖尿病,一般这个岁数老人的毛病,在他身上都没有。但是心碎了,千疮百孔,自从老伴儿没了,每天都有刀子在他心口戳。心痛心痛,那些伤真是从心里面发出的吗?他要是死了,真该把心脏捐出来,让大夫们研究一下,长长见识,看看什么是人世间最悲伤的心。

有时候他会跟老王在二十二栋的阳台上坐一下午。老王瘫了,腰部以下没知觉。跟老许一样,老伴儿也没了,只是没死得那么早。儿子在监狱,上个月从灯泡厂被带走的,还没审判。老许知道是杀人罪,杀的什么人他不清楚,也不想打听。想说的话,老王自己就讲了。

老许是被他雇来的,每天负责帮老王把单子上记的东西买齐,再把垃圾带走。老王下不了楼,但也不需要太多照顾,饭菜都是自己做。腿没知觉,主要靠手臂撑着,在屋子里爬。他家煤气灶都比别人家矮一半,老王趴地上挺着腰炒菜。以前他儿子改的,水龙头、开关、饭桌和门把手,把这些全改矮了。他说他儿子其实挺好的,挺孝顺,可他们之间有误会,特别深的隔阂。

他俩原先不认识,街道联系的。老许每个月从他那儿领二十五块钱,那时候已经不少了。他退休金才不到一百块,再就是一点军人伤残补贴,杯水车薪。头一个月他拿到钱后,居然有点不安,以前都是从单位机构领工资,这是他第一次从私人那里拿钱,有种欠人家的感觉。老许左手接过钱,右手摸着裤线说,他打听了,请个保姆才四十,二十四小时照顾,闷了还能聊聊天,他去帮忙联系一个吧。

老王不接话,让他数数钱对不对。用得着数吗,俩十块一五块,瞎子都能摸出来。老许知道他是不想谈这个。反正他表示过了,找他不是最好的选择。自己不是图便宜的人。老许把垃圾装好,问他明天买点啥。"一个菜花,二两肉,买个拖把,帮忙将把儿锯了,算了,你长短把握不好,拿回来我锯吧。"老许把这些在纸上记下来,领了三块钱,明天他得在每样后面标好价钱,多退少补。

他开门要走的时候,老王在身后说话了:"请保姆得找女的吧?"

哦,他想谈这个事了。老许背抵着门,看着他。

"还得是年轻的小姑娘吧?"老王说着,从床上下来,在屋子里爬了一圈。老许以为他要拿什么东西说事儿,想过去帮把手。老王趴地上抓住老许的腿,仰头看他,说:"让她看见我这么爬,跟狗似的在这儿爬,我还不如死了!"

老许下楼了,一头雾水。他去幼儿园接佳明,回来的路上下雨了,老许左手撑伞,右手将他抱怀里,光看这个,真没人敢猜他有六十八。佳明非要自己打伞,老许把伞给他。对他来说伞太大了,伞把儿在他手里摇摇晃晃。老许被淋透了。

"晚饭吃的啥?"

"不好吃。"佳明翻眼皮想半天,忘了托儿所开什么饭了。

"还想吃啥,姥爷给你做。"

"煎豆腐。"这次佳明想都没想。他就爱吃这口,只要豆腐过了油,放点盐巴都能吃大半碗米饭。

由于下雨,路口的豆腐摊提前收了。老许把佳明抱上楼,找条干毛巾给他擦擦头上的雨水,把黑白电视给他打开,让佳明离远点看,别动电源,他一会儿就回来。

"你去接妈妈吗?"

"豆腐,我去买豆腐。"老许从抽屉里翻出车钥匙。

"姥爷，你啥时候让妈妈回家呀？"

"不是姥爷不让，是她自己不想回来。"

"为什么？"

"不为什么，你应该高兴，妈妈跟于勒叔叔过得可好了。"他得赶快出门，快点骑，不然市场大棚也关门了。下雨天什么事都没准儿。

他来回跑了两趟，头一趟回来路过花园工地时，自行车摔水坑里了。过去挺好的路，被他们那些吊车卡车压得一团糟。老许爬起来，跺跺脚，人没事，但豆腐碎了，再骑回去，大棚差一点就关了。这次骑得慢，碰上水深的路面，就下来推着走。出来得急，没穿雨靴雨衣，全身都透了，裤子湿得粘腿，半天迈出一步。他在想老王的话，他不怕被老许看见丢人，可是怕年轻姑娘笑话他。为什么？啊，他什么时候被外孙传染这句话了？

没人看他，他也要在雨中笑一笑。后来他明白了，老王是个男人，老人，残疾人，但不管怎么说，他总还是个男人，碰到年轻女人他还是会点燃欲望的小火苗。这是飞蛾扑火，没半点希望，只能自取其辱。他这么选择，雇佣老许是对的。那么我自己呢，老许自问。他知道他也是的，是男人都一样，就是生理上不行了，内心也会渴望。况且他没问题，老伴儿死二十多年了，一直没想过，不敢想，欲望及本能早刨坑埋了。现在把这些挖出来，你想要这些，但就是得不到，随着你老去，越来越没指望，你再活二十年也没戏。这辈子就这样了。

他的死又多了一条理由。

那天夜里他继续算那道题。漫长的题目，他算到十九岁了，暗夜中看到了佳明迈入二十岁戴着学士帽的情形。但他不想再等了，他伺候不了两代人了。天亮以前这道题终于被他解出来了，他对着加好的数字呆坐着。其实不多，要是老许预见到一九九三年以后中国会有持续二十年的通货膨胀，这后面再加两个零也不够许佳明活下去的。可就是这两万多块已经超出老许的想象。他一脸哀愁，一支接一支地点烟，去客厅的台历上一页页地翻看余下的日子，他还没法去死，他还得被世界、被生活、被他自己、被钱一点点地折磨着。

5

"或者换个方式，给孩子买保险，"老王在法院门口跟他讲，"有那种大人每个月给孩子账户存钱的，存到你死，保险公司再一点点吐给孩子。要么就是你自己的生命保险，你有个好歹，钱就是他的了。"

老许被六月的阳光照得晃眼睛，他点支烟，第一口呛得厉害。可是烟点上了，他想猛抽两口再扔吧，接下来两口吸进去却吐不出来了。他低头咳嗽，烟雾从嘴角、鼻孔，甚至耳朵里冒出来。他捶捶胸口，问："反正都得死，是吧？"

"你自杀不算。"

之后他们就不说了，坐三轮车上发呆。两个孤独的老人，习惯了不说话，话都特别少，语速还慢，通常一个说完了，另一个要等几分钟才接话。就是发呆，他俩也各有不同。老王是拿着照片比对出入法院的人，老许则捏着剩下的半支烟弯腰踩灭，放回到烟盒。应该戒掉的，还能省笔钱，他想，把这半包抽完，就再也不买了。

老王看看手表，十一点十五，撑着车座说："我得下来了，他们要午休了。"

三轮车是老许月初买的二手货，光靠那点退休金和给老王买菜买米什么的，还远远不够他要攒的数字。他试过老本行，重新当力工，年纪大了，头一个活儿就差点儿搞砸了，往五楼搬台洗衣机，一层三毛钱，勉强到了四楼半，腰倒是还有劲儿，可是胸口喘不上气来了。他在家躺三天，思前想后，决定收废品。虽然他一直觉得收破烂的比要饭的好不到哪去，但是他六十九岁了，还能干什么呢？

老许知道，指望收破烂赚钱，就是收了一吨报纸、一万个酒瓶子，也攒不下两万块。那只是个幌子，他瞄的是花园工地。那里开工一年半了，除去两个冬天，累计五个月的停工，十三个月里他们把楼盖到五六十米，没墙没玻璃，就一个钢铁骨架，远远一看，赤裸裸阴森森。尤其天黑以后，月亮上来，周围一带都笼罩在密密麻麻的菱形阴影中。最后要盖多高，他也不清楚，现在就已经是厂区最高的楼了。每次在那里等人的时候，老许越仰头看越想不明白，这个盖完了到底能干什么。不像是能住人的地方，感觉在上面刮一阵风都颤悠，再说那么高，接孩子回家不得爬个小半天呀。那年代大家住的是五六层的职工宿舍，而且没有电梯，老许是不会理解的。

没事儿老许就在那儿转悠，他买三轮车就为这个，两种人会卖东西给他，都比市价划算。头一种是逃课的学生，三五成群的，进工地偷点废铁废铝，有时能有铜丝，一看就是从电线上撸下来的。他们东西少，但是便宜，都不用上秤，一帮孩子，给个一两块就屁颠儿屁颠儿地往游戏厅跑。另一种是工头带着人，算民间工头吧，不是公司的人，民工们自己选的大哥，组织大家在白天开工时一捆铁条抽一根地存着，每天夜里从围墙的豁口运上车，让老许一车拉走。之所以选择老许，是因为工头来看过他的地窖，以前冬天存白菜的，足够大。老许答应先不卖，放到这里,等明年大楼竣工,人都撤了,他再把这些处理掉。退休金和补贴的钱全部花出去,收回来的是铁,老许只能靠老王那边的工作养佳明。

老王给他加钱了,老许成了他的司机。四月以后他儿子进入审判周期,他频繁往返检察院,他以为他爬进检察院的楼道,敲开检察官的办公室,总能让他存一丝怜悯,对他儿子手下留情。后来他搞清楚了,不是检察官铁石心肠,这是个天平,他儿子被告是天平这边的,检察院是天平那边的,他们天生就是对手。老王要去找天平谈谈。

老许提醒过他,上次跟检察长事没办成,要吸取教训,得给法官送点礼。老王说他送了,送的是大礼。老许纳闷儿了,老王每次出门都拽着自己,也没见他带什么来呀。

"我胆小,面儿矮,怕丢人,连请个小保姆都不敢,我今天连滚带爬地找法官求情,所有的路人都回头瞅瞅我,你说我送他的是什么?"老王撑着地面苦笑道,"我送给他一个良心。"

好像不是这样的,杀人就该偿命,与良心无关。可老许没法劝,这不是老王的好日子,是他一辈子最糟心的时光。要不是收那些铁,搞得手头紧,他连老王的工钱都不想要了。他此时能做的就是多陪陪他。老王是那种用不着你陪他聊天散心的人,那就陪他晒晒盛夏的太阳吧。可是老王有他的计划。他拿着法官的照片守在门口辨认每张出入的脸。他不想跟上次一样,直接进去敲法官的门,他要更可怜,守在门口,让从法院过往的人都看见他。他甚至要把老许撵走,这样法官问他是怎么过来的,他就说他是从家爬了五公里过来的。在他的计划里,他要让法官不忍心拒绝他。

老许被他赶走了,他把三轮车停在街对面,坐在树荫下远远地看。中午法官没出现,几个从法院出来的同志停在老王身边,想帮帮他,都被他摆手拒绝了。那就继续等，下午更热了，柏油路被烤得冒浆。老王趴在那里一动不动，有一阵儿老许还以为他被地面烤死了，连忙往回跑。到了马路中央，老王抬头示意他别过来。老许左右看看，去东边路口买了两块西瓜。

回来的时候他惊呆了，虽然他早料到会是这样，但这场景还是震到了他。他看到门口的老王仰着头对着法官哭诉，法官蹲下来劝了老王几句，起身要走，老王趴在地上跟着他蹭了几米，一下子抱住他的小腿，年轻的法官转身跟他解释，老王不听，眼睛一闭，就在法官的皮鞋上咚咚咚地磕起头来。

看着这些，老许蒙了，站在十字路口，进退不是，双脚真跟被柏油粘住了似的一动不动。他吃了口左手里的西瓜，红浆从嘴角冒出来。就在斑马线上，即将变灯的一刻，老许两手发抖地哭了出来。

6

体检非常麻烦，抽血、验尿、血脂、血压、血糖、CT、X光、视力、鼻腔、听力。早知道这样就不带佳明过来了。四个楼层，十二个诊室，折腾一上午。医生让他下午两点过来拿结果。保险公司的人三点半过来，老许看看表，晚上下班前，他的命就是外孙的了，而且那么贵。

许佳明还在大厅看书，其实只是看书里的插图。都是老许当破烂收上来的，收了半年的废品，那些铁还得等段时间出手，报纸、纸箱和酒瓶，他怕有肝炎病菌，当天就送到废品收购站去。但有些不卖，带字的成册的他都留着，虽然没几本书，基本上都是《故事大王》《故事会》

和《读者》，但老许分辨不出来，他认为这些都是书，都是精神财富。过两年他死了，他会给许佳明留一套房子，留一笔保险赔偿金，再就是十箱子的精神食粮，现在已经五箱半了。

那怎么预防细菌病毒呢？首先老许相信书和酒瓶子、罐头盒不一样，肝炎患者用过的餐具，肯定不能用了。可是他们看过的书，也许还是干净的。况且他还留后手了，他跟花园工地的人要了些板子，打了十个木箱，书装满后，在里面淋上"84消毒液"再钉死，过一个月再开箱。如果佳明不像那些读书人一样蘸着口水看书，就一定没问题。他为外孙做了那么多，却还不敢放心去死。

体检时间很长，佳明没催他没怨他，性格和他妈妈一样好，这让老许有点担忧，智力不高，不敏感的人，性格都特别好。他坐到外孙身旁，佳明对一幅插画已经盯了快十分钟了。黑白画，林子里的两只狼，母狼跟在公狼身后，全都侧着头往画外看。老许摸着他的头问："看了多少了？"

佳明此时才知道外公在他身旁，也不惊讶激动什么的，很淡然地翻过一页说："书带少了，我重看的。"

"你要是识字，能看的就多了。"

"为什么？"

老许想教他，可里面的字他最多也只认识一半。他以前在学堂认的还是繁体字，从朝鲜回来，汉字都变简单了，好容易学会，又简化了，然后呢，又繁体化了，他崩溃了，索性不学了，认识几个算几个，搞来搞去说是消灭文盲，反倒让他这种识字的人成文盲了。

老许说，他得会拼音，这样能查字典就好了。他昨天还收了一本《新华字典》呢。

"姥爷,我饿了。"

老许拉着他走出医院。走过凉亭,他想起来,有一年秋天就是和女儿坐那儿吃的饭,好像是土豆丝卷饼,也是在等会诊结果。那时候佳明还没生,来看什么病?哦,他记起来了,就是来做产前检查的,检查佳明在玲玲肚子里好不好。哦,他又记起来一个事,他应该还有个外孙女呢,不然不会让他们等那么久。他女儿怀的是龙凤胎。

看着小贩在土豆丝上刷酱,他难过了,同样的情景,他老了不少。他有点难过,过了六七年还吃路边小摊儿,还这么没出息。他冲小贩摆摆手,说不要了,带着佳明进了一家馆子。可是他看看菜价,又舍不得了,点份水饺让孩子吃饱得了。反正他老成这样了,吃了也是浪费。他跟服务员强调,不要放醋,要叉子。许佳明吃饺子不蘸醋,而且一定要用叉子。

孩子话不多,以后得跟老许和玲玲一样,人生注定孤独。他看姥爷不动筷子,他也放下叉子不吃了。老许拗不过他,叫服务员再上一份三鲜的,给自己倒好醋,跟外孙一起吃。

两点十五分回到医院,大夫说再等等。难不成他也怀了龙凤胎?他拉着外孙下到一楼大厅,站在挂号窗口看上面的牌子,摘出三样接近的,儿科,脑科,神经科。他走上前向窗口问:"给小孩儿测智商要挂哪个科?"

儿科。大夫拿小灯照佳明的耳孔,食指在他眼前晃了晃,又给一个小勺捂住单眼看视力表。佳明喜欢这个,位置不一样,可是"山"开口的方向却没变。大夫把口罩摘下来,跟老许说:"没问题啊。"

"我想测测他智力。"

"智力?"

"他妈妈是傻子。我怕遗传。"

"为什么?"许佳明插话。

"看上去挺好的,"大夫审视着孩子,说,"多大了?"

"再过三个月六岁,明年这个月就上学了。能测测吗?"

"不是测的事儿,真想知道得做脑电图。我建议你先别急着做,挺贵的。我问问他。"大夫弯腰问:"小朋友,多大了?"

许佳明不说话。大夫看看老许。老许摇摇佳明胳膊,说:"叔叔问你话呢。"

"你多大啦?"

"我姥爷刚告诉过你,五岁零九个月。"

大夫乐了,对老许一摆手,说:"没事,回去吧。"

一块大石基本落地,老许拉着佳明想飞奔两步。而佳明不高兴,拧着姥爷的手走在后面。上到三楼时,佳明说话了:"姥爷,我不傻。"

"对,佳明可聪明了。"

"不是,你刚说我傻的。"

老许停下来,眨着眼睛说:"姥爷错啦,来,姥爷抱你上楼。"

佳明扭着身体不让抱,挣开他的手,瞪着他说:"姥爷,我真不傻。你每天晚上出去我都知道,你一出门,我可害怕了,我灯都不敢开,就等着你回来。可我就是不说,我知道你去挣钱,我要是说了,你就舍不得去了。"

老许回身把楼道窗户打开,风吹得他眼睛通红。他捏捏鼻子,咬着嘴唇。真受不了自己,快七十了,还会哭。他合上窗户,拿手背擦擦眼睛,拽出手绢给外孙擤鼻涕,揣回口袋说:"上楼等着吧。"

他和佳明坐在诊室门前的椅子上并排看书,他勉强读完一个小故事,佳明还在看那两只孤狼。三点钟还没出结果,保险公司那边今天肯定得推了。要不过几年再买吧,他身体还不错,要是今年买了还不死,就是浪费。从今天开始,外孙不再是个负担,他是个懂事的大人了。再熬两年吧,他得为外孙好好活着。这么多年,老许头一次体验到,原来幸福是这样的。

护士叫他进去,他把书放下,让佳明别动。大夫在里面等着他。他看眼表,快四点了,一会儿回去还得把豆腐买了,过油吃。

"许林森?"刚进来大夫就问他。

"对。"

"你还抽烟吗?"

"以前抽,刚戒。"

"嗯,以后也别抽了。"

大夫侧身,双臂支在桌子上看着一连排的透视照片。老许靠近一步,问:"哪张是我的?"

"都是你的。"

"这么多?"老许笑着,"大夫,我想先不买保险了,所以我这体检结果什么样都无所谓。是我跟他们讲,还是你跟保险公司的人说?"

"那是医院跟他们有合作,我不负责。"大夫的小铁棍指着照片,想了一会儿说,"叫你家人来一趟吧。"

老许没明白,两手插在裤袋里乱抓,低头冷静一下,他知道了,可怕的事情发生了。他抬起头说:"大夫,我要是得了什么病,你跟我说就行。"

大夫看看他,摘下眼镜,双手搓着脸,长叹口气,说:"还是把你子女叫过来吧。"

7

老许下楼去等,刚敲了二十分钟的门,屋里没人,要不然就是于勒听不到叫门声。玲玲他们两口子住二道区,和汽车厂刚好是长春的两个斜对角,过来一趟得俩小时,又没有电话,总不能提前写封信,定好日子再来吧。

已经是秋末,各家门前成堆的白菜陆续入缸腌上了,光秃秃的树枝在风中摇摆,就等着一场大雪把这些落叶和白菜帮子埋起来,眼瞅着又一年过去了。老许点上烟,看着树叶在风中飘来飘去。他看不到明年的落叶了,也吃不到明年的酸菜了,今年能吃上几棵都不好说。保险公司拒绝他的投保,同样,他也拒绝了医院的观察治疗,都是因为钱。

他重抽起烟,虽然现在他抽半支都费劲,但是,早死早超生。下辈子托生成牛马,都能比这辈子强点儿。他把老王的活儿辞了,那场官司也打完了,他儿子被判死缓,意思是等两年就改无期。不用偿命,下半辈子吃喝不愁,算是打赢了吧,算是老王的磕头下跪有效果了吧。庭审那天一度混乱,老许也去了,他知道是怎么回事了,他知道他儿子杀的是什么人,老王是怎么瘫的了。在公诉人、检察长、律师和被告的一问一答中,他全明白了。

那天老王几次撑着桌子破口大骂,他骂他儿子,最后一次竟然要老许背着他冲到被告席,抡起拐杖去抽儿子的头。他们被提前赶了出来。两个老人坐在法院门口的台阶上等宣判。萧风瑟瑟,老王哭着说自己造的是什么孽啊,落这么个下场。老许喘半天,说不出来话,一口气卡在嗓子眼。他想说自己有孽,老伴儿死得早是他造的孽,生的女儿是傻子也是他造的孽,但是老天爷不该让他在这个时候,佳明刚懂事、老许刚想好好活下去的时候得肺癌。

他去过孤儿院,转一圈就出来了。那群半大小子,还有那些模仿他们的孩子,他宁可带外孙一起走,也不送他去那种地方。或者跟玲玲商量,佳明的妈妈。可能不行,她养活不了他,她的丈夫于勒也没责任养活他。

快到中午时,有人拍了他一下,是于勒,跟他比画半天。老许还不习惯跟他打交道,知道说话没用,也对他比画。他和于勒忙活一阵儿,对方做了个"请进"的手势。这个老许明白,走进去,问道:"玲玲呢?"

玲玲没事,一直在家看电视呢。老许问她怎么不开门。她说你们自己开门啊。老许说爸看你来了。她说我知道啊。总有什么不对劲,他回头看看门锁,指着于勒吼道:"我是她老子,我都没这么干过!你把她反锁在家里?"

于勒慌慌张张,"啊吧啊吧"说个不停。估计女婿在给他讲,玲玲有回自己出去走丢了,过了好久才找着的故事。老许点点头说,等她熟悉这个家就好了。于勒做了个"吃饭"的手势,老许摇摇头,于勒还是进了厨房。

老许把电视关了,想跟玲玲谈谈,憋了半天也不知道从哪儿说起,只好打开电视陪玲玲一起看。刚好是动物世界,玲玲最喜欢的节目。她以前爱看电视剧,怀了佳明以后,有天发现电视剧都是编的,瞎扯淡的,就转而迷上了这个,更真实,但也更残忍。她最喜欢袋鼠那期,成百上千的袋鼠妈妈带着宝宝蹦来蹦去。可惜后来不播了,那都是六年前的节目了。

这集讲老虎，从一只怀孕的虎妈妈讲起，她生下三只小虎。一只循着气味过来求欢的公虎咬死了其中两只，他的目的是杀绝母虎的后代，好和母虎重新交配。母虎不干，叼走仅存的遗孤藏好，然后和公虎展开一次决斗。决斗持续一夜，公虎被赶跑。片子最感人的一处是，母虎回来时迷路了，她一路哀号，找了三天，才在上游的洞穴见到自己饿虚脱了的孩子。

玲玲看哭了，眼泪吧嗒吧嗒掉下来。老许叼烟沉默，他知道自己就是那只公虎，剥夺了女儿做母亲的权利。多说也没用，老许起身拿外套，说得去接佳明了，佳明上学前班了，成绩特别好，什么知识一教就会。玲玲含着泪说，真好，真好，他比他妈妈强多了。

玲玲送老许去公交车站。老许怕她再走丢了，让她记着怎么回去。玲玲给他看个字条，于勒把地址写在上面了，她不认字，但可以给别人看。

等车的时候下雪了，天还不够冷，雪花特别大，飘在空中迟迟不肯落下来。19路车人太多，老许说等下一班。其实他知道，他这个岁数，上车就有人让座，他只是有些话还没说。他想告诉女儿自己得肺癌了，要死了。可是说了又有什么用呢？虽然她的亲妈亲爸很早就没了，但她还是理解不了，死亡的有去无回，是多么令人伤心的一件事。

19路车又来了，老许找好零钱，从中门上去，转身望着玲玲，对她挥挥手，犹豫了一下，还是说了："玲玲，你好好的，爸就要死了，你好好的。"

玲玲听懂了，蒙在站台。中门已经关上，汽车缓慢启动，她忽然跳下马路，扑过来，扒着车门缝对老许喊："爸，我恨你，妈也恨你，他们都恨你。"

8

工地有名字了,他们把石板上的"花园"留下来,在被抹掉的"共青团"上写了"酒店"两个字。以前从右往左竖着看的"共青团花园",反过来读成了"花园酒店"。南北花园这回彻底圈起来。第二年春天,那些老人们不能去那里遛弯儿了,也不知道都去哪儿了,老许有一段时间没碰见过脸熟的、能打招呼的老朋友了。好像他们真是像开发商所愿望的,在一个冬天里都死绝了。

不过就是老许这帮怀旧的老家伙发些感慨罢了,大多数厂区人都在欢迎这位客人。从砍树那天算起,到现在已经两年多了。以前只在港片里见到的,或是从书里读到的"摩天大楼"四个字,这一次就要降落在他们身边。小佳明就是其中一位,春节以后每天回家,都会仰躺在雪地上数一遍再上楼。二月十五日是二十九层,三月一日三十三层,三月十五日到了三十六层,四月一日还是三十六层,他们不盖了,大厦封顶了。

老许还有他的操心事,今年以来他都不再去收铁,也没人再找他。后来他知道,那批工人撤了,工地现在更需要瓦匠、电工和管道工。之前他承诺,等竣工再把地窖里的铁卖掉。估计等不着那天了,他身体已经不行了,就是爬二楼的家都是撑着楼梯扶手,气喘吁吁。还有他更担心的,工头知道这个地窖,知道里面藏了多少铁,他怕他们哪天夜里开着解放,卷土重来做没本儿的买卖。不可不防,一大笔财富,老许有回下地窖数了一遍,深吸一口气,这些要是都卖成钱,差不多真可以把佳明抚养到大学毕业了。

他侧面打听了市里的几个收购站。老板们一听就明白是怎么回事,可他们胆小,不愿意揽事惹麻烦。只有一个答应了的,开价低一些,而且要求老许自己拉过来,交货才算,假如在路上被警察查了,跟他们无关。又不是偷来的销赃,他也是花钱收的。老许不满意,却要了电话号码,说考虑考虑。他得算算这么卖,一共要少赚多少钱。

不往远说,早个三五年,他气还能喘匀的年纪,他就敢借辆解放,走不设岗的小路和国道,运南方卖去了。要不找于勒来帮忙吧,怎么不熟也是他女婿。可他那种说不出话的人,老许实在是不了解,回头把他告发了,这两年就白忙活了。要是小吴那年没出事,玲玲能嫁给他就好了,那么壮实、那么好的小伙子,他俩能当父子处。对啊,老许想想自己乐了,这些都是佳明的救命钱,不就是小吴的儿子吗?他一个本该外姓的姥爷,不就是在给差点儿上门的女婿操这份闲心吗?他当爹的时候就累,等当了姥爷,更累。没爸没妈的孩子。真是,造的什么孽啊。

有爸爸的孩子都做什么呢?有一次在楼下许佳明对姥爷说,他们班好多同学都在夜里跟爸爸绕过工地帐篷,悄悄爬过花园酒店了,从小门进去,有个安全通道,可以一直爬到最顶层。

"为什么?"老许问。许佳明早不说这句话了,现在成老许的后遗症了。"又不是爬山,楼梯有啥好爬的?"

"登得高,望得远呀。"

"盖好了再去,我让你可劲看。你看那顶层还玻璃都没有,你说那是安全通道,里面黑乎乎的,还没安灯,楼梯扶手都没装呢,掉下去摔死你。"老许指着大厦的圆顶说。

"以后只许有钱人去了,听说在花园酒店要一百块住一天呢。"

老许倒抽一口气,那是一个月的退休金。不可能,小孩子瞎传。老许摇摇头，审视着逐渐显形的怪物，说："我以前老进去，我比你清楚，那里面除了最顶上没窗户漏风，中间根本不通气，没准儿到哪层，你就缺氧闷死了。"

"点蜡烛上去，再就是把绑纸箱的塑料封带点着，哪层灭了，就知道是缺氧了。姥爷，你带我上去呗。"

"你好好学习就行了，惦记这些有啥用。"

"我同学的爸爸都领他们去了。"

"那你找你爸去。"

佳明甩了一下，气鼓鼓地看着姥爷说："你不告诉我爸是谁，我怎么找？"

老许心有点酸，蹲下来拍佳明肩膀。

"你不跟我去，我就自己去，反正我塑料封带都攒够了。"

"你敢去，我就抽死你！"

老许抡起巴掌，但是没下手。佳明不躲，也不哭，瞪着姥爷咽唾沫，仿佛那些都是不小心流出的眼泪。老许想可能是这样吧，学前班里那些同学，一定是笑话佳明没爹没娘，所以他才那么想上去，他想证明自己和那些有爹有娘的小朋友一样，也去了花园酒店。这样解释，老许就不会把外孙的不听话放心上了。那要是果真如此呢？老许可就真的真的心碎了。

"佳明，你把那些封带都留着，姥爷这些天要办件大事，等姥爷办好了，肯定带你去。"

9

他决定自己运,不靠别人。在白天,他把每个轴承都过了遍润滑油,将三轮车的所有螺丝拧紧。晚上十点多他下了菜窖,花了三个小时才托出三十五根铁条,每根铁条二十斤。先这些吧,老许爬上地面想,以后每天卖一点儿,死前肯定能卖完。他一根根塞进三轮车,扯一张军绿色的帆布罩在上面,出发了。

他走大道,长春最宽敞的街,斯大林大街,跟共青团花园一样,也要改名字了,从解放到一九九〇年,叫了四十年,本来是伪满时期日本人建的,那时候叫中央通。三个年代他全经历了。

越是大路越稳当,巡逻的警察不会平白无故拦住他这种糟老头儿。一连排的路灯下,斜长的身影在他左边路面上画半圆。不算特别远,以前半小时就能骑到,现在他身子弱,驮着七百斤的东西,可能会慢点。路过文化广场,他看眼大钟,骑四十分钟了,一半还不到。

夜里三点的时候,他能看见收购站的路口了。他歇一下,数了数,五个红绿灯,他的肺都烂了,视力怎么还能那么好?听说眼角膜可以捐出去,捐谁呢?这个用不着他操心,医院给安排,都是死后的事儿了。换了钱,他还得给佳明开个账户,买保险。他自己想买的时候没机会了,外孙得有。两种全买了,人身保险和信托保险,他得把钱都存到折子里,每个月给佳明扣除去。银行能像他这么负责吗?每月扣十五块,坚持十五年?找人托孤呢?他有几个老朋友,但是那些人,看气色没一个能活过三年的。他该有战友的,一九五七年他就去了朝鲜,一路大捷，都攻到了清川江，美军一场空袭全毁了。他们营里二百来人，就他一个活着回来了。

最后一小段上坡，第三个红绿灯就是，骑不动了，他下来推车。低头使劲时心中奇怪，影子怎么从左边跑到前面去了？影子越来越大，他面前全黑了。他回头看，一辆亮着大灯的车在身后慢慢开过来。那是辆警车。

开到他身边车窗被摇开，副驾驶位上的警察问他，要不要帮忙。老许满脑大汗，摇着头。他不紧张，已经没力气紧张了。

"拉的什么呀，老爷子，这么沉？"

"破烂，一辈子攒下的破烂。"

"真行，也不嫌累。"

开车的巡警说话了："有绳子吗？帮你拖一下。"

"到了，就快到了。"

他停下来，将三轮车横路边，让警察先过去，就当是歇会儿。警车又不赶路，慢悠悠往前蹭。老许坐马路牙子上，等好半天才见警车过俩路口。他把车把顺回来，重新上路。

感觉车比刚才重了，力气使不上。他胸口抵着车把，身体和路面成六十度往前推，可是车子就是往后顶着他。就跟掰手腕似的，表面上看势均力敌，谁也扳不动谁，其实就是在较劲呢，输赢只是一秒的事儿。三轮车持续发力，老许顶不住了，一泄气就被扳倒了。三轮车向下坡滑去，这下好了，身体和路面是一百八十度了。

他睁开眼睛，真操蛋，他还死不了。身后一声巨响，接着是咣咣当当的声音。他撑起来看一眼，失控的三轮车撞在迎面开来的捷达上，三十五根铁条，一根不落，全都荡了出来。

管不了那么多了，重新躺下来喘口气，那些星星在他脸上一闪一闪的。他伸手指过去，认出了北斗七星，找到了大熊座、猎户座，再往前是仙女座吧。他笑了，手臂在身上比画，这片星空真漂亮，经历了几千、几万、几十万年，都不曾改变一丝模样，不管什么时候，不管到了哪里，都依然那么有序地排在天空上。他第一次发现，长春的夜空和三十五年前的清川江一样美。

10

"我没想把你叫来。我跟警察说了，我说那些铁条我不知道是怎么回事，就是路边捡的。把我关起来吧，你们慢慢审，下得了手的话，你们就动刑。我七十岁了，癌症晚期，跟外孙住一起，他聪明、懂事、有胆量，看见我夜里出门还能装睡觉，他怕我舍不得把他扔到黑夜里。他跟他妈不像，跟他爸不像，就像我，什么都不怕，他才六岁，还等着我一会儿回去给他做早饭，我要是回不去了，你们得管，不能让他饿死在屋里。也别通知我家里人过来领我，我没啥亲人，就一个女儿，是傻子，叫她来没用。她有个丈夫，聋子加哑巴，你们去吧，对他比画，等他明白了，我都死在你们局里了。不信谁就把我的肺挖出来看看，黑了、烂了，我活不过下个月，可能这礼拜就死在你们这儿。把我放出去，还来得及料理后事，能做多少算多少，我死了，谁来照顾我外孙，我傻闺女怎么办。关啊，把我关进去啊，我什么都不说，别以为我不懂，等不到你们找到证据起诉我，就是两条命，我外孙饿死在家里，我就死在你们牢里！"

下雨了，他俩走着夜路。那年代没出租车，老许也不愿意警车送他们回去。他走前面讲，于勒跟后面听着，也听不到，但能感觉到雨滴打在脸上，他从怀里拽出伞递给老许。只有一把，老许推回去。于勒摆手不要，头发已经被淋湿了。老许把伞扬开，让于勒进来。走了几步，四只脚挤伞下容易打架，于勒停住两秒，继续跟在老许后面。

"你确实是个好人，把玲玲交给你我放心。我上次去你家，我坐19路车回来，你知道她跟我说什么吗？她说，爸，我恨你，妈也恨你。你知道我什么心情吗？我就这一个闺女，我就要死了，她跟我说的最后一句话是，她恨我。我那天在19路车上，几次都想跳下车摔死得了。没错，要不是我，玲玲也不能是个傻子，她妈也不至于死。但我悔罪了，我把你闺女养大，下辈子再给你们做牛做马。没用，我明白，我该做的就是这辈子做牛做马，等把她闺女伺候大了，还要伺候她闺女的儿子。我许林森图什么呀？这他妈根本不是我的种！"

老许回过头，于勒还在后面，被他的表情吓了一跳，停下来惶恐地望着他，好像在等他的指令。老许对他笑笑，说："我对你也有罪，你也该恨我。我设计的，一直都骗着你呢，我没儿子，自然没佳明这个孙子，玲玲也不是他姑姑，那是他亲妈。你别怪爸，我这么干，就是想让你顺顺心心地和她好好过日子。"

天快亮了，不过公交车还没出，他们还得继续步行。一阵大雨后变成细雨，老许伸手感觉下，把伞还给他，一点儿小雨他走得动。

"你别看玲玲现在恨我，其实她依赖我，离不开我，要是哪天她真明白她爸死了，再也回不来了，没准儿出什么差头，都有可能跟她妈一样，变成疯子。我跟你讲这些呢，就是想说，玲玲不是我的，可我把她养大。佳明也不是你的，我没办法了，才求你把他拉扯大。你别考虑他是谁的,那样你日子就没法过了。他就是许佳明,一个独立的人,懂事、聪明,以后肯定有出息。玲玲呢,她要是没出啥事,精神没问题,你就跟她过;要是不行,你就送出去,国家给照顾。把精力耗在有希望的人身上。我有军人伤残证,能证明她是被我遗传。你别看她跟我没关系,可我把她全都办妥了。"

你放心吧,佳明交给我吧。

陌生的嗓音,老许转身看于勒,他的脸藏在伞下。老许把伞拨开,抓着他的肩膀问:"你刚才说话了?"

于勒瞪大着眼睛,努力理解老许在讲什么。

"是你在说话,你能听见我说话。你还有什么想提的要求,你全讲出来。"

于勒望着他,一脸的惶恐不安,张着嘴使了半天劲,吐了几个字:"啊吧?啊吧!"

细雨中的幻觉,老许接着领路。他也不讲话了,两人默默走着。也许是心灵感应,也许是从老许心里发出一厢情愿的声音,不管怎么说,于勒答应了。老许打算放手了。

快到家了,他们没进去,老许指着家门说,以后这房子是你的了。于勒看看大门,老许对他比画着:"你,拎着行李,进来,睡觉。"

又是茫然的眼神,算了,他回头都写遗嘱上,他还打算给女婿留点什么。他俩往前进入荒草地,汽车厂围着这片草地盖了二十几栋的楼。野草在疯长,已经快过大腿,就是一个营的部队在里面伏击你都看不出来。厂区的物业从不管这里,这种状况持续到十年后的夏天,一个叫毛毛的女孩儿被奸杀在草间,才过来一帮人连干三天三夜,把这些野草连根拔起。

越往里越泥泞,于勒要双手抓着裤腿,才能把脚从泥里拔出来。他跟在后面,不明所以。走到草丛深处,一米见方的空地被砍下的野草覆盖,老许掏出钥匙蹲下来拨开杂草,一扇地门被他打开。于勒倾着身子往下看,那么深,那么多,差不多上百吨的铁存放在里面。于勒直起身看老许,清晨的细雨落在他动着的嘴上,他听不到。

老许说:"佳明爱吃煎豆腐,把豆腐过油放点盐,这些钱够了。"

II

要不是工人们磨洋工,真就没机会进到花园酒店了。雨季里最好的夜晚,月朗星稀,收铁的那个豁口还在,老许拉着佳明钻进去。也是,为什么修补它呢?等酒店落成了,他们会重建一面金色围墙。池塘还在,里面的鱼虾都死了,浅浅的积了点雨水,以后肯定要弄,这些地皮都是花钱买的。

沿着甬路能走到侧门的安全通道,他想起头一次给玲玲相亲的那个独臂军人,就是从这条路走回去的,那时这里是大片松树林,还有只松鼠陪伴他一路。现在想想恍如隔世,那时候那么多烦心事,都是怎么挺过去的?打开小门他乐了,对呀,那些人就是那天晚上过来伐树开工的,花园酒店是这两年零十个月的见证者呢。

这成了死前的仪式,那就不光是陪佳明爬了,他也想从顶楼看看自己生活半辈子的厂区到底什么样。佳明拎根点着的封带走在上面,烧化的塑料带着火苗一滴滴地掉在台阶上。老许在后面给他打手电筒。他们很慢,两步一楼梯,贴着右侧的墙壁,石灰墙,还没刷浆,手摸在上面有点阴凉。左侧的保护栏扶手还没装上,上到第六层老许往下照了照,有点害怕了。他让佳明注意,手不可以离开墙。

"封带烧完了,我得两只手换呢。"

"脚别动,换吧。"

开始他们每层都报数,后面就乱了。十几层的时候换了第三根封带,老许给佳明照亮,新的被引着,问道:"氧气很足,对不对?"

"对呀。"

老许双臂支在腿上喘着粗气,最后一口又上不来了,坐下来缓了半天问:"你说你们同学的爸爸都点封带,对不对?"

"对呀。"

"一直到顶,都没灭过,对不对?"

"对呀。"佳明也知道哪儿有问题了,咬着指甲想了一会儿,把封带扔地上踩灭,坐到老许身边说:"姥爷,本来就不缺氧的,对不对?"

老许点点头,想夸他两句,一时没力气,捂着胸口咳嗽。佳明帮忙敲他后背,咳出来几口痰好多了。他把手电筒递给佳明,说:"姥爷爬不动了,你去爬吧。"

佳明接过手电筒,站起来犹豫着不动,说:"姥爷,我不爬也行,我也累了。"

"你去吧,咱们都来了哪能不爬,姥爷就在这儿等你。"

"那我跟你歇会儿再去。"

他又坐下来,拇指在开关上推来推去。老许提醒他一会儿没电了。佳明就把手电筒合上,两人面前无尽的黑暗。

"佳明,姥爷要是哪天死了,你会不会想姥爷?"

"不会,姥爷不会死的。"

"会,姥爷会死,人老了都得死。等姥爷没了,你眼前就是现在这样,一片黑。你得把这阵儿挺过去,时间挺长,得挺个十几年。等你忍耐着熬过去了,你就长大了,那时你的面前就是一片美好,心想事成。"

佳明不说话。

老许知道他在哭,他继续说:"你现在还小,不明白我在说什么。你把这些话先记着,以后你撑不住了,就给自己背一遍,你又能熬过一个月。你现在跟我说一遍,等我长大了,一切都好了。"

佳明不说话,摸摸姥爷手臂,大声哭起来。

"别哭!你跟我说,等我长大了,一切都好了。"

老许听着他哑着嗓子学了一遍,老许让他再说十遍,永远不忘记。后来他恍惚了,身体瘫在墙角,耳边响起各种声音。他知道自己不行了,他怕死在佳明面前,撑起手臂说:"你上去吧。每上一层楼,就跟姥爷报一下楼层,让姥爷知道你安全。姥爷在这儿等你。"

"那我用下去查查现在是第几层吗?"

他想笑,笑不出来,说:"不用,从这儿算,没有姥爷的第一层。"

佳明上去了,头两层他还听得到,后面佳明的声音逐渐模糊,但没事,有声就是没危险。老许闭上眼睛,过去的好多事都浮上来。他想起十八岁第一次扛枪,二十五岁参加长春的百日围城,解放后和玲玲她妈结了婚,生了儿子,等到三十了又响应号召,抛家弃子去了朝鲜,然后,什么都没了。

楼上没声音了,老许用最后一丝气喊了两声佳明,想上楼去找他。站不起来,他双手扒着楼梯往上爬。跟狗一样地爬,他想起老王了,他那样了还活着,他却不行了。

他早该死的,要不是那天夜里闹肚子,就和战友一起埋在南朝鲜了。他半夜起来，几趟茅房跑了半宿，他蹲着看见一百多架飞机投着炸弹呼啸而过。他呆了，当年打四平也没这么吓人。屁股都没擦他就跑回去，营地不见了，整个营二百多号人全都烧没了。

他被摇醒，他以为自己已经死了，是佳明，从上面下来，手电筒照得他影影绰绰的。他问："到顶了吗？"

"没有，我爬到十五层又下来了。姥爷，我怕你死了。"

"去，上去！我就在这儿等你，你上去！"

他听见脚步一点点远去，光没了。他喊外孙一声："佳明？你还记着姥爷教你的那句话吗？"

"记得。"声音从楼上传过来，"等我长大了，一切都好了。"

"再说一遍！"

"等我长大了，一切都好了！"

营地炸平了，他穿着短裤哭号着在废墟乱翻，没有枪，没有军装，没有证件，他什么都不是了。眼睛哭干了，他平躺下来，头顶一片夜空，真美，那么多的星星在他泪水里一闪一闪的。

九十年代的夏日清晨，许佳明第一次站在花园酒店顶楼的旋转餐厅，等待第一束阳光照进他身前的落地窗。那时的落地窗还没有玻璃，早上清爽的风吹在他脸上，令他摇摇欲坠；那时的餐厅还无法自行旋转，他可以沿着边缘伸开双臂自己旋转一圈。他俯瞰地面，把自己生活了七年、以后还要生活十二年的每一个角落都牢记在心。

他那时不会懂，成年后他回到长春，拿出第一笔收入，住进花园酒店，乘着电梯上来的夜里，他知道这一次的登顶对他有多重要。他的童年只有一条路，这条唯一的成长之路又有座梯子卡在那里，那座梯子如此之陡，高过花园酒店，直通云层。有姥爷的守护，他在梯脚站了两年不敢上去。也就是从那一天,从那个大雾弥漫的清晨,他向上跨出了第一步。

姥爷告诉他,等他长大了,一切都好了。为什么?怎么才能长大呢?梯子挡在他面前,他在旋转餐厅看着远方的群楼,左眼看,换右眼,他们还在那里;如果目标足够远,他们就不会跑,站在那里一动不动,等着他过去。你们都别动,等我从这边上去,再从梯子那边爬下来,我就长大了。

CHAPTER 3 | 六十号信箱

1

寄情书那天许佳明下午没上课,想去庙里烧香拜佛。进去一看最便宜的香也得十块钱,还不能讲价,美其名曰"请香"。许佳明把兜里的钱翻出来,一块、五毛……加起来才七块。他想不行的话,把这半包烟供给佛祖得了,抽不抽是他的事,心思到就行。

左扇大门贴张大庙地图,大小神仙住了七八个院。有各种金刚和各种菩萨,可是他没找着月老。是不是月老级别不够,摆不进来?既然买票进来了,顺手把那些金刚菩萨都拜了吧,反正除了感情,他别的烦恼也不少。

每个神像下面都有个金色牌匾,双语介绍这个人叫什么名字、干吗的,都管凡间的哪一块儿,整得跟真事儿似的。许佳明把中英文都读一遍,再端详一下它长什么样,鞠躬都没有,直接去下一个院。他不算虔诚,如游客一般。见着文殊菩萨得好好拜拜,换古代这可是教育部长。他双膝下跪,手心向上,一个头磕下去。还有四百多天他就高考了,考得远点,更远点,再也不回来了。

给菩萨敬烟有点不像话,他四周看看,有个老太太正手持一捆香摇摇晃晃进来。你搞清楚这是谁了吗,人家可不保你平安健康。许佳明过去跟她解释了几句,讨了三支香,在香炉的火焰上方摇几圈把香点上插好,心中默念,也别考太远了,跟房芳一个大学就行。房芳是他情书收件人的名字。

他站在展厅假想一条线,这边是他,省实验高二快一班的尖子生,那边是长大后的他。如果说成人世界是他早晚要迈过这条线去拜访的地方,此时他觉得那边也好不到哪去,一样的恐惧与绝望。

他快步走出寺庙,心想能在十七岁线这边的时候爱上房芳真好,这一份爱会令他长大后到了线的那一边,还可以有一个干净的爱与性。

2

他找人问了问,还不到三点,学校还有四个小时才放学。他不想回去,收件人拿到情书以前他想先回避一下。今天是周五,周日肯定能读着。周一再去上课,找个借口跟NIKE搪塞一下就好了。NIKE是他们班主任,历史组组长,头发稀少,中年胖男人,讲课跟说书似的铿锵有力。没课的时候,他最大的爱好就是用他们历史组的座机往家长手机打小报告。那个年代手机接听也得六毛钱一分钟,他一说就是半小时,仿佛是成心把家长激怒,再诱导他们把气撒在孩子身上。

许佳明不怕,他没家长。他住他姑父家,在哑巴楼。他姑父是聋哑人,可能是因为听不见才不会说话,有点事还不打手语不写条,学人家口型以为自己能讲明白,结果说来说去就只有"啊咦哦"三个音。他还装电话,总觉得自己是正常人。电话是那种除了响铃还闪灯的,下班没事就坐桌前盯着看谁找他。一亮灯还抢着接,"啊咦哦"地讲一通,说快了就像"哎哟哎哟",挂掉后他翻电话本对比来显,看是谁打来的。对不上号就算了,知道了是谁,他伏在窗前能琢磨一下午,自己是不是应该直接去他家,问问他什么事儿。

电话本上有历史组的号码,他姑父家长会的时候抄下来的。许佳明早给改了,差两位数,跟来显对不上。而且,许佳明永远搞不懂,每回家长会NIKE一气儿说两小时,他姑父在座位上都在干点啥。还有一件事他没跟任何人讲,就算以后跟房芳好了他也得藏着,其实他姑父娶的不是他姑姑,是他亲妈,他是私生子。他姥爷得癌症之后,跟死亡赛跑似的虚构了一个短命的儿子,假儿子又生了他。这几年上坟他在人前都喊他爷爷。

他找网吧待几个小时,他不会玩网游,反恐也弄不明白,看过新浪体育后,他不自觉地登陆了论坛。一个加拿大的简体字网站,各种马甲分享着色情图片。他知道这不好,刚才还认定了他与房芳的纯洁人生呢。

网吧人太多,他没办法全屏,每点一帖子在图片展开前就急着回复一句"碰见这把好乳,虽不是板凳胜似沙发"或是"楼主功德无量,小弟六体投地"之类的。后来他改看网文,没影像没声音也没感觉,里面对白都是"啊……啊啊……啊啊啊……",也不知道作者什么意思,写色情文又不按字数结稿费,点这么多省略号干吗?

他关掉文章,将首页留在屏幕,没省略号没露点,好比飞机安全降落。他往后一靠,点支烟。页面打着硕大的广告——移居加拿大,月入一万元。他不信这个,只点开看一眼,里面说多年以来加拿大人口负增长,他们急需引进未满十六岁的少年,以培养成加拿大二十年后的中坚力量,条件是少年必须只身前往,他们只要早晨的太阳,那些步入中年的父母是累赘。这倒挺适合许佳明的,况且他英语没问题,伦敦、纽约应付不了,对付蒙特利尔这种法语区的人肯定没问题。可惜他十七岁了,刚好过线。他摇摇头,回到新浪看体育新闻。

网速很慢,时间就很快。出来时天黑了,他有点失落。每回浏览色情网站、泡录像厅感受前排的老头儿手淫以及站立交桥下喝茶看民工打牌这种无意义的事情之后,他总要沮丧一阵子。偶尔还会痛恨自己龌龊肮脏，反复说，使劲骂自己。表面上他对高尚的说法不屑一顾，认定这是一种虚伪到假惺惺的品德，可是内心里他真的希望自己能成为一个高尚正直坦荡荡的男人。

唯有房芳是他的解药，他暗恋她十八个月，每当他体会到爱着她的感觉时，觉得自己也在变得和她一样干净。在她面前，他常常装作骄傲、漫不经心、无视她的容貌。可有几次真想在胸口割一刀，把心掏出来给她看看，让她看看自己是多么卑微与脆弱、孤独与绝望。他一直在高尚和龌龊之间反复摇摆。他偷看她的眼睛时都在想，他和她的孩子会长成什么样，他们以后会去哪个城市生活，他要找份薪水多少的工作才能养她到一百岁。

这些他都不能说，如同那些龌龊肮脏的阴暗面，这些是他的秘密。每一个少年的成长中都会有朵秘密之花，花开的记忆永远不能讲，可一辈子也忘不了。

以前给房芳的情书都是匿名在网吧敲出来的。高三报考前总要玩一次真的。他怕被拒绝，但更怕错过她。他觉得自己像飞机幸存者在荒岛上待了十七年等待救援，他多么希望这个漂流瓶能漂洋过海到达她那里，令她伸出救援之手，带他离开这个绝望孤岛。

3

星期六他在家里睡了一天，他姑父在外屋忙再婚的事情。他见过新娘，不好看，跟他妈比差远了。人家的婚礼他帮不上忙，也不想出现，他不想显得自己太多余。

星期天他们把请帖都做好了。他去南湖抽了半盒烟,坐在湖边的长椅上看着成群的候鸟回到北方。春天到了,日落时分,水面泛着金光,鸟儿在斜阳下呼吸着自由空气。带我走吧,有那么一阵儿他甚至都说出声来了,随便一个人,把我带走吧。

星期一他提前去了学校,他一瘸一拐地找 NIKE 描述了上周五中午的一场车祸。他指着左脚说大夫要他住院,但他怕影响学习。"所以,"他顿了一会儿说,"我还是坚持回来上课。"

NIKE 靠在椅子上仰头看他,只有这样,前额唯一繁茂的一缕头发才不会垂下来。他不相信许佳明,但也懒得让他脱鞋看看。他一般不管学生,打家长手机只是他个人爱好。作为省实验快一班的班主任,他认为学习是他们自己的事情,这些孩子聪明,知道得失。他拿出烟盒叼支烟,两手在兜里摸了半天。这让许佳明很有种冲动,把自己的打火机递给他。

"以后提前写假条,先请假。"NIKE 伸手摸许佳明的裤袋,拽出打火机点上烟,把打火机放进抽屉里,长吸一口,很惬意地继续说,"上学这种事,没有能来和不能来,只有想来和不想来。只要你想来,伤多重都能来,明白吗?"

"明白。"

"假条也不用写车祸了,编这个没意思。事假或病假就行了。我不关心你是什么病什么事。你就让我知道,你还给我写了个假条,还尊重我这个老师。"

"知道了,但是,我真被车撞了。"

NIKE 没理会他,起身到窗台拿烟灰缸,转身问他:"为什么他们都叫我 NIKE?"

他背对窗台挡着光,这时许佳明才注意到他一身 adidas。穿着三道杠的外套,脚上是三叶草的运动鞋。他也在和他的世界对抗。

有人在外面敲门,许佳明微微鞠躬退了出去。房芳的父亲来了。他见过他,经常在亚泰桃花苑的班车点接女儿。关门的一刻他听见他问 NIKE,点点来了没有。许佳明也不知道班上谁的小名叫点点。房芳两个字的发音都跟小名似的,不至于还叫她点点。

回教室里没见着房芳,那时班上有一半人没到;早自习没见着房芳,班上有三个人没到;第一节课没见着房芳,班上就她一人没到。几何课上 NIKE 带着房芳的父亲进来打断一下,他们还是想知道谁的小名叫点点。没人举手。后半节许佳明没听进去,他想不明白到底谁是点点,房芳的消失跟点点有什么关系。

星期二她也没来。跟他的情书有关吗?跟点点有关吗?趁人不注意,他去房芳那儿坐了两节课,他想寻找她的痕迹:几本教辅、一份政治笔记。他的手指点着纸张逐字逐句地看,仿佛那是写给他的回信。

历史课他坐回去,清初的文字狱。他手臂撑着脑袋听了二十分钟"清风不识字"。每回情绪一激动,NIKE 就把垂下来的一缕头发重重地抹上去。正在他描述宁古塔的苍凉时,两个警察出现在外面,轻敲其实已经敞开的门。

班里有一点小骚动,NIKE 对着同学,左手下压两拍,跟着警察到了走廊。许佳明听不清警察跟他说什么,他学姑父的读唇术,再按照"啊咦哦"的方式翻译出来。每一个细节他都不漏下,包括戴眼镜的警察是左手执笔在本上记录线索,时不时还要抬笔推下眼镜。看到最后,他鼻子一酸哭了出来,他知道他完了,他知道他注定要在荒岛上挨过余生,他知道他还得在姑父的新家多余下去,他知道自己将宿命一般,继续被高尚与龌龊折磨。他知道,这些他都知道,再没有人能带他离开这里,他的收件人死了。

4

房芳还不认识他那阵儿,许佳明时常以路人甲的身份在她身前身后晃悠。那时候大家是高一新生,还没有快一班,房芳在三班做文艺委员,许佳明还在他的十七班。三班挨着地理组,一下课许佳明就抱着地球仪,装作给老师送教具一般在房芳身边走两遍。

省实验是反着来的,高三在前几层,十层往上是高一,仿佛对快高考的高三学生来说,在电梯里多待三十秒都算奢侈。学校电梯是不少,可架不住七千人同时出来。如果下节不是体育课,一刻钟的休息时间,没人爬十几层往外跑。房芳也一样,忙的时候坐教室里做题,没事的话就在走廊溜达一圈,看看窗外的风景。其实也没什么好看的,一大片的工地,学校在建初中部。这时有个抱着地球仪的路人甲从旁边走过,没多久又抱着似乎更大的地球仪走回来。地理科代表,七百五十分的考卷,地理就占十分,还有这么卖力气的。

接近三班时许佳明就慢点走,又不想太明显,貌似很吃力地挤着额头,只用余光瞄眼房芳。有几回他快崩溃了,真想把地球仪一摔,大声告诉她,这破玩意儿跟我无关,二手市场十块钱一个,抱俩月了我都不知道加勒比海在什么地方,我就是来看你的,我喜欢你,行就行,不行拉倒,我再也不费这个劲了!他当然没说出来,有一半这样的勇气,都不至于熬到现在,房芳死了还不知道,他爱她。

既然无法表白，他总得找点儿事干。他给自己设任务，一次搞清一个问题，比如她嘴角的痣是左边还是右边，她的头发是自来卷还是偷偷烫过，她的眉毛有描过吗。这些都比较容易，但是高二以前他始终都没弄清楚，他有没有房芳高。每回都是一瞥，房芳又没站直，有时趴在窗前，有时倚在门口，从来就没能背靠背地出个结果。

许佳明并不矮，上个月量是一米七八，以后肯定还得长。可是房芳十五岁的入学身高就已经一米七五，从后面看她的双腿纤瘦细长。许佳明转着地球仪想，那两条大长腿，可以把这些亚非欧美拉缠绕一圈。当然，这不算色情，依然圣洁如雪。

房芳的父亲叫房传武，他很矮，一米七都不到。他在一汽做速度测试员，很难跟人解释速测是什么。汽车厂每天生产上千辆车，每辆车下线以前都要拉到专用跑道上，请他这样的人跑一圈，有点儿"是骡子是马拉出来遛遛"的意思。别的不用管，油门一踩就成。然后技术员会把这辆车的最大马力和耗油比例算出来。这些都是隐藏数据，不会告知车主，说明书上也不写。如果标注最高时速一百八，那他们起码要跑出两倍，三百六十迈才算合格。干这行不是什么技术活儿，身体得过硬，猛跑的时候别把早饭中饭甩出来。讽刺的是，房传武到现在都没有驾照。

收入比工人高，比技术员低，他一直过得挺节省。下了班都是坐286路回他的亚泰桃花苑。从起点到终点，286路跟走街卖唱似的走走停停，二十公里开上两个小时。疾走急停，弄得车上的乘客都一个样子，死死抓住扶手，目光呆滞地盯住车里的灭火栓或是某个孩子的脸，任凭身体怎么摇晃，都懒得抱怨，也不转动眼睛。冷不丁进来，会觉得一车人都在站着打坐。

有一回他站前面跟司机聊天，没话找话，他说别看我天天坐你车，但你真不行，你磨磨唧唧开一天，没我二十分钟跑得多。司机没搭理他，也没算一天和二十分钟的账。不用说，这个人在吹牛，给自己找面子，司机知道286路一车人，包括他，十年之内都买不起车，十年后也得看中国还有没有闹革命搞批斗这种事。这帮人就这样了，坐到286路车停运，或是自己停运的那一天。

之后房传武就学乖了，一句话不说，也跟别人一样，盯着投币箱数钢镚儿。他咬牙切齿地想，攒钱给房芳买车，买最好的，就买甲壳虫，最适合女孩子。汽车厂的车他都信不过。

要是没堵车，准时到，他就提前一站下，省实验四号班车在那儿有个站点，顺道接上女儿回家。三月八日礼拜五，那天班车到了，但女儿没出来。估计是小提琴排练，他也不急，路上买条鱼拎手里，抡起双臂，晃晃荡荡走回家。

房芳在七点半打电话进来。她解释她正和点点在外面吃饭，点点妈妈又出车去上海了，她答应今晚住她家陪她。房传武不说话，他知道女儿马上会找无数理由求他，跟他撒娇，他挺享受这些的。然而这回没有，房芳突然严肃起来，跟他保证今晚就跟点点讲明白，明年高考，她没时间再陪她玩了。就一夜，她说，明天起床就回家。这让房传武一下子不知道说什么好了，他嘱咐她注意安全，两个女孩儿吃完饭早点回家，晚上别再出门。

挂掉电话他到厨房对老婆说先不做鲤鱼了，房芳不回来了。因此他们还吵了一架。她怪他太宠女儿了，养孩子没他这样的。一直到晚上她还在唠叨，车轱辘话反复说。他警告她，再说他真急了。好了，她倒是不提这事了，熄灯以后开始翻旧账，因为这个点点，房芳这几年有多少次不着家，连过年那几天都往外跑，大年三十也过不消停。后来他终于急了,仿佛在勉强兑现他之前的威胁,爆发得很温和,他抓起枕头去了女儿的房间。此后的几年,他一直睡那里。

第二天天刚亮他就被老婆弄醒了,比平常上班还早。她问女儿几点回来。他应付两句,翻身背对她,心里盘算着今天找点事做,离她远点。他家在一楼,有个不大的院子,他想去买点菜籽,种在院子里。那就跑远点,出城去农村买。

他装两瓶水骑车去的,当是郊游散心,来回路上就有十个小时。骑车回来他颇为感触地计划,退休以后还是回农村住,养猪种菜真好。七点他才拎着韭菜苗和葡萄秧进了桃花苑。他以为这事过去了,一家三口吃顿晚饭,听房芳讲昨天她们都干什么好玩的了,晚上有精力的话,挑灯把葡萄秧架上。可是计划不如变化快,其实是没变化,女儿一直没回来。

他也不知道点点家住哪儿,电话是多少。他老婆提出报警,他说不合适吧,怎么跟警察说呢?女儿去同学家玩一天没回来?他打114查昨天的来电号码。114不管这个,建议他试试电信局。他又打电话去电信局,接线员说这是隐私,不方便查询。他急了,在房芳床上翻来覆去一夜没睡。

周日早上电信局一开门,他进去就大骂一通。他们赶紧查出这个号码息事宁人。房传武拿过来一看,傻了,白折腾了,房芳昨天在重庆路附近一家话吧打过来的。那里没法查,重庆路相当于上海的外滩、北京的王府井,没人住在那儿。他对老婆说,明天去学校看看,没准儿她正坐在教室呢。这也是一厢情愿,他自己都觉得出事了。

星期一早晨他去了省实验。他先在教室后门窗看了一会儿,没见着女儿。他去历史组问班主任,点点来了没有?NIKE问他,谁是点点?

房传武眯眼回想了一会儿，忽然意识到，自己原来从没见过她。他一直以为挺熟悉点点呢，他知道她是房芳最好的同学，知道她是单亲家庭，她爸爸以前赌博被人捅死了，知道她母亲是长春至上海铁路段的列车长，知道这孩子是二月六号的生日，上个月房芳春节都没在家过，特意陪她去了趟海南，当作生日礼物。怎么现在他连点点是谁都说不上来呢？

他和NIKE查了一节课，把六十个同学的档案全过一遍，有一个二月六号生日的女生，但父母都在。第二节NIKE在八班有课，让他在办公室慢慢核对。房传武坚持去操场等。他又去看眼后门窗，房芳还没出现。

第三节是几何课，NIKE要带他进班里问问，他觉得这不是小事。NIKE把他领进快一班，也没时间介绍他，打断一下就问，这里面谁叫点点？没人应声。你们谁认识点点？依然沉默。有听说过点点的吗？学生都不看NIKE了，低头做题。他转身对房传武摇了摇头。这时候他才明白，他根本就不认识点点，这些都是从女儿的嘴里讲出来的。

就在快一班，他都要倒下去了，扶住门框，他双腿直打哆嗦。过去的两天发生了什么呀，过去的两年发生了什么呀？没有点点这个人，从头到尾她都未曾存在过，几年以来，关于点点的一切，都是女儿编出来的。

5

房芳死后两天，直到礼拜二上午，才被发现死在花园酒店的303房间。花园酒店在昆仑一路上，他们把以前的共青团花园围一圈建起来的。所以花园酒店真仿佛花园一般，郁郁葱葱，茂密繁盛，周围都是不高的杨树，使得这栋二十四层的大厦格外显眼。

　　许佳明的姥爷家住在附近，以前大楼刚封顶还没电梯的时候，他和姥爷摸黑爬过一次。这是他对姥爷的最后一次记忆，到十三和十四层的拐角处他姥爷终于爬不动了，坚持要许佳明继续上，他坐下来歇一会儿。两个小时后，许佳明再回来的时候，他姥爷已经吐出最后一口气。初中毕业后他又去过一次，走进电梯里，那两层楼都消失了。12往上只能按15，13和14都被他姥爷带走了。

　　从低到高，一楼是大堂和饭店。二楼为会议厅，铺满了能坐上千人，在传销还是合法的年代，这里天天预订出去。三楼有六间二百平以上的总统套房。随便走进哪一间，按下开关，头顶的二十四盏水晶灯交替闪烁。从落地窗望下去，可以看见酒店的小池塘和两只互不理睬的天鹅，它们扬着脖子各玩各的，仿佛提醒我们反伊甸园的可能是真实存在的。未来某一天，即使人类只剩下两个，还是会相互厮杀，优胜劣汰。

　　星期二，房传武在现场坐了一个下午。他想不明白，一天八百八十八元的房费，房芳来这里干什么，那些和"点点"一起的日子，她都在干些什么呢？

　　起先是大堂经理报的案，他看看登记表跟警察说，303房间是三月八日中午有个叫王勇的先生用身份证登记的。老警察让他先打住，问这么大一酒店，怎么不用电脑，都写这破本子上？经理愣了一下，也不知道脑子过了些什么，就是不告诉他为什么，继续跟背稿子似的说，门把手一直挂着"请勿打扰"的牌子，所以这么多天负责打扫的服务员没有进去过，他们不清楚里面一共有几个人，好像没人出入，也没人点餐。后半句他急刹车一般，不说了。

人家是干酒店这行的，什么人花小一千住进来，他心里有数，他也明白关在房间里几天不吃饭意味着什么。每个房间里都贴了"拒绝毒品，远离生命"的牌子，但养他们的毕竟不是警察局。这里的服务员入职培训时就讲了，不该你们知道的不要瞎打听，别不小心给自己扣个知情不报的罪名，反正等顾客毒瘾过去，退了房，收拾干净了，还可以欢迎下次光临。

303房间是礼拜五开的，那个王勇持信用卡刷了两天的房费，可以住到周日中午。酒店平时不催客人续款，老板上课说了，这样客人不知不觉就又多住几天，消费是硬道理。每星期二他们才查一次账，电话提醒一下那些欠费的房间补下房款。那天303房间打不通，经理让服务生拿卡去看看里面的人在不在。几分钟后服务生回来说，有人在里面反锁了，铁链子钩住的那种，弄得门只能开几厘米宽，隔空喊了半天没人应声。经理问他什么味儿，有没有冰毒的味道。经常有这样的，溜冰过头了，一躺就是一星期。不着急，醒来再跟你算钱，八百八十八一天，乘呗，赖账就电话举报你。可303房里面飘散的味道不是冰，服务生支支吾吾，说不上来什么味儿，就说是有味儿，有点像装满蔬菜冻肉的冰箱断电两个月，再把冰箱门打开的感觉。

经理把锁匠叫来，捅咕半天，门彻底推开的那一刻，他就明白断电的冰箱是什么意思了，那是血肉腐烂的味道。一瞬间他仿佛被什么东西裹住，头皮发麻。他皱着额头检查一圈，客厅没人，往里走，房间里没事，床下面是空的。然后他和服务生点上烟，盯着洗手间的门把手抽完这支烟。

警察十分钟就到了，他们从书包里翻出房芳的学生证，去了趟省实验联系上死者的父亲。分析了现场，老警察跟房传武说，周六晚上房芳先盛满水,洗了个热水澡。

"什么意思,死得干干净净?"

"不是,这缸血水上面还漂着精液。"

房芳躺在浴缸里,她看着一颗颗精子从下体滑出来,向上,再向上,浮到水面。她刚跟人发生了性关系。不过从水位上看,浴缸里肯定没有第二个人。也许她早计划好了,就是想死在浴缸里,她把剃须刀片拆下来,一闭眼,划了自己的手腕。

警察问他女儿是不是左撇子,因为她被割的是右手腕。房传武直摇头,他觉得那不能说明什么。他说,他女儿右手能写字,能用筷子,右手什么都能干,不比左手差。警察没说话,知道房芳是左撇子就够了,也不好反驳。自杀的家属都这样,他们宁可虚构一个凶手,也不接受亲人自杀的事实。早十年他就知道为什么,一个人自杀,说明死者身边的家人朋友都有罪;要是被杀,大家都是受害者,悲伤也来得更纯粹。

没人再问他,房传武躲到窗下,他在想象女儿的血从手腕涌出来把一缸水染红的情形,他知道房芳后来害怕了,爬出浴缸去求救,可是血流得太快了,她刚抓住门把手就倒在了门边。于是几天后,催账的大堂经理一拉开门被吓坏了,腐烂的尸体就从里面蹿出来,躺到他脚上。一丝不挂,全身血迹,就这么羞耻地死了,生平十七年始终在追求和保护的那一点点尊严,一瞬间就全都毁掉了。

傍晚的夕阳斜照在套房里,他坐在落地窗前看两只孤傲的天鹅背道而驰。他不知道还有多少秘密没被阳光照到,为什么一个孩子心中要有那么多难以启齿的故事。女儿自杀,是不是因为做父亲的很失败,他打开窗户透口气,望着创业大街上的汽车想,都是小儿科,车速连他的零头都不到。

还是那个老警察，走过来和他并排站着，手臂倚在窗框上看了会儿日落。他问是不是就这么一个孩子。房传武点点头，指着远处，说雪都化了，你看春夏秋冬，一年又开始了。老警察望着他，家属已经有反常迹象了，算了，不讲了。

他继续陪他看日落。太阳这东西没谱儿，可能再过俩小时还落不下去。讲出来，今天早点收工吧。他咳嗽两声，仿佛寻找最合适的声调，侧身对他说："验尸官刚才给我发传呼。"

老警察又停了，这话真不好说，据说现在工厂把人开除，都有专业职位了，好像叫人事经理。以后他们这行也得加个坏信使职位。容易吗？负责侦破，还得负责传话。

"你说吧。"反倒房传武先问出来。声音从外面传进来，他的头一直在窗外，看着街上的蜗牛车。

"你女儿刚做完流产。"

说完他就走了，留下房传武低头站在窗前没有动，抿着嘴唇，迎着风。他不知道套房就他一个人了，那群人如会议结束似的迅速消失。他还在尽量把眼睛睁大，好让涌出来的泪水消融在眼眶里，不至于掉下来。

6

这礼拜 NIKE 一直在游说校方，能不能在周一的升旗仪式上为房芳默哀三分钟。领导们多少了解点房芳的死因。正副三个校长有两个不同意将这件事扩大。让 NIKE 生气的是，即使是同意的刘校长，也只是假模假样地不说话而已。NIKE红着脸跟他们争了半天，最后刘校长说了句莫名其妙的话做总结，他说铁打的军营流水的兵，省实验的规矩不能乱。省实验的人都知道刘校长的脑子有问题，他是体育老师出身，除了体育学院，全中国的体育老师，只有他一个人熬到了副校长。

要是省实验的规矩不能乱，那就照他的规矩来。星期一早上，三个年级七千人集合在操场，NIKE背着手站在快一班的队伍前把升旗看完。结束后主席台上的刘校长拿着话筒安排，哪个班跟在哪个班的后面。对了，组织队列才是他该干的事儿。当他喊到高二快一班跟进时，NIKE对全班做了一个手掌下压的手势。这是他的招牌动作，以前上课他要是烟瘾犯了出去几分钟，就这么弄一下。

刘校长用麦克风连喊三声钱老师，NIKE的官方称呼。几个班主任过来打听什么情况，NIKE说我们班有同学死了，我们要为她默哀，你们从后面绕吧。一时间许佳明明白这手势是好事，是在高尚与龌龊的斗争中，给高尚加分的一件事，而且他也的确希望更多的人像他一样，想念房芳。

一时间高二年级二十多个班两千多人，都被他卡在操场西侧。能带快一班的基本都是学年老大，有威望，说了算。别的班主任不愿驳他面子，在人家默哀的时候带队喊口号离场，也都站着不动。NIKE清清嗓子，对全班讲了几句话。不愧是教历史的，名人演讲记多了，他这几句话也讲得跟起义宣言似的。NIKE说房芳一直是快一班的人，进省实验第一次考试，就以前十名的成绩进了我们班，之后从没掉出去过这个班。上星期就那么死了，全校没人知道她的死，没人想念她，一点动静都没有。我们快一班得为她做点什么，我建议，此时此刻，我们就在这里为她默哀，起码我们要让省实验的人知道，有这么一个叫房芳的好女孩儿，来过这世上一回，来过我们快一班一回。

后排有几个女生哭了。许佳明知道那只是感动，谁都没有他难过。从第一次见到她，他就宗教一般虔诚地迷恋了她四百多天。他常这么比喻，面前一条线，或是一条河，现在是河这边，他要坚持着活到河那边，他已经把房芳当成了他长大后的私有品，她成了他往前游的灯塔。然而正当他吃力划水的时候，对岸的光消失了。没什么能比在水上迷路更痛苦。

他睁眼看看脚边的尘土，默哀还在继续。他想如果房芳的死，是一段心碎爱情的结尾，那聚光灯也是打在她和王勇的头顶。他俩是主角，许佳明就是个小角色、一份调味品。他能想象房芳泡在花园酒店的浴缸里对王勇娇嗔道，我们班有个叫许佳明的可喜欢我了，哪天你要是对我不好了，我就跟他好。可是，房芳，有一天他真的对你不好了，你宁可死，也不会选择我。你们是国王和王后，扑克里的Q和K，在你俩面前我就是个J，小丑，我永远管不上你们俩，永远都要被你们压在下面。真的，房芳，不带你这么残忍的。

那天夜里，许佳明终于想着房芳自慰了一回。他从来没这么亵渎过她，开始有点费劲，后来他就幻想花园酒店的现场，想她还在发育的乳房，想她也许稀疏的阴毛，再后来他想她两条长腿上的血迹。最后他终于兴奋起来。

完事之后他有点愧疚，他觉得他与那些狰狞的欢喜佛无异，一时间无法入睡。过去一年多他都是想着房芳那张脸才睡着的，刚才却拿她手淫，这一次是龌龊赢了。想着既然今天已经越轨了，那就干脆把她戒了吧。黑暗中他告诉自己，谁也不要想，许佳明，到最后你都得是一个人孤独地游过去。他难过起来，失声地哭了。这习惯不好，由于跟他姑父住一起，什么事他都很大声。

看眼闹钟已经两点多了，他还没睡着。他摸出手电筒展开信纸给房芳写信。不能点灯，哑巴楼是这样的，半夜弄多大声都没事，只要一开灯，邻居们就像吵醒一般，扒着窗户看你家怎么回事。他想写封诀别信，或是别的什么说法，反正是灵异驱魂的那种。内容大概是你一直都不爱我，而且你根本没察觉到我爱你，那你就不要再阴魂不散了，我会试着把你忘掉，忘掉你样子，忘掉你声音，再也不想你，我会坚强地游到河那边。

写完后他找枚邮票夹进去，把信一折两折塞进枕头里。这样就能睡得踏实了，他自我暗示了一会儿，发现不灵，胡思乱想了好多事。万一有一天，他也跟房芳似的突然死了，人们是不是一样会发现他的秘密，就像这封信，抽屉隔层的人体扑克，褥子下面的阁楼VCD，还有那些不敢寄出去的情书，对了，政治书第67页还有他抄下来的色情网址。这些都是羞耻，得找个地方把秘密藏起来，如果他没了，就让许佳明这个孩子彻底消失吧。

窗外传来鸟叫，天就快亮了。许佳明有点着急了，最后再想房芳一次，想戒明晚早点上床。他回想第一次遇见她的情景，那时他在校外饭馆吃午饭，每周一他都出去找有电视的饭馆，正午十二点会播放周末联赛的集锦。他喜欢国米和维埃里。那次国米平了，还好维埃里进了三个球。房芳就是这时进来的，听见她说话他没转身，眼睛还在盯着电视。那个娇滴滴的声音问老板有没有酸辣粉，她说，小碗，别放辣椒，别放醋，小碗酸辣粉。老板有点为难，嘟嘟囔囔去了后厨。插播广告时许佳明回头看了看，他想知道没醋没辣椒的酸辣粉能是什么样。如果生活是一场电影,那么许佳明这次回身慢放一万倍都不过分。因为就这一瞥,不经意的一次回头,他所看见的一切,一碗粉,一个姑娘,一双纤细的手,直到今天许佳明还得靠那张至纯至净的脸才能入睡。

7

他姑父想在大婚前来一次大扫除。许佳明说他的房间由他负责。"说"这个用法习惯了,他一声都没出。他姑父是聋子,许佳明打的手语。以后十几年许佳明经历不少事,交了不少朋友,所有的人都觉得手语是许佳明最神奇的本事。

许佳明知道不用怎么收拾,又不在他房间闹洞房,意思一下就行了。主要是他得把秘密整理一下,做好随时死掉的准备。他把星期一夜里想到的都翻出来,将屋里每一寸空间都过一遍。镜子后面他找着身份证和存折,两个名字都是许玲玲,那是他妈妈。户口本上是他姑姑,他姑父也是这么以为的。

存折是低保账户,许佳明翻到账目的第一页,七十年代,还没他的时候,每月就开始往里打钱了。明细最后一条是一九八八年五月,没取没存,已经五千多了。许佳明知道现在低保是一个月一百八。十几年没动的存折,加起来三万多了吧。

他拣起身份证,那还是一代的黑白照片。许佳明盯了一会儿,琢磨自己到底哪儿和他妈长得像。没多久他有点想他妈了。许佳明刚上小学时她进去的,也快十年了,不知道怎么样了,好点没有。有时间得去四平看看她,他还从没单独去过。他把存折、身份证和光盘扑克一起装书包里。他没打算取钱,得留着,别哪天被新姑姑看见,转她账上去。这些以后都用得着,他妈又不是死刑无期、剥夺政治权利终身。精神病也有被放出来的那一天。

之后他也不想收拾了,双腿翘在桌上坐着,回想他妈、他姥爷、他以前的家。把他妈送进精神病院,他一直有愧。他姑父都没想过的主意,他提出来了。他那时小,净想着他妈天天在门口丢人现眼来着,他没想过把他妈送走后,他和姑父搬到哑巴楼,他在这个冰冷世界就一个亲人都没有了。

他有点难过,把书包挎上,开门跟他姑父比画两下,意思是清扫完了,出去转转。他姑父检查他房间,比没收拾还乱。就算不大动,起码在窗户上贴俩喜字。许佳明没意见,至少装作无所谓,站椅子上问他姑父哪扇。他姑父指指中间那扇。许佳明摆下试试,红色冲窗外,屋里也透出个形状。那也不舒服,他打算往后在家天天拉窗帘。

许佳明跳下椅子,要他姑父等着,他去拿糨糊。他姑父说糨糊不行,得是透明胶。他姑父也是比画,再配上他的"啊咦哦"。客厅没透明胶,全是黄不拉几的宽胶带。他顺手把剪子带进来,见他姑父正打开他书包看人体艺术。他姑父回头见着他,问他扑克是哪来的。他说想不起来了,刚收拾出来,打算扔了。他姑父皱皱眉,看着眼前这个连继子都算不上的男孩儿,供吃供住供上学,如今还得面对他青春期的性困惑。他姑父把扑克收盒里,放进书包,告诉他扔远点,别带回来了。许佳明点点头,其实他想说,你也尊重一点我,别再翻我书包了。但不能说,他还在河这边,寄人篱下要加倍卑微。十年后,还是那帮朋友,一致认为除了手语这一特长,许佳明还是个好脾气先生。

离开哑巴楼,他骑车穿过几个街区,去周边看看把东西藏哪儿,找个树林刨坑埋了肯定不是他这种高智商孩子的选择。后来他知道放哪儿了。他去路口找配钥匙的买把锁,别太大,拇指大小就行,最好是旧的,新锁太显眼。接着他又绕社区骑了几圈,他知道这规律,有些楼前人就是多,麻将、扑克、羽毛球,全是人,有些楼就是没人,似乎爱玩的都往那个楼去了。

六十五栋便是冷清的那种,自从旁边建了平均三十几层的步步高小区后,这些四五层的红色板楼就一直落在它们的阴影下。实际上步步高只有三栋楼,分别是三十一层、三十二层和三十三层,横着看起来就像是通天的台阶。据说他们还在占地拆迁,地产商放话每起一栋新楼,他们就增加一层。有时候许佳明就想象,真等他们造了几百层的那一天,他就踩着这些云梯离开地球。

低头回到六十五栋,除了过往的行人,门口连个择菜的老太太都没有。他走进四门,在信箱前巡视一遍,记住最旧的那个信箱。四门一楼从四十六中门记数,每层三户人家,他算算要爬到顶层五楼。

上楼的时候他想起一事,卸下书包看看。果真如此,存折不在了,"啊咦哦"把它偷走了。他真想找他姑父说道说道,引用课本里鲁迅的一句话,他已经出离他的愤怒了!忍吧,他姥爷死前告诉他,以后受多大委屈,你都要打掉牙往肚子里咽,你得忍到上大学。他又想他姥爷了,这一阵儿他好脆弱,总是想念死人。

五楼左手是他要找的人家,好像真没人住,门牌号被墙灰糊上了也不刮一下。他敲了一会儿,每次都更重一点儿。然后他从书包里找出一小本敲隔壁的正中门。有个老头儿把门开条缝见是个孩子,将门全打开。许佳明指着左侧,问他有人住这儿吗,就是这家,六十中门。老头儿问他找谁，要干吗。许佳明说自己是送快递的，给他们家送录取通知书。老头儿忽然感叹现在的世道啊，这么大点的孩子就出来工作了。他说，老雷家好几年没人住了，房子一直空着。许佳明端着小本瞎翻，装模作样问他，叫雷什么呀，看看跟这收件人是不是一致。雷……雷……邻居大爷翻眼白想了半天，看来真是搬走好几年了。后来许佳明都想放弃了，他还在那儿想，他说他记得他们家是回族，男人活着的时候是警察，被火车轧死了，没多久他媳妇领俩孩子搬走了。又一个心碎人生，许佳明想，又一个死人。

许佳明说声谢谢就往下跑。下到一楼他打开雷家的信箱，把里面的东西掏出来。这都多少年了，放信箱里面还能起一层灰。全是广告传单，他抽张活血壮阳的溜一眼，什么世界啊，那些有女人的老男人还得靠药顶着，他这天天顶着的少年却没女人。他把这些放信箱上面，一会儿远点扔，别让人起疑。再往里掏还真有几封信，邮戳花得看不清日期了。他家男人叫雷力，收件人这块儿写着呢。先收着，哪天无聊了再撕开，估计比看滋阴大补酒的神奇疗效解闷儿多了。

清完信箱他停了十几秒，跟那天大庙拜佛似的，他想有点仪式感。打开书包，他一样一样往里放，光盘，扑克，身份证，所有没敢寄出的情书，上学期抄网址的政治书，一张叶玉卿的巨乳海报。之后他想了想，把烟和打火机也塞进去了。

他拿出小锁，将小钥匙挂进自己的钥匙链。他又郑重其事地站了一会儿，从今以后，你许佳明就是有地址能收东西的人了。他真想找个能给他回信的笔友写信，他会很骄傲地把地址留在信纸的背面，锦程大街十六街区六十五栋。他关上邮箱门，看眼上面的数字，六十号信箱，这将是他秘密的家。

8

婚礼在三月底,他姑父找人算过,阳历阴历两个双数,大吉大利。许佳明不知道他姑父还信这个,要是娶他妈那回也这么算一下,婚姻美满家庭和睦,可能许佳明不至于这么苦,现在还能姑姑、姑父地叫着。许佳明还记得,三岁那次婚礼他没去,刚睡醒就见一帮人将他妈妈抢走了,走前还扔了一把硬币在床上。他还忘不了,他姥爷逼着他妈出嫁的。表面上是为女儿找依靠,现在看看,其实他姥爷在给许佳明铺后路。当然他姑父一直以为那是他爷爷。他又想他姥爷了,要是知道姥爷在阴间的门牌号,他都想割腕跳楼加投河找他去了。

他姑父是二婚,事先征求过新娘的意思,低调一点,他们在下午结婚。可也实在太低调了,婚庆公司都没请。他姑父从单位借了几辆捷达,沿着人民大街慢行一遍就算了事。人民大街是贯穿长春东西的一条街,许佳明知道他们就是在那儿领的证。这条街是伪满时期日本人修的,当时还是用他们日语汉字名,叫中央通,后来叫斯大林大街。可能是前两年市委开会,认真地讨论了一下斯大林的问题,他死那么多年了,活着的时候也没来过长春,可能都不知道这个社会主义小兄弟的东北方还有这个城市,长春三百万人,我们凭什么天天贱滋滋地纪念一个格鲁吉亚人。改成什么大街好呢?人民大街,许佳明死活想不明白,他们怎么选择这么一个让人无语、政治路线绝对正确的名字。

酒席办在社会主义新农村,又是社会主义,不过这是怀旧型消费的。大锅饭的风格,什么都是论盆论缸端上来。这次许佳明去了,新郎讲话时他要做翻译。他姑父对着麦克风比画了半天，有点不对劲儿，你一个哑巴用什么麦克风？许佳明把麦克风拽到自己面前。前面的翻译基本还是准确无误，当他姑父表示将与新娘林莎一同抚养这个侄子，共创美好明天时，许佳明改说大家吃好喝好，不醉不归。他可不想成为众人的焦点，而且他正拼命往前游呢，一旦到了河对岸，才不要你们两个抚养。

接下来是新人走桌敬酒，他姑父那边只来了姐姐姐夫。姑父的老爹去年没了，留下老妈身体不好，总惦记闭眼一死跟着过去。倒是他姑父手套厂的同事来了不少，他们都是不同程度的聋哑，好几个还是哑巴楼的邻居。区分他们很容易，聋哑人干杯时都是使劲敲，因为他们从来不知道，玻璃的碰撞声有多令人挠心。

许佳明在找娘家人在哪儿，都是什么表情，他们怎么舍得把女儿嫁到这里来。他知道他妈之所以嫁给姑父，是因为智力有问题，好人不要她。几年后他终于知道不是脑子的缘故，叫自闭症。二十年前的医疗技术，碰见智商不高、精神又偏激的人，大夫都搞不清是怎么回事。

他姥爷死后，他妈严重起来。活着的时候她从来不理他，父女俩一句话没说过。父亲刚入土，话就上来了。白天说，夜里也说。后来她还找个盘子，画上她父亲，天天对着说。画的还挺像，每天去公园就找棵没人的树，把盘子架上去，她跟站军姿一般笔直，一口气能说上一天，不带重样的。不知道她哪儿有那么多心事倾诉，有时候说生气了还冲盘子吼两句，有时候又对盘子哭上半天。

根本没有正常的时候，她丈夫，她儿子，任何活人她都无视，世界上好像就这么一个看不到摸不着的亲人。许佳明有回受不了，把盘子偷出来扔了。她难过好几天，三千里寻母似的在公园每棵树下绕圈儿找，走俩小时去报社登寻人启事。他姑父后来看不下去了，又画个新盘子给她。这回许佳明不敢扔了，一直被她带到精神病院。

许佳明要求把他妈送医院去。他那时候小学一年级，全班都知道公园里的女疯子是许佳明的母亲，他们叫她盘子精。因为这个，他跟人打过不少架。他跟他姑父说，有这样的姑妈他没法活了。懂事以后他后悔了，他知道自己小时候的想法，他刚上学，进入人生第一个社会型群体，就跟猴群也有等级一样，在这个班里他希望活得有尊严，不被人笑话，起码别掉到最底层。现在他不这么想了，想受人尊重要靠自己努力，不要被那些外在的目光影响。这么想而已，他妈要是真回来，没准儿劣根性又得上来。

不想了吧，他巡视一圈，在后排他找着娘家人了，来得不多，一桌都没坐满。除了新娘的父亲，全是女的，都是新娘的闺蜜吧。她们全是三十出头的样子。单瞅一个还能算是好看，可是为什么坐到一起就那么奇怪。一个个都说不上漂亮，却又很显眼，看上去像组团从国外整容归来似的有模有样。啊，他明白了，她们穿着的品位很一致，她们都喜欢漆皮、鳞片和蕾丝的东西。

许佳明端着可乐不知是进是退，有个红头发的女人挥手叫他过来，要他把桌上的东坡肘子消灭掉，太腻了，她们不敢吃。许佳明偷看几眼新娘父亲，一头银发，上唇留着胡须，可能是夹在一帮女人中间的缘故，他浑身不自在，靠在椅背上一语不发。许佳明揣测他在想什么，是他准备的这场婚姻，还是他对这场婚姻毫无准备？应该是后者，他一脸不高兴，连筷子都没掰开，绷着嘴瞪视墙上的壁钟。许佳明盼望他能闹一通，把闺女带走。他才刚学会对他姑父一个人忍辱偷生，凑齐一对儿他应付不了。

红头发阿姨喊他宝贝儿,让他慢点吃,整个肘子都是他的。她问他在哪个学校读书,几年级了。他说在省实验,高二下学期。另一个超大耳坠的女人惊呼一声,省实验!那可是清华北大的苗子啊!许佳明心想,大惊小怪,我还没告诉你我是快一班的呢。出于礼貌,许佳明问她们都是做什么的,都这么好看。这是谎话,许佳明觉得她们个个都是披张美人皮的妖怪。

几个女人彼此笑了笑,似乎对许佳明的奉承很受用。红头发的说,她们都在推销安利的营养素,能帮助女人抗衰老。许佳明点点头,心想原来如此,要不是安利打赢了政府的官司,打击传销那会儿,就该让你们这帮白骨精现出原形了。

这时新郎新娘过来了,他姑父冲银发父亲喊了半天,不是"啊咦哦"了,这回是"叭叭叭"。许佳明意识到,这是正式改口呢。他爸没应他,酒都没喝一口,举个空杯子画半个圈就算过去了。然后新娘林莎就开始调戏许佳明,她右手攥着红包甩来甩去的,要他喊她姑姑。许佳明也不知道这种情况是假意推辞一下,还是上来就改口。他愣了一会儿,他姑父摸摸他头发。他特意清清嗓子大点声喊姑姑。他可不想让林莎嬉皮笑脸地说,声音太小,没听见,再叫一回嘛。

他新姑姑应声大外甥。叫错了,该叫大侄儿,许佳明也懒得纠正。她把改口费给他。许佳明接过来时悄悄搓了一下,最多一张,还不一定是红票。好像他父亲这时不理解了,耳语般的声音自言自语,姑姑?许佳明冲他笑笑,难道他们没跟你说,你女婿有个拖油瓶的侄子吗?你们婚前在研究彩礼陪嫁的小黑屋里,连我都没讨论到?他没说出来,但还是打手语发泄一下。他姑父又摸摸他头发,让他别提了,高兴点儿多吃点儿,别胡思乱想。他早吃饱了,又不能提前走。出包房抽了一支烟,他再一次幻想有个房芳这样的白衣天使,插着翅膀飞下来,把他带到云端。他依然想房芳,暗恋也有哀悼期,他一时还不能接受新女孩儿。

重新回来,他想好接下来干什么了。婚烟是芙蓉王,每桌都放了两包,他要把这些收齐,锁到六十号信箱里去。后半场酒都喝乱了,人们串桌敬酒。脸熟的就说,过去咱俩某某场合见过一次,喝一杯;不认识的就说,刚见你就觉着你跟我一朋友特像,也喝一杯。这时候最好下手,很快他就顺了五个半包烟。谁都不会注意这孩子,继续聊他们的。拿第六包时,有个男的在他头顶说,看你保养这么好,回头我也得让我老婆用雅芳。许佳明仰头看一眼,他正跟戴大耳坠那女人聊天呢。不是说安利吗,怎么变雅芳了?

他可不管,芙蓉王最重要,它在圆桌的另一侧向许佳明招手呢。他握着筷子,左手轻拨转盘,看起来是要夹对面的水煮牛肉。他有经验,一会儿右手夹肉,左臂一拂,烟就跑袖子里来了。芙蓉王与他从一百八十度渐渐变小,让它慢慢转,走到零度就可以据为己有了。

他得先装作不经意地看看周围有没有被谁留意。大人们还在乱走乱碰,喝得五迷三道。忽然那么一瞬间,他出现幻觉了,所有的人仿佛VCD快退一样倒着走。他看见自己叫林莎姑姑;他看见红头发那个问他,宝贝儿,你是哪个学校的;他看见新娘父亲一脸不甘心;他看见她们钟爱的漆皮、蕾丝和鳞片。啊啊啊!许佳明站起来顺时针看一遍,就好像世界围他转了一圈,那些女人全都散开了,端着酒杯跟婚礼上的男客聊天攀谈。他一下子就全明白了,他挥舞着手臂拉住他姑父,差点儿就要喊出来,她们都是鸡!她们都是到了年龄、从了良、急着嫁人的小姐!

9

许佳明后来在上海有个朋友叫李小天，画国画的，品位能力也就那么回事，不过卖相还不错。与其他文化领域不同，绘画是一个挺寂寞的职业，除了齐白石、陈逸飞那种国宝级的画家，很少有画家能做到家喻户晓妇孺皆知。李小天能成为这行当里少数名人，跟他的画没关系，反而是因为他微博里的段子转发率很高。许佳明也不是靠作品成名的，他们这点很像，都很尴尬地活在画家圈里。

说不好他们算什么朋友，其实不熟，平时不联络，只有许佳明去上海或是他来北京时，他们就挑个阳光好的下午，出来喝杯星巴克。晚饭都不一起吃，太阳一落山他们就各忙各的。而且每次散伙都是这样，做东的那个人看看天色不早了，隔着小圆桌去握对方的手，说这几天我们多联系，在这儿有什么事尽管给我打电话。然后两个人起身披外套挎包，心里明镜似的清楚，都是干这行的，孤独寂寞惯了，来这儿也就是拜个码头，往后就算我客死异乡，也不至于给你打电话。

他们认识了差不多十年，除了一次意外，警察把李小天安排过来见面，他俩满打满算也就喝过六次咖啡。李小天很有趣，逮着个话题就能编个笑话，好笑点儿的回头就发微博上了。相比之下，许佳明枯燥乏味，他反而认定正是李小天诡异的幽默，阻碍了他们的坦诚相待。

有一回忘了是谁开的头了，说到高考，李小天说他以前像每个孩子那样纠结了十几年，到底是考北大还是清华，现在想想，他那时候真是闲得蛋疼。他自我开心了十几秒后，发现许佳明根本没笑，瞪大眼睛看着自己。这多少有点不快，李小天点上一支烟，往后一靠，正色道："我刚讲了一个笑话，你一点都没笑，我允许你再回味一分钟。"

许佳明也点上一支烟，还真回想了一会儿，接着身子倾过来说："我明白你的笑点了。"

这一刻反而把李小天逗坏了，他哈哈乐了半天问许佳明："什么情况，你没那么木吧？"许佳明挠挠头，跟他说："我也纠结过这问题，到底是北大还是清华，后来我上了清华。"

李小天一下子蒙了，挺好玩一笑话，居然撞枪口上了。他问许佳明，你学习怎么能那么好，不应该啊。许佳明说，他在他们班属于中下游的成绩。中下游？李小天问，别人呢，都考哪儿去了？我们班六十个人，最后十七个进了北大，五个中科大，七个被哈佛耶鲁斯坦福挑走，我是属于快一班最没出息的那二十多个，只能上清华。

这回换李小天瞪大眼睛望他，他移近靠椅让许佳明再讲讲那个鬼地方，什么省实验，他怎么进去的。许佳明说，省实验全称是吉林省实验中学，一届将近三十个班，两千多名学生，只有前一百八十人是中考进来的不花钱，房芳和许佳明都是公费生。许佳明没觉着自己怎么用功，他的目标是快长大赚钱养自己，跟学习好坏无关。只是考试那些题他都会，而已。

两千多人减掉一百八十人还是两千多人。剩下的孩子全是自费生，分数不够，家长找人送礼托关系，加上每年交一万八的学费和两万四的建校费才能进入这扇门。省实验从三届七千名自费生中收取三个亿，这笔钱到哪儿去了呢？学校不断向学生灌输他们拥有全国最顶尖的设施，他们有自己的体育馆、游泳馆和网球场，他们还建造了体育场、一万人看台和塑胶跑道，尤其是人工草地，管这块儿的刘校长捻着指头强调，光是四季的保养都是按寸花钱的。可是除了这些，你们还干了什么？一年可是进账三个亿。

自费生读完三年高中不吃不喝也要花掉四十万，前十万是送礼托关系的敲门砖，十二万六是你的学费和养草皮的建校费。接下来三年也许二十万都不够，省实验每个班差不多一百人，每个教室都跟小礼堂似的，十排以后想看见黑板得自备望远镜。按照潜规则是五千块起调，每加一千让你前进一排，保你一个学期的座次。所有的老师周末在外面都有自己的补习班，家长怕孩子不受待见，被老师穿小鞋，带着补习费挤进来捧老师臭脚。还有纪律卫生扣分，值周生把红袖标藏起来去抓人，每周一的升旗仪式由政教委员宣读上星期各个班级的得分情况。许佳明原来的班主任刚开学就讲明白了，那些给班集体拖后腿的扣分同学，统统停课写检讨，哪天写完五万字哪天上课。同时她通过班长以非官方的方式把价位传出去，一分等价两千元，交给她就可以回到教室里。

许佳明刚入学时在十七班，班主任是英语老师，现在想想她的口语实在不怎么样。中年女老师的可恶特征在她身上得到了完美展现，四十来岁的离异女人，喜欢从眼镜上面打量学生，打卷的头发束在脑后。她每季固定有七套衣服，从古奇到香奈儿，天天不重样，每星期轮回一次，仿佛时刻提醒学生们，又要换季了，这一季套装的羊毛要出在哪只羊身上。

有带班经验的班主任都知道，带高一新生第一件事是尽快寻找你的眼线，将其立为班长。仅这点与好老师、坏老师无关。考察的人选就是那种喜欢打小报告、爱出风头的女生。可十七班的男班长更变态，他是个连睡觉都要扭屁股的娘娘腔。很多年以后，许佳明想明白了，那个班长肯定是 Gay。他不反对 Gay，性与爱是他们的自由，结婚合法都没问题。他只希望在宪法里面加上这么一条，不允许将同性恋升职为主管以上。这个世界已经很糟糕了。

男班长除了通风报信和斜着眼发号施令外，最让人头皮发麻的是，他很享受用他的销魂兰花指摩挲你的手臂告诉你，准备后事吧，彩虹知道了。后事就是钱，彩虹是班长给班主任起的外号。他说既然七天七套衣服，彩虹最符合她的气质。这一看就是班主任的意思，她知道自己总要有一个外号，索性先选个好的占上。

彩虹不喜欢许佳明，如果一个人不怎么学习，还能得高分，那就是个坏榜样。那时她还不知道从这孩子身上根本榨不出一滴油。有一次许佳明在厕所抽烟被抓到，扣了一分，按照规矩两千块赎身。可他不能跟他姑父要钱，再说贿赂也违背他原则。这样每天上学把书包放进教室，他就去彩虹的办公室，站在窗台边写到放学。二十多天没上课、没课间、没午休，彩虹都过去三轮了，他愣是写出了五万字检讨并翻译成英文，回到了人间。他恨这个班主任，估计班主任也恨他，因为许佳明坏了钱的规则。

这些还都是二〇〇〇年前的事情，那年代猪肉不到六块一斤，供孩子读高中就要几十万的开销。但如果你能进快班，除了考试，什么麻烦学校都会替你解决。无论你是文理，或是日俄小语种的学生，只要拿到快班通行证就相当于有机蔬菜进了大棚，用不着再花钱买座，几十人的小班座位按名次排序；没有老师敢在这里兜售他的周末补习班，他们不需要这些，能给快一班教课，身价会立即涨成平行班老师的十倍；还有许佳明最喜欢的，快一班不参与纪律卫生考核，值周生就算把红袖标套脑袋上都管不了他，哪怕他把教学楼炸了，只要警察不抓人，省实验现搭帐篷也不能落下你的课。

张阔就是典型，他是班上最小的学生，一米五几的个子，喉结都没发育，一说话还是最明净的童声。而且他是个结巴，话永远都说不利索。但只要过眼的文字、公式、英文就能倒背如流。他十三岁就跳级进了省实验，从第一次考试他一直是年级前五名。可谁也没想到的是，早在几年前他爸被关进去后，他就接手了一百多人的社团，负责保护朝阳桥到春城大街两千多家店面。终于在上高二的时候，一个夜总会老板不想被保护了，跑去莫斯科找了个退役上校，凑了十二人组建一支伏特加保镖队，带回来跟张阔谈，我现在用不着保护了，需要的话，还可以费点心保护你这个小屁孩儿。黑社会也是社会，文明是立足的根本，不至于一上来就刀光剑影。这次让张阔受不了的是，有个他忌讳的词被反复提及——小屁孩儿。后来就在小屁孩儿的英明领导下，警察在伊通河把那个老板全家五口人捞了上来。

这时候快一班的同学才知道，原来教室里还有江湖传说。省实验请最好的律师替他打官司，从未成年、从没有直接参与，或是从被势力集团利用的角度为他辩护。一年下来，警方居然一直没能羁押他，好像是取保候审。那是许佳明听说的第一个法律用语，后来他知道取保候审的意思是，每周有两次，课上到一半儿会有两个警察敲门进来跟老师说，请你们班张阔跟我们走一趟。放学前他们还会开着警车将他送回来。

省实验的想法是，不可能无罪，所以尽量拖着，别打官司，最好拖到明年，未判决嫌疑人在法律上还是无罪的，学校帮他获取高考资格。那年代高考还在七月六、七、八日，只要能保他进考场，哪怕八日从考场一出来就被拉到法庭上也无所谓了。无期也好，死刑也好，这些都跟省实验没关系，省实验要的是发榜单上能写，张阔以多高的分数被清华北大录取。要是那时张阔被枪决都没关系，红榜上"张阔"俩字连黑框都不用打。

省实验每年始终为之奋斗的就是这一张红榜，一百多个名字，最差的大学也是南开复旦，吸引更多的家长把孩子从初中送到这边来。家长们是看见前百名的荣光，他们没想过两千多人去掉一百人，还是两千多人，剩下的都是炮灰，所有没考进快班还在平行班的学生只是分母。正是他们源源不断地找人托关系塞钱进来，才能让学校每年进账三个亿，如按寸计价的草皮一般，百年树人，万古长青。

10

许佳明想找 NIKE 谈谈，一直没逮着好机会。NIKE 这两天又忙着跟校方做抗争了，他们对期中考的时间互不让步。学校希望早点考，这个月快一班发生的几件大事，让他们想早点洗牌，加点新人进来，况且快一班现在已不满六十人了。NIKE 希望晚一点，给这帮孩子多点时间，他想到班里后二十名的边缘学生，上学期好不容易挤进来，提前考试很可能就被踢出快一班。他们争论的焦点是，考试定在五一前还是五一后，那时五一有七天假，NIKE 了解他的那些学生是复习型的，十天假期有多关键。

最后他们又是不欢而散，NIKE 明白，不欢而散意味着校方说了算。他一直想把快一班带好，有凝聚力、团结、阳光一点，让学生们在若干年后回头望望，感觉这三年是生命中最美好的时光。然而这很难，大部分同学对快一班没有归属感，除去张阔那种天才型的、房芳这种稳定型的进了快一班就没出去过。包括许佳明在内，后面的四十名座次基本就是流动的盛宴。

长达三年的大逃杀，NIKE 心里有数，他以前的学生回来撞见他，没一个认为自己的高中能用美好形容，他们经历了名校、结婚、升职、裁员、离异，甚至流产，回头比较一下，还是觉得生命中再没哪个阶段比这三年更加弱肉强食、不堪回首。而且是撞见，他们回来不是看望 NIKE 的，快一班出来的人没一个将 NIKE 当作自己的恩师。话里话外 NIKE 听出来，在他们心中，自己只是斗兽场的主持人，任凭他们在下面拼个你死我活，把败者送回平行班，他还是活着的那些人的班主任、恩师。

他也做了不少努力，坚持为房芳默哀就是其一，他怀念这个女孩儿，但他更想要的效果是让快一班的人意识到，你属于这个班。每半个学期就像打游戏通关，不管你走到哪一步，只要是宣布大考日期，所有同学都会马上退出团队，大难临头各奔东西。

说到房芳，那两个警察在中午又来找他了。他们查出来在花园酒店开房的王勇，过去几年一直是市教育局的副局长。NIKE 一时很惊讶，他早知道王副局，只是没想到就是这个王勇。戴眼镜的警察问他："省实验的考卷是从哪里出来？"

"教育局。"他说，"如果是常规日期，从教育局拿题；如果改日期了，非正常日子的话，我们教研组自己出。"NIKE 有点明白为什么学校希望提前考试了。

"你看看这个本子，"另一个老警察递给他，"王勇在过去两年，一年半有六次给这个传呼号码发试题答案，正好是三个期中考和三个期末考。你看看是不是你们的试题。"

NIKE 接过来，直接看历史答案，选择题 ABCD 还看不出来，综述有一道是对比秦始皇和隋炀帝。他记得上次期末考有这道题。他点点头:"应该是我们的卷子。"

"我们怀疑这些信息都是发给死者的,你可以找出房芳的档案对照一下吗?"

"这些是教育局的标准答案,全答上就是满分了。九门考试,省实验没人得过九百分。而且,我没见过房芳有传呼机。"

戴眼镜的说,身为班主任,你见不着的多了,房芳死了,你不也才知道有王勇这个人。还是老警察经验多点,在 NIKE 发火前更为温和地说,你放心,我们不是在给你们班的房芳找罪证,她已经死了,我们不至于没人性到开棺鞭尸,现在问题是王勇,房芳是自杀,按理说跟王勇一点关系都没有,我不想就那么放过这个禽兽,我现在从他两个罪行上取证,一个是渎职,另一个是同未成年少女发生关系。

"多大算未成年?"

"两个年纪,两种量刑。一个是未满十六岁,房芳今年才十七岁,他们肯定早有了,但这个判不重,双方自愿的话,几乎不算罪。"

"第二个呢?"

戴眼镜的接话说:"第二个无论双方是否自愿,统一视为强奸,要是我们能查出来,这辈子他别想出来再害人了。"

"多大?"

"十四岁。"

十四岁!NIKE 倒吸一口气。警察走后他连午饭都不想吃了。打开柜子,他翻出房芳的历史卷,对照秦隋那道题。五条共性,四条不同,房芳并没有得满分,在长城与大运河的对比中,她犯了个常识性的错误。他以前反复强调的,从动机讲,它们是两码事,绝不是共性。建长城为了御敌,国家利益;而京杭大运河则完全是为了隋炀帝北上游玩,虽然后来成就了南北通运。他点上烟，松了口气，从教第一次，他因为学生答错了一道题而如释重负。想想他笑了，他把垂下来的头发抹上去。他判断得没错，房芳这么好的女孩儿就应该有一颗纯洁的心和真实的好成绩，死后一定上天堂。

他把全班的试卷叠成一捆，想了想把房芳的抽出来。没必要放进去了，但是搁哪儿呢？给她父亲寄过去？不好吧，伤口上撒盐。也许可以自己收藏，就从她开始，做一个天堂试卷馆，可还会有多少个孩子死于非命呢？

叠卷子时有几个词让他很奇怪，他打开答案看看，没错，答案主语用词统一为"秦始皇嬴政""隋炀帝杨广"。那意味着你写"秦始皇"可以，写"嬴政"也不扣分，九十分钟的考试没人把"秦始皇嬴政"都写上，房芳这么写了，跟答案一样的主语，她看着这些写的。抄下这些的时候，她还记得老师说过长城和大运河是最容易犯的错误，然后故意写错。那么聪明的孩子，怎么会是这样呢？

NIKE抱起双臂，盯着天花板，不停地摇头。他得接受这个，他是错的，这世界又冲击他一回。他看看表，午休快结束了。下午是付强和张天慧的欢送会，调整下情绪，还要祝他们两个一路顺风。他掐指算算，房芳、付强、张天慧，还有随时可能被带走的张阔，快一班只剩五十六个了，快点考试吧，早点洗牌，迎接下一拨儿尖子生。

11

快一班天才很多，伸手一抓遍地都是。然而不世出的神童寥寥无几，NIKE 的经验是平均每三届碰着一个。这些人都有些很明显的共同点，单看总分他们从来都没考进过前二十名，但又不会掉出这个班，始终在三四十名之间晃悠。可是拿出单科成绩，你会发现他们总有一些科目有着惊人的高分，来带动那些短腿学科。NIKE 感觉，如果擅长科目的试题再难一点，难到把爱因斯坦、霍金请来都要皱眉头，那么整个省实验就是神童一个人的天下了。

这届的神童就是张天慧，NIKE 做了他一年多的班主任，两人几乎没说过话。主要是他性格有缺陷，他一直活在自己的世界里，听不进去任何他不感兴趣的谈话。碰到不得不去办的琐事，需要和人打交道，他就会焦虑地摇晃着身体，反复用各种语言跟你强调他的要求。比如在校餐厅吃饭，他便对着下单的服务员紧张地摇晃，宫保鸡丁，他说，Kung Pao Chicken。然后他又用其他语言跟你讲一遍。算上母语中文，他会八种语言，英语、德语、法语、俄语，包括没人在说的 DOS 语言。

他擅长的科目是解码，高考没有摩斯密码这种试题，不过连带着英语、数学、化学、生物的高分，已经足以让他留在快一班。张天慧最大的爱好是钻研和学习，双眼加起来能有两千多度。即使那时候早已有超薄镜片的技术，他依然带着啤酒瓶底那么厚的大框眼镜。他其次的爱好是散步，他喜欢低头踢着石子在操场上走两圈。课间午休他不去，人太多。通常上课的时候，老师回身在黑板上写字，他抓着军用绿水壶走到讲台旁的饮水机接水。纯净水桶一时咕咚咚咚地换水，老师手握粉笔，无语地看着他做完这一系列的准备——拧好瓶盖，斜挎在肩上，走出教室。快一班都是妖魔鬼怪，大多数老师早已见怪不怪。

有时 NIKE 在窗前看他散步，奇怪他的校服裤子为什么总是这么短，永远都露着赤裸的脚踝和张嘴的皮鞋。虽然张天慧知道袜子的十几种叫法，但他就不穿这玩意儿。所有的皮鞋到他脚上一星期就被踢开。后来 NIKE 明白了，裤子正好，是张天慧双手插裤兜，提着裤腿走路呢。那个精气神儿啊，他怎么活得这么带劲？

神童里数学好的有，生物好的有，就算计算机好的 NIKE 也能理解。可是符号密码学好的，以后干什么呢？麻省理工让 NIKE 长了见识，他们准备培养张天慧，并输送给美国宇航局，去为可能存在的外星人做翻译。真好，美国人接收了我们所有的怪胎。

欢送会需要有个简短的告别演说，换张天慧就实在不简短，他提着裤子露出小腿和皮鞋站讲台上，每说一句都跟同声传译似的重复七八遍。下面有同学烦了，嚷嚷说，这造型来段太空舞吧。NIKE 看过去，是许佳明起的哄。再得瑟两天吧，看你这状态，这个月洗牌，能进快二你都得烧香拜佛了。

倒是付强一上台就来了段太空舞，他是体育生，以前一直在八班，自从半年前他百米跑进十秒五，破了省纪录，学校就有意包装他。不时有名校来长春看付强训练，打听付强的文化课。为此，刘校长翻出付强高一的四次考试，在每一科目后面加了个零。没错，他每一门都是个位数，加一位都过不了一百。碰着一百五的试卷，甚至要加两个零，英语 hello 他能拼成 ha lou，数学的 cos 他一直叫成 cs 反恐。

多加七百分后，他以七百六十八的高分，排在二十六名考进快一班。在学校出过成绩考核后，他被北大提前招走，以备战下半年的大运会。跳过舞后，付强说了段挺真诚的话，他怎么进来的大家心里都有数，但快一班没有一个人因此瞧不起他。嘲笑倒是有，他笑着说，笑我是应该的，我明白，你们是为了有趣，不是想侮辱我。最后他学张天慧来段双语告别，读着字条上的汉字："加斯特杜伊特。"

更多的嘲笑加掌声，付强也捂着肚子乐不可支。NIKE不解了半天才知道，Just do it！他想想还是装糊涂比较好，也跟着傻笑。这样大家更开心了，掌声送别两位同学。

一时间许佳明热泪盈眶。他又脆弱了，他内心又一次呼唤着，把我也带走吧。可他不敢像房芳那样对这个世界告别，也没有张天慧的超能力，一百米他能跑二十秒就不错了。他们都被带走了，他还得留在这里。他不想在长春再待下去了，他快挺不住了。他得跟NIKE谈谈，等这儿完事了，马上就去。既然没人带他走，他就自己走。

12

僵持的时候起风了，许佳明躲过NIKE眼神，去关历史组的窗户。他从十二楼往下看，初中部的工地已经收工，一大堆工人穿过摇晃的树林钻进工棚。他最后呼吸一口雨前的空气，插上窗，站回NIKE的对面。

"你跟你父母说了吗？"NIKE接着问他。

"没有。"

"跟爸妈都没说，你来跟我商量？"

"他们不管，"许佳明说，"我也不是找你商量，我就是不知道该怎么申请。"

NIKE叹口气，努努嘴，似乎在想怎么跟他说。他抹下头发，冲站着的许佳明扬扬头："你找个椅子，坐下说。"他看着这孩子背身去拿椅子，拿着腔调说，"原则上我们不鼓励非应届生参加高考。但你刚才也说了，这是你的权利。你现在才高二，学了两年，你得跟那些高三的，甚至复读学了四年五年的挤独木桥,你能考哪儿?"

许佳明放好椅子,但没坐下,抓着椅背说:"师范类、军工类,随便哪个外地学校,四平师院都行。"

"省实验从来不培养四平师院的学生,何况是快一班。"

"我没想进省实验,来快一班也不是为了上好大学。"

"那你为什么?看你高一的成绩,二百多名,如果不是点灯熬油的,你考不进来。你为什么进来,不就是为了出人头地吗?"

"不是。"

"你坐下!你坐下说!"NIKE 觉得这椅子他要是再不坐,就抄起来砸他了。

"我不用坐,我就要一张高考的申请表。"

NIKE 盯着他,拽根烟咬在嘴里,翻开名册,找他的名字,自言自语道:"学号二十四,应届生第二十四名应该报哪儿?"他把本子一合,说,"可以,你报吧,这名次必须报清华。"

"我不报清华,我今年考不上。"

"考不上明年再考!"NIKE 吼起来。

许佳明搓搓手,往外看看,雨没下,是不是该去把窗户打开呢?他迈出一步,NIKE 抓住他的手。许佳明慢慢挣出来,说:"明年我也不报清华,我就报师范、军工的,我没钱交学费。"

"行吧,你先回去,准备一下期中考,具体报哪儿,明年咱再商量。"

"你别绕我。我今年就报,夏天一过就走。"

NIKE 站起来,打算赶走他,他夹着教案装作要去上课的样子,说:"叫你家长明天来一趟吧,咱们三方一起商量。"

"我家长没必要来,你们沟通不了。"

"哦,我想起来了,你爸是聋哑人,家长会他来过。"

"他不是我爸,他是我姑父。"

"那你爸呢?"

"不知道,没了。"

"那你妈呢?"

"疯了,在精神病院。"

"那你姑姑呢?"

许佳明过了下脑子,挺难解释的,他说:"也在精神病院。"

NIKE把教案放下,坐下来皱眉看他,问:"那你现在住谁家?"

"姑父,新姑姑。他们上个月结的婚。"

"你和他们没有血缘关系?"

"没有。"

NIKE嗓子干得厉害,他把窗户推开,深吸两口。虽然这孩子语气干巴巴的,但他忽然有点动情,多大的委屈,多大的苦啊。他声音有点哽咽,捏下鼻子,背对着他问:"许佳明,你在这世上还有亲人吗?"

13

许佳明说不上来,只是种感觉,就好像看一本书,读完79页,你不知道接下来的故事是什么,但起码你知道去哪儿找这些情节,脑袋往右一扭,80页在等着你呢。可生活不是这样,上个月发生了好多大事,房芳之死,姑父大婚,他的秘密新家,准备高考。他一边活着一边想弄清楚后来怎么了。结果生活仿佛被按了暂停键似的,这些到四月份全没了下文,许佳明都不知道下一页从哪儿看。

能让许佳明起劲一点的是,哑巴楼的招呼方式又换了。最早是比画一下"你好",这个太传统了,估计是聋哑教科书里的。后来他们不比画了,碰着许佳明这样的正常人,就阿巴阿巴地喊一通,要是碰着同类,听不着他们的招呼,就过去扒拉一下,接着一脸笑意地望着他。许佳明觉得相比安静手势,这种又喊又摸的招呼方式立体多了,只是这个阿巴阿巴的嗓门之大,离老远人家就知道,一帮哑巴在接头呢。

最近他们又改了,不乱喊了,但也有声音,他们拍巴掌。许佳明低头回家,耳边忽然就咣的一声,震个半聋。抬头一看,是楼上的叔叔出来遛弯儿,跟他问好呢。再往后他回家都戴上随身听来防震。他还挺喜欢这玩意儿,上周还淘了几盘打口带换着听。付强临走时送他的,因为他和别人一样,都改听CD了。

新姑姑林莎没CD,也没随身听,全楼的哑巴邻居又对这个风情小媳妇异常热情,每次回家都是提着高跟鞋跑着进门,再把一阵阵的巴掌声关到门外。她冲他姑父发脾气说,我嫁给你已经够憋屈了,你不能让我嫁给整个哑巴楼!他姑父没反应,还是双臂撑桌上盯着电话,见鬼了,今天居然没人找我?

不行,住进哑巴楼就得按规矩来。他姑姑找支水笔在题板写:要么你跟我搬出去,要么我一人搬出去。然后拿到他姑父面前晃两下。他姑父眨眨眼睛,把字擦掉,写下不能走的理由,有点贵的房租,离单位远,最重要的是,作为聋哑人,搬进正常的社区,他就完了,一个朋友也没有了。他姑姑摇摇头,擦掉字,继续书写搬走的决心。

哑巴楼吵架都这么安静。他们做所有的事情,声音都很大,唯有人类的恶行,辱骂和攻击是如此无声无息。吵到激烈时,他们也跟别人一样带抢话的，一块题板肯定不够，得一人一块分着写。有一次许佳明看见林莎的题板有无数的感叹号擦拭不掉，琢磨这语气得多强烈。再凑合几年吧，最终你会跟我一样，被时间磨得一塌糊涂，早晚你一声都不想吭，你的日子一潭死水，见着我你都得打手语。

期中考在五一前，本来他以为这次不行了，滚回他的十七班。发榜一看五十八名，勉强过线。想想一身冷汗，要是房芳、付强、张天慧都还在快一班，那他就不在了。哦，他能留在快一班都是托北大、麻省和天堂的福。

还是有不少走的，那些想在五一七天乐好好复习的人全栽了。有几个还哭哭啼啼的，跟淘汰选手告别舞台似的，试图跟所有的同学拥抱一下。好多许佳明也叫不上名字，都是抱一下，拍拍后背说，我相信你会回来的。心里却祝福着，滚犊子吧，都滚，回头我也滚出去。说是同学，同也不同，学也不学，无非是挤独木桥的时候萍水相逢，用不着这么恋恋不舍的。

隔天又进来挺多新生，都跟刚过鬼门关似的长吁口气，如释重负。有些面熟，可能以前来过。快一班一年重组四次，NIKE都懒得让新来的自我介绍了。按名次找好位置就开始吧，比海南的三季稻米还快，没两个月又是一茬人。

考试后第一节课是总结试卷，叫作试后一百分。试前许佳明也不低，历史考了九十多分，一拿到试卷，他就明白错的几分是怎么回事了，那就一百分吧。他把热水袋掏出来放桌上，脸贴上去，软绵绵地睡了一觉，也没睡着，就听见NIKE在那儿铿锵有力地讲《尼布楚条约》。他想象一下大公鸡地图，不平等条约把黑龙江包得跟粽子似的。这题他会，做梦他都能答对。

醒来后还是历史课，桌上有个粉笔头，他揉揉眼睛，一定是NIKE扔过来的。NIKE的好习惯，他环保节约，从来不掰粉笔打同学，看谁睡觉他都忍着，也不去叫醒，以免影响他讲课节奏。非得等到手中的粉笔写成粉笔头了才掷过去，又准又狠，嘴里还讲着"一八四〇年鸦片战争"，一点不耽误。许佳明虽然不算好学生，但给脸还是要的。他伸个懒腰，把试卷翻面。后面有道综述题他察觉不对了，关于"甲午海战"的，他记得这题他不会，蒙的几百字，但满分十一分他得了八分。他贴近点儿，起初是"2"分，有人在上面加了个斜杠改成"8"。他又拿名次表找一下，就因为这六分，他比降级区的第六十一名高两分。

他双手托住脸，惭愧了一会儿。然后他抬头对NIKE咬着嘴唇点点头。NIKE也笑了，嘴里还在讲题。他知道这孩子明白了，不用再找他谈话了，具体分寸他自己把握吧。

报答NIKE的方式就是上点儿心，就当是今年高考，他得倒计时了。放假前他跟NIKE要了高三的复习资料，"五一"七天他哪儿也没去，醒来直奔六十号信箱，拿上他的烟和打火机去学校自习室。他以前放假也不在家待着，家对他来说，就是个睡觉和要餐费的地方，况且现在家里还多了个会说话的林莎。

自习室没人，刚考完试谁都没心思拿课本，这也是NIKE当初反对五一前期中考的理由。七天他都是从早九点一直干到晚六点，中饭都不吃，攒到晚上吃两份酸辣粉。坐在饭馆他倍加思念房芳，他跟老板说一碗正常，一碗不放辣椒不放醋的酸辣烫。他吃了一口真不怎么样，放到旁边，又掰双新筷子，说："我还没请过你吃饭呢。"

想想他觉得不对了，这碗他动过一口怎么请？他翻翻口袋，还有五块，三块吃粉，两块买烟。他让老板再来一碗，还是不放辣椒不放醋。

老板依然嘟囔几句,他见过没醋没辣的,但没见过一气儿吃三碗的。他不知道许佳明在请人吃饭呢。

新的一碗端上来,许佳明推到对面,身子坐直。跟以往一样,他希望有点仪式感,仿佛房芳真坐在对面,微笑着等他讲话。他手臂划着桌子伸过去,似乎摸到了房芳的手,又马上缩回来。许佳明说,第一次请你吃饭就吃这个,挺过意不去的,我要是把烟戒了,就能省出点钱,请你吃好的了。其实多两块钱也好不到哪去,毕竟你是住过花园酒店出来的姑娘,看不起我这样的穷孩子。你别多心,我没别的意思,真没有,他比我有钱,比我成熟,他还比我自由,他可以为自己做决定。我不能,我难过的不是因为他,不是因为你,我为我自己伤心,我为我自己在你活着的时候没讲出来,就这么憋下去伤心。我喜欢你,喜欢太久了,已经变成了爱。我早该说的,我怕被错过,更怕被拒绝,我太懦弱了。你没了,这些话就一直压在我心里边,压得我好难受。它得永远压着我,你听不到了,你让我再去跟谁讲啊?

饭馆老板在看着他,许佳明低头吃两口粉,喝口汤说,有机会你应该尝尝真正的酸辣粉,你那个就是粉条汤。算了,你不吃,我也不好意思狼吞虎咽。他放下筷子,找出最后一支烟,点上说,我过去很花心,喜欢哪个女孩儿说变就变,虽然都是暗恋,但也是花心,一个月换一个,三班的、五班的、八班的,初中每个班漂亮的我都喜欢过。直到我遇见你,我跟定你了,十年八年都行,早晚我有办法让你做我老婆,陪我把这辈子过完。我前十七年过得特别苦,你想象不到的苦,我觉得幸福就是排队抽签,也该轮到我了。你跟了我,就等着过少奶奶的日子吧。我一直想这些,这么长时间没动摇过,我每天都要闭眼想着你的脸,想五分钟就能睡着,每天都是。一年多我没变过心。谁能像我对你这么好啊,暗恋都能专一好几年?我第一次见你,就在这儿,你那时还在三班。我打听你,跟踪你,没事还抱着地球仪在你身边晃。你第一次考试是十六名,估计你都记不住了,两千多人你考十六名。我是二百多名,你进了快一班,我还在我的十七班。真的,你知道我为你做了多少努力吗?成绩好坏我无所谓,我的目的是长大,时间在哪个班都是一样长。但我要跟你做同学,我要认识你。这么说不对,我早认识你了,我是为了让你认识我。前六十名,我死也考不进去,一年多,四百来天,我一天就睡仨小时,每天两点半睡,五点半就起来背单词,每次撑不住的时候,我就闭上眼睛,想一分钟,想一分钟你的脸,想一分钟我要是再多睡俩小时,你就离我越来越远了。我是靠这些挺过来的。你知道吗,房芳,我许佳明从来没为谁这样过,以后也不可能为谁这么拼命。如果你没死,活到七老八十将近一百,你回头看看,真的,你回头看看,这辈子也就是我,能为你这么干。等我终于进来了,你却走了。房芳,真不带你这样对我的,你彻底伤了我的心。

他还想说,可是眼泪快掉下来了。他绷住脸,抓起书包,留下三碗粉跑出饭馆。他感觉自己就快把房芳戒掉了。

14

虽然他一直是一个人,孤狼一般独自前行,可只有在秘密之家他才真正感觉到,这是他自己的时间,他在过自己的生活。每天回家前他都去坐一会儿,打开六十号信箱,掏出信件在门口抽几支烟。没有人写信给他许佳明,依然是超市的传单、英语计算机培训,以及重振雄风的广告。雷力又收到一封信,能看出来都是同一个发件人,"力"的那个撇延绵悠长。许佳明到现在还没开过封,一直保管着。他觉得占人家信箱已经挺知足了,再查人隐私就过分了。他想过把信还回去,告诉收件人雷力不住这儿了,可是所有信封都没写寄信地址,邮戳隐约打着铁北邮局,把信还那儿没有用。

还有几封写着房芳收,他给天堂写信,寄出去,几天后他又收到了写给天堂的信,那么他算天堂保管员吗?想想这些,他一下子就开心了,烟头的红光在夜空中一闪一闪的。

假期的最后一天他想不去自习了,放纵一下。一大早他先去立交桥。附近的瓦匠、力工都在桥下面等活儿打牌。花五毛钱他要壶大碗茶,然后就盘腿坐在人缝里看他们炸十。不时有人接活儿退出,看热闹的人再顶进来。将近中午不剩下几个人了,木匠问他要不要凑个手。许佳明摇摇头,又耸耸肩,最后直截了当地告诉他,我没钱。之后他就不自在了,他想这帮人肯定烦他,一个没钱又爱看热闹的小屁孩儿。

他起身把茶缸退回去,骑车去了湖西路的录像厅。那边涨价了,三块涨到五块,他犹豫了一下,琢磨接下来去哪儿。老板是个快七十的小脚老太太,等了一会儿摆手说,四块得了。里面漆黑一片,大屏幕上成龙像壁虎一般趴在车顶。老太太拿手电筒给他找个座,坐好一抬头,嘿,成龙已经钻车里把那司机干掉了。

他很久没来了,初中的时候他常来,买张通票,一待就是一天。与其他的录像厅不同,他们不按门口黑板上的片名放映。跟彩蛋似的,老太太时不时就插一部三级片进来。其实录像厅都一样,老太太选片的标准很简单,看名字是否香艳。那年代基本都是港译版本那种暧昧的四字片名,很有欺骗性。有一次放《低俗小说》,大家都想看低俗的镜头,将近三个小时光看见一黑一白两个杀手在那儿贫。后来许佳明发现，原来好多文艺片早在录像厅就看过了，《索马里120天》《感官世界》《枕边禁书》和《巴黎野玫瑰》。

这个下午似乎选对了，开场就是两个日本人的床上戏，这足以让旁边的男人亢奋几分钟。之后镜头一拉，服装师进来给女优披上睡衣，原来他们在拍戏。后面始终在讲这个戏中戏的故事，男女主演戏里做爱，戏外恋爱。后来两人在海边散步，男主演问出了内心的困惑，我从事这行是为了给我妈看病，你一个女孩子家，为什么干这个呢？女优看了看头顶的蓝天白云说，二战失败，受到核打击，日本男人萎靡不振，她做这个是让日本青年重振雄风。啊，许佳明感叹了一下，这跟六十号信箱里的壮阳药是一个疗效，而且到了精神高度。旁边那个人又亢奋了，连带他的椅子也跟着震。许佳明鄙夷地看眼他，文艺片你打什么手枪？

他去后面找个人少的位置，拉下三个椅子睡一会儿。醒来时正在放哈里森·福特的《亡命生涯》，他看过这个，挺棒的，但重看就没意思了。他又躺下试着入睡，有什么不对劲，枪炮之中夹杂着很轻的女人呻吟。他蹲下来四周看看，前排座位下面有四只腿在抖动。有女人进来了，有性进来了。

又是一次对抗，高尚与龌龊，这次他还是输给了龌龊。他不打算吃晚饭了，饿着吧，他得惩罚一下自己。傍晚时分他推车回家，这样被撞死的概率小一点儿。他怕没有一丝羞耻地死在街上；他怕验尸官把他放在台上，脱下他的裤子的一刻会看见，**白色流淌一片**；他怕他将与房芳一样，秘密公之于众，一生对于"许佳明"这三个字尊严的所有努力，顷刻之间化为乌有。以前他只是难过，这一次他真是感到了忧伤，这种忧伤被精液所渲染后愈发苍白。他跨上座位，疯狂蹬下去。要是此生都被高尚与龌龊周而复始地折磨，要是纯净与欲望将永无休止地争斗下去，让我现在就解脱掉它们，把我撞死吧。

夜里他想着房芳的样子才得以平静下来。他那么爱她，仿佛灵魂出离身体。他特意去卫生间照照镜子，看到那个爱着房芳的许佳明，就觉得这个孩子还是干净的，还有希望，还有机会成长为一个好人。

五月八号开学，崭新的开始，许佳明还惦记着那个小说和生活的想法，生命的故事也不会暂停不动的。进学校停好自行车，他看见张阔跟两个警察从楼里出来。取保候审什么时候早自习就提人了？他隐约感觉到张阔拖不到明年高考了，今年可能都赶不上。

张阔自己有台加长林肯，出事之后改警车代步，天天就在校门口停着，弄得省实验跟婚庆公司似的，还有辆充门面的车。打开车门，他跟许佳明结巴了几句，他说有人找你，昨天在走廊等一天了。许佳明没明白，昨天不是放假吗，谁找我，找我干吗？张阔勾着食指说，明哥，这也可以？今天九号，昨天就上课了。他转身上了警车，从车窗里说："你真好，我现在跟我爸当年似的，出去吃饭都不行，只有三个地方能去，派出所、学校、派出所到学校的路上。"

许佳明目送警车出门，快走两步进电梯。他想跟 NIKE 解释一下，跟他说说"五一"七天他都是怎么过的，天天认真学习来着。对了，是八天。他昨天放松来着，就玩那么一天。许佳明也知道，这话换他自己都不信。而且 NIKE 不是强调过吗？起码有一张请假条啊。

算了，不找他了，等他找我吧。

谁能找许佳明呢，还等了一天？从电梯出来，他看见走廊那头 NIKE 正跟一个矮小的男人站着聊天。他们站在快一班门口，许佳明绕不过去，只能走慢点。NIKE 见着喊他过去，那个男人跟着回过头端详他。许佳明眯眼辨识半天,是房芳的父亲房传武,他怎么戴眼镜了?为什么找他呀,按理说他都不知道有许佳明这号人物。

许佳明抓住暖气管,蹭着鞋底更慢地滑步。跟过去一样,他一切像电影似的过了一遍。啊啊啊!他一下兴奋起来了,他知道后面接哪段了。有人按了播放键,故事跟着开场走。那封情书,房芳没收到,房传武读完了。

15

NIKE 跟房传武说没事,带他出去聊两节课不至于耽误学业,况且这孩子本来也是,NIKE 瞪了许佳明一眼,连上讲,说不来就不来!房传武说他不急,他一会儿还有点事,午休再说。其实他哪儿也不去,就是想请许佳明吃饭。他在游泳馆等了头两节课,忽然觉得请吃饭是不是有点太社会了,一会儿改说一起吃个饭好了。如果这样说,他还得准备点什么。后两节他出去转转,挑支皇冠钢笔。房芳喜欢用这种笔,上次他去文具卖场批了一盒十二支,家里肯定还有剩的,不知道放哪儿了。一晃两个月了,他还是舍不得清理房间。

第四节课他坐到路边树下,看着街上的汽车。他很久没踩油门了。处理完丧事他眼睛就开始花了,而且不稳定,一阵儿一阵儿的,眼镜都不好配。他今年四十五岁,提前步入老花眼的队伍。他想提前十年退休,算退养。退休太早了点,领导给他设计一个更合理的方案,他头两个月可以带薪休工龄假,后面再休息算停薪留职,随时可以回来。

从这个月开始他不再领工资,他也知道他回不去了。他为孩子攒了一些钱，控制点花可以对付到五十五岁领退休金。女儿一死就像天往下压了几千米，所有问题都让他透不过气。房芳的奶奶一病不起，房芳的爷爷催他俩抓住最后一丝机会再要一个。不可能了，年龄大了，再说他们俩已经完了，如果不是住房紧张产权不清，他俩上个月就离婚了。他已经在房芳的小床上睡了六十三天。

中午定在省实验的不息餐厅。刘校长强调基础设施时忘了说明，他们还有全国最好的八个餐厅，分别是：自强、不息、厚德、载物、勤奋、严谨、求实、创新。省实验没校训，这是清华北大加一块儿的。昨天等许佳明的时候他打听了一圈，百年校训在这里重新诠释，自强是海鲜自助餐厅，载物是涮火锅，严谨是狗不理包子，求实是他们提供三分熟的牛肉自己烤。他最后走进创新餐厅，菜单上都是他没听说过的私家自创菜。全问一遍还是不息最靠谱，其实就是干锅居，在酒精炉的助燃下薪火相传，生生不息。

房传武让他点菜，许佳明说随便。可他看着房芳父亲对服务员下单，还是忍不住要了个干锅豆腐。他最爱吃他姥爷的煎豆腐，干锅应该是一个道理。合上菜单他问许佳明喝酒吗，说完就后悔了。这可是高中，哪来的酒？

房传武看看周围环境，还真有不少学生在碰杯，他摸着高脚杯说："喝吗？来点红酒？"

许佳明摇摇头，笑着说："我还没喝过酒，是不是很幼稚？主要是我们家没人喝，也没人找我喝。"

"不喝酒挺好的。"他转身叫服务员把酒杯撤掉。

"喝可乐吧。"

"好，"他对服务员说，"可乐，大瓶可乐。"

"百事，他们说比可口甜一点儿，其实我也喝不出来。"

服务员走后，他坐正看看许佳明，说："我昨天就来过了，他们说你有事没来。"

"我没事，我记错日子了。我以为昨天放假，我估计你都不会信。"

"我信，能进快一班，说明你还是很努力的。"

"我才考上来没多久，房芳一直在快一班。"

"她那是假的。"他还是没忍住，掏出烟点上，他以前没抽过，四十五岁才开始学抽烟，"他们查出来了，中考都是抄的答案。她初中毕业还不到十五，就和那个人在一起了。我这段时间老是想，还有多少秘密我不知道。"考试答案的事学校传过，但没这么多。他扭头看着别处，两个服务员端着干锅往这边来，估计他们的菜好了，说："我先给你道个歉，你给房芳的信我拆开看了。"

"没事，你拆的是她的信，不是我的信。"

"对呀，"房传武笑了，将钢笔放桌上，说，"我以前不拆她的信，这次是例外。我想看到跟她有关的一切。我是来跟你说谢谢的，你把她写得那么好。当警察告诉我一系列的秘密，我都开始怀疑我自己亲生闺女的时候，你这封信跟我说，房芳有多好。谢谢你，我最近只要想她，就打开看看，你让我觉得生了这个女儿，我这个做父亲的很自豪。"

"你留着吧，我写了十来页，起码还有人看。"

服务员在他俩之间架上酒精炉，用打火机点燃。房传武把钢笔推过去，说："这是个小礼物，那封信我留下了。"

许佳明没接，但也没推辞，看眼牌子，房芳就用这个。他也会留下，但舍不得用。

"房芳提过你，她说班上新来的许佳明给钱老师起了个特传神的外号,叫NIKE,我这两次见着他,还真是越来越NIKE了。"

"他还问我,自己怎么就叫上NIKE了?"

两个人笑起来。许佳明知道他不幸福,但此刻能乐上一会儿也不错。他撕开餐具包装,夹块豆腐,不如他姥爷做的好吃。有些好时光再也回不来了。

"我见过你,但没对上是一个人。我在班车点接房芳的时候,经常能看见你骑车回家。你家也在桃花苑,对吧?"

"我知道你和房芳住桃花苑,我家不住那儿。"

"樱花苑?"

"我家也不在樱花苑。"

"杏花苑?附近就剩个杏花苑了。"

"也不在那儿,我住在哑巴楼。"许佳明靠过来,夹着干锅里的豆腐演示,"这是省实验,中心点,往东十五公里是你家,桃花苑。哑巴楼是省实验往西十公里,离你家二十五公里。"

"那你那个时候是住在……因为我确实常常看见你。"

"给我支烟呗。"

房传武刚学抽烟,抽最好的烟,拽一支给许佳明点上。

他深吸一口,放下筷子,说:"我一直住哑巴楼,我姥爷死后我就住那儿。你老看见我是因为我是追着四号班车跑。每天打铃我就冲出去,跨上车子就开始跑。我跑不过班车,但是我不用等红灯,一个信号灯我就能追上班车几十米。有两次我差点儿被撞死。我为的是能在房芳下车的时候,跟她打个招呼。那时候我还不在快一班,房芳一下班车就看见有个穿省实验校服的男生在她前面,就惊叹怎么能有人骑车跑赢了班车。你要是没来,我就陪她走一段到你家楼下,我跟她说我家住前楼。我没想打扰你,你要是接她来了,我都离得远远的,看你们到楼下。然后我在附近晃一会儿,再骑两个多小时回哑巴楼。我姑父一直不知道省实验五点就放学了,因为我每天都是七点多才到家,洗个澡喘口气就开始看书,一直到后半夜两点,每天都是。我要进快一班,跟她做同学。"

房传武把烟夹指间,握紧左手扭头看窗外。他就要哭了,还是那个办法,将眼睛睁大,好让泪水融到眼眶里,不要掉下来。

"你回去看看,除了你家楼前那个,桃花苑所有的井盖,我都用红砖写过——我喜欢你,房芳。你家一楼过道墙上那些正字都是我画的,我来一次画一笔。听上去挺傻的,是吧?"

"多好的孩子,再抽一支吧。"他起身给许佳明点火,"我下午整理她的遗物,有什么是想要的,你跟我说,我带给你。"

"我不知道她扔没扔,A4纸打的情书,都是匿名的,其实都是我在网吧写的,一共是五封。我怕她认出我的字。"

"我找找看。然后我明天带来?"

"不用,寄给我就行。"许佳明低头把地址写餐巾纸上,递给他。

房传武辨识一下他的字,问:"这就是哑巴楼?"

"不是,我收信的地方。"

"谢谢你。"房传武把餐巾纸放钱包里。

不息的干锅,现在还是热的。他们安静地吃了几分钟,谁也不说话。有人在餐厅唱起生日歌,戴皇冠的女同学抿着嘴望着大家。省实验的氛围真好,最后除了他们俩,餐厅不相关的学生都拍手祝福起来。

"我还是在想,我是不是一个失败的父亲,我太关心她考多少分,上哪个大学,从小盼望这些,给她压力太大了,是我把她逼到那个男人那儿的。有一个后悔的地方,三月八号她跟我电话里说,她要跟点点讲明白,保证最后一次陪她,最后一次。那个语气,如果我多想一想,我能感觉出来,那是要分手的语气。"

"这怪不了你,也不只是成绩和考大学的压力。没这些,她总还得找个成年人依靠。"

"她有依靠,"房传武瞪着他,"我们是她父母。"

"你一个月给她多少零花钱?"

"房芳一般不跟我要钱,只要张嘴,我都不问干什么,我就拿一百给她。平均一个月五六百吧。"

"五六百根本不够。"

"她还只是个学生。"

"但她是省实验的学生。"许佳明指着生日蛋糕那桌说,"想在省实验活得有尊严,五六百块?买半张脸皮都不够。房芳跟我一样都是公费进来的,你们没出学费,没掏建校费,没怀揣十万块托人行贿找关系,所以你们不知道那些进来的同学都是什么家境。你看看这边的氛围,那个女生过一次生日就要五六百。省实验有八个餐厅,但只有一个食堂。你看看这边是什么消费,花二十块钱看几块豆腐起烟冒泡。学校老说反对学生在餐厅奢侈消费,但是你看看,现在餐厅挤得跟食堂似的,食堂冷清得像餐厅。这还只是省实验,长春有四大校——附中、省实验、十一高和市实验。吉林市有一中,四平有实验高中,全国的重点高中都成了贵族高中。"

"她该把这些话跟我们说的,我可以多卖点力气,多赚一点,多给她一点。"

"她不能说,她怕你觉得她是个爱慕虚荣的女孩儿。我以前以为,是因为我没父母,没处倾诉,所以有很多不可告人的秘密,高尚与龌龊，圣洁与欲望，这些秘密我都压在心里。现在我明白了，我不是特例，所有要长大的孩子都一样压抑。每个少年都有朵秘密之花。"

"每个少年都有朵秘密之花？"房传武跟着嘟哝一遍。

"对，秘密之花。我跟你承认吧，我也被这些秘密折磨，我想成为一个高尚正直坦荡荡的人，我想圣洁地去爱别人，然而孤独绝望的时候我又老被那种兽性、那种欲望摆布。我会幻想裸体，幻想性，刺激自己手淫，之后我就更加绝望，就像杀了人一样沮丧、虚无。我不知道女生有没有性困惑，从我第一次遗精开始，已经折磨我三年了。可是你看看社会对我们做什么了，除了给我们灌输虚假崇高的价值观，就是充满热情地称呼我们为祖国的花朵。花朵，多尴尬的阶段，经过一季的盛开，风吹雨淋，最多十分之一挺到结果，剩下的大多数呢，秋天一到，就全都枯萎掉了。"

许佳明不想讲了，也没了胃口，收起皇冠钢笔走出餐厅。要是他兜里有钱，他真想把账结了，像个大人那样走向这个世界。

16

他姑父姑姑吵得越来越频繁，似乎也越来越凶，至少许佳明这边听起来，他们下笔的沙沙声越来越重了。有一次林莎终于受不了了，把题板往桌角一摔两半，隔着门喊许佳明，大叫着，我受够跟你一起当哑巴了！许佳明想说我也受够了，你俩吵架，凭什么找我翻译？他看眼挂历，还有四十天就高考，他能比快一班的同学还早两个礼拜离开学校。

这次争论的焦点不只是离开哑巴楼，升级了，林莎想到外面开家聋哑按摩店。看来他姑父早知道这个新媳妇是什么来头，比画着说狗改不了吃屎，没两天你就得把聋哑俩字儿去掉，回你老本行。许佳明有点儿为难，他故意不提老本行，翻译得含蓄点。林莎倒不在乎，大声说那我也是老板娘，不干别的，只负责收钱，赚钱也是咱们家花！他姑父比画，我不是老板，所以你可别当老板娘，你就当你的老板！你早计划好了，你跟我一块儿过就为了开个按摩店！

这个许佳明相信，虽然他俩没蜜月，但是时间上看还是蜜月期，这时候开店应该是早考虑好的。他们又吵了半天。林莎坚持开店，反复强调："既然嫁给你，跟你就是一心的，钱都是给这个家。不落你名，我就自己开，我这个岁数，找不着好工作，你让我去扫大街看厕所怎么着！"她使劲吼。许佳明真想提醒她，我姑父听不着，你这么大声不是吓唬我吗？翻译过去，他姑父不比画了，背过身去看电话，今天又没人找他。他拿起话筒，看上面还亮灯，电话没坏。他转回来比画着，就用我名吧，但得让我看店，生意好起来我就不去手套厂上班了，还有，人手再短缺，也用不着你上阵！

许佳明不理解开个店跟落谁名儿有什么关系。晚上躺床上他想通了，他姑父是聋哑人，哑巴楼的都是残联会员。城管、派出所、安检局、卫生防疫站、消防局，这些平时不省油的衙门，都不愿意跟残联的人惹是非，就连收保护费的小混混也都下跳棋似的，快走两步去踹下一家的门。哦，那一定是计划好的，林莎找个一石二鸟的好老公，羡慕死那些好姐妹。

他一时睡不着，又想了好多事，他想九月份他就可以进大学了，那时候他就长大了。什么专业无所谓，重要的是夹着书本走在林荫小道的那个画面。当然不能是四平师院，那是气话，军校他也不考虑，他要的就是自由。首选是北师大,次一点儿就是华东师大,在上海,离长春够远。实在不成就华中师大、华南师大,不花钱的师范类都行。他总会出去的。

隔壁传来吱吱声,床头打架床尾合。许佳明扒门缝看眼,对面透出粉红光线,把这灯装进他们按摩店正合适。许佳明躺下听了一会儿,没吃过猪肉,但跑的猪他见多了。听床腿声就能猜出来他们什么姿势。但是林莎一点声音都没有,不应该啊,即使录像厅公共场合,那女的多少还呻吟一阵儿。哦,他姑父是聋子,听不见,没必要叫床。原来女人的呻吟都是给男人听的。

后来床腿不摇了,他姑父出来上厕所,就从他门口走过。许佳明赶紧钻被子里装睡。他姑父推门进来点灯看看。东北五月不暖和,前两天还下场雨夹雪。他把被子往里窝一窝,弄得许佳明有点痒,顺势翻身背过去。他听见林莎在卧室里抱怨,就那么两下子能耐,还老想要,也不自己照照镜子是什么德行。

他姑姑在卧室数落个没完。这让许佳明忽然感到一丝难过,他觉得他姑父也挺苦的,一个残疾人赚那么两个钱,虽然没给许佳明买过什么好吃的好穿的,但起码没让他饿着,没把他送进孤儿院。可他姑父听不见这些话,寂静月光下他还在研究,刚才窝了老半天,怎么一翻身又露出来了?后来他有办法了,打开柜子又抱了一床被子,齐齐整整盖在许佳明身上。

17

按摩店开张那天,许佳明参加了高三的二次模拟考试,就在NIKE

的办公桌上写了一天。他还是不适应这种综合题的形式，他会直拳、勾拳、摆拳，但人家考的是组合拳，几门考试都是迷迷糊糊的。NIKE把历史那部分抽出来，带上卷子去了一楼高三组，把每一科批上分。七百五十分的题，总分加起来还不到五百。许佳明和NIKE都无话可说。

抽过两支烟，他抹下头发，打电话到楼下问高三第六十名考多少分。"六百一十五，"NIKE挂掉电话说，"这成绩可以上同济、交大。"

许佳明没应声，他也没想到自己考这么差。

"再忍一年吧，你还有上升空间。"NIKE揉揉鼻子，又点上一支烟，说，"不然你去我家住一年，或是我借你五千宿舍费，你住学校。"

许佳明跟傻了似的，摇着头自言自语："我不想再等了，我今年就要长大。"

"什么？"

许佳明抬起头，盯了一会儿墙上的挂钟，看着NIKE说："我报四平师院。"

"不行。"

"正好我妈在那儿，我报四平师院。"

"你要想好，这是一辈子的事，而且你不是没机会。"烟都在嘴上了，可他还是要找点什么干，让自己停顿一下。他起身去接水，把陈茶倒掉，装上新茶说："读这种野鸡大学，你还不如直接去南方盖楼。"

"我早想好了，我不能再等了，不然我就跟房芳一样了。"

这句话把NIKE刺痛了，他端着水杯背身走到饮水机前，看着热水流进杯子。他也想过，学生自杀，他做班主任的有没有责任。跟许佳明这种流动生不一样，房芳从一开始就是快一班的学生。不管是不是作弊，有快一班那天就有房芳，这么一个孩子死在他眼皮底下，他不能不问问自己，怎么当的老师。秦始皇，嬴政，秦始皇嬴政，六七次考试那么明显的线索，他一直都没看出来。

那天他没回家，先下楼找高三组要了张报考卡。晚饭后他把许佳明的档案摊开，打算把许佳明入学以来六次期末评语及平时记录重写一遍。字数不多，但这回他不想写"百尺竿头，更上一步"这种套话，他想写最真诚的最好的评价，仿佛是对许佳明这个鲜活生命的赞美。时间都耗在咬着笔帽构思上。写到后半夜他有点恍惚了，他感觉许佳明是自己未曾谋面的儿子，他要再用心点再负责点。没有烟了，他把空烟盒攥成团，出去看看有没有还开门的小超市。他得好好想想，站在父亲的立场上好好想想。

18

四平师院的代码是655069，"许佳明"这三个字也有代码。整个晚自习他都在涂卡，他的心从没这么敞亮过，他已经开始憧憬未来的日子，学费全免，每月有三百的补助，他还可以通过他母亲的关系在精神病院做护理兼职。逻辑不对，他妈是里面的病人，也是疯子，医院怎么会买她面子，给她儿子一份工作？没关系，他相信水到渠成，他前半辈子尝够了人间疾苦，按概率算，该轮到他欣赏人家有多苦了。

偶尔放学他会去按摩店看看，把车停在街对面他姑父看不到的地方，坐到树后。不时有人出入，全都是中年男人。他姑父把他们一个个送出门，有好几个还拍老板肩膀。夸聋子竖个拇指就行了，想说什么呢，年轻貌美，物美价廉？赞赏都在对联里呢，虽是毫末技艺，却为顶上功夫，横批是聋哑按摩院。我虽然小，但我们家是开妓院的，酷！许佳明骑上车，一溜烟奔向他的秘密之家。

又来一封雷力的信，继续收起来。房传武的礼物到了，数数里面是五封信，八张纸，小四号字打印的。原来房芳都留着。他把信重看一遍，这一次他没哭，他很幸福，他最近很强大。从书包里他掏出五个信封，都写上天堂的地址，贴好邮票扔进邮筒。经过几天的漂洋过海，它们还会回到六十号信箱，这样不是很好吗？

还有件事需要讲一下，由于他不再感到孤单绝望，所以他把手淫和房芳都戒了。六月十七日的夜里，他时隔多月再次遗精，而且一睁眼，他就把那个邪恶兽性的春梦给忘掉了。黑夜里他不住地微笑，他看见自己正逐渐成长为一名高尚圣洁坦荡荡的成年人。

所有的罪恶都将向正义屈服，张阔已经两天没上课了，估计取保候审变成了羁押待审。二十二日下午，许佳明从窗户看见校门口的加长林肯被拖走，连上拖车的长度，就像一列小火车在街上行进。一时间目瞪口呆，隐约中他看见张阔在黑车窗里对他挤眉弄眼。幻觉，一定是幻觉。许佳明拉上窗帘，把幻觉挡在外面。

天气越来越热了，报纸上都在推测今年高考会不会碰上三十年难遇的高温，明年改在六月已经势在必行。许佳明想去历史组，问他的考号考区下来没有。他同桌然然求他问问NIKE，能不能为她也举办一场欢送会，她出钱请全班吃饭。"我也要走了，"她说，"不跟你们纠缠了。"

许佳明不喜欢她，觉得她嗲里嗲气的。是啊，除了房芳，哪个女生他都不喜欢。

NIKE在忙，有个刚考进快一班的同学拿着历史书傻了吧唧地问个不停。等得不耐烦了，许佳明过去说，我有事，你下节课再来。新来的竖起食指说,最后一个问题了。许佳明过去把窗户打开,探着身子往外看。省实验的初中部就要封顶了,过几年这里又要多几千名初中孩子,什么时候把小学生也招进来,比比谁家有钱,省实验就圆满了。

NIKE在叫他。许佳明拖把椅子,双手抱膝坐在他对面。"我正要找你呢。"NIKE说着在桌上翻出一个牛皮纸袋交给他。

准考证终于下来了,许佳明仪式感般地倒数几秒,把信封打开,掏出里面的东西,僵在那里。

"出了点问题,你的报考卡被退出来了。"

"不可能。"他看眼信封,上面还印着招生办的章。

"你听我慢慢说,每年高考还有十五天左右,快一班就结束,所有学生会解散回到原来的班级。就是为了避免你这种意外发生。你高二的档案在我这儿,但是你之前的档案,包括会考的成绩,都在十七班。我们衔接出了点问题,他们没看到你的会考及格证。"

许佳明站起来说:"招生办在哪儿?我现在给他们送过去。"

"来不及了,他们退回来就说明,报考结束了。"

他低着头回想了一会儿,说:"我原来那个班主任,彩虹是故意的。她讨厌我,她讨厌从我身上榨不着一分钱,有一个月,她硬是停我课,让我写检讨。这次她又这么对我。"

他抓着头发往外走,他也不知道该怎么办,以暴制暴吗?省实验可不会为一个五十八名的学生打官司。NIKE看着他走出去。他重重一抹,把头发收到头顶,对门口说:"是我干的!你用不着找她,是我干的。"

消失了的许佳明又出现在门口,扶着门框盯着他。

"我见不得你考四平师院。那不是好地方,我就是那儿毕业的。我在四平师院是学生会主席,靠这个才调进省实验,然后熬三十年也才今天这副德行。其他的人更完蛋,能当上小学老师就不错了。你比我聪明,你这辈子至少要比我有出息。许佳明,你不能去那儿。"他把信封扔过去,掉在地上,说,"里面有五千块钱,从今天开始你就住校,不用回家。再熬一年,一年就行。"

许佳明把钱踢回去,摇着头,说:"我肯定不读了,我不会让你得逞的。"

"跟我得逞不得逞没关系,这是你的事。"

"那你就不该管我!"

仿佛吼声回荡在山谷,他们就互相僵着,NIKE敲了下桌子,似乎把震荡按停,说:"不读了,你去哪儿?"

"不知道,跟你没关系。"

"行,那我问点跟我有关系的,"NIKE盯着他几秒,"我为什么叫NIKE?"

"不知道,你问别人吧。"

"是你给我起的外号!我早知道,是你给我起的!"

"所以你恨我。"

"我不恨你,我就想知道我为什么叫NIKE,为什么不叫阿迪,为什么不叫彪马、匡威?"

"你问别人吧,他们都知道。"

"我就问你!"NIKE站起来喊道,"别人的话我不听!你没来快一班时,我学生都叫我老钱,叫了三十年,叫了十届毕业生!你一来我就成了NIKE?话从你嘴里出来的,我就要从你嘴里抠回来!"

许佳明被吓着了,但他不能怕,不能懦弱,回瞪着他,说:"我不会告诉你的,你刚刚把我伤了,别指望让我说什么,我永远都不会告诉你的,NIKE!"

19

英语课练听力,许佳明呆视着黑板,听见的都是鸟语花香。既然放话说不读了,总不能在这儿赖着,但是去哪儿呢,真去南方盖楼吗?之后他冒出个怪念头,他在想怎样才能变疯,这样他就能被送到精神病院了,跟他妈一块儿住。真的能疯吗?NIKE是教历史的,他要是像公孙膑测孙子那样,给我吃大便,我可怎么办?

然然在旁边捅咕他,问你提了没有,欢送会的事,像付强和张天慧那样隆重的欢送会,我连表演节目都想好了,不过现在先保密;你要是求我,我可以透露一点给你。许佳明扭头看看她,你变疯倒是比我容易多了,现在就是半疯。

"你不问问我离开省实验去什么地方吗?我现在就不是中国人了,我爸在温哥华投资买绿卡了,我们全家移居加拿大。"

移居加拿大?许佳明知道去哪儿碰运气了。他把书包装好,将桌洞掏空。背起来时想到再也用不着这些了,他又把书一本本放回桌洞,他就要这个书包。英语老师注意到他了,伸脑袋看后排怎么回事。许佳明冲她摆摆手,意思是我没事了,认真听了。

他还真仔细听了一会儿,录音带里一个男低音用英语讲海洋环保的故事。什么口音啊?他现在觉得只有加拿大带点法国味儿的才是真正的英语。他等不了了,他要像张天慧一样,走到讲台饮水机前,把瓶子灌满，从正门走出去！

他找家网吧，输入那网址。广告还在首页上——移居加拿大，月入两万元。以前几万来着，好像涨了？但这不重要，他点进去又读一遍，里面没变，条件还是十六岁以下。最后一段他上次没注意，有意者请联系骷髅精灵。许佳明复制他的QQ号，申请加好友。那边一时没回复，是不是有时差。他点上一支烟，搜一下这组号码，骷髅精灵还在不少网站打过这广告，这些网站都能看到舒淇和叶子楣。

快中午的时候那边认证了，上来贴了一大条广告信息，又是加拿大人口负增长，他们急需补充新希望什么的。许佳明打个招呼，他说他想去。骷髅问他几岁、性别。他说他十五，男的。骷髅要他给下身份证号和名字，他查证一下。许佳明把十八位号码写下来，在出生年份上加两年，这样他就小了两岁。骷髅过几分钟震了一下窗口，问他到底几岁，到底叫什么。他重给一次号码，名字还是许佳明，他承认自己十七了。不行，你太大了。但我长得小。你多高？许佳明故意少说三厘米，一米七五。五英尺九英寸！加拿大一些成年男性都没你高，你装什么新希望？

之后骷髅就不理他了，许佳明自顾自地打字，他知道自己失败了，哪儿也去不了，这辈子都得留在这里，留在哑巴楼。他敲累了就打开舒淇的身体满屏看。他真希望网友告诉网管，网管告诉警察，警察把他带走。可这是网吧，不是教堂，不一会儿他后面站满了男生，催他快点下一张。

真没劲，回你们座位自己找去！他关掉图片，把他们赶走。窗口显示骷髅又跟他说话了，他对哑巴楼有兴趣，问他那是什么样的楼，你是哑巴吗？不是，我正常。那你们怎么交流呢？打手语。你会手语？许佳明乐了，这会给他补发一张通行证吗？这年代掌握一门技能真好。

骷髅精灵要许佳明两张证件照，彩色、黑白各一张，发到他邮箱。七月六号会有一批孩子从深圳出境,晚上十点在罗湖区的锦江酒店集合。许佳明一再回复"收到收到"。然后他向后靠椅背上,看着行程,六日晚上从罗湖口岸过香港,七日游玩一圈,八日一早便乘机去加拿大。苦了十几年,幸运女神终于开始眷顾他了,七月六号,比高考还早一天。

20

许佳明转着地球仪,从这上面量长春到深圳都得一捺多长。他去车站问过了,火车将近四十个小时,站着过去四百多块,躺着去再翻一倍。钱不多,但得弄到手。简单点的办法是,买把刀,去省实验找个过生日要订餐的学生借五百块。肯定不行,省实验的人对暴力有自己的换算方式,你就是掏出枪,他也得问问你,把我崩了,多少钱够赔啊?如果 NIKE 那五千他没踢回去,捡个零头就好了。不行,他伤你够狠的了,你再拿人家的手短。他觉得作为男人,即使鸡鸡短,也不能手短。

他难得和家人一起吃晚饭,有不想说的,有不会说的,三个人都很安静。林莎把电视调成静音,让他姑父一个人看。许佳明看了两分钟也没明白,这些男男女女在讲什么。他冲他姑父比画两下,我姑妈那低保存折呢。他姑父扭头问他干吗。你都再婚了,跟我姑妈一点关系都没有了,我是许家人,应该是我保管。他姑父摇摇头,继续看电视,里面正精彩大结局呢。许佳明又比画半天,他姑父瞅都不瞅。手语和语言的最大区别,语言是我说我的,想不想听都得灌进你耳朵。这么一比,手语太霸道了,眼睛一闭,你爱怎么唠叨就怎么唠叨。

林莎捏馒头问他怎么了,有什么事吗?没事,许佳明说,同时咬牙切齿地把屋子巡视一遍,等着吧,明天我就把这儿翻个底朝天。

聋哑按摩院早上十点多就开门,他姑父现在也不去手套厂了,跟房传武一样,停薪留职。这样也好,这碗饭风险大,哪天碗被砸了,还能够回去领工资。许佳明从没进去看过。他想象那些午休过去按摩的人,进里面一看,一帮聋哑姑娘,行啊,跟盲人一回事。以为是正规按摩,小睡一觉下午还要工作。恍惚中聋哑女孩儿啊咦哦地搓啊捏啊,手指贴着肚皮往下滑,忽然来那么一句——做吗?

靠!诈尸吧你!

许佳明用不着去学校了,现在省实验只有一件事让他想知道后续,NIKE有没有给然然开欢送会。应该没有,付强、张天慧还是打包套着开的。再说以后快一班提前告别的会越来越多,不新鲜了。省实验都是如此,移居巴黎东京纽约的,北京上海也不少。那时候北京不是有户口才能买房子,是买房子就送户口。

十一点前他坐在六十五栋前抽烟看热闹。白天他才注意到,有不少人从地底下钻出来。他统计了一个小时,下面出来的人比楼上的还多。他锁上车,下去看看。不是一般的地下室,里面老鼠洞一样阡陌交错,过道两侧住户联排,每户人家十平方米左右,家家在过道晾着内裤和床单。许佳明跟打通关游戏似的,一会儿低头一会儿侧身地走到另一个出口。有个石板立在楼梯口,跟大庙似的,也是双语,中文写着防空洞,日文写着防空壕,时间是一九四三。许佳明想了想,那时候还是伪满时期,一片太平盛世,谁敢炸长春啊?

出来后他发现不在六十五栋了,挺远的一栋楼,但还是可以看见那三幢步步高。他看看表,差不多可以回去了。其实他没表,电子表都没有,他只是觉得男人撸袖子看手腕比较有范儿。他后来没车没房,赚的钱一半都用来买表了。

他姑父在房门上下装了两道锁，真是越穷越怕偷。进了门他还原反锁，直奔他俩卧室。床底下，褥子里，电视机后面，抽屉夹层，他把书柜的书都过一遍。存折没找到，倒是见着一些奇怪的东西，他拣起一张黑白照片看看，挺好看一姑娘，不是他妈，也不是林莎。看来成年人也有他的秘密之花。他把这些归位，他是来找钱的，不是来揭疤的。

那就是在木箱里了，一个比棺材还大的箱子，上面扣着硕大的一把锁，打头一次结婚就摆在这儿。许佳明这么多年也没见他打开过。许佳明看着明锁，弄断这个不容易。他去厨房工具箱翻根锯条，用抹布缠出一个把手，他可以把周围的木板全锯开。

两个多小时才完工，这么费力，当工钱结账都不止五百。开箱之前他又要仪式感了，这次是恐惧，里面万一跟梅超风似的一箱子头骨怎么办？他闭眼一抬，满鼻子樟脑味儿，那就没事。都是几十年老家当，军大衣，厚棉袄，那种论斤秤的被子，快到底了也没见着存折。有个花布包裹很神秘，打开后他见着了他姥爷，他妈画在盘子上的姥爷。盘子他收好，一样样放回去，找块布盖上箱子。这时门响了。

进来的还哼着小曲，应该是林莎。不一会儿浴室传来放水声，她洗澡去了。许佳明躲在衣柜的衣服后面，找机会慢慢蹭出来。刚推开一条缝的时候，林莎喊道，哎呀，吓死我了你！许佳明头又缩回去，关上门。不对，声音在浴室里，林莎没看见他。进来的是别人。

你把鞋脱了，别让我跟你屁股后面擦脚印。那男的呵呵一笑，说留着能怎么着，他还能杀了我啊。微光中许佳明寻思过来了。林莎外面有男人。

他得再忍一会儿，不知道他们是打快枪还是叙旧，听起来那男的赶时间,澡都不洗,直接进卧室。你别上床,林莎跟进来,去孩子那屋,不然这床我捡头发都捡不起。一样的头发,捡什么捡?你怎么一点自知之明没有呢,人家是黑头发,你是白头发,打眼一瞅跟狗掉毛似的。我就在这儿了!那男的赖着不动,那屋我都干得没感觉了。

许佳明在衣柜里气得牙咯咯响,怪不得睡觉时候总觉得有味儿,澡都不洗就上我床。他轻轻往里移一小步,这样舒服多了,可以半坐着。可床上的男女更舒服,没听过这么叫的,高音假音还带拐弯的没把许佳明震死在衣柜里。你行不行啊?哑巴做一声不吭,跟正常人往死里叫。

他撸袖子看手腕,不知道,起码做了二十分钟,后来林莎嗓子都哑了,两人才消停一会儿。我怎么样,那男的大喘气说,跟你老公比,我怎么样?你还好意思问?你也不想想,我老公比你小二十岁。俩人暂时没说话,床偶尔响两声,估计林莎跪上面捡白头发呢。

打火机啪的一响,那男人点支烟,说:"店以后就是他的了?"

"对呀,你起来!屁股底下全是头发。"

"之前咱俩可不是这么说的。"

"那是之前,现在我嫁人了,他是我老公。"

他笑两声,说:"摊上这么个哑巴,你还真当宝贝了。"

"那不是你的主意吗?你怕我赖上你,你让我嫁给他的。"

"我不是说赚钱咱俩花嘛。"

"谁跟你一起花,你娶我了吗你?"

"我说了等等,娶你是早晚的事。"

"钱金翔,你要不要点脸?"林莎声音高起来,"我等你十年了,你孙子都抱上了,也没说娶我!你看看你这岁数这身体,还能活几年?你让我跟你陪葬啊。我嫁给他了,这就是我家,我男人!以后我家的事你少管,别怪我到你老婆那儿闹去,让你儿媳妇看看,你这做公公的丢不丢人?"

"咱俩这么多年感情了,你这才结婚俩月,谁远谁近还看不出来吗?"

林莎没说话,许佳明听见她在哭。许佳明胸口一阵痛,不知道怎么回事,他想到了房芳,她和王勇有几年的感情呢?

"你说这么多年,不是感情,你一直把我当鸡,还是免费的。他俩月就把我当老婆。以后你别来了。"

声音越来越近,忽然一阵风,衣柜门开了。他在衣服后面挺直了屏住呼吸。林莎一丝不挂地站在他对面,手扒拉挂着的一排衣服,侧身对床上的钱金翔说:"你快穿衣服吧,一会儿你请我吃个饭,就算是……"她一下子卡住了,右手摸着许佳明的脸,转回头看着他,左手捂住乳房。

钱金翔笑问她怎么了,耗子还是小偷啊。林莎把衣服一拉,遮住许佳明,关上衣柜门就声嘶力竭地喊:"滚!赶快给我滚出去,我再也不想见着你!滚!"

许佳明推门出来,想看看他的背影,一头的银发。他早该想到的,没有娘家人参加婚礼,那个老头儿根本就不是她父亲。

21

那天晚饭开新剧了,他姑父嚼着油饼盯着字幕,一眼不落地想进入剧情。你要多少钱?林莎说完就转身跟着一起看电视。像是幻觉,许佳明四周看看,这个要手语译过去吗?林莎按了静音,于勒一点不耽误。她转回来望着许佳明,说:"我问你,你是他儿子吗?"

"不是。"

"那许玲玲是你亲妈吗?"

"他怎么说的?"

林莎看看他,似乎他刚刚看明白,对着电视频频点头。林莎说:"他说不是。"

"他没骗你,许玲玲是我姑妈。"

"那他为什么还养着你?"

"因为他人比你好。"

林莎放下筷子,拍她老公的肩膀,让他别看了,多吃两口。他扬扬手,又坚持两分钟,广告时间转回到饭桌上,撕一块油饼,比画几下。

"他什么意思?"林莎问。

"他问,谁把这箱子打开的?"

"我打开的,我看看里面有没有他前妻的衣服,我都扔了。去,翻译给他。"

许佳明犹疑一下,跟他姑父比画一会儿,说:"他说他都没钥匙了,里面啥也没有。"

"好像我真在乎似的。"林莎摇摇头,继续问佳明,"你去深圳要多少钱?"

"硬座四百多。"

"卧铺呢?"

"八百多。"

"我给你三千,你坐飞机去。"

"我用不着那么多。"

"我就给你这么多。你姑父人那么好,我不能被比下去。你哪天走?"

"六号,这周六。"

"商量件事,"她也撕一块油饼嚼了半天,说,"别再回来了,行吗?还有,这边你不用担心,他是我男人,我不会坑他的。"

22

哑语里面长短再见有两个表示,短再见算 see you later,长再见有点像中文的永别,但不至于让人有长眠不醒的恶意联想。六号早上他背着书包,面对哑巴楼的巴掌问候,他都打出了长再见。然后他想想不能太嚣张,要是他们反应过来,把姑父叫醒就完了。下了楼,他赶紧骑车跑掉了。

买完打折机票他还剩一千多,有钱的感觉真好。有件事他可以去试试。他骑车到立交桥下,瓦匠木匠早就来了。他旁观几把牌,还是没上手。脑子里有个声音告诉他,赌博是龌龊那一边的。他看看别人的表,下午五点的飞机,还有八个小时。找个修车的,他将自行车卖了三十块钱。然后他去长途客运站买张票,上了去四平的车。

四平很小,比长春还破,跟温哥华、蒙特利尔根本没得比,几番转折竟然得到最好的结果。他想起那天在文殊菩萨面前许的愿,考得好点远点,考到外星球才好呢。虽然加拿大还在这个星球上,但他相信那边的地心引力一定小于九点八,使劲一跳就能摸到天边的彩虹,张开双臂就可以自由飞翔。有时间还要去庙里烧香还愿。

走出车站他扬手拦辆出租,他说去精神病院。司机问他走哪条路。他说远点没关系,挑风景最好的那一条。有钱的感觉真是爽透了。

送他妈那年来过一回,忘得差不多了,现在一看,里面这么大。走进主楼他让前台查查病人许玲玲在哪个区。她们也不是电脑登记，拿出本子按拼音索引，找了半天说在护理区。

得抓紧时间，一会儿还得回长春机场。穿过两面高墙他到了大门口，登记后他走进去没几步，就看见他母亲对着一棵苍松，一边压腿一边念念有词。这么多年她都没怎么老，这让许佳明好受一点儿。许佳明拎着书包过去，他妈看不到他，还是在跟死人交流。十年过去已经不是一对一地只对她父亲倾诉。看得出来，她在跟几个人激烈争吵。许佳明在树旁听了一会儿，眼睛都湿了。在他母亲心中，他也死了。

许佳明抹抹眼角，打开书包，拿出画着他姥爷的盘子架树上，这让许玲玲愣了一下，指着盘子说，我现在没时间搭理你，我得跟许佳明谈谈，他是怎么想的？她又转头对吊在树上的文具盒说，你怎么想的，许佳明，我不是你姑姑，这么多年，你叫过我一声妈吗？是不是你姥爷逼的，是不是你姥爷逼的？他逼我不认你这个儿子，逼你不认我这个妈！

许佳明憋了半天，终于没忍住，哇的一声大哭起来。

他在园子里拉住一小护士，说想见下院长。小护士把眼睛瞪得溜圆，心想你当我们是私立的野鸡医院哪，几万人的大医院，我都没见过院长，你哪见去？不过她还是很礼貌地告诉许佳明，院长出国考察了，去佛罗伦萨了。那是她最想去的地方。

"那带我见管事的，行吗？"

他被带到医生办公室，里面坐着的医生自称姓徐，戴着眼镜，五十岁上下，跟NIKE一样都是秃顶。不同的是，NIKE左侧头发很长，不时往中间抹，而他是不多的头发往后背着梳。许佳明说许玲玲是他母亲，他过来看看她。他走过去，从窗口指楼下还在争吵的母亲问："她一直这样吗，絮絮叨叨的？"

"但已经好多了,"医生说,"最近几年都没有暴力倾向。"

"她一直没有暴力倾向!以前她就这么温和,这十年你们都干什么了?"

"我们是护理院,不是治疗区。"

也是,政府补助他姑父那点钱买不起药,也就是托管和食宿的费用。他找张卡片写下邮箱,说自己一会儿要是走了,要过境香港去加拿大。这么说会给他母亲挣点面子吗?他说,这是邮箱,需要钱的时候给他发邮件,他会从加拿大打钱过来。"对我妈好点儿,"他搓着手,想再嘱咐点什么,"别电击,永远,永远,也别给我妈上电击。"

23

八千米上空往下看,一片被白云笼罩的虚无沮丧。许佳明默默说着再见,他对哑巴楼说再见,对省实验说再见,对长春说再见,最后他都要对中国说再见了。他闭上眼睛,又像电影一样把过去的十七年在脑中过了一遍。始终在高尚与龌龊之间摇摆,这个国度给他的永远都是绝望与孤独。十几个小时后他就会降落在一个更美好的地方,全新的环境,在那里他可能更容易实现最初的那个简单梦想,成为一个高尚正直坦荡荡的成年人,成为那里的新希望。

找到锦江酒店还不到九点,大厅有个牌子写着加拿大新移民,1506房间。推进去一看,里面挤满了孩子,都比他小。许佳明先查一遍,十三个,好像这工夫又进来两个。有几个家长都跟着过来了,跟嫁闺女似的恋恋不舍。许佳明想,哪天他要是有孩子了,可不能就这么送出去,再说了,他那时是加拿大人了,能往哪儿送呢,也就是美国了。

刚好十点来了一个抱着箱子的胖子,这么准时,许佳明怀疑他就在隔壁开的房。从他的普通话辨别不出他是香港人还是广东人。他先自我介绍,叫骷髅精灵。接着大家一声惊叹。主要是他的体型跟骷髅一毛钱关系都没有。他说请各位家长理解一下,先回避,他要开始点名了。

骷髅喊的每个孩子许佳明都看一眼,男孩儿居多,都是十二三岁的样子。除了家长送过来的,来的都是什么人呢,也像他一样没人管吗?有几个孩子喊完"到",就接着聊红警,聊CS。哦,都是网瘾少年,吸引他们的不是发达国家,不是月入两万,是怎么玩都没人管。这些新希望啊。

最后一个叫许佳明,他是最大的一个,骷髅特发的通行证。他举个手,也不好意思喊"到"。骷髅对他点点头,打手语问他几点到的。许佳明知道是测他呢,直接手语问他,为什么你的跟我们有点不一样。后来许佳明了解了,手语跟语言类似,千差万别,起码语法和时态就不能统一。

骷髅从箱子里掏出十几套校服,让孩子们换上。这时许佳明才知道,为什么会手语很吃香,校服上都印着一串繁体字,香港九龙聋哑学校。这办法好,广东话都不用学。骷髅跟许佳明说,没你的号码,你做我助手,你是学长兼助教。许佳明点点头,从箱子底下捧出两捆护照和学生证。他翻开自己的护照,许佳明,十八岁,地址是钵兰街六十五号。真像,虽然他也没见过香港护照什么样,但是真像。

叫骷髅精灵是因为,他一直信奉夜里过境要比白天稳妥多了。他对所有孩子的要求是别说话,出什么大事都不许出声,不到一分钟就过去了。孩子们真就不说了,重重点头。骷髅说点头也不行,你们听不见声音,低着头往前过就好了。

有辆中巴停在酒店门口,到罗湖口岸已经快午夜,香港护照算过境还是离境?这个时间大厅里还是挤满了人。许佳明看见每二十米左右就有一个投币电话。他对骷髅比画着,他想最后再打一个电话。骷髅说远点打,别一会儿让人认出你来。

他穿过两个小厅,去服务台换几个硬币。他想跟他姑父告个别,想想大半夜的,电话彩灯在屋子里一阵乱闪挺吓人的。应该跟NIKE说声再见,他也不是恶意,四平师院是不怎么样,这不也因祸得福去了加拿大吗?NIKE在黑板上留过三个号码,历史组的,家里的,再就是传呼机的,说快一班谁有问题,随时联系他。张天慧的天赋他没有,记几个数字还是小意思。传呼机留言吧。他拨到寻呼台:"跟钱先生说,再见。"

接线小姐问他怎么称呼,谁在留言。

"算了,你这样说。"他换只手拿电话,"叫你NIKE是因为头发,你那绺头发一抹上去,就是NIKE的钩子。"

有点复杂,接线女孩儿想了几秒钟,问他是哪个耐,哪个克,还有,先生您能不能再说一遍?

"算了,什么都别打了,一个字也不留。"他挂掉电话,迅速跑回去。

骷髅打头,许佳明在队伍最后面。骷髅又强调一遍,谁也不能说话,你们也听不见,那些叔叔阿姨会说请抬下头,那你们也听不见,低着头走你们的。他们这回没点头,那就对了。

骷髅走前面,对工作人员讲几句广东话,然后把一打护照放上去。比想象的还要顺利,他们都没找个会哑语的测一下。每个低头的孩子走过,他们对比一下护照相片,盖个章,同时下一个。骷髅比画着,让许佳明他们快点。他在没话找话,他只是想有个手语互动,显得更真实。也许一会儿从香港出境,才能真正用到他。

轮到许佳明了,跟其他人比,他最没问题,他熟悉聋哑人的一切,他知道聋哑人看人家说话的时候是什么表情,什么反应。他"啊咦哦"地喊两声,意思这些护照由他收好。工作人员对他笑笑,举起印章,啪啪啪的一声声盖在上面。许佳明把护照接过来放进书包里。一切都结束了,前面有条黄线,迈过去就是自由天空,他长大的世界。这时枪响了。

每年都有那么一两次鸣枪事件,这些事后就能成为工作人员互相打听的谈资,什么人强行越境,包里都装着什么东西,口岸特警鸣枪后迅速将他们制服。只要在口岸工作几年便不至于大惊小怪,而这次不同的是,三十七号离境口正在处理一批回港的聋哑学生,年龄在十岁至十八岁不等,他们无法发声,听力全无,他们全都在枪响的第一时间扭头去看。

24

第二天就有父母来深圳把孩子接走了,剩下的和许佳明关在一起。不像监狱,也不像拘留所,可能是移民局专门关押的地方。那些聋哑学校的孩子全能听见,也全会说话了,他们哭着告诉警察家住哪儿,家里电话是多少,快让我爸来接我啊。只有许佳明还一语不发,他每天醒来就吃,吃完再睡,一天能睡十八个小时。有天他睁开眼,发现里面就剩他一个人了。

有个警察找他谈话,问他是不是从犯,认识李伟雄吗,就是骷髅精灵,你们什么关系,你拿了多少钱?许佳明瞪大着眼睛不说话,跟他姑父似的,啊咦哦地试图从语言的笼子里跑出来。警察让他多待几天再想想,反正牢里又不差一个少年的伙食。

许佳明没包庇骷髅的意思,萍水相逢,死不死谁儿子?他在考虑自己,他觉得他就像脱轨的列车,离开了省实验,错过了四平师院,也别了温哥华,不知道自己将往何处去。想也没用,他想起包里还有雷力的信,虽然他许诺不看人隐私,但现在他已经在牢里了。我都犯法了,还怕道德谴责吗?

他都拆开,每封信都有落款日期,从今年二月份开始,一共有七封。他把信纸展开,排好顺序订成一小本。第一页第一句话是"我和你爸爸半生不熟,他死那年我们下过几次棋",铿锵有力,一句话就把几个点抖出来,我和你爸爸是怎么回事,什么叫半生不熟,你爸爸怎么又死了,我们为什么能一起下棋?许佳明被惊到了,他找个最舒服的姿势把这些当小说读。

慢慢许佳明知道,雷力的爸爸叫雷奇,是迎春路分局刑侦队长。这些许佳明没听说过,不过他对里面讲的一个案子有点印象,两年前有个小名叫毛毛的女孩儿被奸杀在楼前的高草丛里。之所以还记得,是因为他们担心再出事,把社区里的树和草全砍了。远远一看,跟 NIKE 的头发一样稀稀拉拉的。第一封信主要讲毛毛的案子,明显写信人急着发出去,刚要揭底就结束了。

第二封信又不讲案子了,问他们家现在怎么样,他妈改嫁了没有,有没有跟那个高叔叔结婚。雷奇生前希望她有个好归宿,两个孩子有个好依靠。貌似雷力还有个姐姐。可是这雷奇怎么跟他姥爷一样,老惦记着归宿啊,依靠啊什么的。

第三封信把毛毛的案子又讲回来了，一步步像推理小说的节奏，讲到雷奇知道真正的罪犯没法抓，动不了，就去街上拉了个疯子顶包。许佳明抬头深吸两口气，可以这样吗，刑侦大队长也知法犯法吗？

第四封又是问家常，问他姐姐怎么样了，分到哪个医院了。许佳明把信封都找来，哪儿都没回信地址，就算那家人没搬走，能收着这些信，也得知道回信给谁啊。烦死了。

第五封信聊到雷奇的死。许佳明记着邻居的回忆，说雷奇是被火车轧死的，原来是卧轨自杀。这位雷奇的朋友分析他自杀前的很多想法。不是说就下过几次棋，半生不熟的朋友吗，怎么什么都知道？之前上吊未遂、服药未遂都知道。啊，许佳明停住了，房芳以前有过自杀未遂吗？

似乎第六封没什么讲的了，他写雷奇如果活着，会有多想你，多想你姐姐，多想你妈妈，他好几次想回来看看你们。真厉害，阴阳两界的雷奇你都了解。

最后一封更奇怪，人称都混乱了，上来就说我有多么思念你们，我每天都是怎么过的。这一封最晦涩，但是也最动情、最感人。许佳明一气儿读了好几遍，身处冰冷世界，情是许佳明最需要的东西。

几天里没警察再找他，他就拿读这些信消磨时间。他觉着他离雷奇越来越近，好像这个心碎的父亲就在他身边，反倒是对写信的人毫无印象，叫什么他都讲不出来。有天吃牢饭时他忽然猜到什么，他把信掏出来一一核对，没有回信地址，没有寄信人姓名，如此了解他们家人，更重要的是开篇第一句，说了下过几次棋后，就再没讲过他和雷奇是怎么认识的，什么时候，在哪儿下棋。我，是消失的。

他翻出烟，在褥子下面找到火柴，把一支烟足足抽完。没错，他确定了，"我"就是雷奇，这些信就是雷奇写的，雷奇没有死，火车卧轨的不是雷奇，他不敢露面，他是个凶手，他把人杀掉，换上衣服，补封遗书放死者口袋里，扔到铁轨上，让火车轧个稀巴烂，从此逃之夭夭。

他越想越肯定，这是雷奇忍不下去了，写封信到家里探探道。要是再回到长春，回到六十五栋，他得把这些放回六十号信箱。没准儿哪天雷力回来查看一下呢，把这些留给雷奇的儿子，让他去寻找真相好了。

许佳明算了算，今天是七月二十一号，他进来十五天了。警察应该再找他谈谈了。他又没真犯法，没什么事的话，他就不在这儿蹭吃蹭喝麻烦人家了。他可以先不走，在深圳转转，没准儿找片工地盖房子。NIKE不是说，考四平师院还不如去深圳盖房子吗？

午饭的时候他递个条出去，要求见见管事的。警察到下午两三点才过来，许佳明给他看早写好的字条，上面说我到现在都不知道你以前都跟我说什么了，我们能不能这样沟通？他把纸笔递过去。

警察接过来直接扔一边，说："你要是不想说话，听着就好了。你不可能是哑巴，虽然走的那些孩子都以为你是聋哑人，但你不可能是哑巴。他们不会要一个哑巴的。把哑巴弄过去一分钱都卖不出去。移民加拿大，加拿大新希望？笑话！你们所有的孩子过去，就是卖给地下变童组织，提供给那些对未成年人有兴趣的性变态，给那些外国人当玩物！"

25

他姑父告诉许佳明，好多年前你姥爷临死的时候，我就去派出所赎过他一次，这么多年了，一样的事在你身上又发生了，就是没想到这次这么远,跑深圳来接你。说完他就看车窗外,已经坐了十个小时的火车,天都快亮了。还要二十多个小时,他姑父问他要不要补张卧铺,去睡一会儿。许佳明摆手表示不用,拘留所里他都睡够了。他劝姑父去睡。他姑父看看表,想着再坚持两站,就能少花二十块钱了。

你怎么来的?许佳明问他。

接电话就来了,坐飞机来的。

一想到家里的闪灯电话,他姑父还老在盯着,许佳明就想乐,拿起话筒,啊咦哦,挂掉就开始翻是谁打来的。这次又是怎么回事呢?对了,家里多了个林莎。唉,佳明当初答应她不再回去的。

许佳明接着刚才的话题,问姥爷犯什么事了,被警察抓走。当时正在盖花园酒店,你爷爷打着收废品的幌子,一车车往外偷铜运铁。许佳明没想到,他姥爷那么慈祥和蔼一老头儿,还有连偷带拿的本事呢。

偷了多少?

多少不好说,但前后偷两年,他后来带我去地窖一看,好家伙,他把花园酒店都偷过来了。

那花园酒店后来不也盖了二十多层吗?我姥爷死在那儿的楼道里,也算不欠他们的了。

他俩你一下我一下比画一夜,后排有个女孩儿问妈妈,哑巴遗传吗?许佳明回头看看。她妈妈连说,别瞎说,人家能听见。许佳明对小姑娘笑笑,说:"不遗传。"

小姑娘下巴都要掉下来了:"呀,你怎么说话了?"

他姑父说,跟你们班主任谈过了,是文字交流的。

当然是写字，NIKE 的手语只限于手掌向下压两拍，意思是我出去抽支烟，好好想想我留下的问题，都老实点。

他姑父咯咯笑了两声，比画着，他要给我五千块，让你住校，我没要，你要是想住学校，我去给你弄钱。许佳明表示不用，我住家里吧。那我和你姑姑以后住店里，这样会不会好一点儿。不用，三个人都回家住吧。

我不知道你有这么大委屈，他姑父眼睛湿了，又比画一遍，我真不知道你有这么大委屈，你也不告诉我，你有这么大委屈。

许佳明也要跟着脆弱了，拍拍姑父肩膀。他姑父拽布袋，掏出许玲玲的低保存折。许佳明摇头不接。我前几天查这里有三万二，我跟你们班主任说了，咱不读师范学院，咱有钱，咱就拿这个做学费，咱别的不读，我就希望你考清华，我就盼望咱家能出个清华大学的。

许佳明想想，把书包里剩下的一千块钱找出来，这个还给姑姑，高考以前，我哪儿也不去了。

他姑父让他留着，你有计划地花钱就行。再问你一个，你叫你们班主任 NIKE，是不是因为他穿 NIKE 啊？

不是，他天天穿阿迪。

没有啊，我见他的时候，他从上到下，一身 NIKE 啊。

许佳明哈哈大笑起来，NIKE 也屈服于这个世界了。他姑父没理解，就靠椅背上眯一会儿，许佳明出来让他姑父多点空间，去厕所那儿抽支烟。刚点上他就掐了，他姑父不抽烟，都那样了，他还在这儿浪什么呀？

回来看见姑父已经在两个座位上半躺着睡了。后面有几个人在看牌，正投许佳明所好。不知道哪的玩法，看到中午才摸透规则。这时他姑父在身后拍拍他，让他去卧铺睡吧。许佳明摇头。

那就回去坐一会儿，我睡好了。

许佳明回到座位上。他姑父拿着毛巾去洗漱，好半天端了两个盒饭回来。他们见我是残疾人，打折卖我的，十块一盒。许佳明想告诉他人家推车喊的就是十块十块，想想没说。他也想问那个跟林莎一样的问题，一直寻思着说不说，直到他姑父看着他，催他趁热吃，他打手语问，你当初为什么养我，为什么没把我送出去？

我答应你姥爷的，他比画，就是从派出所出来那个晚上，我们走了几个小时，还赶上下雨。他就走我前面一直说到家，他知道我听不着，他平时都不搭理我，那天他就是想把这一辈子的话都说完，肯定在说你，不放心你，我点头了，他就笑了，之后他就放心死了。

你说错了，是我爷爷，不是我姥爷。

我听不着，但我能看着，你妈是生过孩子的女人，我能看出来，太明显了。我去查了，你妈当年怀的是龙凤胎。头一个是女儿，死胎，男孩儿还活着，不是你还能是谁？这些结了婚我才知道，我那时挺恨你全家的，藏着掖着有什么意思啊？但我答应你姥爷了，而且你妈那状态，我戳破也没用。先带着吧，慢慢你越来越大，越来越有出息。有时候你睡着了，我就去你房间看着你。我就想，我要是有你这么个儿子该有多好，这么聪明、懂事，哪怕我是你后爸，我做梦都能笑出来。

许佳明看着他，手语喊爸他都有点难为情，慢慢来吧，再说他还没准备改口费呢。许佳明问他，你既然查我妈了，有没有查谁生的我，我爸是谁？

你爸姓吴。

吴？我爸姓吴？他还活着吗？

许佳明知道，如果他姑父犹豫，说明还活着，死了就没必要瞒了。可是他不想说，许佳明也觉得还是别打听好一点。好在哪儿，他也讲不清楚，但是刚刚有点温暖的感觉，他不想再变了。就这么往下走还有一年，高考结束就可以长大了。

过了四平，火车停了下来，广播说长春大雨，调度紧张，请乘客坐在位子上不要着急。四十个小时，还要加上多出来六个小时，上午十点多才进站。许佳明说他等会儿回家，他要去个地方，把自己的东西拿回来，把别人的东西还回去。

26

那天是几十年难遇的暴雨，很多人到现在还会聊起锦程大街当时的惨状。创业、锦程和东风，这三条平行的大街以V字形的刨面将汽车厂东西贯穿。其中锦程地势最低，处在V字的底部。暴雨的当夜，南北两侧的雨水全都流向锦程大街。本来没关系，只要不出门，哪怕一楼都没有问题。但是人们忘记了那里有一个一九四三年的防空洞，人们忘记了上百户没房子的人们还在里面非法居住。天亮以后人们看到洪水从这个入口进去，在地下肆虐一圈，卷走过道里的短裤、床单和熟睡的人们，又从另一个入口喷出来。其实更可怕，洪水来的一刻，从两个入口同时泄进去。

十四个人溺水而亡，许佳明慢慢走过去，整条大街都是苍凉与哭泣。作为其中一个入口，六十五栋摆满了花圈。下面的人们都像他疯妈妈一样，一边往外排水，一边对刚刚死去的亲人念念有词。许佳明抓着雷奇的信，越是走近越是屏住呼吸，他怕打扰死去的魂灵。走到邮箱前，他一时没看着六十号信箱。主要是那把锁不在了，有人已经把锁撬开，带走了寄给天堂的信。

天堂保管员伸手摸摸，过去了二十天，里面早就被掏空了，所有的秘密都随着这场暴雨一并消散。好一段时间他出现了幻觉，看见房芳身着白裙，插着翅膀，借着大雨从云彩上飞下来，在深夜里打开邮箱，把这一切收走。她告诉许佳明，只要还能不时地被高尚与龌龊、圣洁与欲望折磨，坚持不作恶，你就会长成一个高尚正直坦荡荡的男人，拥有圣洁的爱，总有一天那朵秘密之花会在你心底鲜艳盛开，那时绽放的光芒，足以将你的少年辛酸彻底掩埋。

他可以把房芳戒掉，忘记她，一个人走下去。抬头望天，他似乎看见插着翅膀的房芳正踩着步步高的台阶向天堂远去。他站着不动，仿佛为往事默哀。

CHAPTER 4

手语者

1

我二十二岁那年过得并不好,我可能一生过得都不好。这一年我快要挺不下去了,十二月底我给我继父于勒写信,解释前段时间没回信是因为我在忙,用不着内疚,一封接一封地写信给我,我已经原谅你了。五月份和你分开,回到清华我就开始挂科。我沮丧了很长时间,我还不知道今后做什么,有人十五岁就清楚人生理想,有人如我如你,浑噩至死都不去想想到这世界是干吗来的。你知道我后来怎么释然的吗?我这样跟你说,我对上什么大学无所谓,可你不是,你把你继子上清华当作是你这一辈子的高光时刻。如果我被清华劝退,最受伤的是你,不是我。我好多了,很高兴。

我原谅你了,我依然恨你。

我不会用你的钱,我嫌你脏,钱脏。暑假我找了一份兼职,朋友说我声音不错,是那种让人信服的中低音,还有丝青春张力。当然你听不到,到死那天你都不会理解,声音到底是一个什么质感的东西。他推荐我录制广告。工作内容是照稿说"某某品牌是您三生三世的毕生选择"。我开玩笑的,人家没那么多病句。公司那边需要普通话过级,我办了个假证书。东北人口音很难改,不过我是在哑巴楼长大的,口音不重。有几个习惯我必须改,讲话时总忍不住打手势,显得张牙舞爪,再就是说话时我不看眼睛,老盯着人家的嘴,想你那点儿读唇的技巧。这些都是跟你这个聋子学的。一起生活那么久,不管多少年,不管你活着还是死了,你已烙在我人生的每个阴暗角落里。你放心吧。

我恋爱了,女孩儿叫谭欣,在美院读大二。那感觉真好,我每时每刻都想着她。你若问她哪儿好,我爱她什么,一时还真说不上来,我觉得她就是天使。也许你是对的,我就是急着找一个亲人,那又怎样?我曾以为在这七十亿陌生人的世界里,你是我唯一的家人。我妈不算,精神病人都活在另一个维度。而你不是,你只是聋哑,你该成为我父亲的,可我看错了。你的所作所为比陌生人还陌生。我恨你,就算我原谅你,你也只是陌生人。

我时常用数字回忆我们俩,我第一次见到她,我第一次和她约会,我第一次对她表白,我第一次和她过夜,我第一次和她吵架,我第一次对她说"我爱你",我第一次和她计划未来。我能感觉出我俩每一天都在向对方靠拢,越来越近,直到我们成为夫妻,成为亲人,或者,直到我们分手。

是的,我失恋了,到今天都无法平复,这让我更加恨你。如果不是你弃我而去,我不会那么慌张地爱一个人,更不会就这么让某个女孩儿瞬间把我的心掏空。我不知道人生往下怎么走,我怕我挺不过这一年。

写了这么多,我犹豫半天要不要撕掉,继续无视你的来信。好吧,留下这封信,寄给你。当我什么都没说,当我原谅你了。我很好,过得非常好。我会好起来的,那么长那么苦我都撑过来了,长大了。我要告诉自己,前面有万丈四射的光芒在等着我许佳明,就像我外公去世前对我说的,"等你长大了,一切都好了"。

还有,不用写回信,我不想看。要是你还脆弱,还想跟我说说话,用不着把你的地址写在信封上。你那地址不光彩,我不想跟每个同学解释,这是我继父的来信,我们亲如父子,哪怕他在铁北监狱等死刑,哪怕他今年杀了两个人。

2

我第一次见到谭欣是在北京的一家餐厅,我们一共是四个人。我朋友见女网友,可能是怕尴尬,他俩说好各带一个添头陪聊。那边是谭欣,这边带了我。那天气氛并不好,我朋友和他朋友是初次见面,看得出来,他俩都觉得对方见光死,和照片差距太大,尤其是那女孩儿的照片,不是艺术照的问题,画的照片吧?我看看我朋友,唉,你早该想到的,人家学的就是绘画。

我们先两两介绍,我朋友指着我说这是清华的许佳明,单身,什么都懂点,属于万能青年旅店式的人物。最后一句算他的哏,真有个乐队叫万能青年旅店。可谭欣不在意,低头刷手机,被她朋友拉一下勉强说声你好,然后那么好看的眼睛又落在手机上。我是个记仇的人,睚眦必报,再说也不能就这么被她无视了。等到她被介绍自己叫谭欣时,我及时接一句:"谈心?那你外号叫聊天吗?"

哟,眼睛瞪圆了更好看。她对我摇摇头,一脸失望表情跟演出来的一样,说:"你猜对了三分之一,我的外号是六个字——不想和你聊天。"

虽然冷冰冰,可是这句话接得真漂亮,我一瞬间被她迷上了。后来她确实没理我,他们仨聊起清华和美院附近都有哪些好吃的这么蛋疼的话题。每次我刚一介入,就跟拉警报似的,她立即低头看手机。算了,我专心吃东西。

埋单后俩姑娘感谢我朋友的丰盛晚餐,好像谭欣吃多了,揉着肚子说:"这一顿得吃掉多少卡路里啊?"

这个我刚好了解,再不说话,她就彻底记不住我了:"知道卡路里是什么吗?"

"热量,"她皱眉看着我,"热量单位?"

"废话!我是问,一卡有多热?"

"一卡就是一卡啊,这个没法描述,就像我问你一度有多热,你能回答吗?"

"一度是水的冰点到沸点温差的一百等分,前提是在一个标准大气压下。"

她眯着眼睛想了想,说:"这我也知道啊,冰是零度,开水是一百度。"

"你刚才可不是这么说的,你说,一卡就是一卡啊,一度就是一度啊。"

"好吧,那一卡呢?"

"将一克水提升一摄氏度所需要的热量,也是在一个标准大气压下。"

服务员过来找零,问开发票吗。我朋友怕我们吵起来,借机解围问我,是开你公司的,还是开我公司的。这又是个玩笑,她俩没笑,以为我们真是老板。这就不好了,玩笑没开好,再误以为我们内心虚荣跑火车。但我朋友不放弃,重复追问我一遍,开你公司的还是开我公司的。我和谭欣还在对视,冲他一扬手说,好吧,开你公司的。他对服务员打个响指,吩咐道:"无码影视责任有限公司。"

她俩还不笑。服务员认真问他,哪个无哪个码。我朋友挥挥手说,走吧走吧,不开了。几个人起身,只有谭欣不动,她想跟我最后一辩,指着我结巴两秒,估计连我名字都不知道。

"那个谁,知道这些有意义吗?那就是个单位,我们只要了解,人每天应该摄入多少卡,超出的部分会变成脂肪就可以了呀。"

"许佳明,我叫许佳明。"我拇指点着胸前说,"那么请教聊天小姐,人每天应该摄入多少卡?"

"呃?"她还是不知道,咬着嘴唇想怎么反击我,"这个不一定,一定的是,你肯定要比一般人多。"

"两千卡左右,男人多一点,女人少一点,浮动不应超过百分之十五。你刚才吃了差不多一千卡,作为晚饭是多了点。"

她朋友问我是不是学这个专业,卡路里营养学什么的。我朋友说,早讲过他是万能青年旅店,不用搜索的百度百科。他打趣说别争了,又没奖品,招呼大家带好东西下楼。谭欣跟在后面一句话不说,在电梯里都能听见她咬牙切齿的咯咯声。

外面下起小雨,淅淅沥沥的,但还是有一半人没打伞。我朋友不打算送她俩回校,似乎他已经计划着回去就把那女孩儿的照片全删掉。等出租车时我们握手告别,心里都清楚,男男女女四个人,无非是萍水相逢,说声再见就是再不见了。轮到谭欣与我道别时,她气鼓鼓地说:"你赢了,再见。"

眼睛真漂亮,一时我一句话都说不出来,忍不住想俯身亲一口。这时车来了,我朋友让她们先上。我跑两步替她打开后车门,鼓足勇气问她要电话。

"为什么?"她问,好像我要电话很意外似的。

"因为,"我想好理由告诉她,"如果没有你的号码,回头你消失在北京两千万人里,我就再也找不到你了。"

貌似我说动她了,她让她朋友先上车,抓着车门考虑了几秒,对我说:"北京有两千万人吗,这么多?"

3

我最后一次见到我继母林莎是二月初九,于勒的五十岁生日。每年这时候我不回去,今年比较特别,知天命的大日子。我提前发短信给他,说我已经请好学校的假,早上火车,中午就能到家。几分钟后他回复我,NO!他不想我太奔波,过生日也就是一顿饭的事,用不着这么大费周折。我说平时你又不过,五十岁自然要操办一下。下条短信他回了三个NO。这是我们之间的约定,回三遍表示这事儿他定了,没商量余地。我说好吧,你叫些朋友来,多吃点好的。他回复,OK。

我继父打不了电话,手机只用短信一个功能。确切地说是收短信,他不会拼音打字。似乎有意抗拒,怎么教都不会,因此我还气过他固执。我后来明白了,这些字的发音他没听过,所有汉字对他来说就是无声的符号。手机键盘从A到Z,找不到"不"这个字,但是N和O在那里,点出来发送就好了。

我那天还是回去了,我送他一部支持手写汉字的手机做礼物。看见他那么高兴,我一阵一阵地想哭。他打手语说让我带点儿钱回北京,买了手机,生活费就不够了。我表示不用,我准备下半年找份兼职,本来大四就是要实习的。他摇摇头,对我比画不要实习,准备考研,争取去美国读硕士、读博士。我说你养我快二十年了,该我养你了。他说他有钱,每天摆地摊能赚好几十块,用不着小兔崽子你来救济我。他越说越急,我干脆打断他,我说你那不是摆地摊,你那跟残疾人要饭没两样!

他扭过头，不看我说话，把手机装盒里推还给我，把自己关在厨房煮饭炒菜。

我可能伤了他，我不愿意看见一个被我叫"爸"的人无论春夏秋冬，常年跪在马路上，左边写着"救救聋哑人"，右边卖着十元一件的小工艺品。几年前我继父赚过钱，不干净，但是过上了好日子。后来被人举报，半年里赚的连同一点家底都被罚光。我继父怀揣菜刀满长春也没找到举报者。于勒会永远记着那张脸，那个人对我继父讲，聋哑按摩院的服务太不到位了，不退钱我这就去举报你；他对派出所讲，聋哑按摩院太肮脏了，整个城市被他们搞得乌烟瘴气。

他在厨房生了两个小时闷气，给我做了一桌子好菜，这些都是我无法承受的泪点。我手摸着下巴说，我叫你一声爸，肯定得给你养老，我不想你太苦。我不想这边读着清华，那边有人背后戳我脊梁骨。他举着酒杯，让我别说了，干一个。

我们那天喝到很晚，爷俩儿喝了两斤白酒。我继父喝得多一点，话也多了起来。这点和正常人一样，酒后都喜欢倾诉。我后来也喝多了，看不清他跟我讲什么，反倒是大声问他，林莎怎么没回来，你五十岁的生日，你老婆跑哪儿去了！他听不到，使劲拍我肩膀，要我仔细看反复打的几句话，怎么活在你，但你一定要替我把这辈子我做不到的事情，全给它干成了！

是的，手语是能打出惊叹号的。

我吐过一次才上床，睡到半夜林莎回来了，她在哑巴楼待了五年，早就习惯做什么都很大声。我听见她在客厅跺了几次脚才褪下高跟鞋。她开我房间门看了一眼，之后回到他们的卧室。我继续小睡，后来彻底被他们吵醒。他们又在闹矛盾，隔着两道门都能听见林莎破了嗓子地冲他喊话。我坐起来听明白大致的状况，林莎两点回家，酒精的原因于勒想和她发生关系。夫妻生活天经地义，况且还是他生日。可是后来发生了点状况，阳痿加上满嘴的酒气，于勒还怪她毫无热情。身下的林莎彻底爆发了。

我继父说不出话，就不停地拍墙敲桌子。有时候我还挺佩服他这一点的，百口莫辩，对方又喋喋不休，换我都可能家暴了。我想过去劝劝，推开门我笑了，他们屋里黑着灯呢。两个人吵架，一个看不着，一个听不着，他们只是自我发泄。

后来消停了，我却睡不着，闭一会儿眼睛天色大亮，有两个晨练的哑巴在楼下练声。我看眼房间四周，明白怎么回事。林莎轻敲房门问我睡了没。她带着妆进来说她出去住几天，走之前得看我一眼，说会儿话。我说这次是我不对，回家没提前打招呼，把你挤那个房间去了。

"这是你卧室啊。"她笑道，"你回家有什么不对的。"

"昨晚喝多了没注意，刚看出来，你们已经分房睡了。给你弄个措手不及。"我掏出烟，问她抽吗。她摆手不要。我自己点上问："你们没有解决办法了吗？就这么一直分着？"

"有啊，离婚就行，我不是忘恩负义的女人。但他不离。"

"必须要离吗？没有别的办法了？"

她不想跟我聊这个，端详着我感叹："你现在真出息。有时候想想都可乐，我和你爸都没孩子，倒是把别人的孩子养到清华去了。不怕你笑话，我外面都跟别人得瑟说，我儿子在清华。"

"应该的，你要是想让我叫妈，我现在就喊。"

"你可别催我老。"她笑了，"来，给我也来一支！"

点上烟后，我俩一时没说话，烟雾逐渐飘散，我继父在大屋醒来，站在她身后，打手语问我，她说什么了，别听她瞎掰。林莎回头白他一眼，跟我说："别管他，咱聊咱们的。"

我继父继续打手势，反复打她外面有人，给他戴绿帽子。林莎反而话多了起来，眉飞色舞地找各种话题。我知道那不是给我说的，就是做给她男人看。于勒直勾勾地瞅着她的嘴，看了半天，不明白她在讲什么。他也不走，转半圈屏住呼吸盯着她的后脑勺儿。我应该猜到的，那眼神不是什么好兆头，那些都是计划的一部分。

我背靠着窗户抽烟，晨光中我看见她也老了。林莎比于勒小一轮，比我大十六岁。不得不承认，在我青春期的那几年她一直是我甩不掉的性幻想。林莎十八岁就出来做小姐，三十岁那年有个哑巴时常光顾她，三年之后跟着这个男人嫁进了哑巴楼。在她三十八岁零七十天的夜里，那个哑巴将她和情夫杀死在床上。她的后脑被一锤凿开，等警察发现时，脑浆都流干了。当值的李警官为我着想，只给我看了现场照片，于是我连尸体都没看着便进了火葬场。那天成了我最后一次见到林莎。

4

我第一次约谭欣还是拜我朋友所赐，我求他把那两个姑娘约出来。这让他为难，他跟我强调他要忘记那个噩梦，画出来的女人。我借用他的手机偷发了短信，叫她务必把谭欣带过来。那边受宠若惊，以为我朋友在这两星期里对她念念不忘，费尽口舌才把谭欣拖过来。

吃饭的时候穿帮了，谁也没给谁发短信，全是许佳明搞的鬼。我朋友愤怒，那女孩儿沮丧，谭欣是一脸无奈。我道歉说都怪我，我也是为了我们四个再聚一次，我请客好了。没人理我，埋单是理所当然的。

　　他们三个各种无聊，我朋友一口不吃，托着下巴往窗外看；那女孩儿都吃完了，还拿着菜单翻来翻去；谭欣把土豆泥和沙拉酱混在一起，将桌上能用的调料一股脑倒进去，搅啊搅的。我夸奖谭欣，说你今天穿得真好看。

　　"嗯？"那女孩儿放下菜单，展展衣摆说，"是吗？我昨天刚买的。"

　　"不是你，是谭欣。不过你穿得也还好。"

　　"哦，谢谢你。"谭欣把叉子放下，上身倾过来，笑眯眯地对我说，"许佳明，从现在开始，你一句话也别说，直到结束好不好？"

　　"你确实穿得很漂亮。"

　　"一句话都别说，"她对我摇摇手指，又眨眨眼，"你行的，看好你哟。"

　　但不能就这么错过去，两个星期后，夏日傍晚，美院的宿舍楼下。两个小时有上千名女生出出进进，我还认真比较了一下，最好的那几个也没谭欣好看。差不多十点半，我打算先回去明天再来的时候，谭欣和几个女孩儿出来了。她们每人端着一个塑料盆，穿着夹指拖鞋从我身边走过。我故意咳两声，除了她的所有女孩儿回头，发现我不是熟人，继续前行。我追两步叫住她。她隐形眼镜摘了，都快贴上了才认出我，"咦？咦？咦？"地说不出话来。我说刚在附近办完事，路过你们学校，就过来看看。

　　"办什么事啊，这么晚才完事？"

　　"都是小事，拯救世界和平一类的。"

　　"顺利吗？"

　　"呃？不是很顺利，明天重启和谈。"

"行了吧。"她让同学先走,她等下追过去,"你不是说我消失到北京两千万人里,就找不到了吗?"

"但是美院只有三千六百名学生,这个好找一点儿。"

"有那么多吗?"仿佛真想一个个查出来似的,她想了半天。那几个同学在浴池门口喊她,催她快点。她对我说:"我要去洗澡了,你要去吗?"然后她觉得这笑话不错,比我世界和平那个好玩多了,自己笑了半天。

"你要是请我,我就去。"

"你倒是有便宜就占。你早点回去吧,明天的世界和平还得靠你呢。"

"你多长时间洗一次澡?"

"你干吗?"她退后一步,审视我。

"我在这儿等三个晚上了,这是头一回见你出来洗澡。"

"胡说,我们还有一个门,好吗?"很快她抓住重点了,"你等三个晚上干吗?"

"找你啊。"

"你别弄得跟追高利贷似的,你找我什么事儿啊?"

"我就是想告诉你,"我回头看看,好像有人在后面叫我似的,背对着她快速说出来,"我喜欢你。"

"什么?你转过来说!"她把我身子扳回来。

"喜欢。"

"什么玩意儿?谁喜欢谁啊?"

"我喜欢你,我讲完了。"

她眯眼看看我,确定我这次没开玩笑,点点头说:"哦,我知道了，你走吧。"

"没了？"

"你要什么呀，我给你打车钱啊？"她问。

"我不要什么，但你发我张好人卡也行啊，'许佳明，你人不错，又聪明又英俊，可我谭欣真心觉得配不上你。'你这么说也能让我舒服点儿啊。"

她笑了，过了几秒说："许佳明，你知道我讨厌你吧？被一个讨厌的人说喜欢，我也不好受。我得消化好几年。"

"那我喜欢一个讨厌我的人，不是更难受？三生三世都消化不完。"

"有那么久吗？你先回去试试，下辈子还难受，就来找我。"

"你总得给我留个电话吧，也不算我白来。这你怕什么呀？我又强奸不了你号码。"

她又哈哈笑几声："这样，我说一遍，看你能不能记住，记不住就说明，咱俩真心没缘分。"

十一个数字她一秒钟就说完了。我回味了半天，确实没记住。她往浴区看看，那几个女孩儿早进去了。她说她再不去，浴区就关门了。

"但是，我等三天了。"

她面冲我倒着走，一时心软了，许诺我："明天再说行吗，许佳明？我跟你保证，明天一天，我吃饭、上课、洗澡，都从这个门走。"

5

我继父知道外面那个人叫钱金翔，我继父还知道林莎二十年前就想嫁给他,哪怕他有家室,只做小老婆也心甘情愿。但是人家没娶她,林莎嫁进了哑巴楼,这两个人还牵牵扯扯藕断丝连。有那么几年钱金翔消失了,和老婆孩子搬去了外地。我继父以为这事就算过去了,他们两口子带上许佳明,从此以后好好赚钱过日子。我相信林莎也是这么想的,我相信她还是把于勒当自己男人的。

只是钱金翔又回来了,正月刚过他又出现在长春,以前银白的头发基本掉光,但人还是这个人,那双深情的眼睛还是令林莎无法抗拒。他说他老婆冬天车祸去世了,他一下子老了十几岁。打击过后,他只剩下一个心愿,娶林莎为妻。这是最好的时间,唯一的机会。以前不行,他有家室,以后也没戏,他老了,活不了太多年了。

我不清楚他们怎么过来的,什么样的爱情,能让林莎打少女时代就苦守着这个有妇之夫,即使她做了妓女,即使她有了丈夫,她还是可以为这个男人随时随地融化。一个月后林莎摊牌的时候,她对我继父写道:"老钱六十五了,快死的人了,这辈子总要做一次他的女人。"

谁都不是一开始就动杀机的。过完五十岁生日,我继父同意放手,让林莎跟他走。林莎在题板上写,一日夫妻百日恩,老钱有些积蓄,已经同意给他留二十万。我继父先写不要,犹豫下擦掉水笔字,写下了最差劲的一句话,给许佳明出国留学吧。

两人连写带比画,都哭得一塌糊涂,夜里他把自己的老婆送出门,对她打手语说,十年二十年后,这个人没了,我要是不死,就在哑巴楼等着你。五年的时光,林莎已经会一些简单的手语,她握紧拳头,拇指伸出来弯了两下,又指了指于勒,含着眼泪重复打这个手势,嘴里喊着谢谢你,谢谢你。我继父挥挥手,走吧,走吧。真是的,他想要的可不是这句话。

林莎和钱金翔打算去南方生活。出发以前她要再回家一趟，把衣物打包带走。上一次已经彻底分别，他不想再为她哭第二回。他请他最好的哥们儿郝叔叔报了大连的五日团，他算准日子了，老虎滩归来，家里就剩他一个人了。

郝叔叔跟我继父刚好互补，他只是哑巴，能听懂导游的介绍安排。他坚持要自己掏团费，不让我继父请他。他清楚我们家的状况，清楚这次的任务是要陪好于勒，帮他挺过来。在火车上他们就喝多了，于勒憋着火讲，他俩就在他眼皮底下，给他戴了五年的绿帽子，五年的绿帽子！还好只是手语，这么大的怒气也没有把卧铺的乘客吵醒。

大连是东北第一旅游城市，被誉为北方明珠，能玩的景点数不胜数。头一天是金石滩，他俩在宾馆喝了一天酒；第二天是森林动物园，他俩在宾馆喝了一天酒。于勒跟他保证，明天老虎滩肯定出门，不能白来。然后他又说起了林莎，连喝两天他有些恍惚，他说我应该离婚的，我本来有机会的，我应该离婚的。

两种表达的又一区别，说话嘴瓢的不多，但手语着急了经常漏字。郝叔叔确定他原话是"我不应该离婚的"。他闭上眼睛，这几天他被折磨得够呛，不想再看于勒打车轱辘话了。小睡一会儿，他被一阵晚风吹醒了，那是最惬意的时刻，躺在夕阳下的海景房，任凭海风把自己酒醒后的汗水哗哗吹干。只是那不是海风，是窗户和楼道形成的过堂风，有人把门打开了，有人回到了长春。

林莎和钱金翔两人是次日上午的机票，坐火车肯定来不及。大连到长春又没有飞机，于勒举块"到长春1500"的牌子站在路边，二十分钟后他改成"到长春2000"，一个尾号3330的出租车司机让他上了车。三天后警察奔赴大连找到这个人，他死也没想到，这个出手阔绰的哑巴是着急去长春杀人。

我相信他并不是想杀人,我相信他只是要争取最后一丝希望。我在拘留所见他时,他依然对林莎无法释怀。他跟我讲,他早该听林莎的,去离婚。隔着玻璃窗我打手语说,我当时问过林莎,我说你们的问题能解决吗,她说能解决,离婚就行,她说过她不是狼心狗肺忘恩负义的女人。我继父看完我的话,气都喘不上来了。我有些绕晕了,如果你不同意离婚,她怎么可以跟钱金翔就那么跑了?

他哑语说,我俩离不了,因为我和林莎没结过婚,当年就办了酒席而已。

那她说离婚是什么意思,跟谁离?

他把椅子往前搬,仿佛怕我看不清他说什么似的。他哑语说,许佳明,我从来就没跟你母亲离过婚,所以我根本就没娶林莎。

我被吓到了,我妈住进精神病院已经二十年了,我以为他俩早完了。我问他为什么不离。他一个劲地摇头。我说,你知道林莎过去是干什么的,她想好好的,不当小姐了,这辈子的理想其实很简单,就是嫁一个男人,跟他好好过日子,钱金翔那么多年没娶她,她跟你五年你还不娶她,你这样会让她感觉,她是你白睡五年的鸡。我眼睛有点酸,我跟他说林莎挺好的,对得起咱们爷俩儿,你不该这样,你不该让她命苦一辈子。

他直点头,我看见泪水一滴滴地往地上掉。

为什么不离婚,为什么不跟我妈先离了?他看着我手语答不上来。我拍拍玻璃窗,让他看着我,喊出来!你只是聋子,还不是哑巴!你给喊出来,你欠林莎的!你为什么不离婚!

我继父天生失聪,虽然理论上可以说话,可他无法明白那些音是怎么发出来的,语言的节奏有多奇妙。他嘴唇拱一个圈,他知道人家说"我"

的时候，嘴唇都是这样的，鼓了半天胸腔出的"吾"，像是被逼急的野兽。我在他面前打手语，喊出来，你个哑巴！他吼了几遍"吾"，又连说几声"不"，第三个音他知道嘴型，说了半天都听不出是什么字。我反复打，喊出来，你个哑巴！他努力对几次口型，失败后他干号着乱叫起来。

我右侧两个探监的家属和犯人扭过头看着他。关在铁北监狱的都是重犯，早晚拉出去枪毙的那种。可能和家人在十五分钟的探视时间里强颜欢笑，报喜不报忧。而我父亲的情绪让他们一下子绷不住了。一个中年犯人侧过身来对着我继父泪流满面，他们清楚，这个哑巴也要死了。

看守员过来架他双臂。他挣脱几下打着手语告诉我，我不跟你妈离婚是因为，离了婚，你就不是我儿子了。

他被看守员拉走，我看着他背影"哇"的一声就哭了出来。他听不见，我砸着玻璃窗冲他喊："你个傻逼！这么大的事，你不找我商量拿主意，好像就你最明白！你他妈杀了人家两个人，毁了林莎她一生！你个老傻逼！"

6

我和谭欣第一次吵架是在798，好像是每年一届某种世界级的画展移师北京，让中国人见识一下二十一世纪的艺术家都在干什么。因为谭欣想去，我才想去。我不喜欢那种展览，798里的艺术品无非是点子和创意，而这本应该是最廉价的。他们处心积虑想标新立异，吸引评论家文化解读，让藏家掏钱买走，我仿佛看见798的艺术家躲在画布后面偷笑。

上千幅画挂在展厅，旁边标注上百位画家的生平及成就。我想谭欣且得逛上几个小时。我出去抽烟，回来看见她还在，又出去抽烟，再回来她不高兴了，嘟着嘴问我，不是答应戒烟了吗。我跟她说我真戒了，只不过我刚才领悟到，上帝把一天二十四小时划分成一千个单位，有些单位就是给抽烟准备的，比如现在，陪你来没事干，就是老天赐给我的抽烟时间，不抽烟我会逆天的！

"我跟你说，你最神奇的一点就是，你总能把错误诡辩得理所当然。"她笑眯眯地说，"又不是让你陪我逛街，这是画展，文艺一点会死吗？"

我站在身后听她讲解波普、超现实、野兽、涂鸦，然后她如期中小考一般，指着一组问我怎么看。那是三幅油画，命名为《崇高一组》，头一幅是红白蓝三种颜色无序地铺满画布；第二幅更夸张，画一幅美国星条旗；第三幅呢，谁他妈把第三幅画偷走了？那就是一张白画布，右下角是署名和落款。

"你让我说什么？"我问。

"谈谈你觉得哪里好？"

"我不觉得好，它不该摆在这儿，应该放在朝阳区环卫局。"

"什么意思？"

"垃圾就应该扔到垃圾站嘛。"

"你不用这么说吧？你可以看看这个艺术家的生平。"

左边有画家简介，一幅自画像，一脸的褶子，估计年纪不小了。下面是他的介绍：Lee Choi,（1952—）。真够装逼的，百十个单词介绍他一生。中国人，十几岁到美国学艺术。年轻时穷困潦倒，什么苦都吃过，难得的是坚持，二〇〇〇年以后，年纪大了，人品也攒足了，他已经成为世界级的顶尖大师。

"你想说什么呢?我无知者无畏,是吗?"

"我不想打击你,许佳明。术业有专攻,如果你不懂,就承认你不懂,没什么的,但你没必要说人家垃圾。每一幅作品都有它的立意和想法,就算与你无关,你也应该对他的思想心存敬畏。"

"头一幅,红白蓝三色,自由民主博爱;第二幅,美国是人类的希望;第三幅,一片空白才是崇高的本质,空无?禅宗的境界?不过如此,他把这些陈词滥调翻译成画,再沽名钓誉地等着评论家翻译回去,但还是改变不了它陈词滥调的本质。这能叫大师吗?"

"他是我偶像。"

"那你得抓紧时间换一个。"

她咬着嘴唇,鼻子一抽一抽的,我觉得她都要哭出来了。好像多大事儿似的,她转身往外走。我跟在她后面,穿过三条小路、一个池塘,翻过一座假山,经过798大门的时候,我说我错了。她没回头,看看街上的车说"你没错,是我无理取闹"。于是我又管不住我的嘴,我说:"其实,我是真觉得我没有错。"

这时她停下来,转身问我:"许佳明,你有偶像吗?"

我过了一遍这二十二年,告诉她:"没有。"

"知道为什么吗?因为你骨子里是一个非常挑剔、非常刻薄的人。"

"那又怎样呢?"

"这样,你永远不会对这个世界有敬畏之心。"

好像喉咙被她扎了一针,她说得对,我隐约感觉到这次不可以诡辩。就是不敬任何事,我觉得自己活得跟行尸走肉一般,没理想,没方向。但是,又能怎样呢?我想岔开话题,哄她开心:"可能长这么大我只觉得,全世界只有你才是完美的。我说真的,没有油嘴滑舌。"

"有一天你也会挑我的缺点，不一定是缺点，仅仅我和你不一样的地方，也会被你说成可耻的缺点。因为你太聪明了，你真是万能青年旅店，什么都懂，什么都能一击致命。我会被你洗脑，认为过去的我就是一坨屎，你的生活才是最高尚的人生，我得努力去追赶才配和你在一起。你太可怕了。"

"我不会那样的，尽量不会。"

"那个画家，我的偶像，我十三岁看见他的作品，就此有了梦想。学绘画，考美院，坚持这么多年，这时候你来了，你用你的聪明三言两语就摧毁了我的偶像，但事实上，你在摧毁我一直坚持的东西，我的梦想，我的信仰。我没气你，我气的是我自己，我气自己刚才差那么一点点就被你洗脑了，那一瞬间我都考虑过，如果放弃画画，我谭欣还能做什么？"

"我知道我有多可悲，我一直以为这世界没有什么是值得我许佳明穷尽一生去追求的。我二十二岁了，我不屑 A，不屑 B，我都不知道自己这辈子要怎么过。但是，什么艺术、理工，我一眼就能看出这行业的软弱、致命缺陷。我没法敬畏啊。"

她左右看看，跟我要支烟抽，头一口便呛得把眼泪都咳出来了。她食指揉揉眼睛说："我们先冷静一段时间，怎么样？"

我害怕了，双腿抖得站不稳。

"我不是说分手，那太俗了。我相信咱们俩肯定比那些人的恋爱高一个层次，我只是需要一点时间让自己强大起来，等我明确坚定，不会善变，才敢跟你在一起。"

"那是多久，一分钟够吗？"我抬手看表，"五十九，五十八，五十七，五十六，要多久，你告诉我，我什么也不干地等你。"

"别着急。这一个月没白过,起码你让我知道,全北京两千万人,"她摸摸我头发,保证道,"只有你和我是天生一对。"

7

尸检报告表明,林莎和钱金翔死于十四日凌晨一点前后。我继父在钱金翔的箱子里翻出一张存折,不小的数目,他动了心。由于存折一定要在开户点取款,五个小时后我继父搭上了去松原的客车。

在松原的银行职员李文娟是个三十多岁的单身女人,她后来对李警官交代,十四日上午九点半她在窗口里面等下一位客人,有人从外面递进一张字条,上面写着"全取出来"。她开始还以为碰上了劫匪,准备弯腰取抽屉里的家伙。后半句她忍住没说,她早就把电棍和小刀藏在柜子里,银行枯燥的三年里她一直幻想能碰上一次抢银行,由她见义勇为制服歹徒。她觉得那才是改变她命运的唯一可能。

这时外面的客人又从窗口推进来一张存折,冲她点点头。那就不是了,抢匪都是要现金,不可能强迫划账。她有些失望,打开存折,户名上显示这人叫钱金翔。在电脑输入账号后问他准备怎么办。客人没理他。她敲窗户,又问了一遍。那个人明白是在叫他,眨眨眼睛指着"全取出来"那四个字。哦,这是个聋哑人。

这也挺新鲜,虽然没抢银行那么刺激,不过晚饭也能跟闺蜜聊一聊。她们四个姐妹,她觉得自己的工作是最乏味的。她习惯性地说句身份证,想一想把这三个字写在纸上给他。电脑显示共有一百二十万的存款。她那时还倒吸了一口气,真是人不可貌相,聋哑人还这么有钱。

她看看存折本颜色，对比下开户日期，按照惯例她要给一个口头提醒。今天不行，长长的一句话她得写纸上："定期存折，现在提出来会损失利息。"

于勒重重点头，又指了两下"全取出来"。存折取款没有最高限额，也无须预约。李文娟把钱金翔的身份信息一一敲进去，之后她又核对一次身份证。不对了，她连忙指指他，又指指身份证上的照片，不停地摇手。那个人明白了，从口袋掏出第二张身份证，这次照片是他，原来叫于勒。李文娟输入代取款人身份，心想换平常这种情况，可以边打字边问，钱金翔是你什么人啊，这么一大笔钱可不是小数目啊。那边都会笑着回答朋友、家人或是领导什么的，反正没有回答仇人的。把钱推出窗口时她犹豫要不要写下这些话问问，有什么用呢？难道他还真会说，钱金翔是我刚杀死的人吗？

虽然一辈子没希望赚到那么多钱，但她还是清楚一百万是三十五公斤，一百二十万，她转着眼珠换算，八十四斤。她目送于勒把钱背出银行。然后一上午她都被这个念头缠绕，总觉得怪怪的，可能就因为他是哑巴吧。但是换个角度想，一百多万让人代领就很常见吗？找哑巴领就更绝无仅有了。再说呢，就差两个月五年到期，什么急事至于破了定期取出来啊。而且，还是从长春跑过来！

她真是没事干了，整个午休她都盯着于勒的身份信息琢磨这件事。她在垃圾筒把攒成团的字条翻出来展开，就那四个字——全取出来。什么线索也没有。她翻背面看看，一张撕掉一半的机票，没什么有用的信息，能看到的就是"14th, Apr"和"Lin Sha"。后一个是人名，不是Yu Le，也不是Qian Jinxiang；头一个是日期，四月十四日，不至于巧到是去年今日，那一定是今天。

午休时间大把,她得好好顺一顺,一个哑巴,身份证上是长春人,跑松原来替一个松原人取钱,一百二十万,破了五年的定期,不怕损失十几万的利息,还作废一张机票,Lin Sha 今天没走成。不可能,这么多反常,不会全凑到一个事上。她把身份信息打印出来,带上字条,她得去找经理谈谈,要是经理这次还觉得她是妄想狂神经质的话,那她就把警察叫过来,怀疑那么多次,她肯定可以对一次的!

8

"什么时候我再惹你生气,然后你依然不理我,让我们再冷静一段时间,这样我们就有第二次做爱的机会了。"

"许佳明,你别蹬鼻子上脸啊!"

谭欣翻过来骑到我身上,轻吻我的眼皮,让我闭上眼睛。我感觉到舌尖从我鼻子上划过,继而舌头在我嘴唇上打了圈。我睁开眼睛,看着她说:"这一个月一直都在想你,我怕再也见不到你,我怕忘记你。我把你每个表情都记下来了,想到一个记一个,现在已经有二百三十七个表情了。"

"有那么多吗?让我查查,高兴、悲伤、兴奋、生气,你能想出二百多个形容词?"

"不是那种,是谭欣寒碜我的表情,谭欣看清华怪胎的表情,谭欣被我逗笑的表情,谭欣吃着草莓冰淇淋却眼馋我香芋冰淇淋的表情。"

她哈哈大笑。

"我再记一个,谭欣被我第二个笑话逗笑的表情。"

她笑得更厉害了。

"第三个。"

她憋住不笑，抿着嘴摇着脑袋看我。

"好，第四个笑话不笑的表情。"

她使劲亲了一下我说："不是一个月，是三十二天，我数着过的。"

"你怎么让我有种无以为报的感动？"我赤身裸体下床，打开窗户，秋风扑面而来。我头探出去对着夜色喊，"许佳明，你不再是过去的许佳明！从现在开始，你是和女神谭欣上过床的满血复活的许佳明！"

谭欣在被子里笑眯眯地看着我："比第一次还爽吗？"

"没有，差不多吧。"

这是个新表情，她咬住一半儿的下嘴唇，瞪了我一路。我躺她身边时，估计她想到反击之术了，抱歉道："怪我了，环境没找好，宾馆太普通了，一点儿不刺激，怎么能跟麦当劳比呢？"

"什么麦当劳？"

"第一次的地方啊，我十七岁，有回在麦当劳就跟我男朋友好了。"

"怎么好？"

"就是给他了。"

我盘腿坐起来，问她："你们在麦当劳做爱，表演吗？"

"卫生间，又不是餐桌上。"

"厕所？"

"我们那时候是中学生，哪有钱开房啊，趁没人就去麦当劳呗。"她坐起来说，"谁不是从年幼无知过来的，我们同学都这样，每个少女在初恋都没学会拒绝，到最后就是迁就小混混男友的过分要求。"

"还每个少女？我看就你吧。"我指着她说，"我们中学的时候，也有你这样的姑娘,找个退学的阿飞做男朋友,天天骑摩托车后座上兜风,还自以为挺美的。我最讨厌这样的女孩儿了。"

"你讨厌是因为她们没跟你这种只会学习、努力考清华的人好吧?你生气啦?你先说的,跟我还没你第一次爽,结果你还先生气了。"

"没事,就是有点堵得慌。刚还女神呢,一下子变这样了?"

她拍拍我的肩膀:"来来来,你讲你第一次,让我也堵一堵。"

"我没什么好讲的,我们小地方,全长春就一肯德基,没麦当劳。我现在明白了,怪不得长春不让麦当劳进来。我这辈子要是再吃一次麦当劳,我就不姓许!"

"你醋性够大的。这样吧,我问你什么,你答什么。第一次那姑娘好看吗?"

我看着她,我觉得我可以说实话:"好看,非常好看。"

"比我还好看吗?"

"比你好看!"

"忘不了是吗?"

我点点头,说:"永远忘不了她。"

"贱人,你们俩都是贱人!"她控制一下,"第一次是什么时候啊?你们两个小贱人在哪儿做的呀?"

我有点儿走神,任她又问了几遍。我其实不是很想说这个,她所谓麦当劳的故事也没怎么伤到我,多少有一点,小小地惋惜。可是又能怎么样?就像她说的,这不就是成长的代价吗?

"说吧,"她咬着下嘴唇问,"你第一次在哪儿啊,她家还是你家啊,等爸爸妈妈去上班,你俩逃课滚床单,是不是?"

"你真要听吗?你不想知道的。"

"我是不想听,刚才不是让你生气了吗?说吧。"

"我十几岁时喜欢的一个女孩儿,叫房芳,一天偷看她三百遍的那种。属于暗恋,后来终于鼓足勇气给她写了封情书,寄到她家里。"

"然后成啦?"

"没有,她死了,永远都不知道我有多喜欢她。"

"那第一次就不是她喽。"

"暗恋!她没收着我的信,死了好几天,信才寄到她家,她爸爸打开看了。这也挺好,女儿刚没,他肯定特别难受,这时候看到我的信,看到我写他女儿有多好,还算是个慰藉,我这份勇气也算没白瞎。"我停下来,打量她身体。她有点害羞,把乳房护住。"你知道吗,谭欣,遇见你那天我就想到她了,我想我得主动点,我不能再像错过房芳那样,错过你这个好女孩儿。"

她钩住我脖子,亲了我一口,说:"我错了,你别怪了。现在就是我前面有一百个小贱人,我也不气你了。"

我回味那个吻,说:"你问我第一次在哪儿,我不是很想说,尤其是你说了之后,我第一次弱爆了。"

"说吧,我的才弱爆了,还被你鄙视。"

我指指床单,翻身背过去,对着月光说:"这儿,就在刚刚,我和某个小贱人在这儿做了第一次。"

"真的假的?"

"真的,弱爆了,是不是?"

"真好。"她从背后抱住我,脸贴在我后背,低声说,"那个小贱人知道错了,她跟你道歉来了。"

我拉过她的手放在心口,借着心跳的力量,我告诉她:"我爱你。"

她捏捏我的手,没说话。然后我一直在等。我也不知道我在等什么,脑子里一片空白。如此深爱她的感觉太美了。凌晨一点还有落叶静静飘下,北京的秋天是全世界最好的季节。谭欣在我身后均匀呼吸,缓缓入睡。我从床头柜摸到烟,一声不响地抽完今天最后一支。我转回身看着她,感觉全身都化了。谭欣没有睡,她一直在望着我,她说:"许佳明,你真好看,我觉得你哪儿都好看。"

我一时软得话都说不出来了。

"我还没回答你那三个字呢,你说'我爱你'的声音也好听。可是我现在不能说,我哪天要是说了'我爱你',我一定会一生一世永远爱着你,到那天,我的命都是你的了。"

9

十四日下午三点半于勒刚把钥匙插进锁孔,就知道有人来到了家里。钥匙还留在门上他便转身往楼下跑,两个从一楼冲上来的警察把他摁在楼道里。

警察没有在他身上找到上午取出来的一百二十万,从松原的银行到长春哑巴楼,于勒还去了哪里?我和律师都和他谈过,有一次于勒问我,那样能否减刑。律师很实在,直接告诉他:"不会,你手里是两条人命,枪毙你三回都够了。"

但是有人急用这笔钱,钱金翔还有个将近四十岁的儿子叫钱文,上个月他刚刚刑满释放,连面都没见到就接到了父亲的死讯。诉讼期我与他有过一面之缘,从头到尾他都不关心谁杀的他父亲,他父亲死前是否痛苦，唯独那一百多万是心中的痛。五月初，警察刚刚解除警戒，离开哑巴楼，他便领了四个兄弟闯进我家里，将我按在椅子上，把房间翻个底朝天。我清楚记得他当时用那么绝望的声音喊："掘地三尺也要把钱给我找出来！"

李警官可不在意钱，他最近在认罪态度上和我继父的律师扯皮。有了新的证据，十四日的凌晨，于勒曾用手机打过110。当天值班的警员证实，的确接过一起沉默不语的电话。律师想打这样的牌，他辩护嫌疑人于勒在第一时间有自首情节，碍于是哑巴，无法陈述清楚，属于认罪态度良好。他跟我商量，如果于勒能把那一百二十万交出来，罪不至死。

最后一次见到我继父的时候，我把这些写下来给他看。我打手语讲，我还不想你死，还想让你看见我出人头地的那一天，钱在哪儿，先争取死缓，活下来；我跟你保证，我会努力赚钱活动，绝不会让你老死在监狱里。

他双手抱腰，盯了我一阵儿，回复，留着钱，给你妈送终吧。

你不用管我，我妈你也不用管。跟我说，你自首过，打过110，但你讲不出话，第二日取钱是财迷心窍，现在如数奉还给他们。你就这样说，跟我说，你就这样说。求求你了。

他咬着嘴唇，看着别处想一想，打哑语说，我那天是打电话了，但我是报警，我没有自首，人不是我杀的，所以我报警。钱我会给你，等他们枪毙我之后，到时候你拿这笔钱去最好的国家、最好的大学，肯定能出人头地。我不等你了，我死后也能看见你好的那一天。因为我儿子替我活着呢。

我拼命摇头，差点儿把眼泪甩出来。这是最自私最恶心的爱。我拍着玻璃窗问他,谁他妈是你儿子,于勒,你给我说清楚!谁他妈是你儿子!

那是我最后一次见到于勒。他摸着玻璃,呼吸急促地望着我。我伤了他的心,他却以死毁我的一生。我看着他眼泪一滴滴掉下来,这让我浑身发冷。我左手握一圈,伸出右手最长的手指,当着他的面,一寸寸地捅到左手拢成的圆圈里。

10

我最后一次见到谭欣是十一月底的阴天午后,所有人都觉得今天会下第一场雪,把北京拽入冬天。要是早知道我和谭欣会在那天分手,我肯定会穿一套好看点的衣服,起码把胡子刮干净,或者修剪个漂亮的发型,让她不至于那么轻易地放弃我,没有一丝留恋。

我自己也讲不清楚,那天为什么要去美院。谭欣不在宿舍,她同学告诉我,谭欣的电话打不通,那一定是在图书馆礼堂听讲座。最早介绍我们认识的那个被画出来的朋友说,你一定不想去的,那边有你许佳明不想看到的东西。她在说谭欣坏话,我没顺茬问她是什么,憋回去一定让她特别难受。她指着图书馆的方向,看样子就要自己说出来了。我急着堵住她:"我朋友还在联系你吗?他昨天还说,你照片非常好看。"

我也害怕,哪个男生跟她上演自习门一类的事情,毕竟麦当劳的卫生间她又不是没干过。许佳明,这样怀疑你女朋友,你真是太龌龊了。进入讲堂我长吁一口气,百十个学生分散其中,谭欣在后排,左右无人。看她第一眼的时候给我吓坏了,我知道她朋友说的,我不想看到的是什么,她满含泪水地望着正前方的黑板,上面被教授写下四个大字——崇高与美。艺术对她有种宗教般的力量,她的朋友们一定觉得谭欣是怪胎。我悄悄坐到她旁边说:"别哭了,女神。"

她转过身望着我,慌忙擦去脸上的泪痕,缓和了几秒钟,说:"你怎么来了?"

"一节课而已,怎么被你听得跟传道受洗似的?"

"这不是上课,他可是崔立。这是他出国前的最后一次讲座了。他刚才指着自己头发说,照他这个年纪,没准儿这次就是绝唱了,当他说要我们珍惜时,我就忍不住哭了。"

"哎,'君生我未生,我生君已老。恨不生同时,日日与君好。'诗是这么说的吧?"

"好几段呢,有一段是这样的。"

"还好,咱俩算是生同时,你可以日日与我好。日日?这个词很淫荡嘛,我喜欢。"

"我以前想过这种问题,就像崔立,如果我真的与他生同时,我不会爱上他。好比你许佳明,可能在你五十五岁六十岁的年纪,迎来你的高光时刻,成为活着的大师,那时你还会吸引二十多岁的姑娘。"

"那你可以先陪我活到五六十,表现好的话,我不抛弃你。"

她看着我,有一丝小感动,说:"既然来了,你听一下吧。"

我把脚从前排放下来,认真听一会儿。美与崇高,这是康德的理论,简单点儿说,崇高就是数目之多、体积之大,美则从质、量、关系和模态四个契机分析判断。我侧身看眼谭欣,我觉得她又要泪奔了,艺术哲学而已,干吗弄得跟邪教传播似的。我打断她的眼泪:"也就是两个词,我们照着辞海的意思来就好了,为什么要给它们这么多附加值?"

我把手机搜索给她看,"崇高,解释为高尚的同义词,就算是见义勇为吧。"

"那美呢?"

"等下,"我点开手机,记住搜索结果,对她说,"美,就是你。"

她笑了,说:"你真甜,明明很无知,但是你真甜。"

"我有个建议,咱别在这儿听两个小时哭两个小时了,我们找个偏僻点儿的肯德基,我先去把卫生间打扫一遍,弄得香喷喷的,等你大驾光临。"

"香喷喷的?说得我都有食欲了。"

"我是想,既然你跟别人在麦当劳,那肯德基你得留给我。"

她用那种眼神看我,是怪我孩子气吗?她说:"你要是嫉妒的话,我可以怀了你的孩子再走。"

"走?走哪儿去?"

她手向前一扬,道:"跟他去美国。"

"这个老头儿?你这玩笑不好笑。"

"许佳明,你说你多爱我,但是你真的了解我吗?"

"你别闹,让我想想,你哪句是真的,哪句是假的。"我双臂抱腰正视前方,老头儿讲着康德乏味的一生,有时目光转到我们这里做稍许停留,停顿个一两秒继续讲课,"没错,你俩确实有一腿。"

"准确点儿说,我和你有一腿。我和他两年了,一直很稳定。"她说,"你还是不了解我,有人是为幸福活着,追求爱情,追求物质;但有人是能够为梦想活着的,哪怕一生不幸,不快乐,她也不会犹豫,就算偶尔停下来,她还是能一直朝梦想那个方向走。"

"我是你偶尔停下来的那个?"

她点点头。

"他呢,他是你的梦想?"

"对,我因为他才有的梦想。所以打我懂事的年纪,我就明白,我一定要嫁给这位活的大师,我可能不爱他,但是我痴迷他的一言一行,他的每一句话都能让我学到很多,离梦想更近一点。你能理解我吗?"

"能理解,所谓站在巨人的肩膀上,妈逼的你这么站?"我声音有点大,前后三排的人扭头看过来。我低下头搓着手,问:"他叫什么名字?崔立,那天画展的那个'Lee Choi'?崇高三组,崇高与美,我早该想到你那天为什么那么激动。谭欣,你是不是真他妈的以为你嫁给了崇高?"

"你能不能不骂人?"

掏出打火机点支烟,我想好了,一旦崔立要赶我出去,我就把这事端出去,谁也别想好。几个同学回头看我,一脸鄙夷。崔立朝这边望望,当作没看见,继续讲课。没错,谭欣说的是真的。

"他知道咱俩的事儿?"

"知道,他要我跟你好,一直往下走,山盟海誓?百年好合?天长地久?总之他不想带着我,一个早已不行的老男人带上我这样比他小四十岁的女孩儿,他感到羞耻。我只用一句话戳到了他的痛处,我说你会害怕孤独终老,其实你希望,你能死在我怀里。你还是不能理解是吗,许佳明?"

"你爸妈怎么说?"

"他们不知道,我去美国留学,做助理,就这样。"

"我不能理解,我就是不明白我怎么这么背,爱上你这么奇怪的女孩儿?"

"我清楚自己要什么,幸福是那些不知道自己这辈子要干什么的庸人们才会去追求的体验。"

"有点绕,你再说一遍!"

"你慢慢想吧,我知道你会好的,会特别好的。"

我有点儿蒙,说话都结巴了,我说:"那你当初为什么要跟那个谁去认识我?"

"她劝我去的,她反对我跟崔立走,她劝我多认识一些你这样的男孩儿。我认识了你,你是独一无二的。"

我站起来,把烟扔地上碾碎。谭欣拉我衣摆问我要干什么。我摇摇头,我也不知道。我有多希望崔立能接我这个茬,那位站起来的男同学请坐下来。这样我会大声地骂一句,我操你妈,但是,祝你们幸福,啊,幸福是庸人追求的体验,祝你们崇高。

没人理我,我要一步步走出去,从窗口望去,外面已经下雪,最美的季节过去了。我已经看见自己由这扇门走出去,穿过美院大院,向西进入这条西土城大街,我知道两侧将有一路的春夏秋冬在我身边飘零,伴我回家,送走我年少青春最重要的一年。我二十二岁那年过得并不好,我可能一生过得都不好。

11

新年前我把同学一个个送到火车站,看样子我要独自在北京过年了。刚开始总要适应,以后慢慢就习惯了。没有家可以让我回,我每天躺在上铺看信写信,我把我继父半年多的信一一做了回复,挑一封最冷的寄给他。我常常在想,下一次我再收到他的信,就把这些都寄回去,在他死前告诉他,我还爱着他。然而他没有再来过一封信,我绝不能主动联系他。

小年那天难得出门,我想上街买点年货,一个人也要把年过得有滋有味。许佳明,即使这个世界不要你了,你也要面带微笑勇敢地走下去。只是刚走出门我就后悔了,北京的冬天不同于干冷的东北,一阵阵南下的冷风从前胸吹进来,在我的身体里兜两个圈,再呲呲地从后背透出来。回来的路上吹得我眼泪都掉出来了,后来干脆迎着风痛哭起来。

我把福字倒着贴,对联贴在门两侧。读着毛笔字我还在想,开学也不揭下去,喜庆祥和地贴在宿舍门口,继续做我们的清华怪胎。寝室暖气很足,我下楼抱些啤酒凉菜。支起圆桌摆了四个位子,一一倒满啤酒。我的,我外公的,我妈妈的,还有我继父的。我第一次见到于勒,就是十九年前的这一天,他来给我过生日,主要是看看我妈有没有媒婆说的那么好看。那是我外公给我妈安排相亲的最后一个男人。于勒相信了他的故事,他儿子战死在老山,留下了独苗许佳明,与他父女相依为命。我姥爷说多了自己都相信了,让我喊他爷爷,喊我妈姑姑。找个新姑父把我妈带走。没人愿意带她走,她脑子有问题,我又总在最关键的时刻喊她妈妈。唯有于勒有这个运气,他清楚聋子是没资格挑媳妇儿的,他听不到我喊出来的妈妈有多大声。

姑姑,妈妈,这么基本的口型,听不见难道看不见吗?我敬你一杯,感谢你没戳穿我们家,给我外公留下最后一丝尊严;妈妈,等你病好一些,认得我了,儿子给你尽孝;姥爷,我端着酒说不出话,我觉得他和我的命一样苦,他一生最幸福的事情就是把下一代安排好,让他们别饿死。每回敬酒我一次喝两杯,我的,我要敬的亲人的。喝乱了,我就模拟他们互相敬。我外公举杯对于勒说,对不住了,娶回家才发现还多了个拖油瓶的,要不是我老了,快死了,我会把许佳明养大的。两人干杯,我把两杯喝掉。

后来我喝多了,对着墙壁大吼大叫。我说你们是我亲人,我人生的救命草,拉扯我两把又一个个都死了疯了,我就是一孩子,你们对得起我许佳明吗?我得忍住,得找点好事告诉他们,加副碗筷我对他们介绍,这是谭欣,唯一一个想给我生孩子的女人,你们放心地走吧,不用担心我。说完我就狠抽自己俩嘴巴。酒后下手重,但知觉更麻木。我捂着脸跪给所有人,我太贱了,让你们失望了。

十点左右一通未知号码打进来,接通之后对方不说话。我把手机放桌上,陪他一起等够通话时间。铁北监狱一次可以打十分钟电话,九分五十秒我抓紧告诉他,爸,你在那边吃点好的,没几天活头了,你放心走吧,不用再惦记我。那边用手指敲着话筒,差不多两三秒敲一下,到第三下后挂断电话。这是我们之间的密码,我继父想念我的时候会给我打电话;虽然听不到,但是他可以看着通话时间知道我还在。他要求只有他敲三下后,我才可以挂掉。他没有强迫我,他只是强调如果我提前挂掉,他会马上赶到北京,看看我出了什么事。

那天夜里还有一通未知号码,这次不是我继父,但我知道是谁。谭欣从美国打来的,问我还好吗?我说你太把自己当回事了吧,你甩掉我,你认定我生不如死。

"离开你以后,是我生不如死。"她说,"我想你。"

我说不出话,等她讲,可是她也不说,我只好换话题:"我喝了好多酒,还替你喝了三杯。就在刚才,我想明白了,我也可以有梦想,我也可以当画家,就当那种非常牛逼满头白发的画家。"

"你喝多了。"

"我没喝多。听起来是笑话,一个二十多岁啥也不是的年轻人,傻逼呵呵说要当画家。我跟你说，我真能做成，我肯定可以。"

她叹口气，问我跟谁一起喝了这么多。我说我一个人喝的。她说干吗一个人喝酒，这样会上瘾的，酒鬼都是一个人喝。然后她又抱怨几句，知道我烦了，声音放低说："我怕你废掉，你是多好的人啊。"

"我一个人喝是因为，"我把烟点上，左右看看，"今天是我生日。"

她沉默一会儿，这是该说"不好意思，我误会你了"的时刻，但她没说，她也不说生日快乐。过了好一阵儿，她说："真好，你二十三岁了。"

"我刚许愿说，我想赞美全世界，唯独辱骂你一个人。我恨你。"

她又不说话，我觉得她在电话那头哭了，哽咽了几声讲："我怀孕了。"

"怀孕这事你告诉我？"

"对，我告诉你，是你的。我要生下来给他做儿子。我就是要让你知道，我谭欣没什么好欠你许佳明的。"

手一抖电话掉了，捡起来手机没坏，她也没有挂。我问："他怎么说？他没骂你贱人？"

"我想跟他养个孩子，他生不出来。我想有一个孩子，叫他爸爸，叫我妈妈。他不怪我，他把这个看成是我对他的牺牲。你是我俩计划里的一部分。"

"我操你妈！"

"你别骂我，我一开始对你印象不好，是你找到我的。如果你没在美院宿舍等我三天，这一切就不会发生。"

"对不起，我犯贱。"

"许佳明，我真的很想你。"

"谭欣,"我担心她挂了,把手机攥得死死的,"你知道我爸叫什么吗?"

"你想让我起你爸的名字?"

"我爸叫吴佳明,不姓许,亲爹。我没见过他,至少是我没见过活的他。就今年见过一回,躺在汽车厂的职工医院,一动不动,植物人。我们这三代,就跟宿命似的,我不是许家的人,我儿子也不是他们崔家的人。"

"那就叫他崔佳明吧。"

我含着眼泪笑起来,说:"跟美国人似的,佳明成了我们的姓。"她没回答,我摸着胡楂儿想了想,我记起我继父当时怎么跟林莎讲的,我转述给她:"真有什么意外,你就回来。"忽然一下子没兜住,压着嗓子就哭了,我调整几秒,坚持说完,"我会一直在北京等你。"

握着手机,我做了几个情节恍惚的梦,翻来覆去的全是孩子。夜里醒来,我去卫生间吐过一回,脱下衣服继续睡。快天亮的时候手机又一次把我吵醒。我看看天色,看看屏幕,是李警官的电话。他说在外地出差,昨晚打我电话一直占线,他有个同学在铁北监狱做狱警,他们昨晚连夜下来的通知,所以着急找到我。说了半天他加一句:"你在听吗?"

我揉揉眼睛,打开窗户把冷风放进来,让自己精神一下,跟他说:"我在听,你说吧。"他还是停了停。仪式感,我想到,他这是有大事告诉我。我重复道:"你说吧,什么事我都挺得住。"

他又清清嗓子,讲:"回来过年吧,就这几天了。"

12

李警官的同学叫付锐,一个中年矮胖子。他开警车来机场接我。我路上感谢他辛苦了。他挥挥手,说这点小事不足挂齿,他这阵儿又不忙,再说老李早打招呼给他了。然后他就聊起和李警官二十多年的同学交情,俩人早在警校就分好工了,以后一个抓犯人,一个关犯人。他说那真是好年代,大家都是爱这行才当警察的,不像现在,年轻人打从进警校,就算计着哪个警种的活儿少,油水多。往右拐弯时他侧身看我问:"你跟老李是什么关系?"

"就是他抓的我继父,这算警察和犯人家属的关系?"

"不是,他在外地还特意跟我打招呼,所以我好奇你们是什么交情。"

"说出来你都不信,我们几乎没什么交情。我在读清华,他一有机会就让我跟他儿子见个面、通个电话,聊聊人生理想、奋斗目标什么的。他儿子没兴趣,就是演给他爸看,弄得我也挺不安的。"

他哈哈大笑,点着头说:"是他,是他。"接着他讲起他儿子曾有过离家出走,老李主动申请,三天三夜把长春的黑网吧全扫荡一遍,硬是把他儿子给找出来了,正常仨月干完的活儿,他七十二小时一家都没漏,后来他们就一直拿这个开他玩笑。"小子太操心,还是生闺女好,"他感慨道,"但是费钱,穷养儿富养女。现在女孩子,你要是不供她读芭蕾班、钢琴班,以后大了跟别的女孩儿一比,都得怨我这当爹的没出息。"

说说他就自己回味起来了。我估计他肯定觉得自己女儿天下第一好看,虽然他只是个矮胖子。

"你读清华什么专业呢?"

"水利工程。"

"那是学什么的?出来干什么?"

我解释半天,他没明白,问题是还不放弃,追根究底地问我毕业具体干什么。逼急了我说:"我们系成绩最好的学长,现在是国家主席。"

"明白啦,明白啦。"他笑着说,"你呢?你不会也要做国家主席吧?"

"我想当画家。"我头一次跟外人这么说,感觉真好。

"我也喜欢艺术,我其实一直在创作艺术,攒好几个相册了。"他怕我不信,看看我,继续说,"杀人犯被判死刑,但不一定立即执行,你知道吧?"

"我今年知道的,有一个复核的程序。"

"对,你不知道什么时候复核下来,有的不到一个月,有的三五年了还没下来,在里面待得都有改判死缓无期的希望了。我的一部分工作就是,走到牢前告诉你,复核下来了。然后我等几秒,人生最后一个悬念,可能是,没通过,暂缓;可能是通过了,死刑!他们就眼巴巴地望着我。有些是,通过了,死刑!我第一时间把他的表情抓拍下来。什么反应都有,哭的,笑的,闹的,还有晕倒的。不过他们有一个表情是一样的,绝望。"

"有点残忍。"

"你说哪个?通知,还是拍下来?"

"都有点,你把相机挂脖子上,准备好了再告诉他们吗?"

"他们杀人的时候更残忍。"

我拿出烟,问他吸吗。他说戒了,闺女不让他抽。车窗开一道缝,他让我随便抽。我长吸一口,好多了,声音平静些问:"昨天夜里你这么告诉我继父的时候,你拍下来了吗?"

"他是例外,听不着嘛,只能看字条,头一直低着,等抬头的时候,情绪都过去了。这样就不算艺术了吧。"

我把烟夹手上开始咬指甲。我问:"哪天执行?"

"正月初八,上班第一天。"

"但过年你们也要上班的吧?"

"当然,轮休,七八天的假期,我就休两天,大年三十我都得在这儿。"他摇摇头,"不过你可以常来,我就是不在,也帮你跟值班的说好。"

"谢谢,我能做的就是多看他几次。我跟李警官说了,我连办后事的钱都没有。我挺没出息的。"

"你还只是学生嘛。"

"我本来想卖房子的,哑巴楼没人买。死气沉沉的,我都不愿意住那儿。"我苦笑两声,"那尸体怎么处理?"

他陷入沉思,没理会我的话。

我试着又问一遍:"你们会火葬吗?"

他转身说出困惑:"我还在想合不合适?"

"什么事?"

"今天早上,老李说你继父的事,说没几天了,得照顾一下,让他健健康康地走。按理说,这时候犯人是关单间,我也就没调换。因为你继父是聋哑人嘛,得有个人给他传话,真关了单间,一声不吭的,死了我都不知道。"

"谢谢你。"

"有你这声谢谢,我就知道这事没错。你刚才说什么?"

"我问后事怎么处理。"

他轻踩刹车,看看我,说:"于勒已经签了遗体捐赠。"

"就是心脏、眼角膜什么的,再帮助别人获得新生?"

"不是,那是器官捐赠。遗体捐赠是泡在福尔马林里,捐给大学做解剖实验。"

想着一帮医科学生握着小刀,在我继父身上划来划去,我忽然一阵恶心。停车靠在路边干呕了一阵,我让付锐先走。我说反正不远了,我走走呼吸下新鲜空气。他说也好,先让我继父准备准备。

加上昨夜的宿醉,胃烧得难受。吃了半个烤地瓜感觉好多了。我拣小路踩着雪,花了半小时后走到监狱。付锐在大厅等我有一会儿了,他搓着手,让我先暖和暖和。我看眼挂钟,快三点了,问可以见他吗。

"可以。"他站着不动,有点为难道,"我刚知道,他不想见你。"

"不见我?"

"我们写纸上给他了,他就回两个字——不见。我们问他什么时候见,他回——永远不见。你要看看那字条吗?"

"不要,不要。"我倒抽一口气,一下子不知道该怎么办,"可我是从北京特意回来的呀。我不能给他收尸,还不能见他一面吗?"

付锐继续搓手,说那就暖和一会儿,送我回去。我连连摆手,连说两遍麻烦你了,深鞠一躬走出大门。付锐从后面追上来,他说有个东西转交给我。我打开看看,一张信纸,于勒在上面写了二十来个人名、地址和钱数。底下是他一段字,他说平生一共欠了两万多块钱,虽然没资格让我父债子偿,还是拜托我,以后有了钱,能还给这二十多个朋友。

"你会替他还吗？"付锐问我。

我把信纸收好，点头道："会，现在还不起，以后肯定还。"

13

三十那天我被李警官拽到他家过年，见我情绪不高，他还一再安慰我，说于勒可能就是害怕告别，怕我伤心，所以没见我。车轱辘话说两遍，发现逻辑上没那么合理，他就岔开话题，让他儿子多跟我聊聊。他儿子爱答不理地问几句清华好吗、漂亮吗，继续看他的漫画。李警官让他儿子把那张不及格的卷子拿出来，让我给他讲讲。这时他老婆不愿意了，说行了吧你，大过年的还让孩子学习，出去放炮吧。

他儿子不愿动，我下楼走走。开始人不多，稀稀拉拉的，快十二点时一下子热闹起来。不知道是迎接新年还是庆祝过去的一年，一时间炮仗和汽车警报混在一起震响除夕，整个夜空一闪一闪的。我仰头对着烟花发呆，感觉眼睛湿湿的。

李警官没披外套就下来了，他抓住我肩膀说了两句话，声音太吵听不清；我双手作揖，大声喊恭喜发财。他摇摇头，把我拉进他车里，声音一下子被关到了外面。车灯点亮，我终于看清他的脸，仿佛刚刚大哭一场。他问我有烟吗。我摸遍衣兜说没带下来。然后他就跟缺氧似的大口呼吸，带着哭腔说："付锐死了。"

我一下想不通，大年三十的，都在家过年，怎么就会死了呢？

"他今天在铁北监狱值班，"他掏出手机盯着看，"有三个人越狱，杀了他。"

"什么人跑了?"

"我在等名单。"

我想起来了,付锐抱怨过,他说过年没休息,大年三十还上班。不知道为什么,我没见过他女儿,可是脑子里一下子就闪现出好多他女儿的画面,学芭蕾,不让爸爸抽烟,漂亮的小姑娘。

手机响一声,他短信来了,他核实一遍名单,问我:"你继父叫什么?"

"于勒。"

"有他,"他拍两下车窗,"带头的是他。"

14

我二十二岁那年过得并不好,但我不会一生过得都不好。大学毕业的最后十天我重读谭欣的邮件。她前后写了十七封邮件发我邮箱,与其说是写给我的,不如说是她自己的怀孕日记。上面的邮件是最新发来的,我不会像我继父来信那样乱着顺序看。她说果真是男孩儿,生下来八斤六两,能吃能喝,一天喂八次都不嫌撑。附件里有婴儿照片,她问像不像我。我以前听别人父母问这种话,总觉得很可笑。小孩儿出生都一个长相,皱皱巴巴到一起,没长开的样子,跟父母比更像是猴子。但我那天对着电脑都笑出眼泪来了,我说像,真像!

我写邮件跟她解释,前段时间没回是我确实忙,我已经原谅你了。二月份回到清华我就没怎么出门。每天读书写字,我想把落下的学分全补回来。我知道以后绝不会做这行,可我总得替某些人完成他们的梦想，尤其是从清华毕业。比如我继父于勒，他一辈子吃苦受穷，被残疾折磨，可我考上清华那天，他觉得这一切都是值得的。明白我意思吗？他一生不幸，可他认为这是在为我的人生攒人品。经常在深夜里，我想到这一点，想到他的脸，想到他双手乱画地告诉我，他有多高兴，我就脆弱得想哭。

你过去说我不敬偶像，没有梦想，心中无所畏惧，这让我沮丧了很久。套用我曾写给我继父的一句话，有人如你，十五岁就清楚自己这辈子干什么；有人如我，浑噩至死都不去想想自己到这世界是干吗来的。不过我现在知道了，我要画画，最早是源于你，源于对崔立的一股气。说出来你都不信，我爱上绘画这一行了。

之前我没有说，有些地方你和我继母很像。爱情这一点，我和我继父都掉到同一个坑里。不同的是，我继父杀了我继母，而我，我原谅你了，我依然恨你，我还是原谅了你。

我没跟你讲我的家庭，一下子上来这么多奇葩事件，我无父无母、继父杀继母什么的。看懂多少是多少吧，我也不打算跟你多讲了，我以后也不想跟任何人提起了，哪怕是我未来的老婆，我也要只字不提。人和人都有不高兴的时候，我不想老婆、朋友某一天生我气会指责，怪不得，许佳明的成长环境就乌烟瘴气的，他们家就没什么好人！

我们家人挺好的，即使我继父一共杀了九个人，我还是觉得他算个好人。他杀林莎是因为，那深沉的、害怕失去的爱，至于其他人，皆因他回不了头。有一个人我挺惋惜的，铁北监狱的付锐，他死得那么惨，我继父剁了他的手，剜下他双眼，将他双脚绑在监狱大门旁，活活把血流干。这还不是最重要的，我时常想到他女儿。他跟我说过，穷养儿富养女。他没了，他女儿以后不知会怎样。

付锐有一个相册,他把这么多年来每个死刑犯人的表情都拍下来。他觉得这是艺术品,他想等退休那天攒齐了,统一命名为《绝望》。听起来应该很有冲击力,绝望是他们表情的共同点。他没拍到我继父,我继父是聋子,低头看通知,再抬头时情绪都过去了。如果他拍到了,洗出来放在相册里,也许就可以看出不对劲。他会发现我继父脸上没有绝望,反而多了一丝坚毅。是的,我继父本不该有室友的,这也是得于付锐的同情和他的聋哑残疾。在死亡面前,他完全换了一个人,他怂恿两个狱友协助他出逃,其中一个狱友还联系了朋友开车在外面接应。等这四个人出了城,他们没有各奔东西,没有结伴而逃。你能想到吗?我继父于勒把那三个人全都杀了。从此消失人间,不漏一点行踪。

有一个细节让我很羞愧,差不多快一年了吧,每次想起都不敢原谅自己。我继父是除夕夜越狱的,烟花绽放时李警官告诉我,有三个囚犯跑了,在等上峰核实名单。我当时真心有点希望跑的是于勒。直到他确认于勒是主谋,下落不明。我被自己的行为吓坏了,我没有谴责,没有怨恨,反倒是双手插在羽绒服的兜里握拳庆祝。要不是顾忌李警官最好的哥们儿遇害,我当时真想打开车门跑出去,在雪地里狂奔,直到没有力气。

说说我这一年吧,写完毕业论文后,我抓紧时间赚一点小钱,连录了一个月的广告。我着急替于勒把钱还上,我还的不是他的债,是我欠他的抚养费。大多数债主我都认识,看我长大的聋哑叔叔阿姨们,他们都老了,从手套厂退了休,陆续离开了哑巴楼。长辈们刚见到我时态度并不好,恨不得立即把我关到门外,我是于勒的继子,他们感觉真是知人知面不知心。然而在得知我是受托还钱后,他们一下子转变了,确切地说是没变,于勒还是他们心中的那个老好人。于勒当初穷得还不起,就冲这一点他们仍然愿意把钱借给他。你看,多好,仅仅用钱就找回了他最后的那一点尊严。

最后一户人家姓怀,家住在南湖大路。我对这个人没印象,见到主人时我才明白这是我继父的玩笑。不是怀,是郝,好,坏。于勒的生死之交郝叔叔。他只是哑巴,可以听,却不能说。我对他说明来意,他忙打手语,这笔小钱怎么还能要?我说,郝叔叔,要是我第一个找您,按照您和我继父的交情,兴许我就省下这笔钱了。可您是最后一个,我前面明白太多道理,这笔钱您一定要收,我也就圆满了。他闪着泪光收下了,他也想念我继父。

晚上他在书房里告诉我,于勒那天夜里两点钟用我送他的手写手机发信息给他,家里出事了,让他赶快从大连回来。早上八点多,郝叔叔进到我家看见地上躺着两个人。他没打算问什么,也没打算转身走,他想的是,哪怕连累进监狱,也得帮兄弟最后一把。他问于勒准备把尸体埋哪儿,他回去取车。于勒让他别管尸体,他要先去松原取钱。一百二十万,他需要这笔钱,万一自己出什么意外,他得给佳明留下当遗产。所以,那天是我跟他去的银行,他打着手语说,八九十斤的钱就装在我车里。郝叔叔拿出一个饼干盒,说我换成黄金了,我老婆都不知道。你很好,替你爸把钱都还了,非常孝顺的孩子,你收下吧。

五味杂陈,说不上什么心情。于勒把他写在名单的最后一个,就是要试探我配不配做他儿子。谭欣,你可能都不信,我是推辞过的。但是他不要,他说一是于勒信任他,拿命换来的钱,他不能昧良心;二是这事没人知道,如果他忽然有了钱,人多嘴杂的,难免查到他头上,牢狱之灾。我问他,知道我继父在哪儿吗?他摇摇头,他不知道,通缉了快一年,没准儿已经被击毙了。我咽着唾沫,说不下去了。真是的,那么脏的钱,却闪着那么圣洁的光。

以后有机会，把这故事讲给崔佳明听，只是不用告诉他，我是他爸爸。我爱他，我可能更爱你，没办法忘记你。不要再给我写信了。我要朝前大步走，我不想时不时停下来，回头望着你。

P.S. 你还欠我一次肯德基，这辈子你就这么一直欠着我吧。

15

谭欣没有给我来信，我反而一心犯贱地期待她能写封邮件给我。然后我会怎么样呢？我会在读一百遍以后回信痛骂她，让你别再缠着我，你还要写，你太贱了！

我总要往前走，就算回头她已不在原地。春夏秋冬，我恋爱几次又分手几次。形单影只的时候我常在想，这是不对的，每次见过漂亮的姑娘，总要先站在谭欣的角度审视一番，她会嫉妒这个女孩儿的长相气质吗？如果会，我就会一见钟情，加倍暗示自己，我有多爱这个女孩儿，我甚至希望马上就和她举办婚礼，邀请谭欣来看看。但总是在失败，也许我并不想成功，和哪个萍水相逢的女孩儿一劳永逸，度过余生。

记得第二年秋天和某个女孩儿又一次分手之后，我坐在小区长椅上喂鸭子，任凭她一次又一次换着手机打我电话。最后一次她是用座机打过来的。010 的区号，我接起来，我想应该跟她讲明白。我说，这次恋爱没什么，都不能算你人生的插曲，它就是今年秋天的一段小变奏，仅此而已，不要再反复地折磨自己，自问是不是错过的什么男人，之前怎么计划，你就继续怎么走。对方一下子慌了，说不出话。那我陪她等，我看表数秒，快到一分钟的时候，话筒那边敲了三下后挂掉电话。

我蒙了,事情不会这么来的。我打给刚分手的女友,问她是否打过我电话。她说她在公司忙,没时间多说,然后她问我:"你觉得我会联系你吗?"

没有,没有,我不是找你。座机拨回去,那边说是小西天的一家报亭。赶到那里,老板准备关窗收工。我问他今天什么人用了你的公用电话。他说那怎么想得起来,接着问要今天的报纸吗。我四周望望,街两侧的饭馆前坐满吃烧烤喝啤酒的人。穿过马路,我过去一桌桌地找,一个挂拐乞丐拉着我的衣摆跟我要钱。我挥挥手,没钱,走开。他摇摇白盆里的硬币,端在我面前。低头一看我心都化了,于勒,你就是这样一路要饭走过来的吗?

16

多好的想法,乞丐是逃亡的最隐秘身份。刚进家门下雨了,雨点啪啪地打在落地窗前。我让他先洗澡,我去厨房弄了点吃的。等他从淋浴间出来,我打手语问他来北京多久了。他回我几天前到的,他绕着外城走了半圈,从西边进入北京。我问他从哪儿来。他想了想,也许是地名有生僻字不好打,蹲下在那堆脏衣服里掏了半天。这时我才注意到这些都是鹿皮或狼皮一类的兽皮。他拽出旧地图展开指给我,森林地貌,地名字迹早已模糊。我地理成绩很好,知道是大兴安岭。他在墙边翻开挂历,算着日子,转身跟我说,我走了一个夏天。

好多问题,我都不知道从哪儿问起了。我说我一直想不通,你一个哑巴，那几个同伙凭什么被你利用，越狱后又被你杀掉？于勒挠挠头，仿佛遥远的记忆需要慢慢回想。我示意他先吃东西，进卧室找几件适合他的衣服。我有个朋友会做证件文凭，我打给他，想要一张假身份证。电话刚接通我就后悔了，不能让任何人知道。又不好马上挂，我陪他闲聊几句，他问我有事吗。我说没有，看看你最近过得怎么样。我们在朋友的饭局上认识，属于从不单线联系的那种交情。他一头雾水，硬着头皮说两句，后来还真倾诉起他的烦恼，讲他丈母娘以伺候月子为名，赖他家不走，又横挑鼻子竖挑眼的。人和人就是这么奇怪，那个月底他主动约我吃饭，真成了我朋友。

我继父躺沙发上睡着了，我给他盖上被子，把空碗收掉，检查门锁后上床睡觉。半夜醒来我听见卫生间传出细碎的声音，推开门一看，我被吓一跳，我继父正对镜子剪他长了快两年的长头发。我说胡子别全刮了，你不能把自己收拾得跟过去一样。他从镜子里看着我，放下剪刀，打手语说，他们也想活，我跟他们写，我死了就轮到你们了。谁？我问。小武和老姜，跟我一起出来的，我拿计划打动了他们。

铁北监狱号称全东北最现代化最安全的监狱，他们有四道关卡，刷卡、按指纹、瞳孔确认及武警把守。打从监狱落建使用，付锐他们最引以为傲的是，十三年来没人能活着闯过这四道关，成功越狱。

事前的准备是裁纸刀，小武的朋友塞在鞋底带进牢房。他朋友到时候会把车停在监狱西侧的路口接应。于勒告诉他们，有一个姓付的狱警比较照顾他，要从他这儿下手。年三十是付锐的值班时间，晚上十点半，于勒忽然倒地，开始抽搐。巡逻的付锐像以往一样大声问他是什么病，是否需要医生。等他看见躺地的是于勒，要他写纸上说明症状。半分钟后，付锐伸手接字条时，于勒将他的手臂拽进来，用裁纸刀抵着他的手腕。老姜命令他把牢房门打开。开门的一刹那，他们把付锐拽进来，卸下他腰带上的对讲机，于勒换上他的警服，找出门卡。其他班房开始骚动，两个同伙被这喧哗搞得直冒冷汗。听不到的人最冷静，于勒指着楼道缓慢摇动的监视器，要他们注意节奏。监视器刚刚转过去的时候，三个人拖着付锐跑出去，用门卡刷开了第一道关卡。

二、三道关卡没有摄像头，付锐索性趴在地上，死拽着栏杆不松手。于勒掏出裁纸刀割他的手腕，如果付锐人过不去，拿他的手指也可以通过第二道关卡。他让小武继续割，老姜按住他，他去拉付锐的左手拇指。于勒早研究明白了，那扇门只认几个狱警的拇指，可他不清楚是哪只手的拇指。要是有斧头或是菜刀也许能好点，一刀剁下去少些痛苦，裁纸刀拉了十多下才见到软骨。付锐满眼泪水，却不愿求饶，想保住命就绝对不能松手。他哭着说，没用的，你们白折腾，就算你们过了第二关，第三关必须扫描我的瞳孔才能过去。于勒食指、中指岔开，指着他眼睛，那就把你的眼珠挖出来！付锐摇着头，泪水汗水混一起在脸上淌，说杀了我也没用，它不认死人的瞳孔。话没说完，一声惨叫，小武把他的右手拽了下来。

原来，左右手拇指并在一起才会打开门。第三道关卡需要鹰眼扫描双眼五秒左右，门才会打开。付锐死不睁眼。于勒翻开他的眼皮，鹰眼不认眼白。他闭着眼睛说，现在收手还不至于死罪，你们出不去，直到他们冲进来逮捕你们。两个能听能说的犯人让他闭嘴，他不能停，他知道他们开始烦躁了，他快说动他们了，也许可以活下来。忽然眼前一丝凉意，那个听不到的人，将小刀插进去挖出了他的眼珠。

付锐没骗他们，鹰眼通过眼球时一点反应都没有。他们用布条封住他的嘴，双脚绑在铁栏上。于勒指指对讲机，示意启动备用方案。老姜按住通话,说出从声音到语气练了上千次的那句话:"小王,过来顶一下,我去上个厕所。"

这有风险,不管学的有多像,毕竟是两个人。他们守在门两侧听着脚步。于勒听不到,他盯着小武的手势,只要他手臂一抬,说明过来的不是一个人,是一个军队。那就照之前的最终方案,三个割喉自尽,不受折磨。最终是小王自己,他哼着歌,刚打开门,三个人跳起来扑倒了他。

料理小王后,三个人直奔第四关卡,于勒一人跑在前面,剩下两人在后面追赶。而武警在月色里看到出事了,两名越狱的犯人追逐着浑身是血的狱警。武警冲远处明枪示警,喊来值班室的同伴,让他快去抓捕。他自己迎上前扶起狱警,问他伤得重不重。这时喉咙一凉,一把刀插进喉管,喷了于勒一脸的血。

于勒拾起枪,瞄准另一名武警的背影,打了一梭子的子弹。远处传来新年的钟声,鞭炮声又一次达到高潮,周围庆祝的人们都觉得,今年的炮仗特别响。

我打断他,问他后来为什么还把那三个人给杀了?他说是因为害怕,虽然不知道他们说什么,但能感觉到,他们想杀了他,抛尸南城,造成假象后往北跑。

他们犯了个错误,他打手语道,他们说话就够了,却透出怕我知道的表情。

你怎么一下子杀三个人?

枪在我手里。

不是,不是,我摇着头,有一个细节,你穿着警服冲在前面装狱警,不该你穿的,你没法边跑边喊,后面有逃犯,快来救我。但是你偏要冲在前面,因为你要拿到枪。你提前计划好了,让他们开到南城,杀掉他们仨,然后你出了城步行往北走。

他没反应,我是对的。我重复那个问题,你为什么要杀他们?

因为他们是死罪,他们都是杀人犯。

你也是死罪。

我不是,我不该死。

我抓抓头发问他,为什么要来北京找我?

他说他想我了,他像野人一样在大兴安岭待了一年多,他快活不下去了,尤其是冬天,那不是人待的。他跟我描述冬日最普通的一天,他带着枪在山里转了一上午,什么也没看着,连只小兔子都没有。这时他才意识到,他可能是这片森林里唯一没有冬眠的动物。在春天他一直想该去哪儿,他展开地图给我看,他不会腻在北京,那会连累许佳明。这里,他指着新疆的昆仑山说,这里肯定有少数民族部落,那就不会有什么警察,不需要身份证、户口本他也可以住下来。而且他想明白了,语言不通的地方,他作为聋哑人,其实更容易活下来。

你打算哪天走?

越快越好。

我写个地址给他,六十号信箱,我少年时藏烟藏钱的地方。你到那儿给我寄封信,信封除了收信地址什么都别写,不用写我名字,把你的地址写信里。里面也别讲什么,写点没用的话。比如,女儿,妈妈在这里很快乐,我就明白了。

他点点头,收下地址。

但我不会去看你,真的不会,你杀太多人了,让我知道你还活着就行了。钱我收着了,我都还给你。你坐不了飞机、火车,也不能去银行取钱。但你不可以一路要饭要过去,那样你肯定死路上。我站起来抽支烟,对着阳台想想,转回身打手语,我一会儿给你画出一条路线,小路、山路,你别走国道高速。你骑摩托去,一旦看见前面有警察,转向往山里开,扔下摩托就跑。别在乎摩托车,有机会再买一辆,我今天把黄金卖了,一百多万,你换八十辆摩托都够了。

天快亮了,我关上灯,依稀能看见他打不要的手势。后来我听出他哭,日出的微光照在他脸上,我记起那时也是天亮,他在林莎身后怒视她的表情。时过境迁,该死的死,该逃的逃,一切都结束了。我背着阳台,一片逆光,不管他能否看见。我右手摸了两次下巴,那是"爸爸"。

17

大概两年后,可能是好奇心使然,我特意回长春查看六十号信箱,他果真给我来了一封信,信里面他画了张地图,沿着昆仑山往西,帕米尔高原上,柯尔克孜族群的山脚下。一看那就是邮差和警察都去不了的地方。他在下面写了两个字——很好。一瞬间我仿佛看见了我继父躺在牛背上,头顶着蓝天白云,一群自由自在吃草的绵羊。

那就好,我点着头。再往里掏,还有封信,撕开信封一张银行卡掉了出来。拿到ATM试了下我继父常用的密码——我们家八位数电话,去掉头一位和最后一位,中间那六个数字。密码是对的,点击余额查询,里面还有八十万元。我去柜台要人工查下户主,柜员额头一皱,磕磕巴巴念出一串十多个字的名字。

"维吾尔族人吧?"她问。

"柯尔克孜族。"

坐火车回北京时我想通了,这是他某个新朋友帮他在银行办的。他寄给我,让我每天正常取两万,四十天可以取完,存进我的账户里。顷刻之间我浑身发麻,随着慢慢长大,很多事早就欲哭无泪了。他还是希望我去留学,我最终没能满足他。

谭欣回国了,那是这几年的大事,更大的事情是她和崔立要结婚了。她打电话问我来吗。我说我以为你们早结婚了。她说没有,崔立一直不愿意娶一个比她小四十多岁的女孩儿。我说,你不是女孩儿了,你也快三十了,你孩子都五岁了吧?

"那不也是你的孩子吗?"她咯咯笑着。

"那你为什么还要嫁给他?"

"再不嫁他就来不及了,我总要做一回他的女人。"

我们都沉默,那些深沉而痛苦的爱,折磨了我们整个青春。

"你来吗,许佳明?"

"他愿意我去吗?"

"愿意,"她说,"这几年他一直内疚,他说他欠你良多。"

婚礼在海南举行,寓意天涯海角。君生我未生,我生君已老。我离君天涯,君隔我海角。

我带上当时的女友提前几天飞往三亚。阳光,海滩,椰树林,可是没多久她发现一切都不那么美好了,我们不是来度假,不是来寻找爱的甜蜜,我只是来参加我前女友的婚礼。她把酒店所有的镜子砸碎,怒不可遏地飞往丽江,寻找能真正爱她一生的男人,或是只搞她一夜的男人。反正,他们强过你许佳明。

那天晚上,我一个人坐在电影院忽然想起来了,林莎说过同样的话，钱金翔就要死了，再不嫁他就来不及了。我得找点什么东西替代这一对苦命鸳鸯，把他们放在天涯海角。

电影院我认识了一刚失恋的姑娘，我们随便聊几句，过几夜，我邀请她没什么事的话，可以跟我一起去婚礼。我说，你还没吃过不用随礼的婚宴吧。我等她答应，我不想一个人去，我不想让谭欣觉得，甩掉我以后我孤苦伶仃，行尸走肉。她听完眨了眨眼睛，问我会抢婚吗。

我说不会，绝不会。

"那没意思，"她笑眯眯地说，"如果抢婚我还有兴趣看看热闹。"

抢，还是不抢呢？我挺喜欢这姑娘的。

真到了婚礼我才明白，之前的很多伤感都是臆想出来的。大家都在那么高兴的氛围里，即使新郎不是我，即使新娘是谭欣，也没让我难过到哪儿去。四处寻找，我看见了我儿子崔佳明，一时间感觉灵魂上了天，一直盯着他，直到他妈妈过来挡住我视线，我才回到人间。

"你还好吗？"谭欣问我。

"这问题，没有回答不好的吧？"

"这叫？强制肯定回答？以后就这么命名。你还好吗？"

"好，非常好。"

她哈哈大笑，说："我感觉你也挺好的，你女朋友很漂亮。"

"谁？"我回头看一眼，"我连她名字都没记住。"

多亏她收住这话题，不然我真可能刹不住车地讲，离开你以后，我眠花宿柳夜夜笙歌什么的，好证明许佳明不是没人要的男人。在她面前我多虚弱。

"我看见你的努力了，"她说，"你画得很棒，他特别喜欢。他说，你绝对……你想听他对你的看法吗？"

"说吧,我入行以后,已经懂得他的才华和价值了,我明白他一生都为艺术奉献了多少。"

"他说,你仅仅是少了点东西,一点点,只要把那个找到,你一定会成为这一代的大师。"

"我也这么想,我抓不到,我不知道是什么。"

"你现在好谦卑啊,这不是万能青年旅店吧?"

"就像你说的,我知道多了,敬畏也多了。"

她喝着杯中酒,看着我说:"你几乎没怎么老,这几年我一直跟他在一起,总觉得自己年轻呢。跟你一比我老了。哦,男人三十岁和女人三十岁是不一样的。"

"但你更漂亮了。别忘了,你还欠我一次肯德基。"

她笑笑,怪我还记得,她都不记得那个摩托车阿飞叫什么名字了。"我现在生命里就你们两个男人,以后也是。"然后她想想,问,"我看你邮件,吓了一大跳,你继父那边怎么样了,还活着吗?"

"我不想说这个,不能说。"

"那就是还活着,多好。婚礼结束了你先别走,他想和你聊聊。"

我回到那女孩儿身边,她酒喝多了,抱着我要给我讲笑话,也是婚礼,三个单身穷屌丝比谁随礼大气。头一个说,我随两千!第二个说,我随一万!第三个脸红了,结结巴巴讲,我没随钱,但是,新娘肚子里的孩子是我随的。说完她眨着眼说:"明白了吗?"

"没明白,你先让我笑一会儿。"

她钩住我脖子,酒气很重,从她嘴里出来却有种迷惑的气息。她贴着我耳朵说:"我不管,你也要给我随一个。"

我看着她的眼睛,这么聪明的女孩儿,我快爱上她了。

日落之前在海滩走走，崔立身体不好，走两步就喘不上气。然后我俩坐在海沙上，他点支烟，扔给我一支，连抽两口问我恨他吗。我摇摇头，说，恨也不恨你，这不是你的错。

"存在，"他声音从烟雾里冒出来，"我存在，我活着，可能就是个错。"

我看着他，现在说这些干吗，今天说这些干吗！太晚了吧？我岔过话题，问他对我的作品怎么看。他没说话，烟不离嘴地望着潮落。我搓搓手，拿出防风打火机把自己的烟也点上，给自己解围说："我的画本来不值一提，就不难为您了。"

"无我，"他说，"你所有的作品里，总有那么一丝怨气。它会使你悲伤也不那么纯粹，快乐也不那么纯粹。"

"所以您建议我？"

"假想一个人生，假想一个人，你就是那个人，你在替他画。每一幅画，你都是替某个人画。"

我点点头。有那么一刻我懂谭欣了，我懂她曾说过的崇高与幸福，我懂她说幸福是大多庸人追求的体验，崇高则是可遇而不可求的奇观。太阳斜照在海平面，一片金光映上来，仿佛生命提前步入了天堂。

"我就要死了，活不了多久。"他站起来，海风持续吹，从裤子上拍打下来的海沙，连同他的话语一起像落日的方向飘去，"照顾好他们母子俩，谭欣已经迷路了。"

18

我再见到李警官是差不多一年以后，他已经升到了迎春路派出所的副所长。我回长春办户籍，办新身份证。我跟他说我要结婚了，一个我寻找二十九年的姑娘，终于把她找到了。这个比喻让他眼前一亮，似乎真看见我未来的幸福生活。他拍着桌子说一定要把她带过来看看。我说不用了吧，你儿子怎么样了。他说在读四平师院，现在孩子真是不打不成才，就得打。我乐了，这个不能告诉他，我高中那阵儿，老师就喜欢拿四平师院吓唬我们。老师说，不好好学习，以后就等着考四平师院吧！

他看看手里的文件，叫秘书进来交代几句，起身说必须得请我吃饭，让我老婆也参加。我说她没来，我没带她回长春，你也清楚，我不想让她知道我家的状况。

"啊，你看我，见你一高兴都忘了。"他拍着脑门说，"跟她说，没事了，你继父不是杀人犯。"

"什么意思？"

"凶手前两年抓着了，你猜是谁，那个老头儿的儿子。他跟他爸一直不好，之前坐十年牢，刚出狱听说他爸把钱都卷走了，那还了得？来长春杀了他们俩，回松原坐等遗产。哪知于勒把钱都取光了，哈哈！"

我没陪他笑，感觉浑身发抖。我咽了口唾沫说："那你们还判他死刑？你们说他是杀人犯！"

他坐回来，收住笑容，双手插兜地看着我，说："我最好的兄弟付锐死在他手里，还有三个同伙，铁北监狱还有三个。他妈的杀了七个人，我抓错他了吗？"

"不是，那是于勒不想死，他要活下来。他根本没犯法，他就不伏法！"

真没出息，我眼泪一下子就涌出来了。我快步离开派出所，回到哑巴楼,趴在床上痛哭一场。天黑以后我反复责骂自己,于勒是对的,事发当晚他打的那个110是报警,不是自首,他唯一做错的事就是把钱取出来,供我留学。也许这也是对的,也许林莎跟他说过,钱金翔的儿子有多操蛋,也许钱金翔都愿意他拿走这笔钱。

傍晚我去了郝叔叔家,关上书房门我问他,于勒当时跟他说什么了,具体什么样的。一样的过程他又讲了一遍。然后他问我怎么了。我说,于勒没杀人,他回家撞到的就是两个死人。郝叔叔只是哑巴,可是此时他就像个聋子,一动不动。我贴在他耳边轻声说:"我知道我爸在哪儿?我得去告诉他。"

那一夜我再次失眠,躺在被窝里我看着我继父画的地图,蓝天,白云,雪山,草地,牛羊。我把手机地图点开查看路线,可以先飞北京,转乌鲁木齐,再转喀什,租车开进昆仑山。两指将地图放大,我可以找得到。

手机闪屏一个电话切进来,是谭欣的号码。凌晨三点钟她问我睡了吗。我说没有,碰着点事睡不着。她说他出差了,就是不带她去。然后她就东扯西聊,说佳明现在可皮了,都管不了,问我小时候是怎么管教的。我说我是继父养大,随时可能不要我,不敢不懂事。你命真苦,她叹息道,想想都心疼你。没有怨气,崔立对我说的我听进去了,不要有怨气。

一下子她就哭起来,不停地哭,哭不动了的时候,勉强吐出几个字:"他死了。"

19

他们住琼海的一座渔村,当地黎族人划着渔船把他的身体送到大海深处。我去晚了,这些都没能赶上,只看到她成了彻底的寡妇。头一天我们没说话,上午我陪她坐在院子的树下看她编织贝壳。午睡过后我和崔佳明踢了一下午沙滩足球。他快六岁了,我一直在他身上寻找我的童年印记。完全不是我,他会时不时闪现我现在都没有的儒雅和娇纵。于是整晚我都想着一个怪念头,这孩子长大会不会成为 Gay。

第二天上午渔民带我们三人出海转转。下午我继续看她编织贝壳,还是那样默默的,一句话不说就可以度过好时光。后来我忍不住说了,我说你太像我继母了,你会和她一样,嫁给哑巴也可以自得其乐。她抬头咬着嘴唇,问我:"继母,继父,说说你吧,就当这是你生命最后一天,说说你的一生。"

我从遗腹子讲起,讲起我妈,讲起差点儿就和她结婚了的父亲,讲起我外公,我继父,最后是继母,还有那个钱金翔。然后我把最新的消息告诉她,我说于勒没杀人,他本来就是守法公民。

"那三个他杀的同伙呢?"

"于勒说过,他们本来就是死刑犯,该死。估计他就是这么想的,他没杀人,他要活着;那些人杀人了,虽然跟他跑出来了,那就由他来执行,他来当法官的刽子手。"

她看看远处海浪,试图感受于勒经历的一切,回头说:"你继父是个好人,他是有原则的人。"

"我准备这几天去新疆找他,可是我能告诉他什么呢?告诉他委屈你了?你男人以前说,他欠我良多。我也想跟于勒说,爸,我欠你良多。"

佳明午睡后要拉我去踢球。我说叔叔累了,歇会儿再跟你去。佳明皱眉说我在撒谎,我并不累,只是想和他妈妈聊天。

"佳明！"谭欣呵斥他，"怎么跟叔叔说话呢！"

他皱眉坚持："他是在撒谎！"

"有没有礼貌？"妈妈推孩子一下，他顺势倒地不起来，"起来跟叔叔道歉！"

佳明坐着不动，瞪着我，紧闭着嘴往下咽唾沫，弄得我眼眶都湿了，我说："他真的是我儿子。"

"当然，你有怀疑吗？"她皱着眉，佳明这点和她太像了，"你不知道他有多坚强，他爸爸没了，他知道一问起我就难受，之后他就忍住，多想都不问。"

"我小时候委屈的时候，也是这样，不哭，瞪着眼睛咽唾沫，就好像那是不小心流出来的眼泪。"

谭欣抱起佳明直亲他，把脸埋在孩子脑后放肆流泪。我有点难受，对佳明钩钩手指，抱上足球先去了海滩。

晚上我跟谭欣说，孩子我来养吧。我现在有点收入了，虽然比不上崔立留给你的，供他读书没问题。"不要。"她弯腰生火，头也不抬地说，"你都是要结婚的人了。"然后继续气儿不顺地忙活厨房，忽然转身问，"你怎么能娶那样的一个女人呢？"

"哪样的？"

"反正她就是不配你，她是典型的物质美女，这种女孩儿夜店一抓一大把，有钱就跟你走。"

"我不知道，但是我真爱她。我想娶她，她也想嫁我。"

"你之前也说过你爱我，又能怎么样？"

"没怎么样，我那时是爱你，也想娶你，但是你嫁给别人了。"说着说着我来气了，"你甚至从来、从来没说过你爱我，你记得吗？你就想让我死等你一辈子是不是?"

"当时我不是跟你解释过,如果我哪天说了,整个人都是你的了?"

"谭欣,别讲这个。你是到我这儿取种来了,我他妈就是种猪!你毁了我快十年,你还想怎么样!"我指着她,"什么整个人是我的?别逗了,你是崔立的!我没告诉你,但是是真的,这么多年,这个画面老在折磨我,一个七十岁的老头儿趴在你身上,喘气都费劲地操你。"

"你太恶心了。"

"谁恶心?不是这样吗?你谭欣本该是我许佳明的私有品!"

"我不是你的,也不是他的,我对你没说过那三个字,我也从没对他说过'我爱你'。"

晚饭也没吃饱,仨人都不说话。谭欣端来一坛当地米酒,"铛"地往桌上一放,就是不说话。我打开喝了点,也给她倒一杯。有点微醺,我早早睡觉了。睡到一半儿我听见她进了我房间,一阵芳香扑鼻。她左手捏住我鼻子,右手把吃的塞进我嘴里,低声问我:"像上校鸡块,还是像鸡米花?"我坐起来,没等吃完嘴里的,又被她塞进来一块。

"多吃点,我做了一个全家桶呢。"

"别拿这忽悠我,你这叫海南鸡饭。"

"我自己做的,这边买不着。你不是想让我还你一次肯德基吗?"

我快嚼两口把吃的咽下去,我们都明白她说的是什么。我抱住她,容她在怀里哭一会儿,亲了她的额头,说:"你知道我等了你多少年,谭欣,早一点说,哪怕一年前,你这一句都能把我整个人化了。可是,可是真讨厌,爱有时间差。我刚刚和你错过去了。"

我俩和衣而睡,大概是黎明,上来一阵寒意,她浑身发抖。我从后面抱住她,握住她胸前的手,直到她不抖为止。恍惚中睡着了,恍惚中又醒来了,恍惚中我听见她对我说:"我爱你,许佳明。"

我抱紧一点,不愿她难过,伸手在床前捡起鸡块放在她嘴前,问:"告诉我,一卡是多少?"

她笑起来,一口咬下去,大声说:"一卡就是一卡啊,一度就是一度啊!"

20

情况跟我想的不太一样,中国已经没有纯粹的原始部落。我坐在昆仑山下,两米多深的冰河从我脚下流动。一群绵羊在河对岸缓慢走过。这一切都是美的,崇高的,直到有孩子发现这有一个汉人,尖叫着朝远处的毡包报信,全部都乱了套。一时间十几个骑马的年轻人将我围住,手指比画数字向我兜售他们采集的红宝石及玛瑙。我对他们解释,我只是来找人,谁能告诉我汉人哑巴住在哪儿,宝石有多少我买多少。他们听不懂,摊开双手求我看玛瑙。我推开他们硬挤出去,往外一看哭笑不得,那些骑不了马的老人们也端着宝石赶过来了。是啊,早该想到的,他们也使用人民币。

喊"不要"也没用,我抱头蹲下来,大家一起耗吧,我等你们回家吃饭。有个骑马的年轻人用生硬的汉语对我表示,他可以载我出去,去他家,慢慢挑宝石。我笑出来,看来只能这样了,去他家挑宝石。登上了马背后,他冲族人喊了几句,手拉缰绳冲了出去。远处更年迈的人还在来的路上,你们,你们,你们!都不好好放羊的吗?

我让他慢点骑,问他认不认识一个汉人哑巴,他听不懂哑巴这个词。我手指着嘴,阿巴阿巴演示给他。他点点头,明白了,指着远处正端宝石四处找商机的老人。我眯眼瞧了半天,真是的,于勒也卖起这个了。

六年以后,他完全成了克族人,一个柯尔克孜哑巴。我继父跟我讲,这些人一个老板,宝石是内地仿造好拉进来的。每家发一些,大家按月结算,专门卖给过路的内地人。我咬着指甲笑起来,一时他也跟着乐,弄得上唇的胡须一层白色哈气,跟他们的胡子一模一样。

午饭我继父请客在毡包吃烤全羊,他叫来了几个要好的朋友。那个十来字名字的中年人也来了。几年下来,他看得懂我继父的所有手势,再翻译给其他人。克族人饮酒不多,肚子一饱,杯中酒没喝完就纷纷告辞。曲不终人散的感受,一瞬间就剩我俩了。

午睡后继父要带我去个好地方,附近一处背风的山腰,刚好可以看见白沙山的雪顶。我继父抽起烟袋,告诉我没事他就坐在这里,真美。我点点头,我说前几年一直喜欢一个女人,她给我讲什么是美,她说美是主观感受,比如老虎是美的,可你要是在森林里遇见,就一点都不美了。

我继父笑起来,又续上一袋烟。

她还说,那种崇高的美会让你感动,因为你在它身上,看到了你想拥有的那份品质。

艰涩的哲学理论,貌似进了他的心。于勒连抽两口,看着白沙山的雪,可能山顶的那一片圣洁正是他努力在追求的。两袋烟抽掉,我继父打手语问我,谁杀了林莎?

你怎么知道?我刚一直在犹豫什么时候跟你说。

你恨我,不会来看我的。如果哪天你来了,意味着凶手抓到了。

我没否认,我知道我伤透了他的心。我接他手里的烟袋,装上烟丝给自己点上。白沙山全由河底的白沙冲积而成,微风吹过便见到大片涌动。山顶的积雪四季常在,有时化掉,有时又下一场雪,常年都那么多。我在背包里掏出画板,我说我得画下来,那么纯粹的美。

他很意外我成了画家,侧过头看我落下每一笔。后来他站到我身后找好角度,让手影落在画板上:我想你,这么多年我每个下午都坐在这儿想你,我天天都问自己,他们能不能抓到凶手,我能不能活着看到我儿子,看见他原谅我的一天。

我放下笔,转过来看着他,右手摸两次下巴讲,放心在这里养老吧,我还会再来。我要结婚了,我姓许,将来我让孩子姓于。

他忍住不哭,迎风眨眨眼睛打手语:我早就想好了,真能等到那一天,我就跟你一起回长春,抓进去的时候我没犯法,我不服他们枪毙我,出来的时候我犯了重罪,他们应该枪毙我。我要去自首。

我咽着唾沫,眼睛睁得大大的,尽量往远看。帕米尔高原的云特别低,我看见天边的一朵白云飘着飘着就被山尖钩住了,挣扎不开便围着山顶下起小雨。冬日的积雪被雨水打湿,裹着山体的白沙,又拽着碎掉了的云朵,**白色流淌一片**,朝着山脚奔下去。远远望去,仿佛心底永远追求的那一抹白。

21

我继父提议开车回去,来的时候匆忙慌张,想再走一次塔克拉玛干大沙漠。我们两辆摩托，白天行路，晚上露营，出发第六天进入沙漠地带。两条垂直公路将塔克拉玛干纵横贯穿。每三公里便有一个供水站，用来浇灌两侧护路的红柳。傍晚时分我们准备停靠在一家供水站露营。一个姓李的养路人从里面出来跟我们打招呼。他和老婆在这儿工作快十年了。他希望再干十几年，死在这里。

每个供水站都住着一家人，沙漠里还有一百多对像他们这样的夫妻。工作并不累，仅仅是照时间表开关水泵灌溉红柳。但是枯燥，有时候你会感觉生命就像这根水管，一滴滴把它流完也就到头了。他建议我们明天往西经过十字路口时改往南，从库尔勒穿出去。

"那是你父亲？话很少啊。"

我回头看一眼，于勒正对着帐篷研究怎样开一个天窗。我问老李想家吗。

"我老婆就在这儿，我俩在一起就是家。"

我一阵心痛，我想念谭欣。我不爱她了，但依然想念她，我想念过去爱着她的感觉。

老李提醒我们晚上别进沙漠，夜里有沙蛇，毒性超过眼镜蛇，咬一口就毙命。我被这话吓着了，天一黑就和我继父并排躺在帐篷里不出来。于勒指指上面得意地笑，他真做成一个蚊帐天窗，一睁眼就能看见星空。不同于城市，沙漠的夜晚全要靠星光点亮。我们看不见对方手语，我竖起大拇指刮下他脖子。他笑了，仰躺着看星星。不一会儿他翻身面对我睡着了。也许是好几年里最好的时光，不委屈，不慌张，也不必度日如年地悲伤。

我胡思乱想，睡不着觉。夜晚风上来了，我身后的沙丘在悄悄移动，流淌的白沙如海浪一般嘶嘶作响。我闭上眼睛在心里反复说，快入睡，我会做美梦。后来真的做了一连串的美梦，不断击碎现实的冰冷。好像我梦里都怕自己醒来，害怕离别，害怕死亡。不过中途还是醒过来了，一睁眼我就笑了，带天窗的帐篷。真好，一轮明月低悬在头顶，正在照亮我的人生。

美读
MEIDU

美好生活，与你共读

—— 蒋峰小说典藏

白色流淌一片(下)

蒋峰 著

山西出版传媒集团
北岳文艺出版社
·太原·

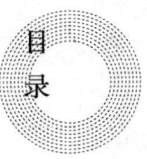

目录

CHAPTER 5

我 私 人 的
林 宝 儿　1

CHAPTER 6

和 许 佳 明 的
六 次 星 巴 克　119

创 作 谈　189

我私人的林宝儿

CHAPTER 5

1

醒来的时候她想,也许是生命中最美好的一天。正午的海风把窗帘吹得鼓起来,下面的流苏吊坠一次次划在她的背上。她翻过身迎过去,仿佛刚认识这个世界一般睁开眼睛,看不见,但可以听到阳台外的夏日海滩。她听见拍打岸边的浪花,听见沙滩足球的叫好,还有救生员扬声器的喊话,也许还有恋人絮语,她听不到,但一定有,那些甜得发腻的山盟海誓。有谁会一个人飞到三亚来,连看几场电影,再纠结两天如果跳海自尽,是穿比基尼还是连体泳衣,最后当什么都没发生,等到周一再飞回去工作呢?不会的,没等你游过海上的那排浮球,瞭望塔上的救生员就用扬声器把你嚷嚷回来了。

她想再睡一会儿,哪怕五分钟,就能在这些声音和流苏中重新醒一回。试着数绵羊,可她脑子里始终有片风和日丽的海滩甩不掉,每多数一只她就拉过来,一时间海滩上挤满了羊群,脚陷在沙滩中迈不开步子,低头找半天连草根都没有,个个一脸茫然,怎么活下去呢?它们对着她求救,咩咩咩地要回草原去。她脸埋在枕头里笑了一会儿,然后彻底睡不着了,从床上蹦起来,套上吊带衫,穿好鞋子,踩着一地的碎玻璃走到阳台上。

阳光明媚,胜过一切的诗。她没空关心这些,手机开机进来一百多万条来电提醒。她找根牙签劈开,把SIM卡拽出来,纠结了十几秒,将手机从五楼扔下去。她怕自己后悔,赶紧从左往右看,找到椰子最多的那棵树,手指点着数,一二三四五六,虽然刮了一夜台风,它们一个都没少。总有一天,离开三亚之前,她要爬到那上面,狠狠地抱一个下来。要是太高太危险的话,她想,就让许佳明替她爬上去。

许佳明在客厅做饭，叮叮当当地像办一个小型演出。一时间她心里暖洋洋的，全身被阳光笼罩。她想去帮忙，后来还是忍住了。好不容易的机会，就让他伺候到底吧。她躺回床上，一定要想办法入睡，哪怕五分钟也好，在那么多美好中再醒一次，浪花声，窗帘的吊坠，六个顽强的椰子，重要的是，还多了一个许佳明的早安吻。

多好，她闭眼笑了出来。这一次她做减法，把绵羊带回草原。她骑只黑山羊，牧师一般赶着羊群先去南山寺拜佛，然后蹚过万泉河，翻过五指山。不对，牧师不是放羊的，管它呢，反正她和羊群在海南玩个遍，一直走到琼州海峡，茫茫大海无边无际。她摊开手咬着指甲对它们为难地说，我们回不去了呀。

醒来之后她还是心有余悸，咬着筷子犹豫要不要跟许佳明讲述这个回笼觉的梦，好像有件更重要的事情忘记说了，她拿筷尖敲打盘子说："怎么会这么好吃！"她知道赞美从来就不怕夸张，又提高两个分贝，"好吃得我都要爆粗口了，太他妈好吃了！"

可能是把许佳明吓着了，他抓着头发结巴起来。她换一样尝尝，问他这又是什么菜。

"我也忘了，反正有虾仁有蛋。"

"许佳明，你连没名字的火星餐都会做！"

"轻点儿，耳朵。"

她眨眼睛，站过去俯身亲一下他耳朵，轻声说："你怎么做的？"

"你真不用这么客气。"

她坐回他对面，抬眼望着他，伸出舌头绕嘴唇转了一圈。她知道这招好用，许佳明拒绝不了。她说："你讲吧，你怎么做它，我就怎么做你。"

照本宣科一般,许佳明说鸡蛋四个、牛肉半斤、虾仁两百克。她让他把这环节跳过去。他说上午十点买回来,跟酒店租了一套餐具,之后在客厅做了两个小时。做好之后他想,好吧,给餐饮部打个电话,也许会少些麻烦,等会儿服务生端上来,划卡付账,菜就做好了。

"这些都是酒店的?"她用手背擦掉嘴唇上的口水,"你说你在厨房做了两个小时,怎么做? Sit down? 坐了两个小时?"

"我真做好了,我怕你第一口没咽下去,就得跟我谈分手。"

"我去试试。"

她端着碗往外走,许佳明拉住她,央求她别去。

"我尝过了,我自己都想跟我自己分手。"

她亲下他的脸,坐回去。不是他做的,但确实好吃。许佳明问她下午什么安排。她说不知道,可能继续到阳台看椰子什么时候掉下来。然后她问他什么时候能回来。许佳明说早去早回,其实真想带上她一起去。说完又摇头,万一出点什么事呢?他不想谈了,大口吃饭。她看着他,一阵阵的冲动想告诉他,作为一个男生,你有多好看。想想还是没说,他会像气球一样飞上天,到时候谁都抓不住。

一点半她送他下楼,出租车来的时候她莫名其妙地告诉他,今天是儿童节。许佳明愣了一下,让司机先别走,隔着车门问她什么意思。她说没什么,就是想找个理由庆祝一下。许佳明点点头说,明白了,他一定会在儿童泳池关闭前回来。她笑了,让他快出发吧,小心中暑。

经过大堂她带一个冰淇淋上了楼。她想再睡一会儿,不过这两天睡太多了。没什么事情做,椰子六兄弟一时半会儿又掉不下来。她喝口漱口水,用酒店的小瓶浴液将浴缸刷干净,用浴巾盖住裂纹,接满水躺了进去。多大的手劲,拿什么砸的呀?真是的,一团糟,她得好好梳理一下，可是又能怎么样，人生就要因此变好吗，她会有勇气选择吗？

门铃在响，她披上浴袍开门。许佳明站外面，她真想一下子抱住他。冷静一点，慢慢来，比如她可以问："你忘东西了？"

"没有，走之前跟你打听一个事，你别生气。"

"打听一个我会生气的事？"

他不往下说，等她保证绝不生气。

"你说吧，我能生你多大气？"

"也是。"许佳明长吸一口气，凝视她说，"你怎么长这么漂亮，我都不敢问出口。"

"你问啊！"

"好。"他手扶门框，撑住身体问，"你叫什么名字？"

"你说什么？"她紧一紧浴袍，堵在门口，要是漱口水还在，真想喷他脸上。

"其实我可以猜的，我怕猜不准。"他开始慌张了，"我可以装知道，以后一直喊你 honey，或是亲。但是你电话我没有，你名字我也不知道，就知道一个房号 3806，万一我回来你走了，我就再也找不着你了。"

"那就别找我了。"她拉下他抓着门框的手说，"许佳明，你现在一定爽死了，昨晚搞我半宿还不用记那姑娘叫什么。"

"你听我说，不是我忘了，是你没说过。"

"许佳明，哎？我好贱啊，我居然知道你叫许佳明。"

"昨晚我先说的，我说我叫许佳明，然后你问我是哪个许哪个佳哪个明，就忘这茬了。"

"然后呢？"

"然后你确实没说，我也忘问了。"

她朝墙壁看看，开关上写着请勿打扰，差不多行了吧。她半鞠一躬对他说："我错了，对不起，再见。"

没等许佳明回答，她重重地摔上门。

2

要么今晚就回北京，要么就把手机摔碎，一天一百万个电话追进来让她忍无可忍。看个电影也不得消停，她以为进影厅没信号了，结果电话又打过来。食指双击 power 键，放到包里，又来，再双击，再来。她得顺顺气，公共场合可别发脾气，拇指滑开，她问他有完没完。那边说，是她答应一个小时回电话的。

"那你就再等一个小时。"

那边沉默，似乎在点烟，呼着气说："你在哪儿？"

"我在你家！赶快回家找找？"

"你在三亚。"

她有点意外，但不能服软，等他先说。有个年轻人，拿着爆米花、可乐和一本小说指着她旁边的空座要进去。跑这儿看书来，盲文的吧。她皱眉说，那么多空座，你非往墙角钻？我票在这儿，他说。她不愿意起身，没心情，让他迈过去。他犹豫一下，决定面冲着她跨，一时间他胯下都快跟她的脸贴上了。

"你有病吧？"她说。

"那我屁股对着你就合适了？"

"行了行了，快过去吧。"

那边电话问她什么情况。她说有个傻逼笨手笨脚。年轻人刚坐下又要站起来问她谁是傻逼，却听见她说："没你傻逼。"

"你在哪儿？"

"我在三亚，你不是查了吗？你查的我电话？"

"不是，你现在在哪儿？"

"电影院。你拿什么查的？"

"这你别管了，你跟谁看电影呢？"

"跟你妈！"

完了，她还是发脾气了，早晚有天她要杀了他。她挂掉电话，琢磨那边是怎么查着她的？没错，就是电话，她听过这说法，号码归属地是一回事，所在地又是一回事。全场黑灯，几个广告过后，那只又丑又假的黄龙蹿出来，智障似的缠两个圈，电影开场了。喜剧片，爆米花情节，前排的小孩儿还老用海南话问个不停。旁边那男的不到十分钟就把爆米花吃光了，她开始担心他会把盒子上的奶油舔一遍。

不对，事情严重了，她把电话打回去："你查我信用卡了？"

"放心，我没改密码。"

"你敢动我杀了你！"

除了爆米花男，周围观众都有点不满，孩子妈妈回头提醒她小点声。她扬扬手，看你的电影吧。

"你刷的银泰酒店。"那边说，"是你今晚回来，还是我飞过去，陪你散散心？"

"你个大傻逼！"

更多人回头瞪她，前排小朋友山谷回音似的学话，你个大傻逼，妈妈，呵呵。他妈妈一着急把他掐哭了，回身请她出去。

"你没用,你叫警察来。"她继续跟那边讲,但没什么回旋余地了,他来,或者她回去。她想骂退他,可是他还你妈跟长老似的絮叨没完。"我操你妈操你妈操你妈操你妈!你爽了吧?来吧!"

已经有人退场,可她不走,她得在这儿等警察。小孩子哭哭啼啼地被他妈妈拽走了。没一会儿她也哭了,对着屏幕泪流满面,她拿起可乐,借着微光挑到绿吸管吸两口。爆米花男拍拍她肩膀。

"你别碰我!"

太凉了,早知道不加冰了。售货员怎么说的?你要凉的还是常温的?不对,那是啤酒。加冰还是不加冰?加什么冰啊?机器打出来,本身不就是凉的嘛!那男的又拍拍她。

"把你爪子拿走!"

"不是,我真渴了,"他把爆米花盒子折两折,攥在手里,"你的可乐在你那边,这是我的。"

她瞪大眼睛望着他,嘴依然没离开吸管。可乐早没了,就剩些碎冰块,被她吸得在杯子里乱跳,发出滋滋滋的声响。

3

"我叫许佳明。"

"哪个许?"

"我们还是说哪个佳吧。"

"你说哪个明也行。"

"明天我们睡到几点的明。"

她冷笑一声，点支烟说："你还挺好玩的。"

"那你玩吗？"

"脸皮也够厚的。"

"好奇的话，你可以亲一下。"

这就不对了，她吸一口烟，手指伸到嘴边咬着残缺的红指甲油说："你能不这么讲话吗？"

"好。"他没说话，抬手揪起一绺头发，拧了几个圈，"我调到中央一台。"

她把烟掐掉，将面前刀叉摆正后说："许佳明，虽然我刚才在电影院讲了不少粗口，虽然你能听出来我在失恋中，垂死期，但不代表我是你在夜店和陌陌上认识的，随便一勾搭就跟你走的那种女孩儿。"

"夜店和陌陌能同时认识一个女孩儿？缘分吧？"

"正常一点，许佳明，让我把这顿饭请完，好聚好散，明白？"

"明白。"

"真的明白？"

"我努力明白。"

他抓抓头发，把那一绺压下去。牛排终于端了上来。她没胃口，推过去让他多吃点。自己喝可乐看演出。酒店在沙滩上搭了个台子，红色横幅写着海滩牛排节。这不是她的酒店，也不是许佳明住的地方，三亚的所有酒店都喜欢发明节日，烧烤节、火锅节、海鲜节，天天不重样儿。四个马来西亚姐妹勾肩搭背地在台上唱着完全听不懂的中文歌，曲子熟，但想不起来是谁的。苦想一会儿她决定放弃，转身看许佳明把一整块牛排切成二人麻将，一摞摞码好。

"你也不必一句话都不说的。"她说。

像是自摸和牌，他切好最后一块，抬头说："一大块上来没食欲，小块你就能多少吃点了。"

"哈，你倒是调整策略了。"

"什么？"

"打体贴牌，别跟我装糊涂，你心里有数。"她翻开餐桌上的书，"《漫长的告别》，讲什么的？"

"我也没看完，书也很漫长。"

"看电影你带什么书啊？"

"你口红带了吗？看电影你带什么口红啊？"

还挺机灵，她不想跟他贫，别一会儿旧病复发又开始乱调情。有一阵儿他们互不搭理，许佳明似乎也不饿，切完牛排没什么乐子了，演出不好看，跟她说话禁忌又多，干脆看起书来。她像审视奇葩一般看着阅读中的许佳明，说："你随便说点什么吧，这么闷着像是拼桌的。"

许佳明有点为难："要不我把你打电话漏过的剧情讲一遍？"

"不用，你不问问我今天是什么状况吗？"

"你要是求我，我可以勉强听。"他记住页码，合上书，"我就知道天下没有白吃的牛排。"

"哎哟，委屈你了。"她摆摆手说，"我就是挺奇怪的，你怎么一点不八卦。换别人十个有九个就跟我打听了。"

"总要有人做那一个不打听的。"

"你别跟我在这儿装特别。"

"不是，你和你男友的事情，我就算问清楚了，肯定也是劝分不劝和，你对你错，我都会故意说成你男人不是个东西，然后再话里话外暗示你，应该找个我这样的人恋爱，或是跟我睡一夜报复他。这样不好，不道德，以后我会瞧不起我自己。"

"忘吃药了吧，还睡一夜？"她边摇头边笑，"你可以替我分析一下。"

"我分析不了。"

"为什么？"

"为什么？你猜！"许佳明双臂撑桌上靠近看她，"因为我有私心，因为你长得漂亮，是个男人都想跟你发生点什么。"

她皱眉说："真的假的？"

"我还是给你讲剧情吧，聊这个干吗？"

"任何男人吗？"

"任何男人，七岁到七十岁，我就是才满月见着你，也会惦记着能不能把你封存二十年，等我长大了再打开。"

她歪着头看他，不是一直那种不着调的表情，是真话。主持人上来让观众再一次用掌声感谢马尼拉组合带来的《流星雨》。F4？马尼拉？她前年还去过菲律宾。主持人要了几次掌声，等他意识到全场就他一人在鼓掌时，马上停下来，手持话筒说再过几天就是"直射节"了，到时候他们会搞一系列的活动演出，恭请诸位光临。

她问许佳明："什么叫直射？"

"你不让我讲这些的。"

"我不让你讲什么了，我问你什么叫直射？"

"直射字面理解，就是中出。"玩笑又开过了，他改口道，"我的理解是，太阳往北回归线走，垂直照到三亚的日子。"

"然后那个日子中出？"

"不是，直射。一年只有两天，没影子，太阳离我们最近。你小学几年级被劝退的？"

"我在产房就被劝退了，你管得着吗？"她白他一眼，"三亚是哪两天？"

"不知道，这个得算，可以下个APP定位经纬度。"

"你们小学地理课本没标三亚吗？"她眯着眼，尽量露出鄙视的眼神，"我以为你什么都知道呢。"

"认真地说，可能三亚不是大城市，不标注。"

"那北京是哪两天直射？"

许佳明盯了她几秒，确定她没开玩笑，"北京只直射过一回，白垩纪的时候，很快恐龙就绝种了。"

"你在笑话我？"她翻眼皮想想，"北京是温带，所以太阳过不来，对吧？那你就直接说我错了，干吗扯到恐龙上？"

"我真以为恐龙绝种是太阳跑偏了。"

"你还是在笑话我。"她用叉子指他，"我们比点儿别的，你要赢了我跟你走。"

"好，我要是输了，我跟你走，我认了！"

"认真点儿，我们比看谁十五秒内能哭出来。"

"这算什么比赛，哭丧？"

"你先来，"她说，"开始！"

许佳明花了十五秒端详她的脸。

"时间到，到我了，你给我查着。"

数到第七秒，她的眼泪出来了，十秒以后痛哭流涕的，弄得许佳明都要哭了。她抽出纸巾擦擦眼睛，又点起一支烟。

"我赢了。"

"假的啊？"许佳明也点一支，稳定下情绪，"你学表演的？北电中戏上戏？"

"我中戏学四年。"

"中戏四年就教你怎么哭？"

"对，还教我们怎么对付你这种男人。我说真的呢，校门口全是你这样的小男生，以为自己特帅，以为自己特逗，以为自己靠嘴皮子就能把姑娘说湿。"

"湿是什么意思？"

"你希望的那个意思。"

许佳明被顶住了，吃几块小牛肉，把烟灭掉反问："不然呢，在你面前做一千个俯卧撑，或是请你上兰博基尼副驾？"

"很好啊，你抬头让我看看。"她盯了他一会儿，"反正你没戏，开飞机来你都没戏。"

"没好话就算了，坏话真用不着你来告诉我，真的。"

他喊埋单。服务员说，点餐的时候就埋过了。那我就再点几样！服务员愣了一下，去拿菜单。她环抱双臂似笑非笑地看着他。许佳明接过菜单扔给她，"随便点，我不想占你便宜。"翻看时她考虑要不要道个歉，不至于。

"有熊猫肉吗？"她问。

服务员又愣住了，搞不懂这对男女什么情况。

"那就不点了。"她还回菜单，对许佳明说，"说说你吧，干吗一个人来三亚？"

"你怎么知道我是一个人来的？"

"要是两个人，你不至于腻着我，不至于跑电影院看书。"她向后靠靠，做出审讯的样子，"你一人来多久了？"

"来是两个人，回去就我一个，也没准儿。"

"你朋友呢？"

"不知道，可能在某个男人怀里，或是某个男人在她里面。"他看眼手机，"这个时间刚刚好。"

"你想太多了，女朋友？"

"应该算分了，她说的原话，她说许佳明你等着，我今晚就飞丽江，随便找个男人都比你强一百倍。"

"是吗？"她笑眯眯地问，"你身体不好？"

"你猜呢？"

"看气色有点虚，然后你挽留了吗？"

"然后我上网查丽江，查旅游攻略，犹豫要不要下一班追过去，后来弹出一个网页让我改主意了。"

"什么网页？"

"丽江是全国艾滋感染比例最高的城市。"

她倒抽一口气，问："不会吧，那不是找艳遇的地方吗？"

"就因为这个。你在后怕是吗？"

"我没去过，倒是好多朋友去过，回去可以吓吓她们。"她缓一缓问，"再然后呢？"

"还有再然后？再然后我截图给她，发信息说，你说得对，确实随便哪个男人都比我强一百倍，祝你成功。估计飞机刚一落地，她就收着了。"

"你真发了吗？有点恶毒吧？"

"没发！我至于吗？"

她笑了半天，喝点可乐压下去，问许佳明："你们跑这儿来分手？"

"本来是旅行，后来她发现不是，我只是顺手把她带出来。她觉得自己被侮辱了，把酒店所有能砸的东西全砸了，电视都扔进浴缸里，到现在我房间还是没玻璃的落地窗，白天晚上都一阵阵热风。我把床挪到空调下面，可空调就贴着落地窗，冷风热风对流，吹得我床顶直冒白烟。也挺好，听着海声睡，听着海声醒，五倍深度睡眠。"

"那你到底是干吗来了？"

"前女友结婚。"

"哈，真是杀不尽的前女友。别难过，分手了，你还能多参加一次前女友的婚礼。"

"你在安慰我？"许佳明挠挠头，"这种随礼收不回来的。以后我结婚没法跟老婆商量，加桌前女友，收礼过日子。"

"一桌够吗？"她想想那画面，一帮三姑六婆七嘴八舌。她自己把自己逗乐了，吃点东西说："然后你一个人去的？好凄惨，还是前女友结婚，好像你苦哈哈地等她很多年。"

"还没办呢，我来早了，真准备和她玩几天再去的。酒店砸烂了，我又不敢换房，赔钱没问题，我怕他们赶我走，再把我拉进酒店黑名单，以后所有酒店都禁止许佳明入住。我只能挺着，房间有二十四小时全天候供暖。每天起来就找有冷气的地方，电影院正合适，先在茶座看书，困了就进影厅睡会儿，那电影我看三遍了。你真不用我跟你讲剧情？"

"真不用，有酒店黑名单这回事吗？"

"我想的，我觉得每个行业不管怎么竞争，总要互通有无，减少损失，他们会列一个名单，终身禁止这些人在行业内消费。比如淘宝黑名单，交易一次差评一次；餐饮黑名单，吃饭吧唧嘴影响其他客人食欲；或者还有快递黑名单。"

"我就吧唧嘴。"她吃块牛排给他做示范，"收快递怎么进黑名单？"

"不知道，在门口放捕鼠夹？"

她笑得把可乐喷出去，缓一阵儿问："你还生气吗？"

"生什么气，她都去丽江那么危险的地方了。"

"我是问，你生我气吗，刚才冒犯你了。其实正常之后，你挺好的。"

"谢谢，我不生气，稍微有点难过，一会儿就好了。"

"还难过，你玻璃心吧？"

"这么说吧，偶尔，一年最多几次，在地铁，在商场，在街上，碰到漂亮女孩儿，有时候会不知不觉地掉头跟着走几十米。"

"尾随犯罪？"

"我说真的呢，反正没什么事，难得一见的漂亮，看一眼少一眼。经常都是跟到人家上了车，进了写字楼，或是见着男朋友了，把我剩下的时候，就是现在这种难过心情。"

"你在夸我，我是你一年才碰上几次的那类女孩儿？"

"那是她们，你是几年才碰上一次。"

"虽然是假的，但我真想相信你啊。"她笑眯眯的，叉块牛肉，"来，我喂你一块。"

他摆摆手，说不用，望着她说："我没骗你，你清楚自己长什么样子，在这个世界是什么排名。如果美貌是个金字塔，你就在塔尖。我为什么会难过呢？就是你刚才说的那句话，其实每次这种时候我都跟自己说一遍的，许佳明，你这辈子都别指望跟这种大妞爱过，甜蜜过，这不是你的命，你没戏，有钱没钱你都没戏。"

天哪，他是美容美发美言学校毕业的吗，怎么可以把话讲成一场公主梦？她听着都有泪感了："许佳明，你嘴真甜。"

"你说得对，靠嘴皮子没用，但难过是真的。"

说什么好呢，安慰他，鼓励他？她扭头去看演出，一个女人带上七八只狗做表演，立正、稍息、跳圈，台上摆着1到9九个牌子，主持人让观众互动，拣两个数字做加法，比如2和3，贵宾犬闹闹能把5叼出来。试了几次全部灵验，有个起高调的少年挑了5和7，闹闹把每个数字都闻闻，什么也不叼地回来了。这回掌声雷动，就主持人不鼓掌，他忙着跟刚才互动的俄罗斯妹子秀英语呢。

有人拍她一下，她回过头，不是许佳明，一个女孩儿给她看塑封的牌子，上面写着"请救助聋哑儿童，手工贝壳项链，二十元一串"，下面是聋哑学生证复印件。她掏钱包。许佳明招呼女孩儿过他那边。

"你是你，我是我。"

她赶紧低头拽出一张五十的，再抬头的时候吓了一跳，许佳明居然在跟女孩儿飙手语！不用嘴皮子的世界，完全看不懂。他们比画了差不多两分钟，发生了更为诡异的一幕，女孩儿挑串项链放桌上，深鞠一躬，钱也不要就跑了。

"你会手语？"

"我是万能青年旅店。"

"你们聊什么了？"

"你看呢？"

"我看就是你刚收了个女弟子。"她咬指甲想想说，"你跟个神父似的教育她，虽然身体有缺陷，但更要自强不息什么的。她很受用，鞠个躬送你项链做礼物。"

"我转送给你吧。"

她将头微低向前倾，等着许佳明给她戴上。

"很好看。"坐下来时他说，"没那么复杂，我问你今年多大了，还读书吗？她回答请救助聋哑儿童。我问你是三亚本地人吗，爸爸妈妈呢？她回答请救助聋哑儿童。我问你会不会手语啊？她回答请救助聋哑儿童。我问你丫有完没完，哑巴中的哑巴吧？她回答请救助聋哑儿童。然后你都看到了，莫名其妙给我项链，鞠个躬跑了。"

"估计她都想张嘴骂你，你丫才是哑巴，你全家都是哑巴！"她乐了半天，喘着气说，"送项链是怕你向酒店告发，这个小姑娘是骗子。"

"没必要，就算不是哑巴，也是穷人家的孩子。"

"我喜欢你这么聊天。"

"什么？"

"你为什么会手语？"

"我家有个聋哑亲戚，很固执，二十多年不肯为我改变，没跟我说过一句话，我只好为他改变，学了手语。"

"我真喜欢你这么聊天。"

"你说两遍了，什么呀？"

"你的说话风格，明明你亲戚说不了话，你偏说他不肯为你改变，还有那个小姑娘，换一般人就直接说她是骗子了，你却能把过程讲得又长又好玩，还说她是哑巴中的哑巴。我喜欢你这点。"

真夸他的时候反倒不好意思了，都点上烟了，还左顾右盼装着找打火机。

"许佳明，我发现我真挺喜欢你的。"

"我听见了,打火机呢?"

他还没懂。她先给他点上烟,说:"求你件事,我之前住大东海的银泰,我不想回去了。这是我房卡,明天帮我把行李取出来吧。"

"那你今晚住哪儿?"

"非要我讲那么明白吗?"她忽然结巴了,上下牙打架,"我想试试在海浪声中醒来是什么感觉,行吗?"

这回他懂了,却拘谨起来,摇着头看房卡上的数字3806,连抽好几口说:"不行。"

她想抽许佳明一巴掌,再抽自己两巴掌。她拿起叉子冷肉,以更冷的声音说道:"饭我也请完了,不欠你的了,你可以走了。"

"你等我一下,一秒钟。"他站起来往外走,一会儿又跑回来,"别走,可能得十分钟。"

她看着他背影淡出海滩,从酒店园林穿出去。她又点一支烟。时间不早了,主持人宣布演出结束,请各位慢用。这时女驯狗师跑上来,哭着说闹闹不见了。她的心被揪起来,多好的狗啊。之前考闹闹5加7的少年又起哄,问问你们酒店的厨师吧。狗主人哭得更厉害了。有个光膀子的东北客人拿着刀叉警告他闭嘴,再瞎逼逼削你!少年不服软,我又没说炖了吃,就说问问厨师。你找揍是不是?东北男人要上,被朋友拉开了。场面有些混乱。狗主人求大家别打,一起喊闹闹,也许狗就能听见。她跟着人群一起喊,声嘶力竭,眼泪都喊出来了,嗓子快哑了的时候,她笑出声来。远处一个黑影呜咽着往这边跑。啊,她捂住嘴,差点儿又哭出声来。

许佳明跑回来,没留意她刚哭过,两口气喘匀后把一沓钱放桌子上说:"刚取的,两万块。"

"你什么意思？"

"不是，不是那个意思。"他把房卡找出来，还给她，"在电影院我多少听明白点，那边在追踪你的信用卡，所以你不想回去，开别的酒店还是会留下消费记录，你得找个地方过夜。我不想趁你之危搞你一回，那样太猥琐了。这两万我借你，你在三亚还能待上一阵儿。先声明啊，我不是有钱人，等你周转开了得还我。"

她拿起钱，拇指划过一遍，取款机也真是的，也不给扎一下。她想着未来某天大额取款，一万一捆地从机器里往下掉，多方便。也不行。

"一次取两万是上限了吧？"

"别，多了我也没有。"

她说声谢谢，把钱放包里，问许佳明："许佳明，你是不是傻？你又不认识我，我可能还你钱吗？"

"你能还，起码你记得一个叫许佳明的，不屑于跟你搞一回两回，他想跟你长线发展，想跟你要么爱到死，要么爱到不爱为止。"

"爱到不爱为止。"她跟着重复一遍，摇头道，"没这个机会，你会人财两空的。"

他痛苦几秒，说："我想好了，你拿走吧，钱就是个数字，就是时间，两万块我苦三个月也就省下来了。能跟你吃顿饭，解你一时之急，苦几个月是我应该的。"

疯了，他一定是疯了，她抽张餐巾纸抹抹眼睛。是因为她疯的，她又笑了，把钱还给他，打开钱包，拽出一张数一张。

"工行的，建行的，农行的，中行的，光大的。只有中信这张是信用卡，哪张都比你这两万多，随时可以取。我只是觉得你好，有些地方真亮，好像有光照着你，想跟你搭伴儿走走。没想到你这么啰唆。"

许佳明不知所措，又叼支烟开始找打火机，埋着头说："一分钟前你还在明信片里，那种在地铁交错扶梯擦肩而过就念念不忘的女孩儿。"

"把烟放下，起来吻我。"

她闭上眼睛。许佳明站起身，隔着一桌子牛排，以乌龟速度向她嘴唇靠近。几秒钟的距离他想走一辈子那么长。刚碰到嘴唇，她睁眼喊："假的，全都是假的！"

许佳明弯腰六十度愣在原地，不知道哪里崩盘了。

"肯定是做戏！"回想一遍，她指着许佳明说，"你说，闹闹那么聪明的狗，微积分相对论它都会算，怎么可能走丢呢？驯狗师哭哭啼啼地演苦情戏，再弄个皆大欢喜，好骗我眼泪。贱人！"

4

她还不能走，得等许佳明把行李拿回来。然后呢，像他EX（前女友）一样去丽江吗？在三亚她已经把丽江的事情给做了啊。这一切都糟透了，海风、热浪、碎玻璃，还有那些讨厌的窗帘吊坠，一下一下的，就像一个好色道长用拂尘对她反复调戏。她气得从床上站起来，把窗帘扯掉。完了，阳光照得她要崩溃，现在是"直射节"呀。

拎着伞她出去走走。经过大堂，她挂房账要了一个椰子，插上两个吸管。椰子就应该加冰，还要加糖，不然像茶一样寡淡。她害怕下海，时常有个恐怖画面——从海里出来，阳光之下还没走到浴区，全身便已沾满白色晶体。她在海滩看那些幸福的人们，观察是不是真的有人变成了盐。不会的，他们都那么高兴，泡在海里不出来，自己被卤了都不知道。温水煮青蛙。

她爬上沙坡往回走，一片热带园林。酒店一区二区之间有个游泳池，人不多，大家都争着抢着去当卤蛋了。确切地说只有五个人，夫妻、孩子及一对老人。躺在遮阳伞下她捧着椰子听他们说话，确定老人是岳父岳母，孩子是后娘养的。没多久老人累了，五个人走成四排回去。泳池就她一个人了。她喜欢游泳，以前在昆仑饭店办了好几年的卡，一周去个两三回，每次一千米。她私教说这相当于陆地跑八公里，而且瘦身更均匀。她从不上跑步机，她好几个朋友都把小腿跑得可口可乐瓶子似的，大腿粗得跟大百事一样。

可这回她没带泳衣，下不去。好吧，一夜情，要不是在酒店，连洗澡刷牙都是问题。把椰子放肚皮上，冰冰凉凉，在躺椅上她睡了一觉。醒来时她用口红把椰子画成嘴角上扬的笑脸，两根吸管拽出来，就像个天线宝宝。有些事情她不知道，刚刚想明白了。她不再生气，至少不气许佳明，但心里总有那么一点生自己的气。你什么时候变成这样的女孩儿了？算了，热带城市萍水相逢，过一天就享受一天，回头把这段记忆删除就好了，《广岛之恋》不也是每回必点的歌曲吗？呀，还有《北京一夜》。再说了，张洪量就一定知道莫文蔚演的是谁吗？

她不打算告诉许佳明她叫什么名字，没这个必要，没名没姓没感情，才算是真正度假。傍晚，许佳明把几大件行李拖进来。他也没道歉，她也没提走，两个人老夫老妻一般早早地上了床，小心谨慎地做爱。之后他们平躺在床上，都有点饿了，却谁也不愿意先说话。他怕说错话，她怕惯坏他。窗外的十九流乐队还在沙滩演出，他俩不约而同地朝窗口翻过去。

还好，他先说话了："《死了都要爱》，我听出来了。"

她靠得近一些，但不至于抱住他，手搭在他后背问他饿不饿，她想再请他吃一顿，以感谢他的留宿之恩。许佳明浑身打哆嗦，他怕她今晚就走。他翻过来看着她说："我想过办法的，我拿你的房卡问酒店，谁跟我一起住。前台看了电脑备注，说客人要求保密，让我来问你。"

她抿着嘴问："然后呢？"

"然后我说退房总可以吧，他们说得是你本人亲自去，或是打电话报你身份证号。"

"然后呢？"

"然后我还是不知道你叫什么。你叫然后小姐？"

"你猜对了。你叫许佳明？"

"哪个明？"

"死不瞑目的瞑。"

"我赌你不会写那个瞑。"

"不是冥间的冥吗？"

"差不多，能看懂。"他手臂撑起头，靠在她肩膀前，"你箱子实在太多了，你把下半辈子行李都带来了吧？"

"是，我连婴儿车、奶瓶都带了，婴儿车给我儿子用，奶瓶给我孙子用。你管我带多少行李呢？"

"你拿我电话退房吧。"

"不着急，我要让他天天在北京查，发现我天天住在那里，等他飞过来扑个空再说。"

"浪费小一万就为个恶作剧？"

"不是恶作剧，是让他心凉，放过我。"

话里有话，但谁能听明白她什么暗示？许佳明伸出手指在她的两个乳晕画圈，说："说真的，我今天刷卡进门的那一刻，还挺怕见着他的。我想他昨晚就从北京过来了，敲不开门，开了隔壁的房间翻阳台进来，发现你确实不在，看一宿电视，天亮了才睡着；等看见我，一下子就明白怎么回事了。"

"要是见着他，躲不过去，你第一句话说什么？"

"我把刀架他脖子上，我说你是要那谁，还是要命？"

"谁？"她笑起来，"你认真回答，说点我信的。"

许佳明把耳朵贴在她的胸上，仿佛在从她的心跳找答案："我会说，大哥，楼下有个馆子不错，咱边喝边聊？"

"起来！"她揪住他的耳朵，用被子盖住胸，"以后再碰我，罚钱！一个胸两万，俩胸三万，让你摸一下。"

"给你送故宫展览得了。"他的手又摸进被子，"我说真的呢，真碰着他，就拽他去喝酒，找机会就溜，连单都不埋。因为你在我这儿呢，尿点儿怎么了？"

他们聊如果下楼吃什么，后来聊到餐厅都打烊了他们都懒得下床，翻来覆去地又做了一次。快天亮时两人相拥而睡，实际上谁也没睡着，都怕惊醒对方而一动不动。后来她想起一件事，轻声喊了一下他："许佳明？"

"唔？"

"要是你以后真遇见他，一定要服软，千万别跟他来硬的，好吗？"

"放心，我只跟你来硬的。"

"说人话！"

"不会的，他只认识你，回头咱整个容，我拉着你走他对面，他都认不出来。我使劲显摆。"许佳明抬起头，借月光审视她的脸，"但是你这么漂亮，我舍不得整啊。"

5

许佳明说，他几年前看过一本小说，从书名到文字都是胡扯，但有一句比喻他一直记得。他清清嗓子背给她，我们就像两个到了冬天还不肯冬眠的小动物，每天窝在旅馆里吃饭、睡觉和做爱，盼着春天别来得那么快，把我们分开。她问他哪儿好，一本书好几十万字，你就记着做爱那点事。许佳明无语，说不明白，强调吃饭睡觉他也记着呢。其实是嘴硬，她也喜欢这句话，把他俩关门里，把世界关门外，什么都不想，天天跟他在一起，直到世界末日。

周末是他前女友的婚礼，在三亚附近的一个渔村。许佳明求她一起参加，并发誓说这辈子也就参加这么一个前女友婚礼。她看着他笑了，想起以前看过的一条微博，一个男人一生只能爱两次，初恋一次，结婚一次。许佳明承认是初恋。

"你会抢婚吗？"她问。

"不会，绝不会。"

"那没意思，如果抢婚我还有兴趣看看热闹。"

到晚上许佳明又求她，说自己这么多年都有个心结，希望在她婚礼那天，带个比她漂亮一百倍的女孩儿去嘚瑟。

"你的样子足够了。"他说。

"真的假的？"想从许佳明嘴里听句实话真难，她问，"如果没遇见我呢，去丽江把摔玻璃女孩儿找回来吗，还是去电影院再勾搭一个？"

"请个伴游，"他说，"一天三五千，跟她保证绝不碰她，装我女朋友就行。"

"什么是伴游？"

"小姐，高级点儿的那种。"

她，居，然，没，生，气。但她知道怎么办了，出行那天特意穿得很情趣，夜总会公主的那种装扮。她威胁许佳明，没衣服换，爱去不去。她想好了，到了婚礼上见着一个说一个，只要有朋友跟他叙旧，她就像僵尸一样蹦到他身边说，我是许佳明的女朋友，正牌女友，不是花三五千雇来的。可不是吗，她这一身爆乳装都不止三五千。

地方够偏的，某个黎族自治县，下了长途车还要雇两个摩托开进村。她以为他前女友不怎么样，那种每天在渔网里挑虾米的海南小黑妞。到了现场才发现，原来人家是从美国回来的，特意到这儿来享受生活。请来的都是富人名流、学者教授，两位新人似乎把世界中心从纽约搬到这儿来了。新郎岁数不小了，一头银发；新娘跟她同龄，也许比她大两岁，不是说许佳明初恋吗？他们还有个三四岁的儿子，手捧鲜花拉着婚纱裙摆，一见着糖果就把这些全扔下，跑了。

"他们为什么才结婚？"她问。

"因为我，过去年年给我打电话，我说没时间，参加不了。他们说可以等，一直等到今年我不忙。"

她胳肢他，让他认真点。

"我也不知道！他俩的事儿，没准儿是非法移民，美国不给登记，或是那男的被伊拉克抓做人质，好多年才放出来，谁知道？"

有两个人端着酒杯过来跟许佳明打招呼，她借故躲到角落里去。她后悔了，不该穿爆乳装出来，她倒无所谓，没人记得她的脸，但老友们会记得许佳明,他们会记得他多年以前参加前女友的婚礼,还特意请个高级妓女作陪。潜意识里她就要成许佳明的一部分了。

她得换套衣服,渔村里没得买。她在附近转转,跟渔夫老婆借了件海蓝色衬衫把乳沟盖住。回到角落里,誓词已经说完了,许佳明东张西望地没找到她,便跟其他朋友聊天叙旧。她慢慢看懂他竟然是个画家,还送了幅画给他们做贺礼;她看懂许佳明对那个叫谭欣的新娘余情未了,新娘一过来,他那种不着调的表情一下子就不见了,气都喘不上来地看着她,那么恭顺,你丫怎么不给她跪下来舔脚啊?她又看懂一些细节,一时间把桌上的半瓶红酒全喝了。

醉酒好多了,她摇摇晃晃地过去搂住许佳明,口吐酒气说要给他讲个笑话。她说有三个屌丝,纯屌丝,屌丝到能在这种场合比谁随的钱多,头一个说我随一千,第二个冷笑一声,说我随两千,这样头一个就罚一杯。说完她把自己杯里的酒一饮而尽。

"第三个呢,"许佳明抱住她,怕她摔下去,"随了五千?"

"第三个就是你,你说,我没随钱,但新娘肚子里的孩子是我随的。"她指着他,满眼泪水。难道是许佳明的错吗,有理由怪他吗?她挣脱一阵儿,出不来,后来干脆搂住他哭着说:"我不管,你也要给我随一个。"

跟示威似的,人家的洞房花烛夜,她叫得比谁都响。

宿醉过后起得很早,有生以来第一次听到了公鸡打鸣。许佳明还夹着她大腿呼呼大睡,他没怎么喝啊,是虚脱了吧。她想找谭欣聊聊,打听一下他们的爱情。日出时分她陪着她沿着海滩走了三里地,却一直没问出口。两个女人都不说话,任凭海浪冲过脚面,细沙留在脚趾间。后来下雨了,谭欣用手挡住头发对她喊:"你知道吗?许佳明有你真好。"

"你知道吗？"原来他前女友口头禅是这句话。许佳明爱说什么呢？"不知道""或是"，他常用的两个词。她呢？她是"然后小姐"。

谭欣什么都没讲，倒是许佳明那天讲了一番话。那时他们从文昌坐长途车回来，前半段他一直望窗外，仿佛在告别。要是车里允许抽烟的话，他能抽上一条烟。进入山路他握住她右手，问她是否还记得之前说过的，失恋以后他一直憋口气，总想带个漂亮姑娘证明给谭欣看。

"你知道吗？不知道。或是……然后呢？"

他看看她，没明白点在哪儿，继续说："我以前天天想着这天，想她结婚的日子我得带什么样的姑娘，好证明没跟她在一起，我反而更幸福。可昨天发现我没这个心气了，或是时间太久了，或是认识了你，我爱了她好几年，一瞬间就不再爱她了。"

他又转回去，好像是在躲她，看窗外的椰树雨林，阳光穿过树叶映在脸上，弄得他眼睛晶莹剔透的。要是车里没人，警察不管，她真想扒下他裤子，骑到他怀里好好做一次爱。她松开他的手，反过来握住他，头靠在他肩膀对着他耳边轻声说："我爱你。"

真讨厌，虽然他绕了那么一大圈，可最后还是她先说出的这三个字。他勾引她，太坏了。

6

她问许佳明，既然参加完婚礼了，打算什么时候走。不知道，他说，你走的那天我再走。她也不知道该哪天回去，也许等下次直射的日子，就像主持人说的，把"直射节"过完了再说。那是哪天呢？她不想告诉他，要让他觉得自己随时可以走，他才会珍惜每一天。但这么住下去绝对不行。房间全称叫超级无敌豪华海景套房，没开玩笑，十个字的名字，一天两千多，真住上一个月够首付的了。她提出以后的房费她来出，要不就退房赔钱，被拉黑名单，大不了去市区找个旅馆，起码还有玻璃。这些他都不同意，他说他想想办法，问题不大。

可是除了钱，有什么办法能想呢？她陪他买报纸，陪他去打印社做名片，陪他用相机把酒店的一区二区都拍下来，连 B1 层的歌厅小姐都不放过。那天回来，许佳明彻底受不了了，走在大堂喊："服务员！把你们经理给我叫出来！"

经理刚进门，被吓了一大跳，一地的碎玻璃，忽大忽小的海风，还有来自西太平洋的热浪。他在房间里走一圈，还真到卫生间看看有没有出人命。出来后，他问怎么回事。

"你问我怎么回事，看不出来吗？"

"被盗了？"经理询问他什么时候走的，什么时候回来的，拿着对讲机，他让下属把监控录像调出来，他说稍等一下，他去去就回。

房间就剩他俩了，她问能好用吗。许佳明点支烟，去阳台看看，回来说："别问我，我也很紧张。"

找出 iPad，她玩会儿塔防游戏。经理回来说，看过录像，没有问题，除了你们俩，谁都没进来过。

"阳台有监视器吗？"许佳明问。

"没有，那是您的私人空间，我们不可能装摄像头。"

"从阳台进来的，左右房间都能跳进来。"

"不可能，一米多远的距离，会摔死的。"经理明白这个人在抬杠，他要反击了，"清洁工说，门口永远都亮着请勿打扰灯，快十天没打扫房间了。"

"您仔细看看，这是没打扫的原因吗？"

"我们不清楚这十天，您在房间里都做了什么，也许，我是说也许，您在我们酒店有非法行为。"

"没让你们进来，是我在防着你们。结果还是给你们闯进来了。"

经理看看他，看看对讲机，准备随时叫保安进来。

"我来这里做采访，写篇三亚旅游业的特稿，这是我名片。"

经理接过名片问："人民日报？"

"你们要找的是这些吧。"许佳明把这两天拍的照片给他，"好说好商量，我可以给你们，这样弄就不对了。"

不知道是否认盗窃，还是B1层小姐穿得太少，经理摇着头把照片看完，问能否拿回去跟领导请示一下。

"拿去吧，我有备份。"

经理刚出门，她就开始装行李，拉着许佳明跟他走："快走吧，我们会被枪毙的！"

"名片上是新华社电话。"

"好，他打电话到《人民日报》，喂，你们有个叫许佳明的记者吗？那边回答没有啊，这里是《人民日报》，我们只刊登讣告，不负责寻人启事。你就等着枪毙吧，到时候酒店给你一枪，新华社还得补你两枪。"

"他不会提我名字的，他得问原野。"他也送她一张名片，上面写着——原野（许佳明），"我翻一晚上报纸，就他像个笔名，而且他没微博。我试过了，《人民日报》的前台什么样呢？经理打电话过去，您好，你们有一位叫原野的记者吗？无可奉告。那他现在是在北京还是三亚？无可奉告。那他座机号是多少，帮我转一下好吗？无可奉告。可是原野搞了我老婆！无可奉告。"许佳明把她半张着的嘴合上，"所以他只能翻报纸，一看还真有这个人，这就信一半了。再打手机，响的是我电话。充其量上微博@原野，我微博 ID 早改好了，随时跟他们转发互动。"许佳明把她快要掉了的下巴合起来，"你正常一点，'9·11'恐怖袭击事件刚发生的时候，我就你现在这表情。"

"许佳明，你太可怕了，你准备什么时候把我卖了？"

经理跟他们约谈一次，反复强调房间被盗绝不是酒店所为，他老板建议他别走法律程序，也不要媒体曝光。他问："你们有什么经济损失吗？"

"新闻线索就是我最大的财富。"

她扑哧乐出来："还有我。"

"新闻的事我们再商量，前段时间照顾不周，还请原野老师见谅。"他掏出房卡说，"这是我们酒店最好的房间，从明天开始我们配备司机，为您的采访负责接送，希望您能报道出酒店最正面的新闻。"

"不好麻烦司机，我们有些事要保密的。您看，要不是出了误会，我不会公开我的真名。"

"那就给您配车吧，您也别光工作累着自己，三亚有很多好玩的地方，像是蜈支洲岛、大小洞天、天涯海角，油钱、门票钱我们来出。"经理还是担心他不上路，补充道，"原野老师，我们希望正面报道，因为这个社会太需要正面的力量了。"

换房入住要重新登记，她低声跟许佳明说："说丽江女孩儿的，别说我。"

"她名字没你好听。"

"你知道我叫什么呀？说她的。"

经理对他们笑笑,他大概知道他俩什么关系了。还行,这记者应该好配合。

"茹丫。"许佳明对经理说,"之前登记过,茹毛饮血的茹。"

"臭脚丫子的臭,不是,丫。"她早就笑得前仰后合了,"一定要记住我的脸,经理,他都卖好几个姑娘了。"

7

这回真是最好的时光,吃喝玩乐,有钱都花不出去。偶尔他会上网查查资料,真把自己假想成记者了。六月中旬酒店老板宴请许佳明,说了很多客套话,酒却连一杯都没喝掉。他问许佳明对海南的感受如何。他起身先敬一杯,说一会儿要是有不当的观点还请见谅。放下酒杯,许佳明说这些天跑了不少地方,发现海南失去了很多原汁原味的东西,就拿改名为例,全世界没有哪个城市,哪怕是改朝换代,能像如今的三亚疯狂改名,比如田独,很有味道的名字,非要改成吉阳这种一听就是城乡接合部的地方;羊栏改成凤凰,但是中国已经有凤凰了啊;藤桥,现在叫海棠湾,您想想藤桥这个名字有多美,一座拱桥藤蔓连接。改名其实要三思的,底蕴文化一下子没了,还劳民伤财,户口身份证要换,连道路街名都要重做,现在公交车站牌跟我原野许佳明似的,在括号标注原名。听说琼海要改博鳌,说琼字不吉利,那海南简称不也是琼吗?照这么说,三亚也该改名字,亚亚亚,多土啊,改个时尚大气的,超级无敌豪华海景市。

老板自己是本地人,大陆海岛两地跑,一时间被他说得感同身受,赞叹《人民日报》的记者就是不一样。更为惊讶的是她，衔着牙签看他发表这一通演说，有一阵儿她都怀疑许佳明真是记者，演什么像什么，他才是中戏学表演的吧。她越来越喜欢许佳明了。

两年前刚毕业那会儿，她拍过一组广告，一个杂牌子饮料，不知道用什么勾兑的，里面漂浮着老板都说不上来的东西，憋了半天就说是维生素C。她最讨厌拿维生素C说事儿的饮料了，好喝、解渴、健康，就这么简单，喝杯泡腾片，一百万倍的维生素C都有了。照老板的创意，她穿身粉色运动装，把毛巾挂在脖子上做段瑜伽，起身打开瓶盖喝一口，然后闭眼装作很享受，再对着镜头挤眉弄眼地说出品牌Slogan："每天爱你一点。"

后来电视台没播，他们处理成平面广告，把她喝饮料的照片贴在七八线城市的销售点，或者是悬挂在高速公路上，夹杂在猪饲料、化肥、除虫剂的广告之间。那句广告词也只是写在她胸前，但她还是喜欢，念念不忘，尤其是遇见了许佳明，她那么想跟他说："每天爱你一点。"

她爱他的一切，爱他走路的样子，拉手时总要故意穿过障碍物，手分开后再牵住她；爱他的说话方式，说什么话总先停顿三秒找句好玩的话接住她；爱他一定要把想到的浪漫点子认认真真去完成；甚至无意见到他抠鼻子她都喜欢。嗯，每天爱你一点。

他们哪儿也舍不得去，每天腻在房间睡觉、做爱与叫餐。开始她还坚持，她说我们不能老这样，恋人都是亲吻、诉说与拥抱，哪有你想得那么淫荡？后来他们综合了一下，每天醒来就做这六件事——打电话叫餐，快速洗漱等酒店端进来；然后是诉说，也就是边吃边聊，或是来杯咖啡，她喜欢焦糖玛奇朵；情不自禁时她会主动亲他，最后还不忘把他嘴唇上的焦糖玛奇朵舔掉；大多数亲吻过后会做爱，今天衣服还没穿，又滚回到床上；最后他们互相抱着，讲些腻得齁嗓子的甜言蜜语；直到陆续入睡,直到次日醒来。他们早就不过每天二十四小时的日子了。

她一直以为自己寡淡,所谓男女之事说不上好,说不上坏,那只是女朋友应该尽的义务。但是真神奇,都二十好几的人了,许佳明把她最隐秘的欲望一下子就给打开了。三亚天气多变,动不动便是一阵微型台风,接着就是狂风暴雨。如今再看到下雨,她会比许佳明还兴奋地冲出去,俯在阳台假装看雨景,嘴上喊着,看,海鸥!看,壁虎!看,我!心里却想,许佳明,你他妈什么时候从那张操蛋床上滚下来,从后面掀开裙子抱住我?我现在腰都等酸了!上个礼拜三的凌晨,他俩还在沙滩上被酒店巡逻员拿着手电筒劝回来了呢。那男的怎么比咱俩还难为情啊?

很快问题来了,亲吻过后她问许佳明:"你那个茹丫是哪个茹来着?"

"茹毛饮血的茹,怎么了?"他看着她,貌似明白了。

"我们得暂停了,我开始用卫生巾了。"

她故意的,使劲抱着他,使劲亲他,激发出他身体的战斗潜力,然后说洗洗睡吧。好不容易许佳明挣脱开,说要给她讲个童话,安徒生《海的女儿》。他说很久很久以前,美丽小国的美丽海边,年轻人与美人鱼相爱结婚,周围各种人想尽办法拆散他俩,他们说,你作为一个只用下半身思考的男人,怎么可以找一个没有下半身的女人?怎!么!可!以!年轻人表示自己对她是真爱,因为这一份圣洁的爱,他可以舍弃很多别的快感。

"爱一个人,你不能又要开花,又要结果。"

"我喜欢这句话。"她说,"讲完了?你这算什么故事?"

"结尾是几十年后他要死了,留给世人一张字条,流传到现在。"许佳明翻身望着她,两个人都清楚,这是深情表白的好机会,"字条上的话是,其实用嘴更爽。"

"我头一回听到有人能把安徒生讲这么恶心的。"

这个星期他们只好出来到处跑,他们去南山寺烧了香,去万泉河玩了漂流;之后在蜈支洲潜水时,她趁教练不在,硬生生把他弄勃起了。最后一天他话不多,他说今天要祭奠一对苦命鸳鸯,几年前他们本来打算私奔,来天涯海角过下半辈子,机票都买好了,却死在了头天晚上。他没他们的随身物件,只好把名字写纸上,下到浅海,压在石头下。她问许佳明:"他们是什么人,怎么死的?"

"被人用斧头砍死的。"他说。

"死的人是谁?"

"我继母,和我继母的情人。"

她倒抽一口气,后面的话她不敢问了,低着头跟他离开海滩。一路上阳光万丈,他们把车顶敞篷打开,海风从东边吹过来,撞到西侧的山脉又卷回到汽车里。

"不是我爸干的。"许佳明减速说。

"嗯?"

"凶手,我猜你一直在顾虑这个事,不是我爸,我爸就知道睡觉,没空理他们。"

她笑了,也不知道真假,拢拢头发说:"那是谁?抓着了吗?"

"就是我说的那个哑巴亲戚,都判了,但我怀疑不是他。"

"你妈妈还在吗?"

"在,就是话多,跟棵树都能唠俩月,估计我爸就是受不了她,才天天睡觉的。"

"我想见你妈妈。"

他几乎要停下来了，侧身看着她说："我想见你爸爸。"

"我妈妈想见你妈妈。"

我爸爸想见你爸爸。我爸爸想见你妈妈。我妈妈想见你爸爸。就像两个较劲的孩子，他们说个不停，后来把自己都说蒙了。换个话题聊，如果水果和青菜配对，谁和谁会在一起。比如香蕉也许会喜欢黄瓜，你懂的，好基友；南瓜减肥失败后，只能和圆圆滚滚的西瓜在一起了；西红柿既是水果又是青菜，还是靠自己吧。

"许佳明？"她打断他，"你见不到我爸爸的，他还在坐牢。"

"你爸爸因为什么坐牢的？"

"犯罪。"

"我当然知道，我是问什么罪？"

"我说犯罪，是因为我不想讲。"

他停车靠边，点上一支烟，摸着她的脸说："我真的想见你爸爸，我会跟他自我介绍，我说我叫许佳明，是要娶你女儿的男人，我一辈子都对她好，我会赚钱养她，天天讲笑话哄她开心，每周争取都会想件不同寻常的事情，跟她去完成。我要和你女儿过个传奇的一生。"

她咬着指甲，把烟从许佳明嘴上拿下来吸两口，跟个陌生人一般审视他。天哪，她真的会嫁给这个不着调、没一句真话、抽烟还湿烟屁股的男人吗？

8

不，绝对不可以。她害怕了，许佳明越来越频繁地用到"以后"这个词，比如聊到节食减肥的时候，他说我们以后一三五吃肉，二四六吃素，礼拜天吃对方；在星期五，两人将一份全家桶干掉后，他拍着肚皮说，以后我们要多捧肯德基的场，尽量不去麦当劳；最夸张的是六月二十二日礼拜天，太阳落到北回归线的日子，他俩把水果沙拉倒在对方身体上，不用筷子不用手，像两只小狗把对方吃掉。被吃的人总会很无聊，许佳明拿出手机刷微博，对一张图片说，以后咱家也弄个投影仪。

"谁？"她问。

"我们把电影院买回家，"他把图片放大给她看，"妈妈再也不用担心我的电影啦。"

"我和你，在家里买个投影仪？"她停下来，嘴角还挂着芒果汁，"许佳明，一个月了，我有没有跟你打听过你从哪儿来的，过几天你回哪儿？"

"你知道我回北京。"

"我不知道，我也不问，我不想聊这个，永远别跟我说以后，好吗？全国一百多万个城市，你爱去哪儿就去哪儿，别跟我说你回北京。"

"六百六十一个。"

"什么？"

"中国的城市数。"

她愣了一下，不想又被他岔过去，直截了当地告诉他："去那六百六十个城市，随便挑一个，就算回北京，咱们也不认识。"

他起身找浴巾擦身上的白色沙拉。全身的糖汁，怎么擦都是黏糊糊的，后来干脆把浴巾摔地上，说："非得挑这时候？我赤身裸体，浑身沾着屎一样的东西，你跟我讲分开？你真牛逼！"

他去洗澡，把火全发泄在酒店的热水和香皂上，留她在客厅车轱辘一般反复纠结。后来她一咬牙，打开电脑订机票，QQ和邮件提醒不停闪动，她急忙合上电脑，重新纠结自己是对还是错。不能跟他在一起，不然会害了他。那可是北京，两千万双眼睛在盯着他俩，怎么可能容忍两个这样没心没肺的人生活在那里。那么多的麻烦处理不掉，不能把错事再做一遍。

天快黑了，许佳明才从浴室里出来，站在夕阳下端详她。她问他还生气吗？他岔开话题，他说那生什么气，下次吃东西利索点，黏糊糊的，洗起来可费劲了。

"我订机票了，明天走。"

他木桩子似的站着不言语，一时还以为他死了。她试着安慰他，她说我们总有分开的日子，我们有不一样的圈子，不一样的朋友，本来就不该有交集，在一起一个月已经很满足了。后来她提到了小动物的比喻："春天来了，我不能假装还冬眠，假装还爱你。"

"滚！"他抿着嘴看天花板，好让眼泪别掉下来，"你到最后，名字也没告诉我，你算好了这一天，你知道我会死皮赖脸地缠着你。"

"其实你比我合适，比我忘得快。一段时间'许佳明'这三个字都是我的紧箍咒。"

"该！"

说完这句他就在房间里转磨磨，也不知道要干什么，好像要找点什么东西摔，刚才在浴室不是已经摔过肥皂了吗？有一阵她感觉之前的房间不是茹丫砸的，许佳明完全干得出来，他有可能在撒谎。她喊住他，说一起那么久，还没喝过酒呢。他停住看她，仿佛醒来似的笑着说他戒酒了，他上次喝醉的时候躺在马路上摘隐形眼镜，明明早丢了，他还是抠呀抠，把眼珠子都抠出来了。

"我左眼是假的,不信你看看?"

是假的,他说的是假话,仅仅是因为好玩,想逗她笑,尽量挽留她。她后退一步,跟他讲明白:"许佳明,真的分了,你可以使劲骂我了。"

"我骂你妈逼!"

她笑笑:"骂得好,继续!"

许佳明左右看看,躲闪她,眨着眼睛让泪珠均匀点,不至于掉下来。他低声说:"我是清华毕业的。"

"这跟我们分开有什么关系?"

"我的意思是我之前不着调,以为一人吃饱全家不饿,我可以去找份好工作,赚大钱来养你,给你买LV、爱马仕、兰博基尼。我会变好的,我也可以天天去健身房,和那些肌肉Gay男们混在一起。你再给我一次机会,我能成为比现在好一百倍的许佳明。你现在就告诉我,许佳明,你有戏。行吗?"

"别说了。"

他坐下来,靠在墙角抓抓头发,点着头说:"不好意思,我刚才傻逼了,都不是我了,你忘了吧。"

他打开外面的灯,去阳台上看书。这让她反而更不安,她真的不知道该怎么办。一定要分,可又那么舍不得。半小时后她过去抢他的书,让他说说话,随便说点什么,她还没走呢,还得赖着他一夜呢。

他把书拿回来,说:"我现在很虚弱,想说的,都挺傻逼的。别让我说了。"

"你别那么想,我不是甩你。"

"谢谢,就五十页了,你让我看完吧。"

她回房间躺床上看他背影,一只壁虎在墙壁上趴活儿似的一会儿抓一只蚊子,吃多少才叫饱啊?趴活儿?许佳明已经把她的思维逻辑改变了。要是许佳明会怎么说呢?一定特好玩,可能会拿壁虎尾巴说事儿,比如刚吃饱,尾巴被人叼走,又饿了。唉,不好玩。

将近夜里,许佳明回来了,无视她一直在望着自己。洗漱上床从后面抱住她。她说讲剧情吧,讲我们认识那天电影院在放什么,什么也不说,我太难受了。他抱得更紧些,想了想说是一部法国片,海滨城市,好像是马赛吧,一个男孩儿先到一步,等他女友来这儿跟他会合。女朋友左等右等不出现,那年头没电话,没法发个微信问候一下,么西么西,阿尼阿斯哦什么的。他每天无所事事,醒来就去海边游泳冲浪,踢沙滩足球。后来认识了当地一女孩儿,感觉好,聊得来,直到女友姗姗来迟,他才明白这一切都是老天安排的,老天安排他来到这个小镇,老天安排他在这里等女友,老天安排他女友出点儿事过不来,原来就是为了让他遇见,并且爱上当地的这个女孩儿。

她听得直咬指甲。

许佳明说:"你在咬我的指甲。"

"我明天回北京,指甲咬秃了不好看。这是你现编的,对吗?那天放的是国产片。"

"真的有,刚来三亚那几天,我一个人在酒店天天看这个片子,有时候看着看着就放声大哭。你想象得出来吗?我哭得其实比你多,尤其是一个人的时候。其实电影不煽情,也不悲伤,但我就是哭了。"

"为什么呢?"

"不知道,可能是他们的人生太美好了吧。我记得有一次看电视,忘了是神几上天,举国欢庆,有个小朋友对着镜头说,我长大也要当宇航员。我当时想,我小时候也是这样啊,以为自己长大会无限光明,有个特别幸福的一生。这个孩子要再过二十年才明白,这个世界其实特别冷。想到这些,我哇的一声就哭了。你能体会吗?"

"能体会,我有时候夜里就特别想哭,故意找个悲伤电影边看边哭。"她抓起他的手捂在胸前,"然后呢?"

"然后我想,老天安排我来参加谭欣的婚礼,老天安排茹丫跟我分手,老天安排我困在三亚,也许就是让我遇见一个我生命里的那个人。然后我遇见你了。"

他还在争取,把那些最甜美的话像钉子一样敲到她的脑海里,希望她再回头看看,改变主意。她用他的手抹抹眼睛说:"然后他俩一定没能在一起,度假和生活是两码事,马赛是马赛,巴黎是巴黎。"

"三亚是三亚,北京是北京,对吗?"

她点点头,感觉出他在揉她乳房。她扭着腰,臀部蹭着他。两个人摸黑做了最后一次,头一回她骑在他身上,两人同时高潮。之后他睡着了,不然就是装睡不理她。她在他身上使劲看着他,想把爱他的每一部分都牢牢记住。每天爱你一点,居然攒这么多了。

趁他睡着,她收拾行李,想拿走点什么做念想。名片太假了,原野跟她一毛钱关系都没有;作为画家,他连支画笔都没带;要是电影票根留着就好了,哪怕就是沾满奶油的爆米花盒子也行啊。她决定把阳台那本书带走,她读书慢,这样可以用一个月的时间,做一遍许佳明曾经做过的事情。封面还盖着章,首都图书馆,管他呢,三倍五倍让他赔去吧。看到书名她笑了,早该离开的,一夜情之后天亮以前就该自动消失,一直磨蹭到现在,真是一场《漫长的告别》。

9

阳光照到许佳明。

他有个画国画的朋友叫李小天,他们其实不熟,从没热乎起来,可总有些说不清道不明的东西,让他们时不时见一面。回到北京的第五天,李小天乘坐高铁从上海来看他。下午时分,两个人坐在星巴克。许佳明把三亚的故事一段一段地讲给他。他说到最后又傻逼了一回。那天早上他还不死心,故作冷漠地说你一个人走吧,我出去散散心。为了真一点,他没收拾行李,打车就奔三亚的凤凰机场,买张最早的票。没名字没电话,他可以在首都机场的行李处等到她。等到夜里十二点都不敢去吃饭喝水,傻逼一样地看眼落地信息,看眼人,看眼落地信息,看眼人。后来他就想,要不要回去拿行李。他算账消磨时间,往返的机票钱三千多,住还得花钱,行李加起来值多少钱。

"我空手回来的。"许佳明说,"我这身衣服穿一礼拜了。"

李小天掏出烟,在嘴里叼了半天,看到外面的位子空出来了,提议出去抽烟。他让服务生收拾一下,把遮阳伞摆正,实际上是稍偏一点,太阳已经从西边冒出来了。妥当之后,他点上烟,美美地吸了两口说:"没准儿她骗你的,她根本就不回北京,她才生活在那六百六十个城市里。"

"不知道,或是又去看场电影,偷人家的可乐喝,然后陪睡一个月补偿。"

"册那!"

李小天哪儿人不清楚,但不是北方人,绝不会像许佳明这样张嘴牛逼闭嘴傻逼,标准普通话国骂。可能是在上海待久了,他听过他最狠的句子也只是"吾册那娘",但如果你不是上海人,讲什么方言呢?阿西!八嘎!

其实更傻逼的事情许佳明没说。去三亚之前,他们想一人拿十五万开个画廊,代理自己的画,再不用给那些书画经纪人装孙子。可是这笔钱没了,随李小天怎么问吧,反正就是在三亚花光了。李小天怪他一开始就不该住那么好的酒店。

"我去参加前女友的婚礼,不吃馒头也得争口气。"

"好像你能把新娘带回来似的。房费不是免掉了吗,钱花哪儿去了?"李小天知道他不会说出来,只是自问自答,"你真花了?不是改主意不想跟我合伙了?"

"真花了。"

"你给她买东西了?"

"对啊,我该给她买点东西的。你别问了。"

李小天盯着他,明白了:"没有《人民日报》这码事,对不对?你去前台赔钱付账,求经理跟你演场戏。"

"人家酒店家大业大的,不至于被我唬住,不可能骗他们。"

"你真可以,"李小天叹道,"我要是舍得掏十五万,我早就摆阔了。你图什么呀?"

"我怕她走,要是免费的,她还能多住几天。"

"一直住到你透支?"

"这不是很好吗?电影里才有的情节,她能一直记着我。"

"许佳明,你告诉我,哪部电影有这情节?花钱不留好的,我回去就看。"

"不知道,《佐罗》?"

"雷锋吧,还佐罗!"李小天笑起来,"佐罗就一匹瘦马,一根比牙签还细的剑,都是从窗户进,从窗户出。他搞一百个姑娘,也没开过酒店。"

许佳明可不是这么想的,花钱的事儿他不后悔,就像以前跟她说的,钱就是个数字,只代表时间,或者花时间把这笔钱省下来,或者花时间把这笔钱赚回来。能跟她在一起一个月,花掉余生他都愿意。只是这十五万怎么办,没进账喝西北风都省不出一毛钱。许佳明保证,不能让你白跑一趟,我有办法,要不你把房子卖了,借我十五万,咱俩还是合伙,赚着钱还你。李小天一副难以置信的样子,说我是不是再找人演场戏,把这十五万默默地放你包里啊。一个玩笑抛砖引玉,许佳明就不着调了,掏出两块钱说,你一会儿帮我买张彩票,晚上跟我说中了五百万,我一高兴,就打赏你四百八十五万,给我留十五万就行。

"真中五百万,我最多请你喝杯咖啡。"

李小天问他加点什么。焦糖玛奇朵,那是她爱喝的咖啡,她他妈叫什么名字!他四处看看,尽量不去想她。可张望的时候,他才意识到他竟然还在找她,希望她正坐在某个遮阳伞下拿着iPad玩塔防游戏。一个月而已,习惯都改变了。以前在街上、商场里、地铁中,他都是给一路遇见的漂亮女孩儿打分排名,而这五天他的每次东张西望,只是为了看清楚,那个漂亮女孩儿是不是她。

夕阳西下,太阳就要落到零度角以外。真是,三亚是三亚,北京是北京。太阳都不一样,回到这里你要考虑最基本的生存问题。李小天端着咖啡回来,坐他对面等他一个答复。他说我们不一样,画画其实很惨的，我们又要产出又要销售，就是希望合眼之前能够出人头地，用不着再对谁卑躬屈膝。许佳明表示，你放心，十几万而已，卖血卖肾也能搞到手。

"你还有钱生活吗？"

"还有几万。"

"十五万我拿不了，借你点房租钱没问题。"

许佳明说不用，用的时候再张嘴。他说我们现在就做一个策划，挨家扫街也要拉到投资，北京扫不出货，就去上海扫，到时候不要说这十来万，你也不要出钱了，凑个整，五十万的投资。第二杯咖啡他们开始说正事，许佳明掏出纸、笔打草稿，一条条讲出来请他修正。

策划写完后，李小天多嘴问了一句："你确定你对她是爱，不是迷恋？"

"迷恋是什么意思？"

"你迷恋她的身体，迷恋她的长相，文艺点说，她是尤物，你放不下她一切的一切，尤其是性。"

"我迷恋她，但二者有区别吗？爱又是什么？"

"有区别，爱是非她不可，尤物就有很多了，只是她是唯一搭理你的那个尤物。"

"你还是把我说得很 Loser。"

"不是吗？"

"是，我是 Loser，她是尤物。"

许佳明皱眉，自我怀疑，这不是她常有的表情吗？她是尤物，全世界只此一枚，还是散落在各处，等待出人头地的许佳明把她们带回家？虽然会唾弃自己，可是这样想好多了，他有了向上的力量。两个月他跑遍北京所有的写字楼，唯独不去询问与绘画艺术沾边的公司。到了九月份，终于有老板在看过两人的画作后同意投资，只是他更喜欢许佳明的作品，希望踢掉李小天。

这是夸奖，荣誉之光。他跟李小天通了几次电话，都没敢提这件事。后来在一次噩梦惊喜后，他赶紧给老板秘书写封邮件。信件很长，很客气，大致意思是两个人捆绑一起，不可以缺谁。讨论几天，他们同意了，秘书打电话告诉他，下周二能否有时间和张总一起吃个饭，敲定细节把合同定下来。当然有，下周二正合适，越早越合适。许佳明推算着日期，九月二十二日，太阳重新回到赤道，自此以后一路向南，一个轮回过去了。

他没告诉李小天。他知道真到签合同那一天，李小天会踩着风火轮从上海飞过来。地点约在北京饭店，他特意去趟王府饭店地下买套打折西装。进门以后张总叫服务员可以下单了，他让秘书先去忙，把车留下来。北京人，他说他叫张至东，做煤炭生意，北京、山西两地跑。煤老板，许佳明想，看样子四十多岁。他差点儿问出哪个张哪个至哪个东。真是的，人人都会自我介绍，唯独你。

菜还没上来，他们就已经聊得很好了。张总表示投资画廊不为赚钱，他喜欢艺术，纯粹为了玩。一分钱都不用回收，他说，只要这五十万够用，别让我年年再往里砸就知足了。他谈了很多对艺术、对绘画的理解，在许佳明听来，陈词滥调。太多这样的人，不懂装懂，其实观点都对，仔细一想又都是废话，仿佛人生感悟一般讲出来。比如艺术来源于生活，但我觉得要高于生活；比如一幅画价值不仅仅是画法，也要有深刻的思想，当思想和能力有机结合在一起时，一部好作品也就出来了。

许佳明把这类人总结为次文盲，他们识字，会算数，有点赚钱的本事,除此以外不比文盲好到哪儿去,还多了两个恶习——自以为是和好为人师。跟这种金主又不能抬杠开玩笑,他会把你所有的幽默感当成人身攻击。许佳明盯着空桌子内心呼喊,快点上菜吧,北京饭店的伙食总能堵住他的嘴了。这时他说:"五十万够吗?"

"够,够的。"

"我听说,有的一幅画就能拍卖几百万,五十万是街边开服装店。"他心算一下,"一百吧,再加二十万公关费,我跟你讲,人脉关系都是请客吃饭买来的。许佳明,一场富贵摆你面前,你加把劲,准没错。"

一场富贵,虽然是次文盲,但终究是个赏识他的有钱人。他忍不了了,跑到卫生间给李小天打电话,上来就说一百二十万,少奋斗五年。李小天一头雾水,让他讲清楚。

"我在厕所呢,北京饭店的厕所。等我好消息吧。"

手机关机,他痛痛快快地撒了一泡尿。要是她在就好了,他要插在她身体的最深处,大喊一句,我许佳明也能有今天!或是,某一个尤物?算了,回头再上道德法庭。

回到包厢,张总也在打电话,甜蜜蜜的,说喜欢就拿下,刷卡而已,咱买东西还犹豫过吗,我现在谈合同呢,实在是走不开,要不你来北京饭店吧,谭家菜,没事儿,一个小兄弟,不是外人,你们年轻人认识一下也无妨。一定是尤物,许佳明想,她们散落在全宇宙,等着有钱了的许佳明呢。

"我女朋友。"挂掉电话他把餐位摆正。他们都一样,吃饭要有仪式感。"一起吃饭你不介意吧?"

许佳明摇头,说:"不介意。我一会儿喊她嫂子?"

"还没结婚呢,喊她名字就行。你结婚了没?"

"我穷光蛋,谁嫁给我啊?"

"有钱就好了,跟挑衣服似的,满大街的姑娘等你挑。"

"是吗?好。"

"我老婆叫林宝儿。"

"听名字就是个漂亮姑娘。"

张总不说话,盯着他看。许佳明有点不自在,心想这是在观察我,考验我。可是考验我什么呢,要不然我也讲点陈词滥调的人生梦想?张总叹口气,打开烟扔过来一支。许佳明起身给他点上。点着之后张总问:"你睡过林宝儿几次?"

"谁,不是嫂子吗?"

许佳明刚坐下来,张总站了起来,拍着桌子吼:"你他妈在三亚睡了她一个月,跟我在这儿装糊涂?你个大傻逼!"

头皮一阵发麻,许佳明几乎要断气了。他张了几次嘴,却只问出一句话:"她叫林宝儿?"

10

许佳明想起来,她曾特意让他做个保证。那时候他在海风吹拂下都要睡着了,她忽然来这么一句,仿佛深思熟虑以防患于未然地问他,许佳明,你要答应我,以后真遇见他,千万别来硬的。昏沉之中他怎么接话来着,他全忘记了。他只记得之后睡意全无,责怪自己不该比她先睡着,转回身抱住她,月光映在海面上,映在窗帘上,映在她逐渐熟睡的脸上。好像就是那天,他开玩笑说,真遇见了会拉着他喝顿酒,单都不埋就趁机溜走，因为她人在他许佳明那儿呢。可那是遗落在南中国海的梦，她是对面那个男人的，张至东的私有品，刚才不是还打电话说，刷卡而已，咱买东西犹豫过吗？哦，林宝儿。

许佳明左右看看，要是他掏出一把刀、一把枪或是冲进一屋子人，该怎么应对。谭家菜是中餐厅，桌上没有刀叉。他拽根牙签，想想自己都笑了，有个屁用啊，真当自己是佐罗吗？他把牙签衔嘴里咬起来，他还不能走，他想见见林宝儿。

他决定先打破沉默："根本就没有投资，对吗？"

"你说呢？"

"你什么时候找到我的？"

"七月份就查着了。"

"现在是九月，你才找我？"

"我想消消气再找你。"

所以没危险，换个角度想，谁会约到北京饭店，到天安门隔壁来杀人呢？

"我跟了你两个多月。"

许佳明一身冷汗，把牙签换一头咬，说："就当是我一天过五次马路，你有三百次机会，闯个红灯就能把我撞死。"

"我想过，司机我都找好了，我就是想看看，你有没有去找她。"

"林宝儿？"许佳明自言自语，把牙签吐出来，换支烟点上。两个男人面对面坐着。菜还没有上，他早计划好的，也许他订的五点半，等林宝儿来了再上菜；也许他都不打算先告诉他，等林宝儿撞进来，大家自己想明白，刚刚是没忍住而已。他到底要干什么？

数秒一般难熬，烟没抽两口，过滤嘴已被他咬碎了。掐掉烟，他

49

学着林宝儿咬指甲。六点半,他听见门外有人穿着高跟鞋踩在地毯上,他该冲出去,他该拉着她的手跑出北京饭店,逃离长安街,飞往那六百六十个城市隐姓埋名。只是她进来了。

"真行,哪儿堵车你往哪儿约,你怎么不……"

她停住不说,像许佳明刚才一样惊慌不安。张至东要她坐,问还用不用他介绍一下。一张圆桌,她找个中间位置坐下来,把刚买的衣服放一侧,犹豫先跟谁讲第一句话,点烟后问:"谁找的谁?"

"我,我请他吃饭。"

"你怎么找到他的?张至东,你是不是答应过我,这辈子永远不问,我在三亚都经历了什么?"

"我答应了,我没问。"

"傻逼!"她侧身问许佳明,"他叫你来,你就来了?"

他看着她,秋天到了,能把衣服穿得更漂亮,不像在三亚就那几套裙子、浴袍或是赤身裸体。变成了林宝儿的她是个尤物,他爱她。她只是个尤物,可许佳明真的爱她。一时间他有些激动,眼泪打转,他吸口气说:"我也是傻逼。"

"我叫你来,你不是也来了?"张至东很得意。

"你怎么找得他?"

"我张至东什么找不着?"

"我问你怎么找着的!"

许佳明也想知道,抬头看着他。

"《漫长的告别》,"他说,"你从来不看书,打从三亚回来没事就看,这还难找吗?"

"别当我傻逼,那就是一本书。"

"图书馆的书,"许佳明说,"他拿着书去首图服务台,随便编个理由,就能查出来我叫许佳明,查到我电话。"

"然后呢?"她问,"他给你打个电话,说你快出来,让我杀了你?"

"我最近找投资,投太多简历了。"

"所以我约他出来,看看有什么能帮他的。"

她把烟掐掉,盯会儿正前方的墙壁,仿佛又看见了趴活儿的壁虎,远处是那六个顽强的椰子。仿佛一场大梦,她说:"就你俩聪明,我是傻逼。你俩慢慢吃吧。"

"等着我,"张至东拉住她指尖,恩爱夫妻一般地说,"老婆,我一会儿就回去。"

"等你妈逼!"

许佳明看着她摔门出去。刚过去的五分钟,他看见了林宝儿,又失去了林宝儿。

"你别走。"他指着许佳明说。

"你不是只想请我吃饭吧?"

"我就是要请你吃饭。"

服务员陆续把菜端上来,每上一份他们都报一次菜名和定价,三百八,五百八,八百八,我操你妈,服务员没这么干的,这也是他安排好的。

"我明白了,"许佳明说,"你在羞辱我。你想证明一顿饭吃我小半年,可你当食堂吃。我替你说了吧,许佳明你这个傻逼,要不是托我张至东的福,你这辈子都别想碰着北京饭店的筷子,你没这个命。"

"我就是想告诉你,这女人你养不起,你看看我,再照照镜子,五十万你都搞不到,你配不上她。"

"谢谢，谢谢。"

绝不动筷子，但也绝不走，就是把菜等馊了，也不能起身投降。他找烟，只剩空烟盒了，拿在手里一折两折。他不抽他的烟。

林宝儿回来了，这回无声无息，跟上趟卫生间似的推门就坐下。

张至东盯着她："你还真回来了？"

"我干吗饿着走啊？"

"你他妈是怕我杀了他，不敢走，你个河南逼！"

"滚，北京太监。"

只有她一个人动筷子，每样尝一口后，可着黄焖鱼翅吃。不知道真假，张至东的话，林宝儿是不是为他回来的，反正看一眼少一眼。摆阔是吗，干吗给脸不要脸？他把烟盒放下，笑道："张总，咱喝点儿酒吧。"

"许佳明，"林宝儿和他说话了，"你喝不了酒。"

"我是戒酒，我能喝。"

"那也不能今天喝！"她转头对张至东说，"张至东，你别要酒。"

"好好吃，不用你关心。"张至东说完让服务员开瓶五粮液绝世风华。

"张总，喝茅台吧。"他说完直接问服务员，"你们这儿最贵的茅台多少钱？"服务员表示十几万二十万的都有，但要先付账。"来两瓶，您不介意吧，张总？"

他看着许佳明，咬着牙说："你喝，我开车。"

"机会难得，我自己喝两瓶。"

林宝儿吼起来："你不能喝两瓶！你别让他喝。"

"行吗，张总？"

"行，我开三瓶，喝不完我弄死你。"

"你敢!"林宝儿叫道,"许佳明,你会喝死的。"

"五十年纯原浆,三瓶。"张至东将卡递给服务员。

许佳明后来想起的事情不多了。他记得头一瓶喝得很快,农夫山泉似的一饮而尽,第二瓶他满桌子找花生下酒,喝到第三瓶他视线模糊,偶尔能听到咚咚地撂杯子的声音。不是一个人喝,林宝儿想替他分担点儿。张至东警告她在一边儿看着,别碰杯子。他听见他们两个在对骂,他希望他们能骂得再狠点,盼着张至东动手打她一巴掌,他等着和他拼命。许佳明从没见过这么拧巴的情侣。操,情侣,他闭着眼睛又干掉一杯。

他再醒来的时候是在车里,他们还在前排吵。张至东让她打车回家,他来管后排那傻逼。林宝儿不干,说送到医院,她保证今晚把屁股擦干净,以后这事就彻底过去了,她肯定翻篇。

"你就告诉我,他怎么搞的你?"

"跟你爸一个姿势。"

"骚逼。"

"京巴。"

他左右看看,看不出是什么车,肯定不便宜。他还得再做点什么,他双臂撑着坐起来,把手指伸进嗓子里,弯腰吐了出来。

"下车吐去!"

张至东停车,把他从后车门拽下来,狠踹几脚。许佳明挥舞半天没能碰着他一下。林宝儿疯了一般连哭带喊把他拉回车上去。三只疯狗。

人生最不堪的时刻,许佳明躺在路边,闭上眼睛,额头一阵冰凉,估计是出血了。居然一点儿都不疼,真该死在这儿。怎能还有脸活下去?脸上一丝暖意,林宝儿在摸他。

"你干吗喝这么多酒？"

"你管不着。"

"一会儿我打车送你去医院,等你出院了,换个房子,最好离开北京。以后别找我,也别打听我。"

"你真的管不着我。"他睁眼看看她,"你叫林宝儿,好像我才认识你的那种感觉。"

她皱眉咬指甲,不想谈这些,继续说:"记着,一定要换房子,把号码也换了。你不了解他,你会死的。"

"林宝儿这名字真好。我现在就想死,抱着我。"

他又闭上眼睛。张至东摁喇叭让她上车,等天亮扫马路的就给这傻逼扫走了。林宝儿让他要么回去,要么闭嘴。他摇上车窗听音乐。她翻翻许佳明的眼睑,说:"许佳明,能听见我说话吗?你隐形眼镜已经摘了,可别再抠眼珠子了。"

"逗你玩的,我根本不近视。"他清醒些,望着她说,"我就喜欢看你笑。"

林宝儿笑了,满脸泪水乱淌,亲下他的额头说:"我爱你。"

"大点声。"

"我爱你,许佳明。"

许佳明彻底醒了,他听过这句话,以前在海南的长途车上她曾经讲过,一辈子忘不了。有好多次他想跟她解释,要是我爱你,接上的一句我也爱你,肯定不是那么回事。他那时都不知道该说什么,只是抱她更紧一些。他真想告诉她,我的心都化了。他站起来,摇摇晃晃,把她拉到车前,拍着车顶说:"林宝儿,你再大声说一遍!"

张至东摇开车窗,打着火等她说完上车。

"你把那句话大点声,给他说一次!"

林宝儿把两个人都看一遍,低声说:"他喝多了。"

哦,加长林肯。他早该想到的,还有必要看着俩男人做抉择吗?他瞅瞅林肯的车标,那颗闪闪发光的启明星,还不知道选谁吗?他冲张至东鞠个躬,说声对不起,转身边走边哭。不能出声,车还没开走,能听到,真羞耻。片言只语传进来,还是舍不得,停下脚步却不敢回头。他听见林宝儿对张至东吼叫:"张至东,我就是爱他,爱上他了,你看怎么办吧。"

许佳明咽了口唾沫,调整方位仰头望东方,一瞬间他仿佛看见那些言语正从车前的启明星向上升,一路划过黎明,照亮真正的启明星。

11

她说要他等,等她把事情处理好,她会像苍蝇一样扑过来,成天黏着他,直到把他吃光光。绕了一圈许佳明才想明白点在哪儿,她在拐着弯骂他是大便。他问她什么时候能处理好。她说最快明天,但是最慢要一年。

"你等我一年。"

她食指伸出一,竖在嘴唇上,眼瞅着就要哭出来了。许佳明说他可以等,还要锻炼身体,备战下赛季。破涕为笑,她抽两下鼻子说:"你不是一直问我演过什么戏吗,其实我这辈子只演过两部戏,一个有台词的,一个没台词,你想知道哪个?"

"有台词的。"

"就一句台词，"林宝儿说，"走，咱找村长评理去，他要是不答应，就把他家鸡吃了！"

"这你还不红？那没台词的呢？"

"《十面埋伏》的歌姬之一，其实就是妓女啦，导演连句'官人好久不来，想死我了'的台词都不给我。"她停了停，"我没跟任何人讲过这些。"

"换我也不讲。"说完他就后悔了，嘴真贱，这时候开什么玩笑，"起码你跟张艺谋合作过。"

"是副导演，我连张艺谋的面都没见过。"她咬着指甲说，"许佳明，我是不是挺失败的？"

"不是，还好，我比你失败。"

"我哪好啊，你到底喜欢我什么呀？算了，讲这个干吗，你都不会接了。"她又伸出一，"你要等我，最多一年，不许找西瓜，更不能找黄瓜，老老实实当你的西红柿。"

什么玩意儿？十二月冬天他走天桥的时候想起来了，以前他俩玩过的，水果蔬菜配对游戏，黄瓜香蕉是好基友，南瓜西瓜是《瘦身男女》开场的俩胖子，唯独西红柿，又是水果又是蔬菜，有了欲望只靠五姑娘。她在要求他严于律己呢。

他不是什么好鸟，要是性爱算犯罪，他可能在无期和死刑之间。但他想过一年圣洁的日子，无性无爱，满心的思念，对林宝儿对自己都好。有天夜里他就快梦遗的时候及时醒来了。遗精是每个少年的噩梦，在梦里你无法控制自己，运气好的话能遇见一个金发碧眼的日本女优，但通常这样的夜晚，你都是对着一棵大树、一根热乎乎的香肠，甚至是老干妈瓶子的头像，就把子孙后代给遗弃了。劫后余生，他擦擦汗，找出《十面埋伏》的高清片源。一帧帧地看，都没认出林宝儿演的是哪个歌姬,就看见头牌章子怡目光呆滞地独自领舞。撸你妹啊。

听林宝儿的话,他换了房子。每次出门都左顾右盼,看看有没有哪个盯梢的装作看一份中间抠了洞的报纸。他不是惜命的人,换过去碰上张至东这种煤老板,他早就提着菜刀去拼个你死我活。现在不行了,他是林宝儿的了,他的命将是林宝儿的私有品,可不是他说了算的。于是他把过马路都戒了,找不到天桥就往前一直走,尽头是路口就往右拐,大不了走个正方形回去睡觉。

年前,在上海,他把这事跟李小天说了,他说她知道她叫林宝儿了;他说林宝儿的男人每天开着压路机在街上闲逛,找机会把他压到柏油里;他说他要等她一年,哪怕是天天梦见老干妈。太多疑点了,李小天都不知道该从哪儿怀疑,你确定她爱你?你确定分个手她要分一年?你确定这一年不会有变故?

"你没见过他们俩,"许佳明说,"一般人提分手,发张好人卡说你人很好,只是咱俩不合适,都是我的错,对方咬咬牙,也就明白了。他俩不是,女的说分手吧,男的说你傻逼吧,又被谁睡了,我弄死他。"

李小天还是不信,他能坚持一年吗?就算做到了,一年后分不掉呢?

"不确定因素太多了。"他提醒许佳明,"别忘了最初你们仅仅是一夜情。"

许佳明瞪着他,真你妈多管闲事。他自己也是,就不该跟他讲这些。本来他是商量重启画廊的计划,现在许佳明不干了,他得离他远点,一个极端的悲观主义者,当一辈子西红柿吧。所以聊到创业的时候,许佳明说最近手头紧,精力也不允许,画廊的事先不参与了,我的画给你代理,随便你怎么卖。李小天皱眉,质疑许佳明怎么反复无常,说好的事情忽然变卦。这时许佳明来一句莫名其妙的话："其实拿一年赌一辈子，值了。"

他时常去首图，希望能遇见前去还书的林宝儿，第二年也不见她的踪影。卡上显示《漫长的告别》还是借阅状态。不能再等了，二〇〇七年的书五倍赔偿。四月碰到的一本好书击中了他的心，作者叫约翰·欧文，封面上写着——一个关于爱与性，失去与宽容的故事。《寡居的一年》。

谭欣的丈夫崔立在五月死于糖尿病并发症。故作重游，他飞去海南陪了他们母子半个月。开始她很坚强，仿佛真的可以面朝大海春暖花开。最后几天，许佳明提出孩子由他来抚养的时候，她哭着求他原谅，她说她错了，可能她一直是爱着他的，只是她当时太想嫁给崔立，哪怕崔立无法生育，哪怕她要去勾引一个男生借种生子，她也要替崔立养个孩子。最后一夜她终于说了我爱你。拖了那么久，可惜太晚了。许佳明哽咽地告诉她，去年他连酒店都订好了，是有心准备抢婚的，可惜爱有时间差，他们彻底错过去了。

即使他们相拥而眠，即使寡居一年，即使他有六七年的时光都在怀念谭欣的身体，他还是控制住自己，没和她发生关系。他现在是林宝儿的私有品，他骗她说，他们要结婚了。

"你知道吗？你对我说谎了。"送他去机场的路上谭欣说，"我当年去美国的时候，你说你会一直在北京等我，但你没做到。我现在说，我会一直在海南等你，我一定做得到。"

至少我不只是一匹种马，至少她还能爱我。他在飞机上梦见林宝儿变身成一匹小野马，他一眼就认出来了，跳上马背将她制服，他舍不得配马鞍，舍不得上缰绳，更舍不得鞭打她，每天就是搂着她的脖子在森林里自由穿梭。坠落悬崖的一刻他醒了，飞机还在云朵之间穿梭，他想起他妈妈最喜欢的就是云，尤其是天气不好不坏的日子，那些白色一片连着一片，该有多漂亮。他想起一件事，向机窗侧过身，隔着裤子拽一下自己的内裤。册那！你个烂番茄，飞机上你都梦遗？

杀继母和继母情夫的真凶抓到了，他还要去新疆一趟，把那个聋哑亲戚接回来。他才不会告诉林宝儿，这个哑巴是他什么人。五月二十日，他们骑两辆摩托从帕米尔高原出发，第九天进入塔克拉玛干沙漠。他对哑巴亲戚打手语，你放心去，我要结婚了，有人照顾我了。跟李小天比，他太乐观了，夜里露营听着沙丘移动时他就想，万一呢，万一像他第一天拿行李的路上所担心的，林宝儿就此消失，再也找不到了，他能怎么办呢？难道走进沙漠，任凭几百条沙蛇在他身上纠结缠绕，把他吞噬掉吗？这不是拿一年赌一生，这是拿一生赌另一生。

经过塔中那天他们好好吃了顿饭。许佳明打手语跟哑巴亲戚解释，两条公路将塔克拉玛干交叉贯穿，政府在十字路口用柏油硬铺了一个两公里小镇做休息中转，塔中镇。这时有电话打进来，接到的第一句话他就呆住了。又是儿童节了，我还没收到你的礼物呢？

"哪怕是尿不湿，也算那么回事啊。"

许佳明单手对亲戚打个手势，出去对着沙漠说："绝对是天意，我前几天手机一直没电，今天刚充上。"

林宝儿喊道："你跑谁家鬼混去啦！哪个女孩儿连充电器都不让我们家许佳明用啊？我找她去！"

"轻点，耳朵。"许佳明说他在新疆呢，沙漠的正中心，天天牛羊肉。

"那你得带点什么回北京，和田玉怎么样，二十万一块的那种。"

"我还是给你牵只骆驼吧。"起风沙了，许佳明背过身问，"你自由了？"

"我越狱出来的，会说话吗你？你知道今天什么日子吗？"

"儿童节，你刚才说的，我们相爱一周年。"

"是我们上床一周年，我爱不爱你还不一定呢。"

她停下来，许佳明知道她又在咬指甲，那就由他来讲，他说新疆羊肉串还没北京的好吃呢，他说最好吃的哈密瓜原来不在哈密，在旁边的一个小县城，他说这边居然有人靠到沙漠深处抓野骆驼为生。

她打断他："许佳明？"

"嗯？"

"你快回来，我想你，我天天想你，"她哭出声来，"我就快想疯了。"

12

再见到林宝儿时他双腿一下子就软了，似乎要抓着裤子才能把步子抬起来。她怎么可以越长越漂亮？华贸底层，香奈儿的专柜，她正在导购的指导下对着镜子试用口红。他半天才找好角度，让自己出现在她的镜子里。

"我故意的。"她把口红还给导购，说要和男友商量一下，然后她挽住许佳明说，"我看见你进来的，故意转身试用，看看你能不能找到我。口红谁买香奈儿的呀？"

"我说也是，口红就应该用娇时的。"

"那是什么牌子？"

"淘宝弹出来的广告，湖南卫视《我是大美人》节目强力推荐，四十八种炫彩任你挑选，九块九包邮，亲，你还等什么？我都想买一款娇时口红送给你了。"

林宝儿凝眉望他："求求你了，千万别送。"

"你是不是把我忘了，当然是假的，我画笔都不止九块九。"

林宝儿笑眯眯的，忍不住亲下他的脸，问："今天都什么安排？"

"安排？"

"你约我出来，不做好计划的吗？我们是约会啊，许佳明，追我的时候能不能认真点儿？"

"哦？我安排了五样。"

"你就编吧，第一样呢？"

"逛星光天地。"

"最后一样呢？"

"问第二样吧，我还能顺一下。"

"最后一样！说不出来我转身就走，再也别想约我。"

许佳明想想说："最后一样是明天给你做早餐。"

林宝儿拉着他停下来，这回亲他的嘴，回味一下说："我们去做倒数第二样。"

这一样他们重复做了三遍，之后两个人还不尽兴，吧唧吧唧地亲个不停，后来林宝儿问他，我亲不够你，怎么办呀？许佳明出主意说，亲不够咱就搂着亲。这居然也算个主意？半小时过后他们发现，搂着亲也亲不够，就捏着鼻子亲，彼此呼吸着对方的呼吸，这回真心亲够了。

等两个人把气喘匀，脱离窒息状态，她问他第二样第三样的安排都是什么呀。许佳明瞪大眼睛说，你还考我哪？

"也不是，"她说，"我就是想和你约会。你说，男女约会是为了什么呀?"

"为了把姑娘带回家。"

"讲人话。"

"不知道,我就是想和你一起做所有的事情。"

"那你说,男女做爱是为了什么呀?"

"不一样的,以前跟别人做爱可能是欲望、快感、新鲜感那些东西,但是跟你做爱更像是,像是一种表达,好多爱一团一团地窝在心里面,感觉买花送礼物都不尽兴,就只有不停地亲热才会接近那种爱的表达,我说真的呢。"

林宝儿翻过来,压在他身上,噘着嘴说:"许佳明,你是我的大宝贝,谁要都不借。"

完了,这一样又要重来,搂着亲,掐着鼻子亲,做着爱亲,使劲爱吧。

13

那段时间也许是两个人一生中最幸福的时光,仿佛他们都在这世界上找到了另一个自己,终于体会到,原来爱对方比爱自己还要快乐。而且他们那么相似,臭味相投一拍即合,只要一个人有了古怪念头,另一个马上就举双手赞同,立刻放肆地去执行,不管多古怪。

比如他们会去饭店装哑巴,一进门服务员问几位,他们不回答。于是她只好自说自话,两位,楼上请。许佳明装听不见,拉住林宝儿就在一楼坐下来。他对着服务员啊吧啊吧地点着菜单上的照片。有时候林宝儿不满意，让他换个菜，一着急就干对口型不出声。许佳明眯了半天，看出来她想吃青椒肉丝，就又对着服务员啊吧啊吧地敲点菜单。

一顿饭不说话还挺难受的，许佳明不怕，他会手语，看懂看不懂是你林宝儿的事儿，反正我讲出来了，爽了。林宝儿开始也张牙舞爪地跟他对着飙，打的什么话她自己也不知道，更像五倍快播的太极拳。虽然面对面各玩各的，他们竟然很开心。有次林宝儿让他别抢话，一个一个说，可打出来的手语又是一个西瓜切两半这种太极口诀。后来她急了，忽然在许佳明面前像打蚊子一样虚拍一巴掌，把他吓一跳。林宝儿咯咯咯地笑个不停，也爽了。

一年前在三亚两个人聊过黑名单的话题，现在他们还真被拉进了电影院黑名单。起初是许佳明带头的，影厅黑场，那条白痴黄龙又出来缠绕两圈，电影开始了。林宝儿想，许佳明今天怎么这么消停，不吃爆米花，又不喝可乐。她向左看一眼，尖叫起来，缓了十几秒还惊魂未定地问："你在敷面膜？"

"我这还有，你要吗？"

"我要海藻泥的。"

就这样，有时候白脸，有时候黑脸，有时候黑白双煞，反正是两个厉鬼在电影院左顾右盼，吓唬其他人。偶尔怕被打，就低调一点，头碰头地互相吓唬，直到他们掺杂着面膜白汁和黑泥，又亲到一起。

连逛超市他们都找到了新乐子，进去先瞄准某个品位差不多的年轻人，由林宝儿上前搭话，方便面在哪儿，您能带我过去吗？许佳明则是趁其不备，把年轻人的购物车推走结账。带着拆礼物的期待，两人拎着袋子小跑回家，而且真的会有意外惊喜。

"呀，高乐高！我十几年没喝过了！"

"呀，狗粮！我到现在都没吃过！"

有一次，就那么一次，他们吵了架。本来还挺好的，林宝儿心血来潮要给许佳明当人体模特。说着容易，真做起来一个小时画不完，两个小时画不完。小半天过去，林宝儿受不了了，跟笼中鸟似的蹭地一下蹿出来。

"按你这速度，泰坦尼克号沉了，我都没衣服穿。"她一丝不挂地跑到许佳明后面，抱住他，"你只画了两个胸？"

"不止，还有乳头和乳晕。"

"别跟我说话，"林宝儿看眼画纸比例，"你只打算画两个胸？"

她真的生气了，将画撕碎回到房间。也许是她多想了，错怪了许佳明，但是这些都是事实，她的胸的确很美，相比于她的其他部位，大多数男人都对它们更感兴趣，愿意对这对乳房花钱追逐。可许佳明怎么也成了他们庸俗队伍里的一员？他那么特别，她那么为他着迷，怎么可以令她失望？晚上洗澡后她对着镜子多照了一会儿，要是她的胸没那么完美，能小点，能垂点，或是乳晕深一点，许佳明还会迷恋她的胸，那才叫真爱。

夜里上床后，许佳明照例从后面抱住她，手掌自然地搭在她胸前。她想抓走他的手，让他滚蛋，可又舍不得，指甲在他手背上轻轻划着。

"许佳明，要是我哪天没有胸了，你还爱我吗？"

"没有胸？你要把它们藏哪儿去？"

"我是假设，像是得乳腺癌，切除了。"

"那不还剩一个吗，够用。"

"我不可能留一个，这样重心不稳的，我两个都切了，你怎么办？"

"让我想想，"他揉着她的胸，仿佛真是揉一下少一下，"我能不能跟大夫商量，把切下来的胸留给我，我用保鲜膜密封好，不脱水，随身带着，没事就摸两下，还不用看你脸色。"

她腾地一下翻回来，勾住他脖子，笑着说："你太恶心啦！"

许佳明轻吻一下她嘴唇，说："林宝儿，我以前没标准，我觉得怎样都好，胸大也行，胸小也行，高挑也行，小巧也行。现在不是了，人家要问我，你喜欢什么样的，我会认真地说，我喜欢林宝儿那样的乳房，我喜欢林宝儿那样的身高，我喜欢林宝儿那样的腿，我喜欢林宝儿那样的眼睛。"

"那你还喜欢女孩儿什么样的声音、头发、鼻子？"

天哪，当然都是你这样的！可是相爱的人不这么想，许佳明告诉她，我喜欢女孩儿有你这样的声音，喜欢女孩儿有你这样的头发，喜欢女孩儿有你这样的鼻子。赞美永远听不够，更重要的是，对于深爱的那个人，我们永远也夸不够。

14

那年秋天去得特别早，一场雨夹雪宣告冬天就要来了。雨连续下五天，他们就在家里宅五天。还好他们礼拜天偷来的购物车主人是个饼干控，而且没养狗。从奥利奥到三加二，从苏打饼到旺仔小馒头，吃到礼拜五终于有些崩溃了。许佳明说今天是周末，出去吃吧。

"好！你给我带一份青椒肉丝。"

"我一个人去？"

饼干里含有大量的反式脂肪酸，长期食用容易造成血液黏稠、脑损伤、智力下降，严重些的就像林宝儿现在这个样子，出现老年痴呆的早期症状。比如她咬着指甲想到了一个增进饼干食欲的好办法。

"我们比赛吧,上床躺着吃,看谁把饼干渣掉下来。"

输的人怎么惩罚呢,这也要得益于林宝儿的聪明才智,她先示范一下,双腿抬起顶着墙躺在床头。第一口咬下去许佳明就输了,窝着肚腩双腿倒挂半小时。林宝儿有练过吧,能把饼干吃得又干净又饱。她拍拍胸口顺顺气,跟许佳明并排躺着,双腿支上去。

"老公,我探监来啦。"

一时间墙上多了两只脚。她又有了新玩法,我们脚丫子大战。一番混战下来,林宝儿的左脚和许佳明的右脚结盟,打败了许佳明的左脚,林宝儿的右脚始终保持中立。然后林宝儿靠在他肩膀上,两个人倒挂着双腿睡着了。

她是被梦惊醒的,他是被她亲醒的。两个人就互相望着,不说话,也不亲吻,都要看到骨头里去了。

"许佳明。"

"嗯?"

"遇见你真是太难了,我花了二十五年的时间才找到你,我这辈子都不想再经历一次了。"

许佳明把头转回去,看着墙上的四只脚,任凭眼泪顺着太阳穴淌到床单的饼干渣上。怎么办啊,这么深这么浓的爱,现在连亲吻与做爱都没有办法表达了。

晚点他们还是出去吃饭了,两人撑伞搂着穿过细雨细雪来到当哑巴以后常去的那家饭店。他们还是啊吧啊吧各说各的,许佳明双拳合并勾勾拇指,再把右手的拳头向上打开,最后又用食指点在自己的胸前。林宝儿皱皱眉,谁明白你在讲什么,手语要按着口诀来,一个西瓜切两半，你一半，我一半，啪！蚊子！爽死了。

但是这次好像真把他吓着了，等他缓过来的时候眼睛都湿了，把刚才的手势又打一遍，双拳勾拇指，再把拳头打开，最后指指自己。他放下手臂，望着林宝儿，等了十几秒居然说话了。

喂！你是哑巴啊！林宝儿心里喊。

"嫁给我吧，林宝儿。"

她捂着嘴，呼出的热气在手心里打转，又扑到眼睛里。眼泪真是个奇妙的东西，你悲伤的时候它来，你幸福的时候它也来围观。一瞬间她就视线模糊地哭了出来。那些服务员早就聚在一侧，等着这个女哑巴说我愿意。她几次张嘴却是哭的声音。有个天真又单纯的服务员比她哭得还厉害，重复冯小刚的台词说，这就是爱情的力量啊。

15

想结婚和能结婚是两码事，房子，车，如果有富余的话还要一场体面的婚礼，这些都是钱，按照许佳明的说法这叫时间，一辆差不多的车等于一年的节省加拼命，好点儿的婚礼算两年，而房子就没法拿时间来衡量了，三十年，你要用生命换一套婚房。他清楚，当直面这些的时候，所有的不着调不再是玩笑，它们已化身为虚弱的掩饰。不行，他要直面这一切。

星期六天气晴朗，中午十二点起床，他俩坐在阳光房，紧张地盯着窗外树枝的最后一片枯叶。许佳明赌今天的阳光会让它脱尽最后一点水分，五点前一定会落下来；林宝儿则觉得既然一个秋天过去了，它还在那里,就说明它不是落叶,明年春天还会格外耀眼地长在密密麻麻的绿叶之间。

"不是落叶?"

"对啊,地理课学过,有些是落叶,秋天一到就掉下来,第二年再长,有些不是,永远不落下。这个你可骗不了我。"

"我们老师不是这么教的。"

"那你找你们老师说去,跟我委屈没用。"

许佳明转向窗外,抱胸看看树叶,看看阳光,又看看林宝儿,说:"这房子挺好的,是吧?"

"我喜欢,还能天天看叶强。"

"叶强?"

她指着枯叶说:"我刚起的名字,贴切吧?"

"挺好,商量一下呗,以后有孩子,我来起名。"

"那我来起姓。"

"滚。"

叶强今天不打算下来,风和日丽,似乎它还要光合作用向上生长。

"林宝儿,我们就在这儿结婚吧。"

"行,只要别在北太宾馆结婚就行。"名字很大,北太宾馆是小区地下室旅馆,二十元一个床位。然后她反应过来了:"租房结婚?"

"租几年,我再想办法买下来。"

"我买吧,我有钱。"见许佳明摇头她补充道,"再不花出去,等结了婚就成你的了。"

这是个禁区,他从来不问她的钱从哪儿来的,没必要自找麻烦。

"你留着,我来。"

68

"你是怕我的钱脏吗？"她问，"你知道我爸因为什么坐牢的吗？他贪污了一亿两千万。"

许佳明瞠目结舌："我一直以为，只有精子才能用到亿这个单位。"

那就更不能用这笔钱，当晚他跟李小天通了个电话，确定他在家。礼拜天一早，许佳明没打招呼就坐高铁去了上海。这回没约他喝咖啡，直接去家里把他敲醒。临近中午李小天还睡眼惺忪，让许佳明在客厅坐一会儿，他先洗个澡。这是最好的时机，他听着流水声想。他掏出首图借书卡划开了卫生间的门。

"册那！"浑身泡沫，李小天都不知道该护住哪里，"你想怎么着？"

"借我点钱，我要结婚。"

"出去！"

"拿了钱我就走。"

"你来上海就是为了借钱？"

"我花了一千块钱路费，你看着给。"

"两万，你出去吧。"

许佳明把门锁上，拽条浴巾垫着洗漱台坐上面，点支烟说："我结婚，你借我两万？随礼我都嫌少。"

"我给你买房子吧？"

"不用买，你这房子就够用，我们就在这儿结，上海也不错，起码空气比北京好。"

"多少？"泡沫还在，算了，不冲了，李小天转圈找，"你坐着我浴巾呢！"

头发还没干，他俩就到了银行拿了签号，前面有五位客人。李小天抱怨，二十万，他从没借人这么多钱。他问许佳明："你没朋友吗，跑我这儿借钱?"

"没有,就你一个疑似朋友。"他解释五个二十万也买不起房子,他是想跟房东签三年长约,一次性付清,中间别搬家。

"然后你再找个做假证的,把房产证先做出来,就像刚买的一样?"

"还是你了解我,要是过三年还没攒够,我再跟你借。别怪我没提前跟你打招呼,你得努力赚钱了。"

李小天看看他,他清楚许佳明没开玩笑。尽管人很聪明,但是许佳明脑子里始终少根弦,他不知道什么叫自私,一直以为朋友间钱不重要,我急需钱,你有,暂时不用,没理由不借给我。

钱取出来,李小天问他要不要去哪儿坐坐,喝个咖啡。许佳明说他买了两点钟的票,还要赶火车。

"回程票都买好了,我要是不在家呢,你不是白跑一趟?"

"在的,你昨晚说最近太累了,要好好睡一觉。"许佳明掏出两捆塞还给他,"不能白借,十八个就够,等我缓过来,还你二十。"

"给她买礼物吧,再也别跟我提林宝儿这个人,你都快被爱情废掉了。"

"放心,你见不着她。"也不客气一下,他转身就往外走,"你早被爱情废掉了。"

还有一小时,他去太平洋转转,两万块买不到什么好钻戒,不行用纸给她糊一个,再要剁手!长大真麻烦,他爱她,爱到想娶她,于是压力就来了。

地铁更快些,人不多。他抓着栏杆看运行中的广告。牛奶的、户外的、孝敬父母的,过了江苏路有款广告他没看出是什么,一个连林宝儿无名指都比不上的金发女人对着车厢挤眉弄眼。哦,就是无名指,那款比启明星还亮的戒指。188888RMB，许佳明是清华男，一眼就知道这是几位数。但是光是想着林宝儿戴上它的样子，他就已经喘不上气了。不管了，他得下车，不行把肾押给李小天。

16

她打算在请帖上这么写——您查看的宝贝许佳明不存在，可能已下架或者被林宝儿转移。她请帖印多了，一万多份，朋友才十几个，多出来的她跑到西单当传单发出去，还竖着无名指补一句，我就是林宝儿，小心眼睛，闪瞎你！唉，早就说过，饼干吃多了不好。

婚宴定在晚上七点半，钱柜KTV305包房。她说她朋友都不喜欢吃饭，食物对她们来说就是噩梦，因为她们都是，林宝儿停住了，仿佛既成事实一般怀疑起许佳明。

"你不能去，她们都是大模，你会被勾搭走的。"

"那你抱个相框去，你说这就是许佳明，我俩今晚结婚。"

这是许佳明要娶她的原因之一，不管多棘手的麻烦，她都能想到好办法。林宝儿给他换上西装打扮一番后，告诉许佳明今晚当哑巴。

"一个哑巴去KTV？"

"那没关系，至少她们不会对你有兴趣了。"

"你歧视聋哑人。"

"她们一定觉得我林宝儿太酷了。"她点点头，很满意，"一句话也不能说，记住了吗？"

"记住了。"

"闭嘴!"

说是十几个,最终只来了九个,而且确实漂亮。可她们只是尤物,不是林宝儿。他对每个人点着头打手语,林宝儿好像看明白了似的替他瞎翻译。女孩儿们都愣住了,问她爱这个男孩儿什么呀,偏要嫁给他?

"因为他特逗,有意思。"

这谁信哪,林宝儿!你怎么不说我歌唱得好啊?

林宝儿咬着指甲想了想说:"因为他能用啊和吧两个音唱《爱情买卖》,点上!"

她们摇头,不可能。林宝儿回头对许佳明比画,一个西瓜切两半,你一半我一半,啪!许佳明接过话筒,唯一的难度是,到哪个字该从"啊"到"吧"的节奏转换。唱到一半他听见女孩儿说,我们真信了,求求他别唱了。他得装听不见,继续啊吧,这辈子就没这么爽过。

"他还会唱《最炫民族风》,点上!"

林宝儿又对他打遍口诀。你太能得瑟了,再唱就露馅了。伴奏上来他得重复刚才的《爱情买卖》,可是《最炫民族风》的感染力实在太强了,有几句他差点儿被带跑调。

之后他们喝酒摇色子,三个五、四个六地比画,这个哑巴也能玩。许佳明酒量还成,知道自己不至于喝到讲醉话。有个台湾妹子跟林宝儿说,她越来越觉得许佳明这个安静的男人很不错呢。许佳明打手势回复,林宝儿加工一下翻译给她。

"他说你声音太嗲了,不是,是妆太浓了,不喜欢你。"

"你也看不懂他的手语,对不对?"

"我不需要看懂,他爱我,我也爱他,就够了。"

换平常,林宝儿讲句好话,得让许佳明十倍甜言蜜语还给她。这回轻松了,好好享受吧。他拿麦要唱歌,女孩儿们把他拽住了。手机响了,林宝儿给他看屏幕,来显是"咱妈",林宝儿瞎打着手势说,昨天改的,你老婆称职吧。许佳明冲她笑,抱着她要亲一口。别,咱妈在看着咱俩呢。他点点头,示意她别着急,这边他完全能应付。他目送林宝儿拉门出去向右往自助餐厅跑。林宝儿最喜欢一边打电话,一边用牙签扎水果吃。

电话打了一刻钟,哈密瓜、西瓜和火龙果她都试了一遍。要是林宝儿知道等她再回来的时候,她和许佳明一切都完了,所有的甜蜜都不见了,她就是把手机摔了,也不会走出包厢一步,将许佳明留在姑娘中。

17

电话从洛阳打过来。林宝儿说打你好几天电话了,怎么都不接啊。她妈妈解释,手机拿去修,那边说修好电话通知她,她等了两天才反应过来,她留给维修部的号码就是修的电话,真是年纪大了。

林宝儿打断她:"妈,我结婚了。"

要不是她妈妈先哭出来,她才不会掉眼泪呢。这么好的日子,母女俩隔着电话哭个什么劲啊。林宝儿哭着说,妈,他叫许佳明,人特别好,遇见他以后,我才明白爱一个人是什么感觉,真的,太好了,头一次有这种感受,见到他哭我就想哭,见到他笑我就忍不住笑,我愿意为他做任何事,替他下地狱我都干,五分钟见不着他,我就想得要死,一秒钟都不想放他走。她擦擦眼睛,吃块西瓜稳定下情绪,跟妈妈保证,明天领完证,就带他回洛阳,也让爸爸看看。

挂掉电话，她吃一圈水果，去卫生间对着镜子补补妆，两个食指勾起嘴角，你是林宝儿，你笑起来天下第一好看。

包厢里还在疯，她问大家，我老公乖不乖啊。台湾妹子说，你一走你老公就一杯酒都不喝啦，就握着手机等你回来。她们让林宝儿灌他酒。许佳明摆手摇头。林宝儿端着酒瓶要倒，许佳明右手罩在杯口不松开。林宝儿做出砍头的手势。

"反了你了，都过来，把他手指给我掰开！"

一帮女孩儿的手抓过来，忙活许佳明的右手，林宝儿把酒从手指缝中倒进杯子里。她们喊着，喝了！喝了！

"我不喝！"许佳明起身把酒杯摔碎，左手拉住林宝儿，指着那些吓傻了的姑娘说，"还有你们，以后谁他妈再敢传林宝儿瞎话，信不信我整死你们！"

她被许佳明拉出去，下楼梯时林宝儿有几次差点儿摔在上面，嘴里骂骂咧咧地问许佳明是不是吃呛药了，想死吧你？出大门许佳明松了手，不管不顾地大步往前走。林宝儿揉揉手腕，喊他名字也不回应，就快步追上去。一月的北京，两个人一前一后踩在雪地上。

"她们说什么了，你翻什么脸啊？"

"说你的事儿，还真当我是聋哑人。"

"谁他妈也不知道，都瞎逼逼什么呀？"

"台湾妹子知道，她说跟法院的朋友打听明白了，模特林某就是你。"

"许佳明，说什么你都信，你傻逼吧？"

许佳明转身停下来，把手机扔给她，说："我可以搜。"

林宝儿像泄了气的气球瘫坐在雪地上，滑开手机看完了每一条新闻，裹着羽绒服说："老公，我冷，打车回去吧。"

"林宝儿,你是不是不想活了?想让司机也听见是吗?全北京就你林宝儿牛逼!你想让谁死谁他妈就得死!牛逼你也杀了我啊!"

许佳明对林宝儿转着圈吼。她把头发散开,低头挡住脸,一声不出地哭起来。一阵冷风吹过后,她把眼泪擦干道:"你别说了,我们回去吧。"

他蹲下来,从包里找出林宝儿的烟,自己点一支,深吸一口问:"张至东是怎么死的?"

18

她说够了,下单吧,还有,这桌不用留人,你们忙你们的。服务员跟她解释桌前没人,店长会骂的。你去忙,听不懂吗?然后她问许佳明要什么小料,她去调。许佳明还在低头看手机,打从进海底捞,他就没说过话。

"我问你,要什么料?"

"随便,"他翻开新的网页,"这时候我能吃多少?"

男服务员把火锅端上,让林宝儿检查底料是密封好的,并非回收油。火开大点,她说。起身抢过许佳明的手机,扔进火锅里。许佳明这才抬起头,双臂撑桌上看红油起泡。

"张至东哪天死的?"

"去年二月,大年初八,上班第一天。"

"快一年了。"

"人不是我杀的。"她说。

"看出来了,巴雅尔是谁?"

"杂志编辑，摄影师。"

"蒙古族？"

林宝儿点点头："好像是，我也不知道。"

"他替你杀的他？"

"他没替我杀任何人，他自己找的张至东，你要问就好好问，能不能稍微正常一点，许佳明？"

"下菜吧。"涮着手机呢，当然不能吃，他只是把菜夹进去缓缓情绪，"他为什么杀张至东？"

"他以为我喜欢他，他以为，他和我不能在一起是因为张至东缠着我。"

"你什么时候认识巴雅尔的？"

"前年十月，忘了哪天了。"

"前年九月张至东找到我，九月二十二日，北回归线，我记得特别清楚。你让我等，最快明天，最快一年，你说的原话。十月份就有个巴雅尔为你要死要活的，还去杀了张至东。"他盯着她说，"你故意的，你想让张至东死，拿他借刀杀人。"

"我是故意的，他挡着咱俩了。"

"别把我扯进来！"还得抽一支，他全身都在抖，"能为你去杀人，不是一般的疯狂，你跟巴雅尔睡了？"

"你说呢，二十一世纪了，亲个嘴他信吗？"

"肯定睡了。我都觉得你活儿好，蒙古人天天骑马放羊的，肯定被你玩得五迷三道。他射你嘴里了？"

"许佳明，你嘴能不能干净点儿？"

"张嘴比比，你嘴干净，还是我嘴干净？"

她瞪着许佳明，破罐破摔，再讲些真相报复他："我们不单睡了，还同居了。他租个房子让我住,还让他助理住另一间看着我。每天搞完我,回家还得跟老婆交公粮。"

"林宝儿你闭嘴,我不想听了。"

算了,吃死得了。他夹两筷子,净是辣,没得吃。他问林宝儿要什么小料,他去打。她说跟许佳明一样就行。

他特意多待一会儿,压压火,回来见到林宝儿哭得厉害。他喊服务员要条毛巾,塞进林宝儿手里,劝她别哭了,他只是有点堵得慌,再怎么样也不至于让张至东死啊,他有点害怕,不知道怕什么。

"许佳明,我没有错,一点错都没有,我就是委屈,我说我把事情处理干净,让你等一年,我说话就要算话,但其实就我一个人在扛。我天天想你,想怎么样咱们两个才能彻底在一起,我快想疯了的时候,我都憋着,不敢给你打个电话,好好哭一通。事情终于办完了,你过来对我审判,至于吗你?"

"你要是真想杀了张至东,你找我许佳明。不至于陪那个巴雅尔睡仨月,让他动手。你跟他睡在咱们相爱之后,这让我太难受了,我会永远恨你的。"

"你去杀啊,你死了我还要什么!我干这些就是为了你,我他妈伺候人家三个月,两边编瞎话,这时候你来说风凉话了?"林宝儿来气了,把毛巾也扔进红油里,托着脸说,"你不知道张至东有多可怕,他一定要死。他每天都威胁我,他说他绝不会伤害我,但只要我跟哪个男人在一起,他一定会杀了他。你信不信,那天晚上如果我没管你,先回家,他肯定能弄死你。"

"他以前杀过人?"

"没有,跟他在一起之后,我没跟别人好过,你是第一个。"

"先不说这个,你读了那本书,《漫长的告别》?"

"回北京我就开始读,我想你,又见不到你,我只能读你读过的书。"

"所以书里告诉你,让绊脚石死,是解决问题最好的办法。"

她不说话,那是默认了。不再顾忌形象,她徒手擦掉鼻涕。

"那是小说啊,林宝儿!"

"我本来也不信,我以为就这样了,三亚回来翻篇,我跟张至东该怎么过还怎么过。可你干吗又出现在北京饭店,干吗逼我说我爱你?"

"但不该是这样的结局啊,一个被打死,一个在牢里,让我们怎么心安理得啊?"

"我就没想让你知道。"

"但我知道了!"

"许佳明,那是他们,什么结局我都不在乎,重要的是,我们俩现在在一起呢。"

他有点蒙了,林宝儿今晚变得如此可怕,他说起了她的口头禅:"然后呢?"

"然后我们俩要结婚了,"她站起来,隔着桌子吻了许佳明,"许佳明,我要跟你说,你是我林宝儿这辈子爱过的唯一一个男人,你信不信?"

许佳明望着她,又看看漂浮染红的毛巾,擦擦嘴说:"我不信。"

她不哭了,拿起筷子从毛巾里夹肉,一口没嚼就往下咽。

"换一锅吧。"他说。

"许佳明,从现在开始,我不想和你说一句话。"

那就吃吧,他把剩下的菜全倒进去,和她较劲吃,跟他妈沮水一样,两个人比平常吃得还多。后来许佳明喊埋单,就那么望着林宝儿,也不知道接下来怎么办。

"我今天回我家，"林宝儿说，"我们冷静几天再说。"

"我不知道你住哪儿。"

"我知道我房子在哪儿，想好了我会去找你。许佳明，把你那产权证撕了吧，你太可笑了，那房子我早就买下来了。"

19

数九寒冬，他在街上逛了一夜，不想回林宝儿的房子，露宿街头也不至于吃她的软饭。清晨四点，他开了间快捷酒店，天还没亮他就从梦中惊醒。他得退房回家，林宝儿说，她会来找他。

他连饭都不敢出去吃，怕错过林宝儿。头五天他把冰箱吃空了，还没有见到她。他饿了两天，第七天快去快回买部手机回来。他在墙上回忆林宝儿的电话，十一位数字，倒数第三第四位他记不清了，0到99，他试了一百回，其中二十六个空号，十七个关机，三十五个接起来，八个按掉，十一个无人接听，五个呼叫转移。空号不要，接起来的不要，还剩四十九个，明天再试试。

有个号码却像唱歌一样记得那么清楚，4008823823。两天吃一桶，十三桶下去了，林宝儿还不出现。他开始怀疑林宝儿来过，在他睡熟的时候，轻轻来轻轻走。他把床推出来，把着门口睡。每次电梯叮的一声开门，他都会一下子醒过来，竖着耳朵听脚步，就像一只等待主人回家的狗。

腊月二十三，她回来了，每天几次的预演及假警报令他在林宝儿掏钥匙的一刻就及时开了门。他俩都不知道怎样才好，她也没说进，他也没说请，两个人就那么门里门外地站到眼泪流出来。后来林宝儿把钥匙放进皮包，仿佛包里有只蟑螂一般，手伸进去掏了半天，最后她决定拿出来，鼓足勇气说，我们把这三个用了吧，再不用就过期了。

真长知识，安全套也有保质期。用过一个后，他们商量歇一会儿就打扫房间，把床推回卧室去。可是刚有些体力，他们又急着用了第二个。许佳明担心第三个会不高兴，连着把它也拆开了。

之后真不行了，床就这么放门口吧，卧室也别闲着，挂根结实点的绳子，以后从窗户蹦极出门吧。两个人把脚踩在墙上仰躺着，林宝儿看着墙上的一百个号码，明白了。一个月过去了，只剩下六个是许佳明还在坚持拨打，那边还在坚持按掉的。

"你笨死了，划掉的第一个就是我的，不相信直觉。"

"你接过我电话？咱们俩说什么了？"

"我说，喂？你抖抖索索地问，是林宝儿吗？我说，嘎哈呀？然后你说句不好意思，就挂了。许佳明，你是东北人吗？"

要不是体力不支，许佳明真想压过去强奸她。他气了半天只憋出一句林宝儿的河南话："我咋不是哩？"

晚上他们出去吃饭，林宝儿心疼他，说你这一个月天天叫肯德基外卖，真是苦了你了，姐今天带你去肯德基店里吃热乎的。许佳明急得跪下来求她，咱起码换成麦当劳啊。

林宝儿的聪明才智啊，他们去补上一顿海底捞。火锅一上来，许佳明就拿漏勺舀啊舀啊。林宝儿问他干吗。

"我怕谁把毛巾掉里面。"

林宝儿大笑不止，跑到许佳明一侧搂着吃。七分饱之后林宝儿说，我妈每次打电话都打听你，我就拖着，说许佳明这阵儿特别忙，我也不知道该怎么讲，咱俩是黄了还是没黄啊？我妈说让我带你回家过年，我怎么回复她？许佳明越听越不高兴，让她坐对面去，别跟他挤一起。

"你说多少遍了？一遍一遍地我妈我妈，"许佳明眉头紧皱道，"是咱妈！"

20

他们又腻歪几天，到除夕早上才开车南下，林宝儿做了一个公平合理的驾车方案，从北京到洛阳你开，从洛阳到我家我开。

"比公平秤还公平，"许佳明开着车斜眼看她，"从你家到楼上我背你。"

"我家住九楼，我们爬楼吧。"

他们一路说一路笑，后来找不着话题，林宝儿就把手伸进他的衣服，从肚皮往下摸，让他专心开车，她来把今年最后一点余粮收了。许佳明劝她别介，会扣分的。

"这些也写进新交规里了？"

之后她手拿出来，有点儿欲言又止的犹豫不决，开窗缝抽支烟。许佳明以为她扫兴了，没话找话说跑高速其实好开多了，至少有饲料化肥的广告牌可以看，虽然一时用不着，也算是关注民生，他们穿塔克拉玛干的时候，什么都没有，就是沙漠、沙漠、沙漠，公路又直，天气又热，经常是骑着摩托车就睡着了。

"其实沙漠并不热情。"

林宝儿想告诉他，一会儿过了安阳，也许她的广告牌还在那里。她忍了忍，没说，决定把真相一点点地透露给他："我家真住九楼。"

"我真背你上去。"

"没有电梯，"她说，"因为规定超过九楼就要有电梯了，我们家在顶楼。"

"你要说什么？"

"我要说，我们家没钱。从现在开始，房子和车都是你买的，我妈不知道我这么有钱。"

许佳明转入行车道，先不超车了，他要想想："你爸呢？"

"第四监狱呢。"

"我知道。你说的，他贪污的钱比我撸一管还多。"

"上缴了，不然他早死刑了。"

他踩脚油门，行车道就把车给超了。他问："所以，你说你没法离开张至东，是因为你在花他的钱。"

"我可以不花的，我最怕的是他去难为我妈，把我诋毁一通，再逼我妈还钱，他干得出来。"她说，"许佳明，我不想伤害我妈。"

"他是个畜生，你该杀他。"

"我再跟你强调一遍，我没杀他。我仔细想过，我没计划过他死，我只是希望他们两个见一面，出点什么事，谁死都无所谓。如果张至东没死，而是坐牢，你就不会那么怪我了，是吧？"

"那就是巴雅尔死了。我不怪你了，只是心有余悸，这边哭着跟巴雅尔说张至东，说他不放过你，那边跟张至东说巴雅尔的坏话，说他在哪个公司上班，你去和他谈谈，我想回到你身边。你不是我看到的那个阳光的林宝儿，你挺可怕的。"

"那也是对他们，我对你没一点儿阴影。"

"阴影?"

"就是阴暗面,阳光照不到的地方。你知道我喜欢你什么吗,许佳明?我就喜欢你没有阴暗面,阳光可以把你照得通透。"

"现在不用拿我说事。"

"那些事我没打算让你知道,二月出的事,我挺了几个月,其实天天想你,但我等到平复过来,变成你喜欢的那个我,才来找你的。"

"不是不让我知道,可新闻都写着呢!"

许佳明有点失态,知道又过分了。林宝儿低声辩解一句,他们只是写林某嘛,而且没有那次意外,你永远不会见到这则新闻。见他不回应,就打开袋子吃饼干。

"你吃吗?"她问。

他不摇头不点头,目视前方问:"你爸什么时候出的事?"

"我十八岁,刚考进中戏,等着开学的暑假。"

"所以你过惯了千金大小姐的日子,家道没落,有点不适应,急着找了张至东做靠山。他那年都过四十了吧?"

"我不想说这些了。"

"说吧,口子都打开了。"

"我二十二岁认识他的。"

"那之前四年呢,中戏表演系的美女,不至于喝西北风。"

"我不想说了!"

她喊了最后几句,低头吃饼干。许佳明伸手拿一块饼干,林宝儿要给他换奶油多的那一半,自己嚼着没奶油的一半,还美滋滋地看他开车。

"包养都是有价儿的,是吗?"

"你有完没完？"

"我就是好奇。"

"好奇你去包一个！"

他冷笑，又伸手拿一块，说："我可没你那些金主有钱，饼干都得吃你的。"

"好，张至东之前三个，两个半，满意了吧，许佳明？"

"半个是怎么回事？"

"我不想说了。"

"第一个呢，第二个呢，还有半个，一个蛋？"

"一分钱没拿到，被他老婆抓在酒店，连抽我十几个耳光，那男的一声不吭在那儿穿衣服。我记得第二天就是我十九岁生日，我躺在医院哭了一天一夜，又不能给我妈打电话。你还要听什么，你问吧！"

她转头对着广告牌咬指甲。后面鸣笛要超车，许佳明往右让一下，右臂伸过去摸摸她脖子，说："我也不想你难受，其实我心比你还疼。我就是觉得你是中戏的，你可以当演员赚干净的钱啊。"

"走，找村长评理去，他要是不答应，就把他家鸡吃了！"

"你说什么？"

她咬着手指说："许佳明，我这辈子就这一句台词，还演一个农村傻老娘儿们，你让我怎么靠这行活下去！"

"你可以做点儿别的。"

"我做什么，一个学了四年表演的人，不当演员她还会做什么？"她哭出来，"我错了，许佳明，我过去爱钱，以为这世上什么都得要钱，认识你之后，我就不在乎了，跟爱一比，钱太没用了。有钱没钱我都不在乎，能跟你一起活着就好。你听进去了吗，许佳明？"

"听进去了,我真听进去了。我也爱你,我今天把话放这儿,我许佳明就是饿死,哪怕是没钱买棺材,也不花你林宝儿一分钱。"

林宝儿点点头,起身从后座拽过皮包,把几千现金和一张张银行卡掏出来,整理成两摞,问许佳明:"身上有钱吗?一会儿你给咱妈两千块过年钱。"

她打开车窗,深吸一口气,把钱和卡从窗外扔出去。许佳明从后视镜看到一团红色向后散去,他踩脚油门,超过左面的车。

"许佳明,我什么都是你的,你嫌弃我什么,我就丢掉什么。"她关上车窗说,"以后我就是你私人的林宝儿,行不行?"

"行,你就是我私人的林宝儿。"

后来她靠在许佳明肩上睡着了。过了邯郸就进入河南境内,许佳明进服务站加油停车,轻轻把她放到自己腿上松松肩。后排还有些面包,他够了几次没够着,算了,不吃了,让她多睡一会儿吧。到了安阳,林宝儿醒了,又赖在他腿上不起来。她说你要注意哟,再开半小时会有彩蛋哟。

"什么彩蛋?"

"右边广告牌。"就像三亚那个正午,她又闭上眼睛,"每天爱你一点。"

到了沁阳,他看见了,减慢速度,恨不得想在前面掉头重走一遍。林宝儿问他看见了吗,他点点头哽咽说,看见了,看见了。他真怕她这时候起来,看见他的满眼泪水。他问她那时候多大。她说二十一。张至东之前,他想,十几个耳光以后。

他内心的魔鬼又来了,他问:"你那时候跟谁在一起?"

林宝儿沉默许久,腾出胳膊像安全带一般抱住他:"一个港商,五个月后他死了。"

"怎么死的,车祸?"

"他太胖了。我早劝他减肥,少吃点。他说我这把年纪了,还能吃几年啊。"

一只有钱的猪,汗流浃背地压在林宝儿身上。"是啊,临死前再搞你几十回。"

"许佳明,我们再也别说这些了,好吗?"

"林宝儿,如果你十八岁,遇见二十岁的我,你会爱我吗?"

"会,我就是为你准备的。我这辈子最大的错误,就是没能在十八岁的时候遇见你,我错了,许佳明,你别再提了。"

他想抽支烟,又怕开窗吹到她,把烟叼嘴里过干瘾。

"许佳明,你会娶快二十六岁的我吗?"

"我一定要娶你的。"他感觉她在身下抱得更紧了。就是这些细节吗,那些男人也曾如他一般,被迷得神魂颠倒吗?他咬咬牙,说了生平最狠的一句话:"娶呗,咱俩多般配啊,我来自清华,你来自天上人间。"

她松开手臂坐起来,说快到洛阳了,我开吧。许佳明知道自己说错话了,试着哄她。出收费站时他隔着她要缴费。不用,我来。她拎包找了半天,想起钱已经扔了,狠狠地把包摔回去。进了市区,许佳明找出本来想送她妈妈的一套茶具,在副驾上自说自话,洛阳亲友如相问,一片冰心在玉壶。可是这些无效。她一句话也不接,开着车穿过王城大道,从金谷园进入道南路,最后停在一幢苏式建筑物的广场前,建筑物的顶端写着洛阳两个字。

"滚回去。"

21

她不能回家,一个人就这么回去算怎么回事。六点刚过就有人噼里啪啦放爆竹,停在路边她给妈妈打个电话。她说妈,我今年不回来了,我跟许佳明在长春呢,他妈妈也想让我俩过去,是啊,我是媳妇儿嘛,说第一年得去男方家里,谁知道,东北的破规矩呗,明年他要是不跟我过来,我就跟他离,你放心吧,吃得可好了,小鸡炖蘑菇,猪肉炖粉条,他厨房做饭呢,接不了电话,明年让许佳明给你做哈。

她得赶快挂了,万一哭出来就漏了。看看油表,她决定回北京,一整天许佳明就干了加油这么一件人事儿。开到鹤壁她打不着火了,猛砸几下喇叭,她趴在方向盘上哭了几分钟。总有一天要把掉眼泪这习惯给戒掉,她吃饼干看远处夜空的烟花,琢磨是不是该给许佳明打个电话,怎么开场呢?你干吗呢,火车上有饺子吃吗?不行,太幸灾乐祸了。像个半生不熟的人那样拜年?新年快乐,身体健康,万事如意,恭喜发财,看他怎么接。万一他说同喜同喜,就挂了呢?她应该对他哭,虽然刚戒哭五分钟,可是这一切真的太让人伤心了,大年除夕夜,一个人在高速路上吃饼干看烟花,汽车抛锚,即使修好了,她连出去的过路费都没有。谁说的钱没用,谁败家子似的把钞票往窗外撒?

电话响了,最后一点儿电量。是河南第四监狱打来的。她爸爸说,刚跟妈妈通过电话,他要女儿多穿点儿,东北比北京还冷,没事就别往外跑了,他说才知道女儿结婚了,小伙子怎么样啊,多大了,对你好不好啊,别让他知道我的事,但还是要带给你妈妈看看。真没出息,她又哭了。

"我想你了，爸，你答应我，一定要活着出来。"

22

他们又一次见面在四月，万物复苏春暖花开的季节，许佳明追命似的一天一个短信要她收租，房子不能白住。四月五号，林宝儿还真有模有样地带一份租赁合同和他签约。签字交钱之后许佳明讲，真是的，好好的房子住着，你进来插一杠子，成我房东了。

"小许啊，这房子你不能带女人回来啊，以前可是我婚房呢。"

"那怎么没结婚呢，房东？"

"我爷儿们临了被狼狗把命根子给咬了。不行，我得去卧室检查检查。"

合同和钱还在桌上，她不管不顾进了卧室。故地重游，就算感慨万千也得端着。她说，小许啊，你要是再把饼干渣吃床上，我可不租你了啊，问你话呢，听见了没有？后面不应声，她刚一回头就被许佳明扑倒在床上。

"还让狼狗咬了，你会不会编啊？"

真不带这样的，收租又交粮，而且攒了那么多余粮。两人都小心翼翼地不提往事，连感情也不碰。经历了那么多，他们早已明白，爱及爱所伤害的是一摊沼泽，陷进去多少，到最后你都要拦腰斩断。

先犯错的是林宝儿，那回两个人在厨房做了一天的菜，他们食量都不大，两个人只想找点儿什么由头腻在一起。超市买回来的都用光后，许佳明把做好的菜和肉挑出来,重新炒一回。点火回锅时,许佳明没头没尾地忽然来一句,你房租太贵了。

"太贵?"她说,"我爱我家的中介听完我的价钱,还以为我要的是英镑呢。"

"你倒是知道什么最值钱,"他说,"你过来当我室友吧,A一下就好了。"

哦,点在这儿呢。有那么一阵儿,林宝儿以为好时光要回来了,她放下盘子擦擦手,觉得可以告诉他了。她说她四月五号来的,四月四号除了去打印租赁合同,还去了趟巴厘岛SPA馆。按摩师向她推荐一个特别适合咱们俩的项目,她口吃了一下说,阴道清洗。当技师拿一个毛笔一般的东西把她里面的每个角落都刷一遍,当那根塑料管将温热的水胀满她体内的时候,身体就像心一样,只留下你许佳明的痕迹了。

许佳明把菜刀拿走,将她抱到菜板上,蹲下来撩起她的围裙。真是的,她还没讲全呢,她还没有告诉他,她打听了两个月才找到北京的巴厘岛;没有告诉他,她曾对店长强调要最强度最洁净的清洗。真是的,她就要变成她几年前最讨厌的那类女人,因为某个男人越走越远,直到回不去。她靠着瓷砖墙壁闭上眼睛,水龙头的滴答声,煤气火焰的滋滋声,抽油烟机的转轮声。浑身一颤,她轻声叫了许佳明,又说出了那三个字。尽管耳语那般细小,然而他听到了,在一片潮湿之中闭嘴不动。她张开眼睛,厨房弥漫烧焦了的黑烟。

我,爱,你。

完了,他们又掉进爱以及爱所伤害的循环反复。之后他们热恋甜蜜了三天,两个人甚至把婚宴的酒杯塔都搭出来了。然后只一次吵架全部崩塌,碎掉了。

回去的路上林宝儿回忆，他俩谁先说那三个字的，头回见面许佳明就说过，要么爱到不爱，要么爱到死。可他确实没说过那三个字啊，他老是绕着圈地勾引她说。没错，就在大巴上，许佳明说怎么和你在一起之后，忽然不爱谭欣了呢？她才第一次说了我爱你。的确太坏了，林宝儿，他只说他不爱另一个女人了，你干吗那么多情，你犯什么贱呀？

秋天以前他们又在一起几次，每次差不多十天。林宝儿觉得自己就像是进错人家的猫，每次被主人伤害，就跑出去晃几个月，时间一长又开始想念主人，然后许佳明再次将她刺伤。有时她也会回击，比如许佳明追问，你什么价啊？她不想聊，说白菜价。白菜多少钱一斤啊？五万八万。一个月不少赚啊，可以啊，算金领了吧？

"一夜，"她说，"五万八万是一夜的价钱。"

"林宝儿，"他深吸一口烟，看着窗外狂风大作，就要下雨了，"我他妈真小看你了。"

这下算是震住他了，一下午就在阳光房抽烟望叶强，那片都要化身为化石的树叶。她想安慰他，看他难受她会心疼；她不想去安慰他，她要让他像她一样被折磨。她还是去了阳光房，安静地坐在他对面。

"当时在三亚，我还说借你两万，少了是吧？"

"你没小瞧我，你说过，我在你眼里是无价之宝，是生命。"

"林宝儿，我能不能不爱你呢，"他含着泪水说，"以后跟你在一起跟占便宜似的，就没那么痛苦了。"

由于下雨，天提前黑了，两个人打开窗户吼着吵。有几次她打算穿上外套直接走人，再也不见这个浑蛋。也许是眼泪，也许是怕她这次一去就真的不回来了，许佳明的声音低了下来，后来低到听不清，呓语一般哼哼唧唧。她问许佳明说什么呢，脱下外套走近些听他讲。她能猜到他在说我爱你,他永远都是这样,好话让别人大声说,自己却吞吞吐吐,把爱全吃掉。

"你大点儿声说,大点儿声!"她学着那时的许佳明重复道。

她试着笑出来,她知道,这样就会好。许佳明捏捏鼻子,从后面抱住她,手指向上摸到他曾那么迷恋的乳房,触及肌肤的一瞬间,他哭了出来,他改主意了,在她耳边轻声说:"滚。"

仿佛极光晃在眼睛上,她什么都看不见了。她想通了,这次她要忍住,绝对不离开,抱定留下来。夜里他们都累了,两个人胚胎一般蜷缩在床上。林宝儿伸手刮下他的鼻子,说我以前问过你,我问男女为什么要做爱,你说为了爱,为了表达。我今天再问你一遍,我们为什么要做爱?许佳明眨眨眼睛,将眼泪沥出来。

"因为我不想断掉你,我怕你去找别的女孩儿,我怕失去你,我想让你起码在这方面还留恋我。"她哭着说,"许佳明,我已经变成我林宝儿最瞧不起的那种女孩儿了。"

雨停了,从窗户淋进来的水滴答答地掉在地板上。天快亮时林宝儿说,今年时常想起一个梦,三亚的第一天等你进门的那个梦,梦里面她把羊群一只只带过去,她答应带它们回家,可走到海边她说,我们回不去了,怎么办呀?

"可我回北京了,它们还在海边张望,等着我。我去教堂忏悔,我去庙里烧香拜佛,我这段时间去了好多地方,我想问,我们两个还能不能在一起。教会跟我说,牧师就是牧羊人,你和我就是那些迷失的羔羊,他们说上帝能带我们回家。他们在骗我,就像我当时骗那些羊,没有牧羊人来带我们,我们还能靠自己回去吗?许佳明和林宝儿,你说我们会不会半途死在大海里?"

23

快一年没见过面,在秋天,许佳明偶尔给她打过几个电话,净说些无厘头的事情。他说他在超市见着一款巧克力很适合她,要不要送过去;他说他在便宜坊点多了,一起过来吃吧。

"本来该点半套烤鸭的,"他说,"服务员说点一套送汤。"

唔,她怎么还那么喜欢听他说话啊。林宝儿握着电话提醒他,我们已经分手了,而且我现在恋爱了,不方便再去抢前男友的烤鸭吃。

许佳明问:"他叫什么?"

"王强。"

"你新男友叫王强?"

"你别不信,全国一百万个王强,我总能碰上一个。"

"哦,好,祝福你。"许佳明叹息一阵儿,说,"我最近看见女人的身体,如果不是你林宝儿的脸,不是你林宝儿的胸,不是你林宝儿的腿,只要上床,我就想吐。"

"慢慢就好了。"

"不是,我要说,我们俩是一个人,你是地球上的另一个我,我看见别的女人想吐,你也不可能喜欢上别的男人。"

她接不上话,因为许佳明说得对。她的手指在话筒敲打数秒,差不多得了,一声不吭真没什么好说。她说求你件事,你再也不要给我打电话了,别逼我换号码,咱俩真不至于扯皮一辈子。

"随便换,你记着,"他说,"你说过的,你是我私人的林宝儿。"

没说再见她就挂掉了。她怕他再打来，一天关机。

十月份有个男人给她过生日，她二十七岁了，是该大步往前走的年纪。那男的说话时，她脑子里想的全是许佳明，她责怪许佳明没给她过过一回生日，她想念许佳明给她过了一百回生日。经常是这样的，坏天气的好日子，两个人无事可做，许佳明突然提议，要不我给你过生日吧？

蜡烛点上，一口气吹灭，她要用哑语许愿，一个蛋糕切两半，你一半我一半。那男的说天秤座女孩儿就是好，优雅又倔强，浪漫又贤淑。

"泡个姑娘，至于从星座下手吗？"

她看见许佳明坐在旁边那桌，一丝冷笑地看他们俩约会。她问："要是你呢，聊什么？"

"聊你林宝儿啊，聊我许佳明啊，聊点随机的东西，谁愿意听他背书啊？"

那男的以为是问他，说自己是双子座，这个星座都有两面性，别看他表面上好像有些成绩，可是内心其实一直都有自卑心理。林宝儿耐着性子等了半天，三分钟他才落到点上，双子座男生和天秤座女生是最合适的搭配。

"还女生男生，娘儿们唧唧的，借他点儿钱，让他去做变性手术。"

许佳明说完起身告辞。她让他别走。那男的说不急，等会儿去洗手间也成。

"祝你有个无趣的一生。"

林宝儿抄起杯子朝许佳明背影甩过去。她知道完了，许佳明把她三年来的第一个生日搞砸了。她跟那男的解释，她试试杯子在地毯上能不能摔碎。还行，长城饭店的地毯真好。算了，她拎包起身致歉，我得回去吃药了。那男的满脸沮丧目送她出门,笨死了,连一句"我这儿有进口药"都不会接。

晚上她给自己补过一次,喝了双份的酒。她发信息说,你说我可怕,我坏,可全世界我只对你许佳明一个人好;你倒是正直,对全世界都好,可你就对我林宝儿一个人坏。

她也不知道发这短信干吗,等了三天也没见他回。要不打个电话问他,你是不是死了。绝对不能打,她讲的我爱你,她讲的分手,她就不能再讲我想你。你不能所有的话都让我说,她搬着行李想,我在9,你在1,你总要上前几格,和我在5格相遇,那些直接来9格找我的男人,我还看不上呢。她把最后一个箱子推进来,许佳明走后,她搬回到那里。

有个事情纠缠了她整个十一月,她在抽屉里找到了那枚钻戒。应该还给他,打个电话问问他在哪儿,滚过来拿。给我有什么用,我下次结婚送未婚妻吗?他一定会这么说。再说她也舍不得还回去,戴上有多美,您查看的宝贝林宝儿不存在,可能已下架或者被许佳明转移。闪瞎你眼睛!

十二月家里来了个陌生男人,仿佛要出发去北极一般,把全北京的衣服都穿在身上。他说他是许佳明的朋友,曾经答应过他,若是来北京,找这个住址,请林宝儿吃个饭,问问她好不好。

"他怎么知道我搬回来了?"

他们定在"一茶一坐",既然请客,那人故意多点几个菜。肯定会浪费,林宝儿想,一会儿借上厕所的机会把单埋掉。这也是许佳明的习惯,他说,你想埋的单一定要背后埋,可埋可不埋的单就玩命跟朋友抢。她又想他了。

"他还好吗？"

"不好，"他摘下眼镜擦雾，"但对他来说是好事。我希望他能做出更多的画，你可能不知道他多有才华。你不知道身为一个画家，能跟许佳明生在一个时代有多幸运，没有既生瑜何生亮这种事，我是混圈子的，我是鲁肃，我庆幸自己能看见，许佳明是怎么成大师的。"

"你是李小天？"她说，"他跟我提过你，我感觉他就你一个朋友。"

"他原话是，我是他唯一一个疑似朋友。"

她晚点要拍片，问李小天在北京待到哪天，也许可以再吃一次饭。他不如许佳明，但比一般人好点，好在哪呢？有趣吗？也许，但这不是重点。第二天她想明白了，因为他崇拜许佳明，只要提到他，就是夸奖。也许可以再跟他聊聊许佳明。最后一天他们看部电影，去酒吧喝了点儿酒。她讲了所有关于许佳明的事，她问他该怎么办，她想念他，想念他的那些点子，可她真的不能跟他在一起，他们会互相折磨死。

"你应该离开他，下定决心。"他说，"哪怕很仓促地找个男人。"

她笑了，她明白他什么意思。许佳明在三亚就告诉过她，如果十个有九个都打听女孩儿和前男友那点事，他就做那个不打听的，因为骨子里就自私，劝分不劝和。她记得他的原话——你对你错，我都会故意说成你男人不是个东西，然后再话里话外暗示你，应该找个我这样的人恋爱，或是跟我睡一夜报复他。这样不好，不道德，以后我会瞧不起我自己。这就是她喜欢许佳明的地方，什么事都看得很透，而且不怕点破，让她做选择。她太想念他了，以至于冒出个奇怪的想法，也许会后悔，也许可以摆脱许佳明。她跟他回了酒店。

她以为会索然无味，闭眼数到六十就让他滚下来，难受的是她居然有了高潮。完事以后她连烟都没抽，坐起来穿衣服。她说你去和许佳明讲，我和你搞了，让他别惦记我了。

"你说吧。"他倒是靠床头抽支烟，"我不否认就是了。"

"你不敢说。"

"我是不敢说，他就我这一个朋友，他就你这一个女人。"

"你给我滚！"

她站起来指着他，意识到自己正在李小天的酒店，倍感羞耻地拿着包出去了。

凌晨两点半，她站在街上打不着车，掏出手机给许佳明打电话，她说我错了，不要再找我了，我林宝儿这辈子也没脸再见你了，我不再是你私人的林宝儿了。你还好吗，我真的想你。那边男声中文女声英语提示关机，她把手机摔在地上，找块砖哭着砸屏幕。

"连许佳明都找不着，我要你还有什么用？"

24

许佳明不在北京，跻身六百六俱乐部。他在包头等了两个月，监狱终于同意巴雅尔接受《人民日报》记者原野的采访。他以为巴雅尔彪悍强壮到硬生生把张至东打死，可第一眼看去比许佳明还瘦，而且戴着金边眼镜。来之前许佳明特意查些资料，用"他赛白努"跟他打招呼。巴雅尔愣了一下，很浓重的京腔劝他别这样。

"我其实也就会这几句蒙古话。"巴雅尔说。

许佳明想见他，看看林宝儿的前男友长什么样子，仅此而已。真是面对面都不知道问什么。他把名片递过去——原野（许佳明）。

"《人民日报》为什么要采访我?"

你他妈问我?"不知道,我们主编的意思。"

"那你问吧。"

"你先随便说点什么,我等会儿问你。"

巴雅尔也是杂志编辑出身,感觉许佳明不像记者,不过有人陪他聊聊天也还算好。他说今年秋天才从北京天河监狱转回原籍,那是个关押外地犯人的中转站,凑够一火车,就送回户口所在地继续服刑。以前他刚到北京的时候,陌生人寒暄,他总问你是哪儿人,这是北京的特色,湖南人、四川人、山东人,哪儿人都有。后来他们杂志的主编建议他别这么问,全国只有四个城市的人会很骄傲地说,我是北京人,上海人,广州人,深圳人。这不是好话题,如果是些穷困省份,大家会陷入无谓的尴尬。

"比如我问你哪儿人,"他讲,"你说河南人,我说河南人挺好的,接着大家沉默到尴尬,我真觉得不错,人家又以为我黑河南人。"

"东北人也一样,"许佳明说,"算了,我也掉进地域坑了。"

"我说那聊什么呀?我们主编说,寒暄聊天可以这么问,你为什么来北京?"

"这句话好。"

"我这两年在牢里就在想,中国就那几个城市,上海、广州、深圳,它们都像北京一样,是所有外地人的梦。打他们从北京站口出来那一刻,回头看着那两个大字北京,就在心里面告诉自己,不混成什么什么样就不回去,或者要混到不回去,成为新北京人。十三亿北京梦,十三亿上海梦,每个人都有不同的原因来北京去上海,好多都已经活不下去了,还是不肯回老家,就因为那句话,你为什么来北京?"

林宝儿,我不该一直怪你那样,我早该进入你的世界,问问你,你为什么来北京?

"然后我出了事,关进天河监狱,中国唯一的外地人监狱,都等着押送回老家。很讽刺,和狱友再寒暄,多了一个问题,你为什么来北京,可为什么又离开了北京?"

"他们怎么说?"

"原因不同,总结下来都相似,他们在北京过得不好,宁可犯罪也没脸回去。"

"北京梦。"许佳明说,"你呢,你为什么来北京,又为什么离开?"

"我去北京是因为想当摄影师,最初的那个梦想。之所以离开,是因为我慢慢发现,摄影师不是我的梦想,那只是我的工具,我的枪。其实我骨子里的梦想是,有豪宅,有跑车,有光鲜的生活,最好还有个令人羡慕的老婆。"

"说说你那个案子吧。"

他想抽支烟,许佳明说他戒了。巴雅尔笑着说了第二遍真讽刺,我在牢里尚且戒不掉,你在外面却把烟戒了。然后他讲起了张至东的死,跟新闻说得差不多,也许那些新闻就是照他说的写的。他没提林宝儿的名字,连模特林某都没提,只说,那个模特。

"那个模特现在怎么样了?"

"不错吧,"他叹口气说,"我还在天河监狱,她最后一次来看我的时候,她说会等着我。"

许佳明笑了,真是林宝儿,那么坏那么恶毒的林宝儿,只对许佳明一个人好。他问:"你信吗?"

"我信她的每一句话。不信又怎么办?"

"你爱她哪儿?"

他摇头说:"不知道,讲不清楚。"

"是因为她活儿好吗?"

巴雅尔坐直些,凝视许佳明问:"您哪位?"

许佳明站起来手指点着他,他想告诉他,你个傻逼,我是林宝儿的老公,你也成了我们的工具,也被我们当枪使了!他一死,你一坐牢,我就娶了她,谢谢啊!可他讲不出来,分手一年了,他已经没有之前的美猴王心理,以为全世界自己最牛逼,花果山是他一个人的。

"我跟你一样,"许佳明坐下来说,"我戒烟是因为想知道,是戒林宝儿难,还是戒烟难。"

"那你戒掉她了吗?"

"不然我就不来了,我连烟都戒掉了,还是戒不掉林宝儿。"

25

他还要再见一个人,买张票连夜上了火车。次日醒来还没到站,他拿着毛巾牙膏在洗漱处排队等待。卧铺车厢广播说,欢迎来到十三朝古都洛阳,洛阳又称牡丹花都,与罗马并称为世界两大古都,自古便有"东洛阳西罗马"之说。轮到他洗脸时,车厢放了最后一首歌。打开水龙头他弯腰低头,双手往脸上拍打冰冷的水流。他喜欢这首歌,想不起来该叫什么名字,他喜欢这旋律,他喜欢这每一句歌词,喜欢陈奕迅哀莫大于心死的声音,当他唱到最后四个字的时候,许佳明将水龙头重新打开,把眼泪冲掉。好久不见。

黄页显示，林业国是前任河南药监局局长，或者是安监局，他记不清了。打从落马在监狱里待了快十年，七年前从死缓转为无期，这两年林宝儿一直在外围活动，想将无期减为二十年。到那时她父亲已经快七十岁了，她怕他死在牢里面。这次许佳明没说自己是《人民日报》的原野，他说他是林业国的女婿，叫许佳明。

星期二下午是探监日，他买些允许的东西带进河南第四监狱。林业国出来后端详了他足足一分钟，点头说，是个好孩子。许佳明问他，林宝儿说过我们俩的事吗？

"说过，过年的时候来了，我问她许佳明呢，她说你去法国开画展了，她给我看了你的照片，给我看了你的画。我多问几句，这孩子就绷不住哭了，说爸爸，我什么都没了，我现在就剩你和妈了，你要好好活着。"他顿了一下，搓着手说，"她真是我女儿，跟我一样，怎么害怕，怎么委屈，她都瞒着自己扛，不到崩盘那天，绝对不会说出来。"

"您怪我吗？"

"不怪你，你俩结婚，她是我的心头肉，你俩不结婚，她也是我的心头肉。我不能指望你这样的外人，替我对她好。"

"对不起。"

"你能来我就很感谢你了。"他看看四周说，"我还怕你忍不了监狱这个环境呢。"

"我父亲是死刑犯，继父。我没敢告诉她，"许佳明说，"他杀了六个还是七个，我都数不过来。"

"那你母亲一定很痛苦。"

"我算是孤儿，我母亲是疯子，精神病院住二十年了，就是跟棵树都能聊一下午的那种疯子。我亲生父亲是植物人，小时候以为他死了。

前两年去医院看他，感觉比我还年轻，没有白头发，没有皱纹。我现在对他的印象就是滴答滴答的输液声。我算过，一分钟四五十滴，两千多万滴，他的一年就过去了。"

好像是许佳明被探视，他忍不住全讲出来。憋太久了，他没对林宝儿讲过，没对谭欣讲过。不是担心被瞧不起，她们都不是那种女孩儿，他是怕哪天爱人吵架她们会讥刺他说，许佳明，我可算是找着根儿了，疯子的基因，杀人犯的家庭，谁能跟你一起过下去？

时间快到了，许佳明问伯母住在哪里，他打算看看她。

"别去了，她妈妈什么都不知道。让林宝儿自己安排吧。"

临别时他问许佳明打算怎么办。他恍惚看墙壁。他看看许佳明脱落的头发，心想好吧，时日不长，走一步算一步吧。

他乘飞机回来，北郊机场起飞之后，将林宝儿的十年慢慢理出来。十八岁考上中戏，全家的大喜，然而暑假还没过去，爸爸就出事了。他们从别墅区搬进筒子楼。他曾劝女儿别去北京了，现在爸爸连学费都出不起了。可是她要来，她也有她的北京梦。第一个学期她找份兼职，在酒吧弹吉他唱歌。林业国讲，下班太晚不能住学校，她在东边租了个地下室。林宝儿跟爸爸讲过，她不怕每天夜里两点半在工体北路骑车回家，她怕的是进了家门，还有穿过地下室百米长的走廊。两侧都是门，黑咕隆咚，什么外地人刚来北京都住在这儿，一到夜里原形毕露，里面各种声音，她真怕哪扇门忽然打开，跳出两个赤膊文身叼着烟的男人把她拽进去。

"从大门进去，要经过一百七十八扇门才到她房间，她每夜都是倒数着走回去。"林业国说，"有回因为些事情我责怪她，我说你靠唱歌不是挺好的吗，为什么不做了。她忍不住了，就是我说的那种崩盘，她哭着吼,不是唱歌,你当你女儿是大明星啊,你以为真有人花钱听你女儿唱歌吗?"

"那是什么?"许佳明的声音都颤了。

"夜店女孩儿,我后来才搞明白是什么,他们为了有人气,吸引有钱男人进来消费,一车一车地把女孩儿送到夜店。一天一结钱,散场后要求送回家的三十,自己回去的五十。林宝儿骑车回家,拿五十。店里给你的要求是,客人跟你打招呼,你必须应;客人请你喝酒,你必须喝;不许跟客人说你是店里雇来的,你就是和朋友来玩的。"

"干满一个月也才一千五。"

"对,干满一个月,来了月经都要被灌酒,那是我的女儿啊!"他哭出来,"她那年十八岁,我快五十岁了,我的女儿!我让我女儿受这么大委屈。"

许佳明,你别以为我是你在夜店或陌陌认识的,随便一勾搭就能跟你走的那种女孩儿。是啊,林宝儿,散场后你还要领五十块钱,骑着你的凤凰或永久穿过三里屯,在地下室两侧妓女、皮条客、毒贩子、烤肉串、骑人力车的以及分赃盗贼的一百七十八扇房门前走一遭呢。

飞机降落到首都机场,他擦擦眼睛,跟着人群走到行李处。标准的黑色行李箱,有两三件都感觉是他的。他等等,让行李再转两圈,最后出来的孤零零的黑箱一定是他的了,那时也只剩他一个人了。

黑箱装进后备厢,他不能马上回家,坐进副驾位他跟司机说去肿瘤医院。他的抗癌药又要吃没了。

26

林宝儿再见到他时哭得一塌糊涂。半年不见,许佳明消瘦了二十斤,他面色苍白,眼眶凹进去有两厘米那么深。帽子摘下来已然成了光头。他让她别哭,没事的,本来我已经在你的世界消失了,本来我已经失去你了,这样有多好,我又见到了你。林宝儿哭得更厉害了,她怪许佳明是不是傻,如果命还在,我们可以在一起一辈子,你怎么就那么坏,你怎么就得了癌症?

好像他是故意得了癌症,好像他在报复她。

大夫姓王,年纪不到四十,他对林宝儿说,多陪陪许佳明,时日不多了,尽量不要哭,不要让患者情绪不稳定。林宝儿问了半天,才明白王大夫的意思。

"等死是吧?不可能!"她拽着王大夫的袖子喊,"我有钱,我有的是钱,多少钱你都给我治!"

白大褂都被扯开了,他让她冷静,对她分析,不是钱的事,基本上无药可医,花再多的钱也是白搭。

"无药可医,你是干什么吃的?白搭我也治,人死了,钱还有什么用?"

王大夫想了想,决定观察半个月开始治疗,他建议他们去旅行,空气好的景区会对病人有帮助。林宝儿问许佳明想去哪儿,许佳明想了想说,不知道,我就想去你在的地方,就这儿吧。林宝儿订了两张去三亚的机票。她想跟他重来一次,走到哪里算哪里。

在候机室许佳明告诉她,那天我回来了,行李都没拿就飞到首都机场在这儿等你,我这辈子没给谁送过花,可是那天我跟山炮似的手捧一束花,等着一个我连名字都不知道的女孩儿。

"花谢了,你还没出现。"

她怕掉眼泪,把墨镜戴上。起飞时她死命抱着他。她说许佳明,你真好,有了你,我都不用系安全带了。飞行平稳后她望着窗外,她问他记不记得小学的一篇课文《麦琪的礼物》。

"我让你别送我,我怕多看你一眼,我就走不掉了。我打车先去了免税店,挑好香水化妆品让他们送到机场。然后我忽然问自己,林宝儿,你为什么要化妆,你为什么要把自己捯饬得这么漂亮?不就是因为,你希望哪天你喜欢的男人也能被你迷住,死心塌地地爱上你吗?可是这个人出现了,你怎么能买些化妆品,又走了呢?"她握握他的手,"然后我回去了,住了两天等你。"

"麦琪的礼物。"

"倒是把经理吓一跳,看我那表情就像是,你怎么死而复生了?他跟我说,你人特好,特浪漫,又舍得花钱。"她转回身亲许佳明的脸,眨眨眼说,"我没出卖他吧?"

"忍住,就差一点了。"

第三天他们去了电影院,特意给他买了两桶爆米花。大黄龙,缠绕,电影开场,他们又开始敷面膜,吓唬完别人吓自己。

"你知道我为什么那么爱你吗?你对我一点都不好,我还是死心塌地地爱着你?"她问。

"因为我是你林宝儿的。"

"那是后来。我爱你的点子,超级爱。"她喝口可乐,这次换绿吸管,"我第二天喝椰子时才反应过来,这是我的可乐,我从来都是插两个吸管,挑一个喝。你在我右手边,可乐在咱俩之间,但你的可乐怎么就跑到我左边去了?"

她仔细回想当年那个爆米花男,拿本书端杯可乐,还有爆米花,请她让一下。她说那么多空座儿你非得墙角钻。我票在这儿。她让他迈过去,他面冲着她,胯部都要和她脸贴上了。你有病吧?对,可乐就是那时候放在那儿的。

"你什么时候留意到我的?"她问,"你第一眼看见我是什么时候?"

"咖啡店看书的时候,你从电梯刚上来那一刻,我喊声结账就跟着你。"

"我以为我右边不会再有人了呢。万一我可乐就放我左边了,你怎么办?"

"不知道,但总有办法的,我下决心了的,一定要认识你,不能把你错过去。"他说,"我那天最大的错误就是,爆米花吃太多了,你又忙着打电话一口不喝。我好几次渴得不行了,想让你把可乐给我递过来。"

她哈哈笑出来,回想那句话,我一定要认识你,不能把你错过去。

"林宝儿,我真是头一次主动认识谁。你别认为我是那种成天守在电影院,看谁漂亮就跟谁走的男人。真不是,我这辈子就跟你走了。"

"我知道,我知道。"

她揭下面膜,闭上眼睛试着别哭。电影快结束时,她拉着他的手说:"许佳明,你要是能传染就好了,像艾滋病什么的,你传染给我,我想跟你一起死,我怕死,可我真的想跟你一起死。"

27

也许可以给他生个孩子。谭欣的儿子姓崔,她林宝儿的孩子,不管男孩儿女孩儿,都要实实在在地姓许。那个谭欣,还好许佳明不爱她,贱人,还说什么我会一直在海南等你。你慢慢等吧,我牵着许佳明的手从你门口路过,都不敲你家门。

忘了在哪本书上看着的,应该是杂志,她又不看书,就一本《漫长的告别》,还是许佳明的。杂志上说,性分两种,一种是为了娱乐,一种是为了生育。没有第三种,没有为了爱。弄得她好长一段时间都以为,性和爱没一毛钱关系。可她这次要为了生育,她不敢告诉许佳明,她怕许佳明就算把安全套摘下来,也要把好几亿的宝宝弄外面。她高潮时他还没来,然后她假呻吟,眯眼观察他,差不多时她双腿夹住许佳明的腰,直到一阵暖流涌进来。

"我是安全期。"

"你从来不信这个。"

"现在开始信了。"

她信的是,最近是她的排卵期。趁他不注意,她把臀部悄悄挺起来。一滴也不许给我跑。

她想重温那里的牛排,许佳明没兴趣,反问她三分熟的牛肉见七分熟的牛肉,为什么不打招呼。

"我听过,忘了。"她说。

"因为还不熟,那儿的牛肉真的太生性了。"

"生性?"

最后一晚他们还是去了,许佳明让服务生拿两支蜡烛,弄点小情调。林宝儿转身看节目,还是那个马尼拉乐队,还是那几只狗,还是那么二的主持人。

"这地方是挺生性的。"

她转身吓一跳,许佳明搭了个酒杯塔,正从塔尖往下倒香槟。

"林宝儿,今天是你生命的第一万天,我很荣幸在这个时候和你在一起,很高兴你能在你一万天的日子继续爱着我,我不知道你能爱我多久,我的以后,你累了就停下来,不要老想着我。我会永远永远永远地爱着你。我没开玩笑,一定是祖宗积德,三千年才修来的你。出去这一年我天天在忏悔,还记得那个下午你说过,你说,许佳明,遇见你真的太不容易了,我花了二十五年才找到你,我不想再重新来一次了。我那么多次怪你,那么狠心地伤害你。我怎么忘了这句话,我怎么忘了你林宝儿吃了那么多的苦,才让我们两个在一起。"

他说不下去了,大声哭出来。林宝儿站起来,隔着桌子把他抱在怀里,和他一起哭。

"三年前就在这儿,我跟你说,要么爱到不爱,要么爱到死。对你林宝儿,我没办法,我没有办法爱到不爱,但起码,我爱你爱到了死。"

28

他们又搬到一起,做"叶强"的邻居。王大夫说,患者癌细胞暂时没有大范围扩散,可以保守治疗。保守意味着不花钱,林宝儿总有点不放心。王大夫说有些民间的方子也可以试一试,他开了大枣、半枝莲、铁树、白花蛇舌草,四味药一起煎服。总有些怪怪的,中西医结合。林宝儿想再拍一次片子,心里有点底。星期二她陪许佳明在肿瘤医院待了一上午。许佳明出来说,明天他过来拿片子。

林宝儿有更重要的事忙。星期三一早,她去了妇产医院。医生问她多久没来月经了。她说二十天。

"太短了,"医生说,"等四十天左右你再过来。"

"我有没有怀孕,那天不就出结果了吗,跟月经没关系吧?"

什么年代了,做爱二十天了还验不出来吗?她手机忘家了,直接去肿瘤医院王大夫的办公室。许佳明还没来,王大夫也不在。在走廊里等了一上午,护士告诉她,王大夫来了,可以进去了。

也姓王,但不是那个王大夫,问她有什么症状。她四周看看,一切没变,问他:"您一直用这个诊室吗?"

"算是吧,我刚刚休假回来。"

她满楼层找,踩着高跟鞋喊,你给我滚出来!最后在楼道里看到小王大夫正在打扫卫生。他换了身衣服,没以前那么顺眼了,胸前的两个字如此刺眼——保洁。林宝儿揪着他的衣领拽上一层楼,抡起包在他头上砸了十几下。

"你给讲清楚,许佳明给你多少钱?"

晚上风平浪静,吃过饭,许佳明把四味药喝下去,吃下抗癌药后说,我还没给你看片子呢。他在灯下指给林宝儿看。

"这是心,这是肝,合起来是你。这是癌细胞,一般人想有都得不着。"

"许佳明。"

"唔？"

"你是不是傻逼？"

他放下片子，一脸不解。

"问你话呢，你是不是傻逼！"她捡起片子使劲扯，扯不开时就哭着说，"这他妈谁的片子，你拿来唬我？抗癌药呢，你吃啊，你吃死吧！"

"你好？"许佳明坐下来，半天喘不上气，"你聪明？我还没死呢！你为了我，都已经弄死一个了！"

"我犯贱用不着你管！你就回答我，许佳明，你是不是傻逼？"

"我可以死的，我没打算活下来，我没打算骗你。我是准备死的，反正没有你，我也活不下去，我就是想死之前能跟你在一起待几个月。"

"你还没告诉我呢，你是不是傻逼？"

"是，我是，你也是，我们就是两个大傻逼，不知道怎么着就凑一块儿去了！"他找出剩下的两瓶抗癌药，倒出来，"你看着，我真的是准备死的。"

没有一个西瓜切两半，没有你一半我一半，只有啪的一声，林宝儿给他一个嘴巴，药丸撒了一地。

"你滚吧，我们再也别见面，是死是活我都不想知道你。"她说完低头，伸脚碾碎一个药丸，"还有，你别把李小天当朋友了。"

"你见过他了？"他找件外套披上，反应过来。"你跟他睡了？"

"你管不着。"

"你是不是跟他睡了？林宝儿，你个傻逼，这不是逼咱俩完吗？"

林宝儿捂着脸哭了好半天，抽两下鼻子说："快滚吧，这辈子也别想我了。"

29

就算一切都完了,也要把孩子留下来,不然她也会死的。八月份,她去做了检查。她说两个多月没来月经了,应该是有了。医生说先去验血,查下HCG。出门的时候她单子忘桌上了,医生提醒她别忘了。她愣在门口不动。大夫皱皱眉问,没人帮你吗,孩子爸爸呢?

"他爸爸在巴黎开画展呢,"她抿着嘴说,"他爸爸是画家。"

差不多一个礼拜她都想给他打电话,问他在哪儿,问他好不好。她想说,我们都错了,林宝儿和许佳明是分不开的,我们再也不提原谅这个词了,自己是不能原谅自己的,我就是你的,我是你私人的林宝儿,现在我肚子里的宝宝也是你许佳明的了。

有时候关机,有时候不在服务区,有时候打通了又没人接。最后一次是他回过来了,他说你等着,我在上海,李小天已经在来星巴克的路上了,他今天非得宰了他。她求他别挂,听她讲,我和李小天什么都没有过,我都没见过他,我故意气你的,你快回来吧。他沉默了半分钟,一句也不说地挂掉电话。

他电话关机了,她不停地打,不停地打,后来她自己都有些害怕了,开瓶红酒一口气喝了半瓶。电话没打通,家里的存酒全被她喝光了。

那天夜里她梦见许佳明,真奇怪,三年了,她第一次梦见许佳明。她梦见他俩在电影院抢座,可屁股只能坐一个,许佳明告诉她,坐热了就算你的了,快去抢下一个。抢了一百多个座,两个人 give me five

(击掌),庆祝过后大口喘气。许佳明说,简单休息一下,我们还要去下一个电影院。然后她就乐醒了。

天还没亮,她怕失去他,抓紧入睡去梦里找他。这次他躲了,地下室里一百七十八扇门,各种鬼哭狼嚎,她在走廊来回几十趟,喊他别闹了,快出来吧。

上午九点多钟有个电话进来,陌生男人,说话还有些结巴。她昏昏沉沉,电话都没挂就压到枕头底下睡着了。一个小时后电话又进来了。他说是中国平安的,叫修智博,问她有没有时间,中午一起吃个饭。

他们约在星光天地。把菜点好了,他问她叫什么名字。

"你约我出来,你问我叫什么名字?"

他有些紧张,岔过话题聊起了许佳明。他说许佳明都购买过中国平安的什么险种,每种可以赔偿的范围。

"说吧,什么意思?"

"受保人许佳明,昨晚死在了上海。"

她乐了,往后一靠说:"又来这个?这次可以啊,直接干死。"

修智博没明白,推过来授权书让她再看看。第一页提到了意外死亡,第二页提到了疾病死亡,第三页还有。她害怕了。

"他不是真死了吧?"

"我们来找你就是为这件事,你是许佳明的妻子吧?"

"你们怎么找到我的?"

"受保人的手机通讯录里有你号码,我都不知道你叫什么名字,推算你可能是他的妻子。"

"我不是他妻子,"她声音发抖,"为什么找我?你们凭什么找我?"

"不是吗？"修智博想想说，"也许是我们工作失误了，你在他手机里存的是'啊老婆'。"

"什么叫'啊老婆'？"

"可能啊是 A，第一位，很多人都这么干，打开通讯录就能看见你。"

"那你们找我干什么！你们去找 B 老婆 C 老婆 D 老婆。"她捂着嘴却很大声地哭起来，她还要再问最后一个问题，"许佳明是自杀吗？"

30

许佳明没杀人，连自己都没敢杀。差不多一年以后她去上海参加朋友的婚礼，意外遇见了李小天。本来很喜庆的日子，两个人一下子沮丧起来。午宴过后，他们步行去了仙霞路的星巴克。李小天说，讲不出为什么，他和许佳明认识好几年，居然从来没有一起吃过饭，更没喝过酒。每回都是咖啡，顶多喝两杯，又不会醉。

"可能我们俩潜意识都觉得，这种君子之交挺好，都不想熟起来，不想改变。"

"你别说你是他朋友，别说君子之交。"林宝儿说，"你不配。"

他点点头，说她讲得对。"那天他就坐你那儿，我们俩散伙后没两个小时，他就死了。"

座位坐热了，就等于是你的了，许佳明什么时候说的来着？她摸摸屁股，真是热的，她笑了。

"我这一年，没事就过来坐坐，感觉他就在我对面，我们还是边喝咖啡边聊天。"

"很长一段时间,我以为你也死了,或是你杀的他。我没敢问,我已经出过一回这样的事。但不该是许佳明啊。"

"我为什么杀他?"李小天有点疑惑,点支烟,"他知道了?"

她点头说:"他那天本来是想杀了你的。"

"他没提,他一点都没提,他就跟我说,李小天,都老大不小了,咱们一起做点正事吧。"

林宝儿把烟盒捏扁,里面还有两支烟被捏得散开。她问,许佳明到底怎么死的?李小天发了一会儿呆,说明白他为什么死了,原来自杀和谋杀中间还有一种死法。

"找死,"他说,"许佳明绝对是找死。"

"什么叫找死?我以前生气时老跟他说,你找死啊。但那不是找死。"

"许佳明跟我讲过,有一次在包头住小旅馆。夜里十二点听一个女的喊救命,从窗户看到有两个男人要挟持一个女的上车,他拎着菜刀就下去了。"

"他去包头干吗?"

"说去见个蒙古人,说想了解更多的你。我以为他跟你说了,他连洛阳都去了,就在你中学旁边,租了两个月的房子,把你长大的地方走了几十遍,全画下来了。"

她就要哭了,一年了啊,她戒哭了啊。得换个话题:"然后呢,拎菜刀下楼之后呢?"

"结果那两个男的是便衣,看了证件,许佳明也不让他们带走,他端着菜刀非要等穿制服的警察来。"

"旅馆里有菜刀?"

"所以说找死，可能早就买好了，就等碰点什么事儿，把命搭出去。"

"那就是自杀啊。"她说，"他在这儿怎么死的？"

"差不多，就别讲了，太丢脸了，死得跟蟑螂一样，一个响都没有。"

他们不想再聊他了，可是跨不过去。林宝儿看时候不早了，准备告辞，几个姐妹说好晚上闹洞房呢。有件事需要讲出来，她说，李小天我后悔跟你发生关系了，每天都在后悔，我只是没勇气上吊而已，我都没有脸想念许佳明，我希望你明白，我们这辈子应该不会再碰上了，以后各自保重吧。

李小天想想，也要跟她承认一件事，他说许佳明从没让他来北京找林宝儿，是他自己来的。

"许佳明以前住那儿，我知道地址，没想到你真在。我只是好奇他成天挂在嘴上的把他迷住的那个林宝儿，到底是什么样的女孩儿。"他又点起一支烟，"他说得对，你太漂亮了，任何一个男人都会为你疯狂，我也一样，我也被你迷住了。"

林宝儿站起来，狠狠地打了他一个耳光，哭着走到路口，看见李小天还坐着不动，又走回来。

"你还我一个，"她说，"狠劲打。"

"算了吧。"

林宝儿又给他一巴掌，这次更狠，眼镜都被甩到地上。

"我让你打，你现在就打，不然我踩碎你眼镜。"

李小天站起来，眯着眼睛找到她，抡起手臂还了她一耳光。

"你记着，"她含泪说，"第一下是我打你的，我们这一人一下，是替许佳明打的。"

31

连洞房都没闹，当天晚上她乘坐高铁一路哭着回了北京。回家之后她整理许佳明的光盘，找到了他曾讲过的那个海滨爱情电影。导演叫侯麦，电影名字叫《夏天的故事》，这名字真好，她想念夏天。她一边看一边哭，不停地问然后呢，然后呢，导演知道然后那男孩儿死了吗？

她把《夏天的故事》夹在《漫长的告别》中，想给妈妈打个电话，可她怕今天兜不住。她将手机关机。按她的讲述，许佳明跟她结了婚，由于工作，他移居巴黎，他们又离了婚。我舍不得你和爸爸啊，她说，我就想一直在你俩身边。

她把许佳明所有的衣服找出来，用床单封成一个袋子放在床上，抱着它试图入睡。过了十二点她发现自己还没睡着，对着那些划掉的号码又哭到一点半。哭太多了，林宝儿，许佳明死一年了，你不是慢慢好过来了吗？林宝儿，你就是一个对不起许佳明的大傻逼，要么你跟他去死，要么你给我把眼泪擦干，好好活下去。

她撕开面膜敷一张，冰冰凉凉好多了，大口吸气，想让情绪平稳些。可在面膜的掩护之下她哭得更放肆了，她太想念许佳明了，过了那么久，她还是不能接受许佳明已经死了的事实，她不相信自己再也见不到许佳明那些不着调的表情，再也听不到许佳明哄她开心的那些笑话，再也不能抱着许佳明和他搂着亲，捏着鼻子亲，做着爱亲，然后四条腿顶在墙上玩脚丫子大战，直到在他怀里睡着。

他应该还在的，他不会走远的。深夜无人，她撕心裂肺地哭出来。

涌出来的泪水把刚刚干掉的面膜又一次浸湿，掺着那些白汁从眼底瞒过鬓角，淌到耳垂一滴滴落在脖子上，**白色流淌一片**。入睡的时候她想，也许这是生命中最悲伤的一天。

32

他跟排队的人们说借光，不好意思，真有急事，不然人家就忘了。一路半鞠躬挤到售票台，售票小姐皱着眉问加塞儿的男人，您好，请问您想看哪部电影？

"刚才那女孩儿买的哪场？我要她旁边的位置。"他拿出钱包说，"我女朋友生我气呢，麻烦你帮个忙。"

售票员指给他，希望他快点，还有很多人排在后面。

"你确定是这儿吗，这是看电影的位子吗，面壁思过来了吧？"

半小时后坐在她旁边，他还心跳不已，虽然她不停地打电话，虽然她不断在骂人，但他知道这是他二十七年来听到的最好听的声音，后来她哭了。他找出纸巾，拍拍她肩膀。

"别管我。"她说，"把你爪子拿走！"

比刚才那句"你有病吧"还让他激动。爆米花早没了，他拿烟在嘴上叼几分钟，能够喘气能够说话时，他吐掉烟，又拍拍她的肩膀跟她解释，那确实是他的可乐。真棒，完全没察觉到。惯性使然，她又吸了两口冰块，满脸通红，低着头迈着小碎步出去了。

你不能错过她，你一定不可以错过她，他望着她的背影想，应该跟出去，也许你这辈子一直在找的女孩儿，就是她。

只有冰了啊，林宝儿，你还在吸什么，想吸出一条缝钻进去对吗？她连不好意思都忘记说了，灰溜溜地下了台阶。坐在大厅里她还在想，你什么情况，喝人家的可乐，你怎么想的呀？她拿出手机，确实打不开。算了，跟张至东有什么好解释的，就让他来吧，待几天一起走，反正一个人坐飞机真挺害怕的。

他出来了，她故意背过身望窗外。可他却直奔而来，问她，你手机没电了，要不要用他的手机知会一声。知会一声，也是从北京来的吧？她摆手说，不用了，谢谢。他还不走，脚跟黏住了似的。

"喂，要不我赔你杯可乐？"

"太客气了，不用，也行，看情况吧。"

一杯可乐而已，他居然在犹豫，而且顺势坐在了她对面！咦？电影还没有散场，他自己出来的。着急跑出来干什么呢，赶着看六点十六分的天空？他明明无事可做啊。她明白了，是冲她来的。哈，搭讪的，她太熟悉这种情况了。她往后靠靠，长舒一口气，那你就慢慢欣赏六点二十五分的天空吧。

他侧身看外面的云，嘴里还自言自语，那些云真白，一片连着一片。如果不是脑袋有问题，就是说给她听的。她才不接话，抬头看看他的侧脸，是她喜欢的样子。那又怎样，一百万人有这副长相，犯得着她林宝儿花痴吗？她起身拎包，冲他点点头，意思是你慢慢看蓝蓝的天白白的云，姐要先走一步了。

她在三楼商场转转，不比北京的差，但也不比北京的便宜，没必要买这些衣服带回去。也许可以再回去看看，验证下那个爆米花男是不是还跟傻子似的感叹云真白。她踩上扶梯上了楼。

对面下行扶梯有个男的往下跑。哦,就是他,那就算了吧,也许他有别的事,并非针对她。那男的快到底的时候发现不对劲,咚咚咚地逆行跑上来,踏着步子跟她站在一排。

"有事吗?"她问。

他脚下不停大口喘气,掏出手机隔着两条扶手递给她,说:"要不然打二百块钱的吧,这样算上可乐,你就该请我吃顿饭了。"

她对他摇摇头,没接过他手机,正过身直视前方不再理他。他叹口气,稍一松懈又掉在后面了,顺着扶梯下去了。扶梯快到顶时她笑了,她听见后面的脚步声,知道他换到这一侧追上来了。她转回来笑眯眯地看他往上爬。有没有可能,她咬着指甲想,喜欢上他呢?

CHAPTER 6

和许佳明的六次星巴克

1

和许佳明第五次星巴克的时候,他忽然跟我谈起梦想。他说,李小天,咱不玩了,收收心,好好干几件牛逼事,画几幅牛逼画,挺多惊天动地的大事等着咱们去干呢。他说这个让我一惊,以前他不聊梦想,难得认真一回,觉得快三十了,人生要靠谱,不能老拿才华抄近道,想成大事还是得用心加勤奋,他得清楚自己这辈子到底想要什么,知道往哪儿走。他那天讲了不少,一瞬间我感觉,我们不是在星巴克外面的遮阳伞下喝咖啡,而是在喧嚣的海港送他起航。但都不是我现在要说的,我要说的是,许佳明前半生不着调,到处浪费才华,等真正明白自己不能再这样,第一次树立梦想的四个小时后,许佳明死在了苏州河。

2

我没开玩笑,我也很难过。命运就像个无耻恶童,又一次拿我们的生命去做恶作剧。回头想想是许佳明约的我,他说他来上海,问我出来坐坐。我当时不是很想见他,他过得不好,和林宝儿刚离婚,小半年没画出什么像样的东西,也许手头也没几个钱。我不愿意花一下午的时间陪他吃饭,听他诉苦,再借点钱祝他一路顺风。我握着电话说我在外地。他问我在哪儿。我一时说不上来,哪个城市都有画家,随便一个电话就能打听清楚。得远一点,我想了想说,我在埃塞俄比亚。

我也不知道哪冒出来的地名,这让他沉默好一阵儿,跟我确认,我刚才说的是外地,外地可不是埃塞俄比亚的意思。我说对,但我就是在非洲。他问我在那儿都吃什么。我说吃英吉拉,有点像发酸的比萨,不过没有肉,看起来是素鸡一类的替代品,毕竟这里是非洲。他停了几秒,我以为他相信了,我告诉他,等我回来,你要是还在上海,我给你打电话。

"好。"他说,"但是,我现在打的就是你家座机。"

于是我们那天约在星巴克,刚下过一场雨,我和他坐外边。两片白云把太阳夹出一条缝,夏日的凉风仿佛是从黄浦江面吹过来,还掺杂一丝尘土的味道。良辰美景,却要直面这样的尴尬。我先找话说,我说家里就不该装子母机,接起像大哥大的那种,走两圈自己都忘了这不是手机。

许佳明不说话,看样子还有气。我换着说虽然没去过东非,但还真吃过一家埃俄餐厅,味道还好,只是装修令人难受,他们把非洲的摄影作品全贴在墙上,几十张照片全都是孩子,吃不上饭的那种孩子,我把经理叫过来,问他什么情况,他跟我解释,之所以贴这些照片,是因为想提醒我们,还有人在挨饿,之所以菜品贵,是因为餐厅会拿出我们消费的百分之十,来捐给这些孩子们,也就是说我花五百块,餐厅就捐五十。

"然后我就不舒服了,为什么我不能少吃一口,直接捐五百?"

我以为他会打断我,往下讲也没意思。我进店买两杯咖啡,出来的时候许佳明好多了,似笑非笑地看着我。我递给他一杯咖啡,喝过一口他问我有没有想过,超级玛丽应该干什么。我让他重复一遍。没错,是超级玛丽,小霸王年代的横版游戏,过去翻译的错误,应该叫超级马里奥兄弟,能蹦能顶,还可以踩怪兽。见他问得认真,我想了想说,我不知道,我记得他喜欢顶金币和吃蘑菇。

"你要说什么？"

"我要说，我也是这个夏天才想明白，"他说，"超级玛丽应该干的是，从库巴手里救出碧琪公主。"

什么意思，我问他谁是碧琪公主，Bicth 吗。他说不是，是 Peach。我问他，是因为长得太 Peach，所以成了 Bicth 吗。他等了一会儿，希望我认真，他说碧琪是蘑菇王国的公主，他们有个死对头叫库巴，绑架了公主，超级玛丽去救她，可是路上的金币和蘑菇实在太多了，到死他都不记得自己应该干什么。

我打断他："许佳明，你想要说什么？"

许佳明停下来，说了最初的那番话，他说："李小天，咱不玩了，收收心，好好干几件牛逼事，画几幅牛逼画，挺多惊天动地的大事等着咱们去干呢。顶金币和吃蘑菇是很好，可那不是我们应该干的，梦想是插在库巴城堡的那面旗，咱俩别闹了，把金币、蘑菇戒了吧，专心点往前走，能走多远走多远，万一哪天走得早，没能拔下那面旗，咱也要死得离库巴城堡近一点儿。"

好吧，就让我把画面定格在这里吧，许佳明半张着嘴，满含热泪望着我的那一刻。关于许佳明的一切，就从这里讲起。他死后快两年我都绕不过去，好像我当时看见了，我看见许佳明在谈论梦想时眼里泛出的光芒，我看见一个更纯粹的他正在摆脱欲望之身，朝梦想艰难前行，我似乎都能看见他离库巴城堡到底有多远。真是的，我看见了那么多，就是没看见他会在几个小时后死在苏州河。

我们第五次星巴克是在星巴克的仙霞路店，这两年我经常过来，每回都点两杯咖啡，坐在遮阳伞下，想一想死去的他和活着的我。绕过悲伤和遗憾，我其实还欣慰，命运最终给他留了四个多小时，梦想过后的许佳明还有两百多分钟的时间往梦想出发。可能是我太矫情了,不过我真的好奇,这几个小时他都干了些什么。换个方式想,要是许佳明预知自己活不过那天,他还会不会做出人生最重要的这个决定,会不会去想,超级玛丽应该干什么,他应该干什么?临终忏悔不算,我是说,真正去为梦想做点事,往前走几步,离库巴城堡近一点,哪怕去买些画布和画笔,哪怕连展开的时间都没有。

3

许佳明是被人杀死的,凶器是一把锤子。我后来找人托关系见到过这凶器。警察把它跟尸体一起从苏州河里捞出来。最普通的那种锤子,一边是平头,另一边是带尖的锥子,随便哪个五金店都能买到。

找到我的警察姓郑,在苏州干了快四十年。本来是上海的案子,跟他没关系,因缘巧合把他牵扯进来。他拿着头骨的X片跟我数,许佳明总共被凿了八下,前两下是平头,那时就已经断气了,再换锥子那面凿六下,是要确认他已经死了。听起来好一些,但我怀疑他在安慰我,让我觉得许佳明死得没那么痛苦。把片子对灯看,最多能数出有几个洞,根本看不出来是哪个洞将他一击致命。老郑跟我说,他也是从法医那了解到的,结合尸检报告,看血管的爆裂程度,流血最多的那两个是致命伤,平头的凿痕。至于后面的几下,虽然更尖更深,头骨的裂纹更大,可是没能喷出多少血,因为那时他已经死了,血流干了。

凶手是两个孩子,男女朋友。男的叫李贺,到十月才满二十一岁,据说上半年刚攒够钱,买了一台二手金杯,在虬江路趴活儿拉家具。他女朋友也姓李，叫李静萍，比他还小三岁，在仙霞路给人按脚足疗。这让我想不明白，这些孩子为什么年纪轻轻就挤到上海来吃苦，要么开车，要么按摩，怎么会比在老家种地、打牌更幸福？

那个叫李静萍的姑娘我见过，年初开庭的时候，被告律师拿出平头锥头、死前死后这些证据，来证明他的当事人并不是故意谋杀。没人听他的，被告没钱请律师，来的是法庭指定的律师，被检察长抗议后，连过失杀人这个辩护观点都没讲出来，就回到座位上装模作样地看卷宗了。

但还是能还原些真相。尸检报告表明，死亡时间是晚上十点半。起初他们没打算沉河，把尸体拽上金杯，满大街转悠。每个路口都有监控，连在一起仿佛一部小成本的公路片，可以看到汽车在夜上海走走停停。有几处地方男孩儿下过车，那里没有路灯，没什么行人，李贺想看看周围有没有能埋尸的地方。当然没有，这里是上海，六千平方公里的地界住着两千四百万人口，将近五千万只眼睛，不可能容他们一锹一锹地挖出一个坑。然而上海有两条河，就算黄浦江人多灯亮，可还有一条苏州河。大概一点钟，他们进入普陀区，把车停在一家便利店的门口，李贺进去要了两个大袋子和几捆塑料封带。店主不会平白无故给你什么，总要买点东西，再编个理由跟他讨。李贺却在超市买了一件最不靠谱的东西，两分钟后他把一大箱啤酒抱上了金杯车。

两个孩子可能吓傻了，借着月光开进苏州河岸边的树林里，守着尸体喝光了一箱啤酒。有那么一阵儿酒劲儿上来，他们俩都想放弃了，听天由命，靠在座椅上睡着了。直到凌晨五点钟，天蒙蒙亮，李静萍被日出前的寒气冻醒。两个人哆哆嗦嗦地把尸体装进袋子里，将酒瓶归拢成堆，连同那把铁锤一起，扔进了苏州河。

他们太年轻了，两个人年纪加起来还不到四十岁。除了杀人，他们还在不断地犯错误，首先他们连锤子的木把都没卸，重力浮力合起来没有变沉多少，再就是他们应该把酒瓶灌满水再放进去，二十多个空瓶子几乎没有一个吃水下沉的，全成了微信里的漂流瓶。然而最愚蠢的是，他们从超市借来裹尸的袋子，是运送面粉的防潮袋。防潮防水，以至于第二天早上八点半，至少有一百万赶着上班的上海人，看到了河面上的许佳明。

4

　　案子不难查，拿着酒瓶在附近便利店走一圈，问问在谁家买的，再调出门口的监控，就可以锁定金杯车。尸体捞上来的第三天，李贺被全市通缉，虬江路他是再也没去过，警察在那里打听了一圈儿，没问出还有个姑娘。从头到尾，李静萍没从车上下来过，所有的监控也没看出来车里还有个活人。两人没结婚，那些趴活儿的老司机也是一问三不知，后来李静萍满身是血地来派出所自首时，警察还以为她只是个受害报警的小姑娘。

　　那几天上海贴满了李贺的通缉令，小区大门贴着，公交站贴着，连电梯里也不放过。本来不该在这儿，估计是小区孩子闹着玩，从公示板上揭下来，撕成两半贴在电梯的两扇门里。我有天回家按下21层，看着上面的电子数字，这时电梯门缓缓合上，一分为二的照片开始合二为一。还不是旅游自拍照，用的是李贺身份证照片，眼睛直勾勾地瞪着镜头，就好像他知道有一天会这样，他要冷冰冰地回瞪全上海。

　　似乎是反锁在一场噩梦里逃出不来，我一时在电梯里很不舒服。回头想想也许感慨更多，我那时不知道与许佳明有关，我只知道这小子杀了个人，沉尸苏州河，可能就藏在楼道里，伺机再杀一个抢钱逃命。我完全想不到，电梯门合起来的这张脸会和许佳明的脸重合在一起。警察没说，报纸也没提过，要么就是我错过了，至少没人揪着耳朵告诉我，他死了，李小天，你唯一的朋友许佳明，已经死了。

我一直以为他在营救水蜜桃公主的路上，我还在等他的消息，明年后年，哪怕十年二十年，他若能成器也不算晚。直到八月底我去美协，才得知这件事。

我挺悲观的，过去十年我一直跟美协走得很近，我怕哪天画不出来，起码能凭着脸熟在美协混碗饭吃。创作这种事说不清，从无到有，没准儿某个早上醒来，我对着画布盯一天，不知道对一张白纸还能干点啥，那么我的绘画生涯也该结束了。绘画、作曲，连同写作，都是一度创作，相对的是二度。歌手嗓子坏了，大不了跑调破音，演员得个面瘫什么的，不过是演得假点儿，故事还能看。可我们不行，我们没乐谱没剧本，若不下笔，什么都没有。画家没作品就是个废物，江郎才尽的时候没勇气自杀，还是得留条后路。许佳明也明白这道理，可是他太骄傲了，他才不会去美协吃老本儿。有一回他向我显摆花两年时间考下来的A3驾照，他说哪天不行了，他就找个小点的城市，绕着圈开公交车。

我在美协没什么事，也用不着上班，主要是负责一些已故画家的后事。美协这点还不错，要是哪位画家无儿无女，老无所依，名气也没大到令媒体疯炒关注，美协会帮他料理后事。除了一场葬礼，更重要的是策展，将生前作品做成一个终身展吸引藏家。我那个夏天都在筹备一位去世的前辈，七十三岁死于煤气中毒。说实在的，我并不认为他画得有多好，当然也不算太坏，只是找了条很聪明的路，用水墨写意的笔法画都市、画上海，高楼大厦都被他画出黄山迎客松的味道。当年的评论家很兴奋，总是能从里面读出新东西，解读传统与现代的文化碰撞。没这么多内涵，无非是有条近道被他发现了。他也明白这些，五十岁以后想画点新鲜的、安身立命的好东西。可是他过去也在画新鲜的啊，还能画什么呢，倒退五百年去玩花鸟鱼虫吗？跟我们担心的一样，那之后他什么都画不出来了。可悲的是他还有情怀，他爱这行，画不出来也要把画布展开，每天盯十几个小时在那儿等。可灵感不是公交车，等了二十年也不见下一班。前几年来美协，他还逢人就解释，说一直没作品是要出大画，就这一两年了。到后来开会他都不说了，低着头听大家发言。

可还是没来得及出大画，就死于煤气中毒。警察说是意外事故，不排除自杀的可能。办完丧事我去他家整理遗作，那张画布还在画室摆着，时间太久了，都有些氧化的微黄。奇怪的是这张白布还有落款，一行小字写着——1991.7—2012.4，失败。失败是作品的名字，如果还能算作品的话。站在画前我有些伤感，以前他老说，能出来，就这一两年了。推迟到现在，原来是下不了打开煤气阀的决心，《失败》。

我打算把这幅作品放在展厅的一号位，顶下那些水墨魔都。我那天去美协就是跟陈主席解释这件事，我说单纯就作品，可能没什么好说的，但这是终身展，这张白纸是对他后半生的解释。陈主席眯着眼睛不置可否，递我一支烟，自己也点上一支。他要我写一个报告，容他细细评估。我明白就算是写了，他也不会看的，缓兵之计。他就是那种领导，每次见我都要跟我打听，过得怎么样，有什么困难需要组织帮忙的。但我们心里都明白，他才不关心这些，那只是他和我打招呼的方式。要是我如实说，我有困难呢，需要组织帮忙呢，他肯定又让我写份报告，给美协评估一下。

那天下午我们坐在他的办公室抽烟，他依然问我创作是否顺利什么的。没等我回答，他就劝我别画了，来美协工作，这么画下去，又画不过毕加索，为什么不干点更有前途的事情呢？乍一听是对的，我有点沮丧，回过神来我明白这是悖论，哪个行业都有几个大师，标杆性的人物，照这么说什么都别干，写剧本前面有莎士比亚，做音乐上面有贝多芬，就是当个木匠还有鲁班祖师爷呢，而且，面前一张白纸，我为什么要认定下一幅画不如毕加索，我画我的，毕加索又没挡我的道。

当然不能跟领导说这些，把烟抽完我准备离开。陈主席坚持送我，顺便下楼买包烟。那就是还有事找我，可他下电梯时没说，走出美协大院他也没说。在路口等着红绿灯，他跟我打听许佳明，问我是否认识，建议我写一份许佳明的评估报告。他说以前没听说过，更不知道许佳明画过什么，要是画得好，可以给他做个终身展。陈主席见过许佳明，可能还有些不愉快，估计他忘了。我不想提醒他，我说能有画展挺好的，只是他还不到三十，终身展有点早吧。他听完直摇头，低声说："凶手都抓着了，当然不早了。"

声音太小，马路太吵，我追着他屁股后问抓着什么了。这回是他没听清，趁着变灯大步往前走。过路口就有家便利店，自动门打开时说了声"欢迎光临"，合上门把汽车声关在外面。陈主席问我抽什么烟。我推脱说不用管我。他站在柜台前犹豫不决，想换个牌子抽，每种烟他都瞄两眼，仿佛在回忆它们的味道。我继续问他："抓到什么了，跟许佳明有关系吗？"

"李静萍啊，那个小姑娘。"他想好抽什么了，告诉售货员，转回身跟我说，"凶手都抓到了，咱们美协再不表态，就太不作为了吧。"

可能这时候他才注意到我的表情，他问我，还不知道苏州河里泡着的是谁吗？不用再说了，站在便利店我脑袋嗡的一声只剩空白，就好比用手柄玩超级玛丽正高兴，金币有的是，蘑菇随便吃，下一个烟囱跳进去还有近道可以抄，一切尽在掌握，这时不知从哪儿钻出来的乌龟撞了他一下，完蛋了。

回头想想，超级玛丽的死其实挺残忍的，没有提醒，只有告知，先是屏幕闪几下，玛丽逐渐变虚，然后是几秒钟的电子乐，说不上哀伤，只是咯噔一下知道自己完了，已经被这个完美世界抹掉了。

5

来美协的路上我听过这新闻，当时没在意。那天下午好几个电台都把"打电话抢红包"和"张大夫谈养生"这种节目取消掉，集中报道李静萍自首的事情。我当然不知道跟许佳明有关系。广播说，苏州河凶手是在苏州第一百货落网的。像个蹩脚的绕口令，在苏州河杀人，在苏州市被抓。

第一百货位于苏州最繁华的观前街一带，特色是有条号称亚洲最长的室内步行街，长达五百米。赶上十一周年店庆，整个八月都在打折促销。热闹一直持续到昨天，八月最后一个礼拜六的下午三点，随着一个浑身是血的女孩儿走进第一百货，一个月的购物狂欢就要结束了。

进来的是李静萍，那个和李贺一起逃亡的女朋友。早几天他们就逃离上海，躲在吴江。那天中午十二点钟她离开酒店，开了快两个小时的金杯车，才找着一城市。她不知道这是苏州，只是在市区里绕了一圈，找到一个商场，开进第一百货的地下停车场。下车前她把西瓜刀放在座位上，然后想了想，把气喘匀，将钥匙也留在车里。

李静萍没有受伤，那些是别人的血。从B2层进入电梯，还没到B1就能听见上面的熙熙攘攘。那就是来对地方了，这里肯定有她喜欢的衣服。直到电梯门在一层打开，那些喧嚣不见了。就像有人按了静音键，头几个看见她的人先安静下来，后退让出一条路。然后安静跟病毒似的向里面传染，不到一分钟，整个商场都在半张着嘴看着她。挺有意思，女王登基一般庄严肃穆。管不了那么多，她只想挑件裙子，把这身血衣换下来，又不是不给钱。

那天下午在观前街派出所值班的老郑，也接受了电台的连线采访。后来就是他找的我，他今年五十八岁，五十五岁那年退休过一回，在家闷了两年，后来国家改制，到六十岁退休，年初他又回聘到所里。其实周六警察不休息，大家都来，所谓值班是留个人在所里，其他人去对面的小卖部喝冷饮吹空调，每过一小时再换个人上来，派出所的空调已经三天不制冷了。

老郑说他干了快四十年也没碰着过这情况，脑袋都要炸了，房间里五部报警电话同时响起来。但只够接一部，另外四部电话还在响，加上报警人又用气声说话。他只能拣关键问，有伤人吗？没有。有过激行为吗？没有。那你报什么警？他问完想，也许措辞不对，不过意思到了，啥事没有为什么报警？对方沉默几秒，他以为挂了，准备去接别的电话。这时报警人说，因为这姑娘的脸上、衣服上、鞋子上，全都是血。放下电话老郑去窗前对着小卖部挥手，几部电话还在响，所以他也不知道自己用了多大劲儿冲他们喊："第一百货！"

没人拦她，五百米长的步行街走了快一半儿，才看中一件千鸟格的裙子。她拽出来问多少钱。售货员退后冲她摇头，那她就去试试。进试衣间之前，她还从两个手持警棍的保安身边走过。他们犹犹豫豫，只是盯着她，好像在思考要用什么理由去放倒她。

染血的衣服被她脱下来，扔进垃圾桶。换上新裙子前她注意到上面还吊着价签，五百六，她倒抽一口气，这辈子都没穿过这么贵的裙子。她对镜子左转右转，把每个角度都看一遍，要是脸上没血就好了。她提醒自己走之前要记得洗把脸，要干干净净的。她对镜子笑笑，推开门。守在两侧的警察扑倒了她。

老郑没去第一百货，也没守在所里值班，那些铃声快要把他逼疯了，他去小卖部喝瓶汽水。老板打趣说刚才一哄而散，谁也没结账。老郑瞪着眼睛说，我这个也记着，让年轻人结。再回到所里电话不响了，他知道他们把她抓到了。

见到李静萍是十分钟后，可能是新裙子的缘故，老郑没觉得她有电话里说得那么吓人。小警察把两个塑料袋递给他，头一袋装着衣服，他闻了一下就知道是人血，血迹未干，没准儿还活着。第二袋是从她身上搜出来的，几百块钱和一张苏南大酒店的502房卡。老郑起身问大家苏南大酒店在哪儿，没人吭声。他让小警察查查，转身望着李静萍问："人在哪儿？"

问得挺干脆，只是答非所问，她说她是来自首的，只是想干净点来，才去了商场，她怕坐了牢就再没新衣服穿了。老郑连说几声好，也没明确表态算不算自首。他不关心这些，人命关天，还得问一遍："人在哪儿？"

跟没听懂似的，李静萍没说话，四处看看，反过来问他："我在哪儿？"

老郑心里急，但时间再紧也不差这点儿，索性陪她讲两句废话。他说派出所。她又问哪儿的派出所。观前街派出所。之后她问出最后一个问题："哪个城市的派出所？"

是在挑衅吗？面前这个姑娘能是变态杀手？干几十年没被人这么问过，怪事都让他今天赶上了。小警察过来汇报，苏南大酒店不在苏州，在吴江，六十公里外。他让小警察通知吴江警方去那里看看，刚说出口，又让他们等下再打。他先出去抽支烟，好好想想。

其实也想不出什么，对面小卖部的老板笑眯眯地打听是什么案子。他装沉思没听见。掐掉烟回来脑袋还是空的，他盯了女孩儿半分钟，一板一眼地回答她最后一次，苏州，苏州观前街派出所。她听完直摇头，想站起来发现自己被链在椅子上，重新坐好后她说："你们管不了，放我回上海。"

到底怎么了，这里是苏州观前街派出所，刚来个吴江，又冒出个上海？他跟小警察说，一个不落下，全通知到，让吴江那边去苏南大酒店502房间看看，告诉上海，他们抓到一个女逃犯。说完老郑才想起来问她名字，李静萍，他让小警察马上去办，被上海通缉的李静萍要找他们自首。

可是上海警察也不知道李静萍是谁，他们最近在查找的叫李贺，而且不是女孩儿，是个小伙子。吴江警方半小时后打电话过来说，有个男的死在502房间，身中五刀，死亡时间在中午前后，在钱包里找到身份证，名字为许佳明。老郑通知上海警方，你们的李静萍刚刚谋杀在吴江苏南大酒店的许佳明，现在要到你们那里自首。上海回复不可能，许佳明早就死在苏州河了。

他听说过这个案子，把酒瓶和锤子丢到河里沉尸，但怎么从苏州河扯到自己身上的？他快疯了，下楼到对面连喝两瓶汽水。看他脸色，老板这次没敢多打听。放下空瓶，老郑问多少钱。老板推辞回头算。老郑掏出一百拍桌上，又开一瓶说，把年轻人的都算上。他大概明白了，进来坐下，把汽水推到李静萍面前说，许佳明是你和李贺在上海杀的，苏南大酒店今天死的那个是李贺，也是你杀的。

虽然不是问话，但他在观察她的表情，等一个答案。他猜对了，李静萍的表情是默许。老郑把证物袋装好，让小警察给李静萍安排个地方，晚点交给上海或是吴江，反正跟他苏州观前街派出所一点关系都没有。他抬手看看表，快六点了，再打两通电话，差不多该收了，这一天过的。但不管怎么说，也比退休在家盼孙子、在花园看麻将有意思。

都到家门口了，他想起一事，要老伴儿别等他，出门打车去了第一百货。从吴江过来，浑身是血，总不至于是坐大巴车来的，哪怕打车过来也早有人报警了。还好留意过新闻，他直接下地库，弯腰检查每一辆汽车。白色金杯，上海牌照，在地下绕了一圈螺旋楼层，他在B2层找到了。

从前窗就能看到里面的钥匙，这让他确定无疑。她是要自首，老郑想，车都不要了，换身衣服就报警。吴江那边说李贺是被捅死的，房间没凶器，他认定刀就在这车里。手机没带，要么明天带人来，要么原封不动留给上海。他站车前抽了一支烟，依然没能压下他的好奇心。去电动车位卸了根车条，插进窗缝拨车锁。保安听到动静，拿着手电筒往这边跑。老郑头也不抬地说警察办案。证件还在家里，不管了。保安越跑越近，用手电筒晃着他的脸。老郑左手一提，车锁打开了。

用不着再理会保安，不需要给他看什么警察证。拉开车门的一刹那，老郑就明白，这事没完，他的工作才刚刚开始。车里还有两个人，而且这么热的天儿，这么腥的味儿，里面的两个人起码死了一个礼拜。

6

许佳明的葬礼我没赶上，警察做完尸检，留下DNA样本，急匆匆地就把尸体拉到杨行烧掉了。之后两个月我都没出门，零零散散写了几万字。我也不知道这算什么，传记，画评，还是悼文？有天夜里写到动情时，找出《思旧赋》，向秀悼念嵇康的文章。我古文不好，尤其是魏晋辞赋，一句话七个字，之乎者也占上四个。大声读几遍也能明白个大概，有一句挺好的，"托运遇于领会兮，寄余命于寸阴"。我翻译不出来，反正意思就是，朋友有聚有散，你不在的日子，我用余命寸阴想着你。

倘若当传记写，第一句话应该是，许佳明，吉林长春人，生于一九八四。不是乔治·奥威尔的书，还是有不少一九八四的孩子。许佳明的家境不算太好，准确点说是乱七八糟。父亲是植物人，母亲是精神病，继父是杀人犯，继母是被杀的那个，还是妓女。所幸许佳明逃离了那里，十九岁考上了清华，毕业那年忽然想画画。于是报了个培训班，上了三个月的基础课。我知道那种班，比艺考培训还要浅薄，从三原色讲起，黄蓝配绿，红蓝配紫，三个合一起是黑。学员大都是家庭主妇，送完孩子做家务，做完家务过来提高生活情趣。学不到什么东西，但许佳明觉得够了，就好比要当作家，识字就行。

二十三岁开始作画其实挺晚的，基本上来不及。虽然高更三十六岁还在巴黎银行帮人炒股票，凡·高也是跑英国当了几年老师才拿起画笔。但二百年前地球上也才十几亿人，想当画家的更是少之又少，而且他们之前有底子，只是这时才下决心当画家而已。还好许佳明够聪明，他早期的画像写打油诗一样简单，两三天就出一幅。那时候他不值钱，没人要，完成了就扔在一边不管不问。等到手头紧就托朋友带上朋友去他家挑，好几十幅摊在地上，得跳房子似的蹦着挑，给够房租就拿走。我也带朋友去过一次，可能是他们没看上，踩着空地走一圈，说几句恭维话，也没在哪张画上多看两眼。但既然进门也不好意思空手出去，就当是扶贫，扔一万块钱装满一箱子带走了。

我当时感觉不好，看他们这么干，好像快打烊的超市，一帮大妈围着打折处理的青菜，五毛一斤还得掰掉菜帮子再上秤。画又不会烂掉打蔫，我说我买，哪天"许佳明"这仨字值钱了，再让你收回去。话是这么说，我也没买，我那时并不看好他，画工一般，色彩也不怎么出挑，最重要的是，他的画没表达，最多算陈词滥调，放美院都是不及格的临摹作品。我宁可借他一万块，也不会带走一幅画，我不认为他能有出息。

这是问题所在，想当画家是一回事，可画出什么又是另一回事。这世界已经有太多的无聊道理，不需要我们再用作品来诠释。可能缺少真诚，没诚意的作品就像一场寒暄拜访，礼数周到，尽善尽美，但你只想快点结束。直到《繁殖》改变我对他的看法。老实说第一眼还是没看上，一千块钱被某个打算装修婚房的男人买走了。但我后来老想起那幅画，里面的场景挥之不去。我也是画家，我明白一幅画不管好坏，若是让人忘不了，就一定成功了。还有，我不得不承认，许佳明这个新来的，已经甩我几条街了。

《繁殖》讲的是欲望，许佳明画了个植物园，里面种了黄瓜、西瓜、香蕉和西红柿什么的。他说植物种类的选择是有寓意的，也许不重要，我只是喜欢那幅画。算拟人画法，植物有表情有眼睛，却充满莫名的淫欲与克制，还在枝头上的水果和蔬菜像是被下坠的欲望煎熬，紧紧抱住枝头不敢下去，而那些已经瓜熟蒂落的、没能克制住的香蕉、黄瓜等等，早就缠绕在一起，等待腐烂。

第三次和许佳明喝星巴克时，我还后悔当初没买下这幅画。买这幅画的人装修结婚，他只是要在饭厅挂点儿什么下饭的东西，以为花一千块钱买了个升级版的水果篮，娇艳欲滴，那种九十年代摄影图片。总有一天他和他老婆会发现，植物园里的水果不饱满不新鲜，对着《繁殖》用餐反而倒胃口，那时这幅画也就毁掉了。我讲了那么多，许佳明倒是无所谓。这是个新问题，画画是为了什么，无论有多少原因，肯定有一个是为了传世。而他觉得，画画是由于他想画，主要是每画出一幅，缠绕他脑海里的画面就抽掉一幅。他说能卖钱当然更好，换不来什么，起码也能少一个噩梦。

可总还要生存，有两年许佳明活不下去了，跑到山东青州去画赝品。青州是明清赝品的圣地，许佳明仿四王吴恽，照着图片把水墨画誊到卷轴上，再由画商用茶水蒸黄做旧。这无可厚非，张大千早年也是靠画赝品为生，到现在出自他手的赝品比真品还要贵。再举个例子，被誉为"天下第一行书"的《兰亭集序》，自唐以后就失传了，正是那些大致相似却各有不同的赝品，将王羲之推崇到书圣的位置。可许佳明是画油画的，拿过画笔的人都明白，国画和油画之间差别比小说和音乐还要大。用这个糊口，还不如改用短信诈骗来得干脆。

不得不佩服许佳明的才气，那两年他画了一百多幅，除了最初的临摹，大部分没有原作，都是揣摩四王的特点重新创作，落上他们的名号，再起个古意的画名散落全国。许佳明死后第二年，我在南昌的滕王阁看见一幅王时敏的画作，构图简约，浑厚清逸，怎么看都没问题。可这确实是假的，只有许佳明才画得出这么难辨雌雄的赝品。那幅画叫《黄海烟客图》，烟客是王时敏的名号，黄海为黄山云海。明清两代画山水多以黄山为师，偏偏王时敏没到过黄山，以至于他儿子王撼在黄山登顶的时候曾感慨，我父画作最殊绝，惜未到此寻仙踪。

他在青州干了快两年，比任何学校都有用，离开山东他跟猛虎下山似的连续出作品。拍卖最贵的是《贪婪》，一幅鬼魅之作。那幅画立意很有趣，他想把许多美好的事物集合起来。确切地说他画了一个女体，把他认为最美的部分画到一起，比如在头像他杂糅了几个女明星，赵薇的眼睛，章子怡的嘴巴，巩俐的鼻子等。我忘了她们与五官的对应关系，总之他笔下的女人轻咬嘴唇极尽妩媚之态。脖颈之下才是他要说的，他画了苍井空的左胸和松岛枫的右胸，一大一小，仿佛一场隆胸事故。再往下他画的是林志玲的左腿，而右腿，画龙点睛一般，他画的是蔡依林的。

我只说卖得贵，我没说我有多喜欢。许佳明说的真好，完成一幅画就是摆脱一个噩梦。后来这场噩梦卖了十三万，那一年青年画家里的最高价，大家聚会的时候没办法跳过许佳明。我怀疑一个撸点多么诡异的人，才会把这幅画高价买回家，挂在床头樯橹灰飞烟灭。它讲述什么道理呢？迅雷留种三天三夜方才顿悟，人生不能太贪婪，你不能既要苍井空又要松岛枫？这也是陈词滥调，没一点真诚，冠以艺术的鸡汤。可是许佳明敢弄这些，又是林志玲，又是蔡依林，许佳明就像个坐在枝头的浑小子，把自己弄成一个毒瘤，让爷爷辈儿的画家避之不及，至少我没勇气这么干。

虽然不喜欢，然而有争议的时候我还是站在他这边。这是创作态度的问题，不单是绘画，全艺术领域，包括文学及音乐，几乎都在一个保守的氛围里止步不前。似乎我们的艺术家一直逃避身处的时代，老是弄点过去的东西，名正言顺地说这是时间沉淀的产物。简单点说，画卓别林是正确的，画刘德华就是垃圾。这没有逻辑，我并不是说我们要跟随流行，而是它在那里，就算不追也没必要绕着走。既然是当代大师，就不该只描绘"文革"，九十年代，或是童年记忆。这是我们自己的时代，我们需要的是今天的作品，我们需要那些敏锐活络的艺术家。安迪·沃霍尔弄《可乐樽》那阵子也一样，被保守派攻击，拿可乐罐做艺术算什么东西？他为此反击道，穷人喝可乐，总统也喝可乐，我们为什么就不行？

许佳明那段时间好多了，卖画也赚了一些钱。我和他计划开家画廊，代理自己的和朋友的画，再也不用给那些画廊经济人装孙子。地方还没选好，他就把钱花光了。画廊还是要开，没有他股份。他把代理权给我，可他不会听从于我，反而从我这儿借了几次钱。他自信总有一天他的画会卖上大价钱，他说万一卖不出去，花我几十万也不至于让我饿死。画廊每月都要开销，之所以继续赔下去，不是因为对我的或其他朋友的画抱有希望，我只对许佳明有信心，他是有大师相的人。

没了后顾之忧，他越来越自我，有时候根本不明白他在干什么。有一阵画的是林宝儿，他的前妻，耶稣似的张张有她，林宝儿在海滩，林宝儿在山顶，即使是云层之上，林宝儿依然在那里；后来是画肿瘤，挺好的一片芳草地，偏偏有个硕大的肿瘤肺落在草丛里；再后来更夸张，他迷上了病毒，从 HIV 到黑死病病毒，反正除了电脑病毒，他一个没落下。他跟我解释就像是女人，越致命的病毒，DNA 的结构与色彩就越完美。

他那时刚跟林宝儿离婚，估计还没从打击中走出来。有一段时间他去了林宝儿的老家，在她家附近租间房子住下来，把她读过的学校，走过的街道，哭泣过的广场，依次画下来，做成《空城》系列。十几幅画里都没有人像，林宝儿离婚后还住在北京，他一个人在那儿把洛阳画成了一座空城。

《空城》以后他忽然不画了，足球有进球荒，画家也一样。我怕他再停下去可能会废掉，就像长期不进球的前锋无奈退役。我打电话问他怎么样，不然就来上海，我陪你把失恋期挺过去，你是画家，最终还是要拿起画笔。电话里他不置可否，隔天快递一幅自画像给我，憔悴消瘦，双目无光。他让我仔细看，他已然如此，别再催他了。将画裱好我笑了，不是他终于又画了，而是我终于确定，他是有情怀的。PS时代了，他还要自拍一般把自己画下来，向我证明他过得不好。他信这个，虔诚到不敢在画里作假，他相信画笔会比相机更可靠。

可似乎他永远没法走出失恋，他最后两幅画还是林宝儿，头一幅是自画像，许佳明的背影对着镜子，而镜子里的是一脸冷漠的林宝儿。第二幅叫《你在哪》，那是我最喜欢的作品，在那里许佳明勾画了轰炸过后的世界末日，地上趴着上百具无头尸体，死者的五官都零散地漂浮在半空中，画中心是一个男孩儿站在废墟上，在这些鼻子、嘴和眼之间慌张寻找。

我知道他在找林宝儿，在他心中碎掉的那张脸。这幅画他生前没勇气寄出去，他死后一年多我在遗物里翻出来，送给林宝儿。回到北京，她把《你在哪》挂客厅里，电视上方，弄得好一段时间什么节目也看不下去，总是走神盯着这幅画。许佳明死后的一年多，林宝儿忽然给我打电话，说她找到了。那次是早上五点，我揉揉眼睛，强打精神问她是不是又一夜没睡。她停顿一下，看样子没憋住，失声痛哭起来，一抽一抽地说："他画了，他真的画了，他真的在上百双眼、上百只鼻子和嘴里，在那面天空里，画了我的鼻子、我的嘴巴、我的眼睛。"

许佳明，这是我恨你的地方，我四岁拿起画笔，十三岁决心当画家，满打满算也画了二十多年，我以为艺术就像爬楼梯，要一步一步来，就算有人快，坐电梯上去，我也不嫉妒，哪怕是坐火箭往上蹿，那是你本事。可是我恨你的是，你根本无迹可寻，有时那么好，有时又那么差，好像不受地心牵引，失重一般随意飘荡；我恨你为什么跟我选同一行，让我李小天显得如此愚蠢笨拙；但这些都不算，我最最恨你的是，你刚刚有梦想，刚刚要为此艰难前行，就那么不负责任地死在了苏州河。

7

李静萍八月底归案，到第二年春天才挺着肚子上了法庭。这是双方较力的结果，一开始她的律师并没有宣布被告已怀孕，而是在各种取证上找麻烦拖时间，他想赚同情分，肚子越大越好，要是能拖到把孩子生出来，官司没打就赢了一半。直到李静萍的肚子开始显形，检方着急起来，再不开庭，就真的要在被告席上一边喂奶，一边接受审判了。

开庭那天我去了，许佳明没家人，是这个世界上没人疼的孩子，我作为唯一的家属在下面旁听。四个受害人，四场命案，一场漫长的审判。头一天是许佳明，所谓第一受害人。李静萍交代出事那天是周六，约好了下班后和李贺一起吃夜宵。他们没同居，偶尔周末会过夜。晚上十一点她抽空给李贺打电话，说洗脚的客人要加钟，要他再等等。李贺在那边没说话，她以为他不高兴，安慰他起码可以多赚二十五块钱。见李贺还不说话,她分析这二十五块钱都能干点啥,比如可以加一盘菜,买条好围巾,或是,她也想不出来了,反正这就是二十五块钱,再说老板也不会让她走。这时李贺说话了,他要她收拾一下,现在就过来接她。语气坚定得没法拒绝,她只能求他别把车停在正门,让老板看见,她会去和客人商量,从后门溜出去。

足疗店老板也证实了这些口供,后门没摄像头,狭窄的弄堂堆满了临街门市的垃圾。监控录像里能看到金杯车从路口进去,十分钟后从下一个口出来,虽然找不到李静萍上车的画面,但基本断定李贺是来接她的。

李静萍说她是十一点二十上的车,刚坐进副驾位她就闻到一阵血腥,回头看到了趴在车厢里的许佳明。她描述了那一刻的慌张,说到李贺,起初撒谎说是开车撞死了人,小转的时候这个人从路口冲出来,他一个刹车没停住。她长舒一口气,劝他去自首,现在就去医院,警察也不会怀疑他肇事逃逸。这些经不住盘问,他终于跟她承认不是车祸,是自己失手杀了他。她惊到了,冷静过后问他为什么杀人。李贺没说话。她接着问现在怎么办。李贺也没说话,沿着外环辅路边走边看。李静萍把车窗摇开透透气,可能这时她开始害怕了,倒不是因为有死人,或者是她跟这事有什么干系,她怕的是旁边这个在一起快两年的男人,她好像根本不认识。

车停到路边,李贺去看看有没有抛尸的地方,他让李静萍把死者的钱包、手机翻出来,别让警察知道死的是谁。李静萍重复他的话,问他死的是谁。李贺说不知道。不认识为什么要杀他?李贺摇上车窗,拔下车钥匙。她问你要把我反锁在车里吗?李贺点点头,告诉她,我不认识他,没理由杀他,所以警察永远查不到我头上。

后来的事情在监控录像里都能看到,金杯车沿着外环走走停停,每一次李贺都是将李静萍和尸体反锁在车厢后排。没地方埋尸,李贺想去郊区看看,可是那边的路不熟,而且他不确定,比如从市区进松江,会不会有关卡检查车辆。李静萍从尸体身上翻出身份证,告诉他这个人叫许佳明,东北人,钱包里还有七百多块钱,没有公交卡。她特意强调这样的细节,要么是有车,今天没开,要么是他不住在上海,来这边旅行办事的。

"这能证明什么呢?"李贺开着车问。

"就是说,如果我们能让尸体消失,警察就永远查不出许佳明死了。"

别说是李贺了,就连她自己,这一夜也开始陌生起来。她弯下腰,把尸体翻一下,拾起锤子擦掉上面的血。她问他开车为什么还带锤子,是怎么惹着你了,还让你弄死他?李贺解释没想杀他,他只是敲了两下,那个人不经打,就死了。没正经回答她一件事,她把手伸到窗外迎着晚风,不想再和他说话。

"肯定能处理好,"他一个人自说自话,"把今晚挺过去,明天该怎么过还怎么过,年底咱俩还是见父母,我去你家提亲,什么都不会变,我们一样要结婚的。"

李静萍转身瞪着他,她终于要发飙了:"那你去处理啊!干吗让我知道?你就说你今天有事,明天再见面。你去把它处理干净,我以后什么都不知道有多好?干吗要把我拉进来?"

李静萍没哭,李贺倒是先掉了眼泪,后来两个人也没说话,每次停车李静萍就默默地看着他下车,寻找,绕一圈又空着手回来。许佳明是第一受害人,卷宗把李贺称之为第四受害人,得出的结论有意思,根据被告口供,第一受害人确为第四受害人所杀。

后来第四受害人去便利店买了一箱酒，不到两点把车停在河边，两个一起喝起来。李静萍头一回抽了烟，李贺让她别把烟头扔外面，警察能查到。她问怎么查。李贺说他也不知道，好像通过烟头上的口水，就能查到你这个人。李静萍直摇头，我又没到哪儿化验过口水，他们凭什么查出来这是我的？李贺大笑，那晚头一回笑出来，把烟头从车里划拉出去，自暴自弃，连着干掉六七瓶，两个人躺在前排睡着了。

快天亮时李静萍被冻醒，微光中她看到李贺酣睡的样子。她要抽最后一支烟来做决定，就在他旁边燃尽，把烟头踩到座位下，轻手轻脚下了车。要沿河边走三百米穿过一个拱桥，才能找到大路，她盯着终点一路小跑。黎明如此安静，以至于她跑了那么久，那么远，还是听到了身后汽车启动的声音。

他没怪她，她也没解释。回到原地她把烟头捡到车里，他把尸体抱下来，最后检查一遍，手机钱包，该拿的都拿了。高科技的事情他说不准，谁知道会不会有定位追踪，李贺掏出许佳明的翻盖触屏手机，掰成两半塞到面袋里。那时她才看清死人的脸。他说完事咱们就回老家结婚。她没说话，把酒瓶塞进去，将袋口系上。

"你忘了这个。"他说着把锤子递过去。

不是装进去，而是示意她也要凿两下。她问他为什么，是不是不信她。

李贺摇头，再摇头，似乎他刚刚又哭过。他说："我害怕，我害怕你走了，我再也见不到你。"

她咬着嘴唇，接过铁锤，还好有人替她哭过了，眼前的这个人比那死人的脸还陌生。她闭上眼睛，手臂向下抡去。没那么可怕，肉肉的，闷闷的。她睁开眼睛，看见透过面袋的一片红，这一回她可以了，盯准了头部又砸一下。

"够了!"李贺叫住她。

"你把袋子解开,让我看着脸砸!"

李贺不干,那她就自己来。解开袋子,抓着尸体的头往外拖。原来之前弄错了,许佳明是趴在地上的,敲的都是后脑。她把尸体翻过来,记住这个人,照着眉心敲下去。没记住是几下,直到她的脸上都是血,直到李贺抱住她,给她一耳光,她才跪在地上痛哭起来。

8

我十月底把许佳明的画传发过去,三天后陈主席打电话跟我说写得好,他都看了,许佳明是一个可以进入美术史的画家。我说还不止,要是许佳明多画几年,他能改变美术史。电话那边陈主席呵呵笑两声,不置可否,通知我周五去美协,参加关于许佳明的讨论会。

我以为是研讨会,讨论他的画作,为了他传世不朽的终身展。等我过去了才发现,和许佳明没关系。更像是检讨会,自我批评,一个年轻人死在上海,要过两个星期被警察通知,死的是我们画家群体的一员,这多少说明我们工作还有一些地方需要改进。陈主席强调,从明年开始,我们要加强青年画家的收编,让他们成为我们美协大家庭的一员,与他们开展更多的交流和互动。整个会议我没发言,对着面前的茶水发呆。差不多半个小时我悟到了一个无聊道理,一杯龙井,开水下去所有的茶叶浮上来,过十分钟一半沉下去,再过十分钟一半的一半沉底,最后十分钟,那些零星的依然不肯下沉的茶叶,被我们喝到嘴里,用舌头碾出来,吐到烟灰缸。

能看出来，光说许佳明大家不会来的，会议的下半部分研究采风路线。到年底了，多余经费不只是上交那么简单，今年没用完，明年相应会变少。陈主席提议去澳洲，原因有三，首先冬天适合去南半球，再就是异国风光能激励画家们的灵感，最后一个他没说，大家都懂，今年开会少，剩了不少钱，这不是跑个周庄西湖就能花得完的。可是澳大利亚他早去过了，看样子没少去，他想去新西兰转转，申请表怎么填，也就是说，为什么要跑到新西兰去采风？

来开会的都是一帮蠢货，像我一样的蠢货，以为跟美协混，有吃有喝有保障，真正的画家才不屑于跟我们玩，或是像许佳明有原则，或是赚得金银满钵，用不着占美协这点便宜。所以在座的也不会有什么好见解，一位老画家抢麦说，中国人画马不画羊，而新西兰又产羊毛，到那儿采风是对国画宝库难得的补充。去新西兰画羊，这么写在申请表上有点扯。陈主席让大家轮流发言，说什么的都有，把中国文化传给白种人，大国艺术家去感受一番小国民俗，五千年底蕴碰撞二百年新兴，总之就像我爱你，说不上原因，我想去新西兰，讲不出为什么。

轮到我被点名的时候，我正看着杯口的一颗茶叶舍不得喝，口干舌燥又要发言。我喝口茶说，二百多年前在英国杀人放火的都往美国跑，美国独立后他们就往澳洲跑，不是新西兰，是澳大利亚，去新西兰的都是被政变革命赶出来的王公贵族，咱们现在不方便说澳大利亚是囚犯之国，但新西兰肯定是有着贵族血脉的国度，所以，不是大国小国的问题，而是去看看整个国家都是王侯将相，是什么场面。陈主席频频点头，艺术最早都是贵族才玩得起的，所以要去新西兰采风。他说就这样，以后每到冬天咱们都去南半球交流学习。他要我留意拉美的局势，明年我们去南美。

这像个无知的笑话，可他还要讲，他说绘画是没有诺贝尔奖，不然在座的肯定不止一个莫言。所有人都在笑，不是被领导逗笑，而是他们当真了，他们真的以为自己才高八斗生不逢时。我把渗到嘴里的那茶叶吐到烟灰缸，真是的，许佳明，你要听我解释吗？容我把《思旧赋》的故事讲完，向秀一直信嵇康，追随他，嵇康说不做官，去打铁。他俩就跟重金属乐队似的跑进竹林里，伴着打铁的节拍弹《广陵散》。后来嵇康被砍头，向秀把他埋好，骑着马去了洛阳。司马昭见着他乐了，羞辱他说你有归隐之心，是山林中的名仕，怎么跑这儿来了？向秀能说什么呢，他说狗屁名仕啊，所谓的名仕公知就知道躲到山里逍遥，连皇帝的心思都摸不透，能有多大出息啊？帝甚悦，秀乃自此役。

散会后，我去了档案室，在当代美术史的展架上寻找"X"索引，如果还有情怀，相信梦想，我们都希望死后进入这里，做到最出色的那几个，成为美院未来的教材。所幸找到了许佳明，这让我长呼一口气，写他那么多，就为了把他送进来。抽出档案只有几页，总比没有强，我猜他们也不会把我的几万字全放到这里。可只有第一页有行字，第二页没有，第三页没有，连许佳明的照片都没有，连作品的影印都没有，唯一的一行字写着——许佳明，1984—2012，画家，代表作《无题》。

这完全是扯淡，大多数画家都画过《无题》，偏偏许佳明没画过，他认为无题就是不知道要说什么，既然表达什么都不知道，干吗还要画？我的报告他们一个字也没看，我查了查，算上"许佳明"三个字，算上数字标点也只有二十五个字。许佳明活了二十八年，不一定传世，但也不至于空白，怎么能让二十五个字就把他的一生概括了？

我坐下来发一会儿呆，把第一页撕下来，剩下的白纸塞回美术史。

我想过冲上楼去质问陈主席,我想过把这个烧给许佳明,我想过离开美协,再也不回来。可是我不敢,我什么都没干,一个月之后,跟向秀一样,我跟他们一起去了新西兰。

9

他们在南浦待了五天。检察官问,住在什么地方。李静萍说也算不上旅馆,一大堆自建的私房,家家都挂着"有房出租"的牌子。进到最里面的楼,李贺在二楼挑了一间小点的,四十元一天,他想省着点花,好像他还有长远打算似的,一个逃犯的细水长流。本来应该走,就算不敢回老家,也要离上海越远越好。只是李贺要等两天,了解下情况,不管怎么说,这也是上海,似乎他竖起耳朵就能听见警察在普陀讨论案情一般。

真不能管这叫上海,打开窗户是一大片稻田,一条小河从中间穿过,楼下有条热闹小街,全都是十块钱管饱的馆子,夜里在床上还能看见一片星空,听着青蛙连着片地叫。有那么一阵儿他们都想,不走了吧,就在这儿待下去,等风声过了摆个小摊,找点事干,把日子过起来。

还好能买到上海的报纸,这算留下来的理由。他们到的那天是世博会两周年,三个版都在讨论花了四千亿,给这个城市留下了什么。反正无聊到两个人把四千亿写成数字,李静萍还少写了两个零。

再留一天就对了,他们在第二版看到事情败露了,半版的照片,打着死结的防潮袋像一个竹筏,在苏州河上荡来荡去。应该沉下去的,李贺嘟囔着把房东的报纸也偷出来了。之后一上午都盯着稻田,好多问题他得重新想想，金杯车还停在楼下，车里还有血，这绝对不行。午饭都没吃，他和李静萍把金杯开出来，沿着镇中心路找到一幢烂尾楼的地库。

下午才是真正的思考，仿佛没玩过的推理游戏，他想警察能不能知道死者的身份，相貌是认不出来的，李静萍早把他的脸都敲烂了，身份证和钱包都在他这儿，事实上开下这间房就是托许佳明的福。手机被他亲手掰折了，许佳明还有个背包，装着画笔和一个上了密码的电脑，也被李静萍拿了出来，就放在他们旅馆。还有什么东西能证明他是许佳明呢？李贺几乎把他扒光了，光凭身上的T恤和牛仔裤可查不出来。

就跟给自己壮胆似的，晚上他们狠狠地吃了顿火锅。结账时李静萍说，那么好的手机，怎么就掰断扔了呢，翻盖的双触屏，就算自己不用，卖了也能吃好几顿火锅。这多少提醒了李贺，他问扔哪儿了。

"扔袋子里了。"她说。

那就是在警察手里，他得找明白人问问。沿着店铺找到一家手机维修，要编个借口，李贺说他儿子淘气，把手机掰成两半了，能不能修好？老板摇摇头，却说拿来看看吧。李贺说，不但掰折了，还扔到水池里了，有戏吗？

"呃？你还是买个新的吧。"

他长吁一口气，拉着李静萍往外走。老板在后面喊声慢走，安慰他们起码不用换号，电话卡还能用。李贺连身都没敢转，拉住门框让自己的腿别软下去。最后还得是李静萍连说两声谢谢，帮他演完这出戏。

李静萍问他怕什么，有电话卡又能怎么样？不怎么样，起码警察已经知道死的人是许佳明，要是他通话记录的哪个朋友知道，许佳明那一天都干了什么，去了哪儿，那离他李贺可就不远了。

他害怕了，第三天没出门，李静萍把河南拉面和熟食买回来给他。李贺让她明天加份牛肉，一天不出门，这是他唯一操心的地方了。夜里下雨了，滴滴答答的雨声让他听不到青蛙叫。李静萍问他怎么办。他说等等，看明天的报纸怎么说。然后他叹了口气，月光下看到一只青蛙跳到河水里。

报纸也没说什么，就是警察掌握一定的线索，但对记者保密。除了手机卡，能有什么线索呢？可那还不够吗？拉面也变得不好吃，多了一个荷包蛋，可是牛肉在哪儿？李静萍解释，牛肉太贵，薄薄的三五片就要五块钱，不像荷包蛋，一个就是一个，实打实的。

"也还不错，"他夹起荷包蛋比画着说，"按他们的刀法，这能切四百片，能卖五十份，那就是二百五十块钱，这鸡蛋才卖一块五。"

他实在太无聊了，算起这种账。他们有机会做爱的，反正是一整天的雨，阴沉沉的天。出事之后他们都没亲热过，可是关键时刻他老是想到一个画面，闲着发呆不出事，可能就逮这种时候，警察破门而入。这想法把他逼疯了，试了几次都不行。后来李静萍说，别多想，让她来。她也弄不好，李贺推开她质问："为什么没有牛肉，我一天就想吃点牛肉，还不给我吃？"

她惊了，瞪大眼睛问，这跟牛肉有什么关系？我没说有关系，我就说牛肉呢！李静萍气鼓鼓的，晚上出去告诉老板，不要面，切五十块钱的牛肉。可这是拉面馆啊。拎着肉回来，她看到门口贴着撕了大半的白纸告示，剩下的一点也被雨水打得一片模糊。她问房东这是什么。通缉令，房东上午把它撕掉的，贴在这儿，客人都不敢来了。她问通缉谁。跟你没关系，放心住吧。那就是没关系，她想，哪有那么快的，哪能查得出他俩？

李贺现在吃饭都要贴在窗口留意着外面。其实也没怎么吃，一大半都给李静萍吃掉了。上床后他们故意离得远一些，开始她还是气，快睡着时她想通了，轻易别尝试，再失败就彻底完了。等他吧，总会好起来，不会被抓，不会枪毙，四十八小时前她还是个每天给人按脚、盼着下班吃烤串的小姑娘呢。

快天亮时她醒了，摸摸旁边还以为李贺走了。如果那样一切都结束了，可这是三天的逃亡结束了，还是两年的恋爱结束了呢？卫生间的灯亮着，李贺没走，他把许佳明的身份证按在镜子上，看自己，看许佳明的照片，怎么才能更像被他杀死的人？李静萍哄了半天才把他弄睡着，睡到中午她去给他买午饭买报纸。走到门口她停住脚步，警察又贴了一次通缉令，这回房东也不敢动了。李静萍认了半天，自己把它撕下来，揣在兜里转身上楼。用不着报纸了，也别想牛肉了，以后连做爱也不用惦记了，美好旅程在等他们俩上路，就算没那么好，也不能待在上海了。

10

和许佳明第一次星巴克是在五年前，赶上上海先锋画家双年展，来了不少画家。所谓先锋的意思是，你还是新人，说不上好坏，出于鼓励先送你一顶帽子。也许很多人还不明白，把这一次的受邀当成人生顶点，三三两两坐在一起交流成功的经验，留下联系方式，年纪轻轻就表露出惺惺相惜，好像他日再见，你要是高更我就是凡·高似的。我那年就在美协，算是工作人员，开展的前一天组织大家小聚一下。大多数画家都是这次的点头之交，不想多聊我就出去抽烟。我特意选的星巴克，禁止吸烟，我还有最后的挡箭牌。

我到门口时，已经有人在抽烟，我俩不认识，共用一个垃圾桶。但我是干这个的，我知道这个人叫许佳明，参展作品是《上海地下》，名字挺特别，到现在没见着这幅画。我也不想打听，干脆就跟他并排望望天，望望街上的人，望望路口的无聊天桥。后来是他打破僵局，他说："我见过你。"

仅此而已，面无表情，语气冰冰。这反而让我有点喜欢他，总比那种一上来就充满热情，抱着手机强留电话号码的好多了。出于礼貌，我找张名片给他，我说："我知道你，许佳明，目录上有你照片，作品是《上海地下》。可能真跑地下去了，我没见着你的画。"

他没说话，接过名片看一眼我名字，随手揣进后屁股兜。这是个信号，那意思是，我不会把你的名片放进钱包，回去存号码，大家无非是萍水相逢，以后能不能再见，全凭干这行的本事。

这仍然是我喜欢的那一挂，照这个来，我也没问他要名片。之后下起小雨，我俩向后退一步，站到屋檐下。他掏出香烟让我一下，我摆摆手，他又点起一支说："我的画在展厅，你可能当成安全疏散图了。"

我想了想，是有这么一幅画，像数字印刷品，硬分的话算工笔画，摆在角落里，上面勒出美术馆的所有通道，并用星号标记如遇火灾地震的应急避难场所。我确实以为是疏散图，场馆的一部分。我问他为什么这么画。他摇摇头，表示讲出来就没意思了。我说那你想说明什么呢，画一个上海美术馆，然后命名为上海地下？刚问出来我就明白了，这还是个挺骄傲的讽刺。

三点左右陈主席带两个画评人过来了，他那时还是副主席，也是这次的策展人，在上海有自己的画廊，跟不少画评人都有交情。再先锋的画家，再地下的新人，只要把他们的画放进去，再找写手吹捧一番，以后就是一生富贵了。道理都明白，大好前程要自己把握，弄得星巴克一时成了夜总会，男的女的都尽量离陈主席近一点，弄得许佳明被挤到外围。就像抢座分果的游戏，他是抢不到的那个人，拽把椅子坐到窗口。

大家齐步走，顺拐的孩子一目了然。陈主席特意抽空找许佳明聊几句。我那时在外面抽烟，听不着，但能看见许佳明有多认真，好像头一回见到陈主席那么诚恳的眼神。他的话越来越多，打着手势对陈主席描述。他还是太嫩，都不明白领导的眼神越真诚，点头越频繁，就越没听进去你在说什么。

我掐烟进门的时候，陈主席拍着他肩膀，夸他有想法，日后要找他这样的人多合作。这时他看见我，指着我对许佳明说："你回头写一份报告发给李小天，我再好好评估一下。"

许佳明没明白，还有些天真地问："刚才您不是答应挺好吗，怎么还要评估？"

真是的，一把年纪了还得从人生第一课上起。陈主席冲我笑笑，跟照片似的，又以同样的笑容对他说："程序还是要走的，你还是要写一份报告。"

"报告怎么写？"

"很简单，就把你刚才说的，整理成一份报告，发过来就行。"

许佳明的脸转向别处，仿佛不愿让人看见他的失望。平复过后他转回来，问："陈主席，我刚才说什么了？"

"呃，"他整理一下思绪说，"你说了一些关于风格的想法。"

"无外乎风格！我到底说什么了？"

事情变热闹了，那些相互留电话的画家们也都停下来，看这事怎么收场。陈主席左右看看，半天没说话，那就是真的，之前他一句也没听进去，光顾着微笑点头来着。他慢声慢语地劝告许佳明："年轻人，路还长，凡事不要这么偏激嘛。"

许佳明皱着眉，把背包挎肩上，站起来准备离开，犹豫片刻还是忍不住把内心话讲出来："年轻人怎么了，年轻人就得主动过来给你请安，就得跪下来给你吹一管？"

是我错了，应该是我一把年纪才被许佳明上了人生第一课。我一直以为面对陈主席这样的领导，就算不主动巴结，但也犯不上招惹他，真出点什么事，就安身立命躲着走。我没想过做人还可以像许佳明这样，一生负气成今日，来做神州袖手人，吃亏受气一辈子，到老了也就是天桥下面把手插在袖子里的窝囊废。

不用说，《上海地下》被拿下，许佳明也没出现在之后的先锋展上。还好时代在进步，美协不至于用大字报补在空位上。我以为我见不着他了，又一堂生动的课，一个年轻人，有没有才华另讲，至少因为自己的冒失，画家之梦破碎。

大概是第二个星期五，警察在夜里给我打电话，他说他是浦东北蔡分局的，跟我确认我叫李小天，说我有个朋友喝多了，躺在路边不省人事。我那时刚睡着，满屋找烟想清醒一下，我问他是哪位朋友。他说是北蔡派出所的。我说我知道，我问我朋友是哪位。那边沉默几秒，好像责怪我听不懂人话，重复一遍说："你朋友喝多了。"

我明白他意思，喝多了，一问三不知，所以问不出姓名。可是他们怎么认识我，怎么确定那是我李小天的朋友？我在家把烟抽完，照他们给的地址开车过去。夜里不堵车，刚进北蔡镇就能看见警车打着双闪停在路口。

两个警察在路边等我。其中一个说，你朋友在车里睡着了，吐得满车都是。我还是疑惑，帮着他们把人拖出来，翻过来一看是许佳明，一身污秽地躺在路边。我说："我认识他。"

瘦点的警察露出奇怪的表情，苦笑一声说："你当然认识他！"

"我只是见过他，一面之缘，这不是我朋友。"

两个警察相互看看，问我打算怎么办。为什么要问我？我敬他俩一人一支烟，提议他要是酒精中毒，就送到医院；要是没什么事，就把他送到酒店去。胖点的警察说他没中毒，不过他身份证、钱包和手机都没了，住不了酒店。我说既然丢了，不是正好报警。这时他们不高兴了，瘦点的说："报警也是等他醒过来，让他自己报。"

就这样，半夜两点钟，我们三个围着地上的许佳明站成一圈。他俩都明白，只要我把他弄回去，这事就解决。可是我不想，我一再跟警察解释，我跟他不熟，仅仅是几天前见过一次，还把我领导得罪了。说着说着，我想起来有个事还没问："你们是怎么找到我的？"

瘦警察是打电话找的我。当然是给我打电话，我怀疑之前电话里的就是他，我问哪位朋友，他说北蔡派出所的，我问我朋友是哪位，他说你朋友喝多了，逻辑缺根筋，总给些最简单直接的废话答案。我精细点问他："你们是怎么找到我李小天的？"

胖警察回到车里，翻了半天找出一张皱巴巴的名片。离老远我就看到那是星巴克那天给许佳明的，真是的，后屁股兜揣一礼拜，上面还印着我李小天三个字。我反过来问警察："如果我不管他，你们拿他怎么办？"

他们告诉我，弄到看守所睡通铺，等他醒来，再看要不要报警立案。可是喝多又不犯法，再怎么说，我也不忍心把他送进看守所捡肥皂。折腾到家已经快四点，我把他拽到床上，自己在客厅上网耗时间。挺到八点实在扛不住，我将他摇醒，把床给我腾出来。许佳明恍如隔世一般看着我，快想起我是谁时，我让他不要讲话。我说："我叫李小天，我们认识，但你什么都别问，也别跟我解释什么，大门在客厅右手边，你随时可以走。"

太困了，话没讲完我就睡着了，大白天还做了个奇怪的梦，好像我在庭院养了虎狼一类的凶猛动物，等它们长大了在院子里窸窸窣窣地等开饭，我反倒不敢出门了。

醒来后许佳明果然还在，失忆似的站在落地窗前。洗漱过后我打电话订餐，问他要不要吃点东西。他摇头，但也没有告辞的意思。等餐的时候我们面对面地不说话，快餐来了，他就看着我一个人吃。这令我很不自在，没吃两口我放下筷子。我想我是不是应该跟他聊点什么，打听他为什么喝这么多酒，碰着什么伤心事。可是我过得也不好，管不了那么多。我扔给他一支烟，整个过程还是没话说，后来我忍不了了，直接问他："你为什么还不走？"

他反问我去哪里。我说回北京，或者是去我家以外的任何地方，随便。之后他抓头发，坐立不安，长吸一口气说："我现在什么都没有。"

我忘记了，我们本来就该是路人，走在街头都不用打招呼，此时却要面对这种尴尬。我数出一千给他，告诉他不用还了。那年头火车还不需要身份证，卧铺票往返都够了。他接过钱说声谢谢，问还能不能再跟我要一张名片。我重复说道，不用还了，你好自为之。他在门口停留几秒，转身下楼。

我那时其实想说来着，我想说我不了解你，不在乎你这几天经历了什么,昨天夜里你睡觉时,我好好地搜了你的画,你挺不错的,不需要喝那么多酒,不需要把那么多痛苦放在心上,你的才华和精力应该消耗在更有意义的事情上。可是我说不出口,我们还陌生,我难以脱俗地为这个冰冷世界添砖加瓦,以后如何,大家自求多福,我愿你好,但总还是大路朝天,各走一边。

II

离开上海,苦日子才刚开始。他们在金杯车里待了三天,哪儿也不敢去,刚出来那天李贺有计划,找个偏僻点的旅馆,让李静萍去登记,上楼住进去,趁人不注意,他再溜进去洗澡睡觉。天衣无缝,这完全不是李静萍所熟悉的世界,她张着嘴巴听完他的全盘计划,只说了一句:"我没身份证。"

"你身份证呢?"

"在家啊,我那天只是上班洗脚,下班和你吃烧烤,为什么带身份证?"

"身份证和驾照一样,要随身带着!"

"我没有驾照。"

没什么话好说,他俩互不理解地望着,这几乎是接下来三天的缩影,躺在车里哪儿也不去,饭也不正经吃,烟抽没了都懒得上国道买一包,饿了就从座位下拽一袋面包,到最后汗味烟味混在车里都臭了,两个人也不挪屁股不说话,生命中从来没有这么厌恶一个人。

有天清晨他做了个鸟语花香的梦,一睁眼睛全都忘了,但是很美好，这几天难得的惬意时刻。他看眼窗外，嘟囔着还好，天没亮。他想快点睡着把梦续上。半睡半醒中李静萍提醒他，天不是没亮，是快黑了。时钟混乱，黑白颠倒，这下他醒了，双手使劲揉着眼睛，就是不愿意见着她。

他问几点了。她说不知道，反正又一天过去了，又一天没洗澡。跟他有什么关系，是她自己不带身份证。李贺把掌心贴在眼皮上，温温热热的好舒服。这种感觉又来了，就跟爱过劲腻太久似的，他希望李静萍消失，希望身边没有她。闭着眼睛他说："我们没钱了，你去卖吧。"

她没听懂，问他卖什么。

"卖钱，"他说，"你去国道拦司机，一百块一次。"

这回明白了，她懒得说话，知道他是开玩笑，离他远点靠车窗睡。可是李贺还在说，真可以，闲着也是闲着。她让他闭嘴，不然她生气了。他搂住她肩膀，奇怪她都肯给人洗脚，怎么就不接受卖。

"那不是一回事好不好？"

"对，不是一回事，洗脚更脏。"

她扭过来，他的脸离她那么近，那么好看，再瞅瞅都要醉了。她长吸口气，把唾沫吐到他的脸上。

找点茬吵架总比死气沉沉地等死强。他当然舍不得她，谁要是敢碰她一下，他肯定第一个抄出西瓜刀捅死他。真是的，他应该拿这个跟李静萍解释，他要是真想杀许佳明，用不着锤子，这有现成的西瓜刀。

晚一点他们破天荒在服务区点两盘炒菜，把油加满，去厕所洗脸洗头。李贺甩着水滴说，一礼拜了，风头过去了，今晚就出发，走小道，出了江南就没人查了。她问江南有多大。他说不上来，告诉她开一夜车就出去了。

看样子还不止,小路弯弯曲曲,又刚下一场雨,车轮陷在泥里打三转才走一圈。有个赶夜路的摩托车一直蹩在前面,好像是车灯坏了,在蹭他们的远光灯。李贺在后面不耐烦,无奈车不争气,超不上去。好不容易出泥地,李贺让她猜这男的有多大年纪。她腾地坐起来,问他干吗,多大年纪跟她有什么关系。不过他想弄清楚,按几声喇叭,轻踩油门。那男的回头时,李贺打灯晃了下他的脸。

"不比我大多少。"

"那也不行,"她说,"你死心吧,我不可能卖。"

她还记着呢,他想亲她一下,被李静萍躲过去。把车灯全关掉,看那男的怎么办。貌似他路熟,大不了开慢点。李贺在想,他这么晚是要出门,还是要回家。跑一会儿他把车灯打开,过一阵儿再关上,一片漆黑。摩托车靠边,竖着中指让他先走。李贺也不着急,停下来等他。三番五次,摩托车还在前面。李静萍问他为什么戏弄这个人。李贺又是那德行,半天不说话。李静萍连问几次他才说:"你再考虑一下,搞定他你就有地方洗澡了。"

"滚!"

她又吐他一口,被他躲开,脚踩离合,手换五挡,一脚油门下去。蹿出去的金杯撞翻了摩托车。刹车之后,李贺拎起西瓜刀下了车。李静萍吓傻了,不知道他又要干什么。雨水大片大片地打在前车窗,她看见李贺连捅他几刀。直到他一动不动,李贺在他身上一阵儿摸索,之后他站起来,隔着前车窗冲李静萍笑了,向她展示刚刚翻出来的好东西,可以开房的身份证。

12

过了半个月,我收到一张两千元的汇款单,没有汇款姓名和地址,但我知道是谁的。我没给许佳明名片账号,百度李小天也找不到什么有用信息。我猜他那天离开我家,除了克服宿醉的头痛,他还特别记住了我的门牌号、小区名,以及路名多少弄。许佳明多给了一千,可能是想买些羞耻回去。可我不做羞耻买卖,收不了这个钱,我想给他打回去。上面没地址,我去美协打听会员许佳明住哪儿,发现他们把许佳明的资料全删了,没听说过这个人。

大概又过半年我到北京开会,回程当天,我朋友拉着我收点画再回去,他听说有个小伙子在家里卖画,说不上太好,但是便宜,量大,为此他还用了卫生巾的广告当笑话,收了他的画,量再大的日子也不怕。

过去的路上我也没多问,这种画家听多了,无非又是一个怀才不遇、生不逢时的故事。如果我打算代理他,我会请个好编剧编故事,连着画说给藏家听。我没开玩笑,高价买一幅画,花钱的人想听的是传奇,失败者的声音可是刺耳的。

卖画的人住花家地,美院对面,左边是金隅国际,几十层的公寓,右边是写字楼,唯独他这边是三十年老宿舍。走在楼道里黑咕隆咚,上了四楼门都开着,上百幅画摊地上,再铺一层塑料布在上面,随便踩。有一批客人在我们前面,挑上几幅在里屋和他谈价呢。我朋友问我怎么样。我说画得还成,只是这种画哪儿都有,也抬不上什么价。他提醒我再仔细看看,地上每张画都不带署名的,买十张画,署个张三李四当新人推,许佳明也无所谓,卖得好,他还能给你画十幅张三的画。我让他打住,大步往里走,快到里屋门口我慢下脚步,我不想显得我有多想他似的。

那是我们第二次星巴克,我俩都抽烟,干脆把咖啡带到门口,坐在遮阳伞下。我了解到他是长春人,我说我有个前女友也是长春的。之后我们冷了一下,我连忙笑道,你放心,我不会跟你打听,你们认不认识。我和许佳明有很多相似,他刚才也在想,要不要礼节性地问她叫什么,然后再翻白眼假装回忆,告诉我,他确实不认识这女孩儿。

多美好的时光,十一月的北京,即使是在露天广场,也会有树叶不时在头顶飘落。那一次我们聊了很多,抽着对方让过来的烟,聊他的过去,我的过去,为什么干这行,计划干多久。我开始好奇喝多那天是什么原因,还有那之前的星巴克,吃呛药似的顶撞陈主席。

他有点羞涩,结结巴巴说以前有个美术教授抢了他女朋友,这有点像阶级仇恨,挺幼稚的。那我就明白了,我说我也差不多,刚提到的那个长春女友,几年前我和她住在上海,虽然没谈婚论嫁,但好像我俩都心照不宣地等水到渠成,同居快一年,认真点说是十一个月少七天,过了最初的那个阶段,热情少了,心跳也降下来了,我以为我不爱她了,一狠心我消失了,跑到北京帮人家作画学画,是时间让我知道,我还爱她,天天想着她,等我回去她已经走了,不在我们同居的房子里,早就离职了,没处打听她在哪儿。我能干什么呢,我找房东谈,把房子租下来继续等她,就是你去的那间房,后来钱攒够了,我都买下来了,她还是没出现,我想见到她,就算她不肯嫁给我,求她跟我吃顿饭,听我说我有多后悔,她叫笑笑,做记者的,在报纸上也这么署名,我居然连她姓什么都不知道,我刚才真想跟你打听她,其实你不认识的,不可能认识的，对吗？

"就算长春不大，也有三百万人口，"他扔给我一支烟，笑着说，"你不能因为碰着一个长春的，就以为她能住我对门。"

我明白他意思，用玩笑安慰我，犯不上这么苦着自己。我说没你想的那么苦，我也有姑娘，偶尔谈恋爱，原则是绝对不把谁带回家，得时刻准备着，没准儿哪天笑笑真回来敲门呢。说着说着，我犹豫要不要跟他讲实话，我早不爱这行，早不想画了，只是笑笑知道我是画家，去美协就能查着我，我怕她回头的时候，找不到我。

还是不能说，慢慢走着看。我们聊起陈主席，或者说权威，我说你没必要这样，咱不说巴结，起码别得罪，因为他们真的会挡你的路。

"挡我什么路，"许佳明打断我，"闯到我家把画笔掰折吗？"

这是在抬杠，我说挡的是你成功的路，顺着他们你会比现在好很多，成功早一些。他摇头说别再讲了，他对于成功无所谓。于是我闭嘴，点支烟仰头望商场的顶楼。我说得够直接了，许佳明还是会孩子气地鄙视这些，标榜个性。岔开话题我们聊了点别的，可是后来我明白我又错了，不能因为我世俗，就以为这世上没有干净的人，真有人能过得如许佳明一般纯粹。那天分别的时候他站起来，点上最后一支烟，把打火机扔给我，露出一副爱信不信的样子讲："真的无所谓，我知道成功能让我过得更好，但不会让我画得更好。"

13

她不想看新的身份证，打听那个人叫什么，许佳明已经快让她受不了。但她知道他身上有不少东西，吃的用的，一部相机和一个日记本。李贺说这种人叫驴友，背着行囊四海为家，就因为不走国道专拣泥路，才死在他手里。听起来很霸道，好像被李贺杀了，要怪他自己不走寻常路。

驴友的钱包里有两千多块钱，用这笔钱他们住进了吴江最好的酒店，苏南大酒店。一进门李静萍就爱上了房间的落地窗，躺在床上都舍不得拉窗帘。她睡到第二天中午才睁眼，李贺不在。好多大事等着他办，他要计划下一站去哪儿，最终到哪儿，还得找个地方把金杯处理掉，主要是车里的那具尸体。是他不用她陪的，没有身份证，老从酒店大堂出出进进，事情就败露了。

李贺回来时变样了，他背着驴友的军用背包，戴着太阳镜，耳朵上夹对耳环，似乎连头发也变长了。李静萍拽了一下，是假发，看上去和驴友的照片一样。那就是有安排。她问李贺去哪儿，什么时候走。李贺掏出火车票给她看，原来新朋友的名字叫魏明义，从苏州到长春。他想照着身份证地址，先去许佳明家看看，万一他一个人住，万一家里还有些值钱的物件，万一没人在乎他死活，他们就可以在那儿常住。

这不算好办法，可是李静萍喜欢，往北方去，她已经能看见一片雾凇雪景，自己穿着红色棉服，戴着印花手套在江边堆雪人。一个晚上她都很兴奋，整装待发出门远行，以至于忘了最重要的那件事，你没买我的车票？

李静萍没有身份证，但这不是原因，李贺的计划里没有她。他不想带她一起，这是逃亡，没她以为的那么诗情画意，跟他去东北只有两个下场，要么抓到枪毙，要么追捕击毙。李静萍直摇头，她说不是，我们还会有第三个下场，我们可以在那儿做买卖，卖南方包子，结婚生孩子。

"警察查不着你,"李贺瞪着眼睛说,"就算寻着蛛丝马迹知道你李静萍,人不是你杀的。你给我走,滚远点!"

李静萍看着他就哭了,她威胁他,出了这个门,她就打110。李贺把电话扔给她,你快报警,别等,出这么大的事,我根本就没惦记着长命百岁!李静萍冷笑,你不想活?你是最怕死的人!不想活你杀完许佳明又杀魏明义?

"那还不是因为你!"李贺冲她吼,"你天天嚷嚷你要洗澡,车里没法待了,要是我一个人,用得着再杀人吗?"

她惊呆了,难不成魏明义的死是李静萍的错,刚还说是因为他抄近道走泥路。她一个劲地摇头,她说不是这样的,许佳明是我杀的,是我把他头敲碎的。他给了她一耳光,警告她,你要是敢跟警察这么讲,我第一个杀了你!

他把李静萍推出去,关上门听了一会儿,他以为能听见她痛哭或者是气冲冲的脚步,可是什么都没有,无休止的静寂。晚点她也没回来,也没有警察敲他的门。入睡之前他想,就这么死了该有多好,这么好的地方,要是酒店不敲门催租,他还能在这儿多睡上几天。

14

我们后来联系多了一点,时不时打个电话。他在青州那年我去看过他,不大的地方,假文物成了这里的产业支柱。下午他带我走了一圈赝品的工序,一幅假字画,最重要的是画纸,越老越值钱,明末清初的宣纸已经炒到十几万到几十万一张,哪怕是八十年代出厂的纸,也要卖一万左右。

好宣纸要找上年纪的人,赝品中的大师。许佳明可没资格碰这些,给他的是几十块一打的画纸。原作他也看不到,对着影印照片找感觉。我好像说过,赝品不光是临摹,比如《清明上河图》,谁都知道真品在故宫,画得再像也骗不出手,而许佳明在做的事情是,他要对着《清明上河图》影印,揣摩张择端是怎样的人,他擅长哪部分,缺陷在哪里,他要替张择端完成人生没来得及画的作品,既然清明有了,端午中秋重阳春节什么的,还可以发挥一下。

假设是《中秋下河图》,许佳明会一气儿画上二十幅相似画作。画商会挑出最接近张择端的三幅,签上保密协议,给一个不错的价钱,再请学者专家写文章论证,除了《清明上河图》,张择端还有一幅中秋的画作。听起来夸张,但这是真的,他们有足够的信心,拿出三百万来做新闻。可能三年,可能五年,等到谎言成为常识,成为大家的记忆,人们就能加两个零卖出去。

三五年时间刚好可以氧化做旧。在青州好多作坊都跟晾衣服似的,把画挂在绳子上。这些都是用热茶蒸过的,湿润微黄再拿到太阳底下暴晒,差不多了再回笼去蒸,三番五次,一大锅茶水永远是小火咕嘟着。

参观过后我提议找个地方喝点东西,许佳明笑道这里是青州,玩儿的是古玩字画,你要是跟当地人打听咖啡,他们得问你是不是新的作假工艺。他从大锅里舀一碗茶水,说他们一般喝这个。我以为他在逗我,见过他喝下去,才敢小尝一口,是茶的味道,还有丝微甜。我疑惑他们既然要的是颜色,为什么还要加糖。

"因为这是王老吉,"许佳明说,"不知道哪来的说法,说王老吉做明清正好，放茶叶太难掌握，放多成唐宋了，要是太少，颜色出不来，没准儿比两千年的画还白净。"

也就是那天下午，我们坐在青州老城的巷子里喝热凉茶，各家门前的字画被一阵阵微风吹起，许佳明结结巴巴地谈起他这一年多的困惑。他说青州很神奇，是赝品的圣殿，之所以说圣殿是因为，这里人真的对那些好赝品顶礼膜拜，他们尊重那些行家里手，打心眼认为这些都是艺术家，你刚才见到的几个老人，他们在这儿画了一辈子，他们爱这一行，钻研这一行，一旦有谁拿到几十万的明清纸，敢交给他们去画，少数几个人在当地提起来，都是竖起大拇指，真正的艺术家。

"可问题是，"许佳明说，"出了青州又有几个人认识他们，谁会当他们是大师，专注了一辈子，可能连艺术的边儿都没碰着。"

这又是个新问题，其实千百年来一直在那里，到底什么是艺术，什么是艺术家？也许画有好有坏，但起码要画自己的东西，可什么才是自己的？

没多久，许佳明就卷着纸笔离开了青州。我以前说过，离开那里是他井喷的一个阶段，我在各种地方都能看到他的画。只是画红人不红，有些画卖到了六位数，藏家却连"许佳明"这三个字都叫不顺。

第二年秋天我去北京找他，那时他刚从三亚回来。本来说好的合开画廊，一人投一半，许佳明把他那份花个精光。谁让我想经营他，大不了我出全部，做他的经纪人。我说从现在开始，你不能什么都画，那样你出不来，你要找到你的标签，就像莫奈意味着印象派，一提起野兽派就一定是马蒂斯，以后说起你许佳明，得是某一派的一个代表画家，至于什么派，这是你要思考的，给自己一个适合的定位。见到他有些反感，我重申一次："我出钱，就按照我的规则玩，规则是你想画什么是一回事,你该画什么是另一回事。"

我说完了,留点时间给他做决定,进店里要两杯星巴克。出来的时候他还在,皱眉看远方,那表情就像迷宫里的孩子,找不到出口,还不相信我的判断。憋了半天他举个例子,说:"你不能因为我是阿加莎·克里斯蒂,下本书就一定要写推理。"

"对,就是这样,她必须写推理,因为没有人想看阿加莎的十四行诗。"我说,"其实这个世界永远不会知道你,你只能让他们知道你的标签。"

许佳明摇头,点起一支烟轻声敲桌子,我想他对我很失望。要不是他觉得亏欠我,早就掀桌子走人了。那是我们第三次星巴克,好像还是他提前离场的,他起身摇着食指告诉我,他会去弄钱,用不着我来指挥他,要是以后听我的,把想画的和该画的分得那么清,还不如留在青州,做他们的大师。

15

李静萍在火车站待了四个多小时,也没找到合适的。她一直站在自动售票机旁,倚着机器观察每一个买票人的脸。之前有几个差不多的,二十岁上下,或胖或瘦,反正光看脸蛋也不会太明显。可能是贪心,她老觉着下一个会更好,更像她,要是来个连镜框都不用戴,头发都不用染的,那才好呢。

晚上十一点多来了个理想的姑娘,好像有镜头在拍她似的,一举一动都那么优雅。那正是李静萍一直想成为的女孩儿,她都想好自己要变成她应该怎么修饰了。可是人家有男友陪着,在门口抽烟等她出票。那时她忽然沮丧起来，好像就要到手的幸福人生又被人抢了回去。

有一阵儿，问自己为什么要这样，为什么那么想和李贺在一起去长春，是因为爱他吗？不应该啊，他们在一起两年了，爱情不该这个时候才来，好像之前都是铺垫，就等着从逃亡开始深爱他，一直到死。她想放弃了，不然回去吧，头蒙在被子里，睡一夜就好了。可是回到哪里？上海那小房间肯定不能去了，老家也不安全，没准儿警察已经找她爸妈了。回不去了，扶着售票机她有点难过，从此再也不是李静萍了。

面前的这个小姑娘却可以回家，比她更瘦更小，刚买张到临沂的票，就给她妈妈打电话，说想吃酥肉了。啥是酥肉，肉炸酥了不是油梭子吗？小姑娘跟妈妈讲，这次回家要多待，饭店干黄了，她暂时不想找工作，得好好想想，她不能端一辈子盘子。

我也不能按一辈子脚，李静萍真想拉她好好唠唠，可是我还得吃一辈子饭。她冲女孩儿点点头，瞅一眼她的票，名字带星号，看身份证号码是九四年的小姑娘。她对李静萍笑笑，似乎回应刚才的点头，把票放好离开售票机。

李静萍闭上眼睛，不敢多看她，就这么等她出大厅。她不能这么干，太小了，比她还要小一岁，人生希望还更多呢。可是她李静萍也不大，她可以替她活下去，比她活得更好，至少不用端碗刷盘子。那就这样吧，我会实现你人生的愿望。她看着她背影，把手伸进裤袋，拇指搓一下刚买的折叠刀，大步跟上去。

警察没来，李静萍也没回来，和衣而睡，李贺做了个奇怪的梦。他梦见自己下地狱，B18层，电梯门刚打开，门口的保安不让他进，说回去领签号排队去，当这是你家啊，说来就来？李贺不高兴了，冲他大骂，我他妈要是知道排队，至于下地狱吗？这时牛头马面蹿出来，把他架上去。拿到签号上面写着,您前面还有三十五个客人。之后他就坐在一楼大堂等,顺便看看别人都是什么德行。直到广播喊他名字,他害怕了,抓着电梯门,不想让它关上,哭着说,让我找我老婆说两句话。这时电话响了。是李静萍打来的,她说在火车站西边的公园,她要他快来,她刚杀了人。

小姑娘还没死,躺地上捂住肚子上的刀口,哼哼唧唧地求李静萍放过她。李静萍握着刀,感觉要双手才能拿得住,她求她小声点儿,不然真的杀了她。李贺在车里看了一会儿,下车找个干爽的地方坐下来,问李静萍这是什么人。她说她也不认识,把她的身份证给他看。那他就明白了,点上一支烟,好半天也不知道说什么好。

"你已经捅她一刀了,干吗不弄死她?"

"她老是跟我说话,老看着我。"

九四年的小姑娘插话求李贺放了她,她什么都不会说的,让她活着就行。

"你怎么活啊!"李贺冲她喊,那语气更像是生李静萍的气,"我给你打120叫救护车吗?"

小姑娘愣了一下,摇头说她可以走出去,她回家自己治。

"血都流这么多了!公园门口你都走不到!你已经差不多了。"

小姑娘傻了,哭着重复她不想死。李贺先不理她,把李静萍的刀拿来看看,骂了一句,说你还特意买把刀。李静萍腾出手在裤子上擦血。

"你带我走吧,我可以跟你一样狠,我这回是真杀人了。"

夜里有点冷,李贺把外套紧一紧,问李静萍:"身上有多少钱?"

李静萍先说自己的,想到他问的应该是小姑娘,伸手在她身上翻一遍。女孩儿呻吟几声,疼得要断气。钱没有多少,有个项链,不知道是真金还是镀金,从脖子上扯下来,递给他。李贺说:"真要是逃命,以后就这么过了,你不能只用她身份证,还要弄几张换着用,日常开销也得找这些人要,你行吗?"

李静萍点点头,她知道他在说什么,平均每人揣五百块钱,凑合两三天,再杀下一个,他们要踩着尸体往前走。

李贺又点支烟,跟小姑娘说:"那你走吧,是死是活,看你的命。"

她说"谢谢,谢谢",连站起来的力气都没有了,双臂撑起来往前蹭。金杯车就在她前面的二百步远,李贺抽着烟看她到底能走多远。

"你疯了吧,"李静萍问李贺,"她记住咱俩了。"

他没说话,望着小姑娘在月光下摇摇晃晃,有几次撑不住了,就在地上趴一下。觉得差不多了,他把烟掐掉,大步上去,抓住女孩儿头发往金杯车里拖,拉开车门他拽出西瓜刀,对着她肚子连捅几刀,最后一脚踹进车里。把车门关上,李贺转回身,搓着双手问李静萍:"让她死那么远,你抬呀?"

16

不出半年许佳明还是进了我画廊。他那时在恋爱,好像是等待一场恋爱,听他的意思是,林宝儿许诺他,一年半载就来到他身边,好好和他大爱一场。听着跟约炮似的,高级点儿叫约爱,还是空头支票。不过许佳明信了,他想跟我签份长约,多赚点钱养林宝儿。于是他主动来上海找我,提议找个地方喝东西。

又是星巴克,和许佳明的第四次星巴克。直到买好咖啡坐到门口,我才意识到，我和他几乎没去过别的地方，一直在这里。我那时和许佳明已经很熟了，说是我最好的朋友也不为过。两个男人从来没在一起喝过酒，我和他之间总隔着点什么，好像一张咖啡桌刚好是我和他的距离。我那天说起这件事，我说我要是能比你晚死几年，有机会给你写传记，我可能就从星巴克写起，和许佳明的二十五次星巴克，多说点，三十次星巴克，每次一个主题，一层一层把你写清楚。不幸言中，没几年我便将这愿望实现了。

我记得那回我们说好了的，晚点都别走，找地方喝点。一直到天黑，两个人谁也没提，看眼时间都起身拿外套，摆出握手的姿势，说常联系，离开上海前给我打个电话。现在想想，这样也不错，还好不是酒肉朋友，每回碰面才能真的聊艺术，我们都害怕走得太近，没那么纯粹了，狐朋狗友有的是，我不愿把许佳明也拉进搂脖抱腰的行列中。

回到正题我问他，想好画什么了吗？我说我尊重一点，按你的方式问，你想画什么，这辈子坚持画什么？我说得够含蓄了，没提过类型、标签、派系，或是投其所好这种字眼。稍作深思，许佳明告诉我，这段时间他想好了，他想画的是看不到的东西，但是值得画下来。我问他是什么，说来听听。

"你不会满意的，我想画的不是某种风格、类型。"他左顾右盼，点上一支烟说，"我想画快乐，画悲伤，画忘乎所以，画永志不忘。"

我以为我听错了，眨着眼睛不知道怎么接。快乐，悲伤，这些倒是存在，可这他妈是什么玩意儿？我努力控制自己别生气，我问他怎么画，你要把忘乎所以画成什么样？他摇摇头说不知道，他不想抄小路，就像表现主义，画些意象来表现悲伤，表现快乐，那不是他要的，他打算真真切切地把这些画出来。

我彻底不想再讨论了，什么都没有，你来找我？话题到此为止，出于礼貌我打听一下他和林宝儿的事，其实我一点都不关心。后来天黑了，我还惦记着说好的晚饭，估计他也一样，我们俩都不想在短时间看见对方。我起身伸手说，今天先到这儿，改天请你吃饭。他也承诺离开上海前会联系我。我俩背对而行，走出百十米远我长舒一口气，每次都想见，每次都这么操蛋。

意外的是他还真给我打电话了，他说他在浦东机场，说好走之前给我打电话。寒暄一两句他直奔主题，他冒出一个词，三垂线定理。

"什么意思？"

"三垂线是立体几何最难的一块，尤其是没标记的，都不知道从何下手。"他解释说，"后来高中老师跟我们讲，其实很简单，就五个字，一找出，二算。只要找到那根线，把它算出来，就只剩技术活了。"

我大致听懂了，他想说服我，如果梦想分两步，他已经完成最难的那部分，找到自己画什么，多少人还不知道人生的三垂线藏在哪儿。我点起一支烟，将电话子机换只耳朵，问他："你要算多久？"

"那得看你什么时候收卷？"

隔着电话我笑了，我又盼望和他喝杯咖啡，好好聊聊。我真想问他什么时候登机，浦东机场有没有星巴克。我没有问，到死他也没能把三垂线解出来。以前我没烧纸的习惯，万一哪天心血来潮给许佳明烧两刀，我一定会告诉他，我来收卷了，这套题没标准答案，因为我也很好奇，悲伤都长什么样。

17

快天亮时他们想再试一次，上回还是在南浦，弄得一塌糊涂。之后谁都没提，这些天就算腻得发慌也没敢试这个。两个人都明白，再一次还不行，就不是偶然事件了。可今天不一样，像个仪式，他们刚刚确定，死亡之前他俩会一直在一起。

刚亲吻到她的嘴，李贺就知道还是不行。他扭头转过身，把落地窗帘拉开。李静萍在身后说，衣服都没脱，你凭什么就放弃？李贺没理她，站在窗前想事情，仿佛思考是良药，可以催情起飞一般。那就洗洗睡吧，她把火车票收好，关上灯，自己钻进被子里。

睡到一半儿她醒了，愣一下神儿知道他进来了。有几次她想推开他，却被他胳膊一拽，更猛烈地顶进去。完事以后他好久没出去，她抓起他胳膊垫在下巴上。他抱紧她，说刚才两个多小时，他只想一件事，一定要让她怀孕，想着想着他就可以了。

她指尖划着他手背，问他是不是想要孩子了。他讲起小时候看的一部电影，好像是一个女魔头到处杀人，无恶不作，最后被警察抓到时也没枪毙，因为怀孕的女人是不能判死刑的。真的假的？他说不知道，要是真的就好了。

"真到那一天，被警察包围，你千万别跟我一起死，你要投降自首，就算坐几十年牢，起码还是活着的。"

真是的，这样她也能哭出来，之后她哭醒好几回，每次都把他胳膊抱紧点继续睡，最后一次她终于不想睡了，半起身望着熟睡的李贺。和苏州河的清晨一样,她要再让自己犹豫一支烟的时间。绝对是最后一支烟,不会容他再跟上来。以前到底为什么呢?她爱他,尤其这几天,越来越深,她想让他也爱她,为了得到他的爱,死多少人她都愿意。今天早上她得到了,李贺亲口讲出来的,只有拼命想怀孕,保住她的命,他才能做出那件事。这太够了,知道他爱她,就别让更多的人死了。

她把烟掐掉,光脚下床,从军用背包里找出西瓜刀,将刀尖抵住他胸口,轻唤他名字。她想再等一会儿,等李贺醒来亲口告诉他,等他听到她说我爱你,再把刀尖插进去。

18

苏州观前街派出所老郑,干了一辈子民警,风平浪静,处理的最大事情也就是肇事逃逸,临了却卷进了这场连环杀人案。找到我的时候,他已经去过湖南,去过东北,去过山东临沂,去过三位受害人的老家。本来不需要去,上海、吴江的案子,苏州的警察,再说都已经是退休过一回的人了,所谓回聘,无非是给你一些打更值班的活儿,熬到六十岁。但是他想去看看,死亡头一回来得这么凶猛,他想知道什么样的人,有颗杀人之心,而什么样的人,生命又如此脆弱。

后一个原因听起来都有些玄虚,然而他还是陷进去了。他先去的山东,九四年小姑娘的老家。那时离刘娟被杀已经过去了半个月,她母亲一直想不明白,当服务员而已,招谁惹谁了,怎么就有人想杀她?他在那边住了三天,临别前她母亲做山东酥肉招待他,告诉他本来是等刘娟回家接风吃的，谁知出了事，这十几天自己也没心思吃这些。这让老郑一阵阵作呕，酥肉是风干的，没有坏，老郑只是恶心，老天爷怎能这么无耻，瞄着好人朝他们扔石头？

魏明义的老家在常德，和刘娟的母亲正好相反，他父亲纳闷儿，儿子怎么现在才死掉？他们父子俩差不多十年没来往了，他无法理解儿子的想法，从小就是，什么作死干什么，小时候爬山上树，等大了就爬珠峰玩漂流。闲聊中老郑感觉他是故意的，他要相信儿子早死了，才能把日子过下去。

他没在他家住，去长沙转了几天。正好借这个机会好好逛逛。快六十岁了，一直在苏州，最远也就去了趟西湖。以前电视里老说什么文化旅行、美食地图，那他算什么，沿着死亡的味道，寻找他们出生的地方。挺好，他喜欢这说法。在长沙他逛了天心阁和橘子洲头，吃了臭豆腐小炒肉。离开湖南前他又回一次常德，他想告诉魏明义的父亲，你儿子爱冒险、爱挑战，是好是坏我不知道，但他不是作死的，他是被人杀死的，仅仅是因为，两个逃犯想用他的身份证住酒店，就把他像猪一样的宰了。

可能这事办砸了，他不确定魏明义的父亲会好一些，还是更难受。回到苏州他就开始自责，以至于最后一个都不想去了。那是许佳明，也是最初的一个，一直拖到冬天才动身。这期间他一直在研究许佳明的卷宗，发现他才是最该回访的人。算上李贺和李静萍，五个家庭只有许佳明的家里有杀人犯，他继父于勒还在监狱服刑，罪行是越狱杀人。这是老许想不通的地方，越狱杀了七个人，按理说早该枪毙了。

过完正月十五他就去了东北，飞机上还能看见夜空里的烟花。在铁北监狱他见到了比李贺还要冷血的于勒，不像他想的那样，许佳明的继父是聋哑人，他们只能隔着窗子写字条。文字交流没时间寒暄，老郑写的第一句话就是:"你的继子许佳明,去年被杀了。"

他把字条递过去,扭头不愿看于勒的脸。他是没哭泣,聋哑人也不能说话,可那是好长时间的悲伤。隔着玻璃窗,没法说话,没法拍他肩膀,于勒硬把难受挺过去,写凶手为什么要杀许佳明。老郑也不知道。于勒摇头,杀人怎么能没有原因?老郑叹口气写下来,因为杀他的人死了,被另一个人杀死的,所以,谁也不知道许佳明为什么被杀。

窗户那边于勒打了一串手语,老郑看不懂,后来想想于勒并不是跟他讲话,这有点像发泄,要么就是打给老天爷的。于勒还想问,写写又划掉了,凶手是谁,另一个人是谁,是怎么杀的?既然他划掉,老郑也只是讲出来,另一个人是凶手的未婚妻,两人想好,想白头偕老,可这得以更多人的死为代价,可能是良心发现吧,她杀死李贺就自首了。写字条还是挺奇妙的,想问又问不出口的话,在纸上却看得一清二楚。

临别前于勒想拜托他两件事,头一个是他儿子是画家,可他一幅许佳明的画也没有,他托老郑搞一幅,好挂在牢房的墙上。这也是老郑辗转找到我的原因。第二件事是,许佳明还有个母亲在精神病院,不管她是否清醒,把这事告诉她,许玲玲时好时坏,但这句话能烙在她心里。于勒相信不管病情有多严重,死前一刻老天爷肯定会给她十秒钟的清醒,把这辈子过一遍,等那时她想起这句话,知道儿子不在了,也能少一些留恋。

照着于勒给的地址,老郑最后一站去了四平。难以想象,他们两口子当年是怎么过到一起的,于勒是聋哑人,一声不吭,许玲玲却话多得要死,除了吃饭睡觉就是讲,只是她不对人讲,压着腿冲歪脖子树说个不停。一下午老郑都站在树的这一侧看她说,等她喝水的空隙,连忙把这句话告诉她:"许玲玲,你儿子许佳明死了。"

许玲玲停了几秒钟,拧上瓶盖对歪脖子树失控般吼道:"这回你高兴了吧,许佳明也死了,你把我彻底毁了,你满意了吧!"

老郑后来听明白了,那个"你"是许国志,许佳明外公,一九五〇年离开许玲玲的母亲去鸭绿江,不出半年全连都被炸死在清江川。老许还活着,他害怕了,回不了国,又不敢去找大部队,一分钟战场也不想再上,改名易姓在朝鲜当农民,晃荡了几年,"三八线"都停战一年多了,他游过鸭绿江从延边回来。他悄悄溜回家,他儿子前年肺结核没了,老婆成了烈士家属。烈士家属有了新家,一个陌生的男人,一个半岁的女儿,那时玲玲还不姓许。

这是一个怎样的家庭,一家四口人,爸爸,妈妈,女儿,还有一个早该牺牲的烈士。老郑也沾到过那个年代的尾巴,他能理解那种无奈,三个成年人都害怕,对丈夫而言,如果不是烈士,就要把房子和粮票收回去,老婆和女儿怎么活;老许那边也害怕,不是烈士,就有可能是叛徒,凭什么全连死了就你还活着,为什么不联系营部?

四个人在同一屋檐下生活了三年,打记事起玲玲管老许叫大伯,是爸爸从唐山来的表哥。直到有一天快四岁的玲玲在清晨醒来,意识到爸妈已经出差好几个月了,她才明白,他们再也回不来了。到底发生了什么事,玲玲问了几十年。光是老郑在这儿的一个下午,她就对歪脖子树问过三五遍,你都干什么了,你怎么弄死他俩的,你为什么把我改姓许,为什么逼我叫你爸?最后一遍许玲玲加了一句话:"你说啊,你把我妈爸埋在哪儿?我要把佳明也埋过去。"

19

  本来老郑还想去李贺、李静萍的家里看看，后来还是放弃了。太远了，比东北还要远，李贺住青海黄南州，李静萍在果洛州，也是青海，两个孩子是在上海认识的。庭审的几天，家属也没来，李贺父母是没脸见人，再加上穷，反正儿子已然没了，长途电话里反复表态听从党和政府的安排。李静萍家倒是筹到了路费，买了往返的火车票，可当他们听说女儿有身孕，又把票退了。他们想等孩子生下再过去，把外孙抱回青海，所谓钱要用在刀刃上。真是的，那么远，干吗还要成双结对地跑过来，客死异乡都没钱收尸。

  老郑求我挑一幅许佳明的画送给于勒。我手头他的画不多，十来幅的样子，况且没多大影响力。除了极小一部分成功的，许佳明可能成了六十九亿九千九百万中的一员，怎么来怎么走，带不走没什么，也没留下令人记住他的东西。不过重新看他的作品，感觉会不一样，我以前疑惑过，他的画风过于绚烂了，以及一个人怎么能到了二十三岁，无缘无故地想画画？现在明白了，许佳明在哑巴楼长大，有意无意的画面都是比语言更有效的表达。

  我从《空城》系列挑出一幅带给老郑，我说这画讲的是思念，算是给他继父的一个念想。回苏州前我和老郑去了趟青浦，李静萍在这里服刑。我不知道这笔账是怎么算的，第一、第二受害人许佳明和魏明义并非被告所害，算是窝藏罪；第三受害人刘娟是故意伤害，致命一击是李贺干的；至于第四受害人李贺则是故意杀人，但也是为了遏制罪恶的进一步蔓延；考虑到自首情节，三罪并罚，李静萍被判无期徒刑。被告无异议，不上诉，虽然也是在监狱里待一辈子，听起来比死缓要轻一些。

法院没怎么提李静萍怀孕这件事，去青浦的路上我问老郑是真的吗，孕妇不被判死刑。老郑点点头，他说不但这个不能判，哪怕她在监狱里不小心流产了，都不能死刑，而且还要轻判。我开着车，往前一段封路，并道有点堵，这让我好一阵儿没说话。路段恢复正常，我说，这不公平，这会让孕妇故意做坏事。

"首先有没有死刑都没人愿意坐牢。"老郑顿一下，摆弄烟盒。我说你抽吧，没事，我的车又不是星巴克。这让他一愣，点着烟长吸一口说："再就是，没有一个母亲不想给孩子积点德，怀着孕还要去杀人的。"

青浦监狱比青浦还要远，而且又是上海外籍犯人的关押点，肤色纷杂，在探监室坐上十分钟，感觉又回到了陆家嘴。李静萍是被人搀着出来的，没手铐，没脚铐，八个多月的身孕比任何铁链都管用。她见过老郑，在苏州审了她一下午，算是她认识的第一个警察。然而她不记得我，老郑介绍我是许佳明的朋友。李静萍对我点点头，最后一下稍微一顿，索性尽可能地鞠个躬。我其实有气，我本来想说许佳明死了，你跟我鞠躬道歉没用，你和李贺抛尸那天对许佳明鞠过躬没有，你把他脑袋敲烂时道过歉没有。可是说不出来，那么大肚子，人家法院都已经人性化了，我少说两句还是应该的。

那天是老郑跟她说得多，还带了些孩子衣服给她。我坐在旁边一语不发，有一阵儿都出现幻觉了，感觉我是替许佳明来的，之后就一直在揣测，要是许佳明坐在这儿，他能对眼前这个不到二十岁的小姑娘说点什么，他会不会原谅她？

许佳明可能这么说，我已经原谅了杀死我的那个人。但我无法原谅，趁他俩不说话时，我对李静萍说，你杀死的那个人叫许佳明，是个画家，其实他最近过得也不好，婚姻失败，没灵感创作，身上一贫如洗，可能你不杀他，他也活不了几年，但他想好，不是说活得有多久，他想从此以后做点牛逼事，离梦想近一点，离库巴城堡近一点，所以你们不能这样。

"因为，只有疾病和意外才能夺走他生命，但你和李贺没有这权利，你们没资格杀他！"

说着说着我有点激动，一时间眼泪都上来了，我问她，你们为什么杀他，凭什么弄死他。李静萍低着头说真的不知道，人是李贺杀的。一时间三个人谁也不说话，好像都难过得需要安慰。后来我们又扯回孩子，李静萍求老郑，在外地找个靠谱的孤儿院，她不想孩子回老家，她怕杀人犯的孩子被人瞧不起。老郑不置可否，下个月孩子的外公外婆就要从青海过来了，到时候他再来次上海，跟两位老人谈一谈。

会面时间大概有十五分钟，狱警通知时间到的时候，李静萍又使劲对我鞠个躬。我摇摇头，就这样吧，你好好养胎。差不多要进去时，她转回身告诉我："锤子是许佳明的，是李贺从他手上抢过来的，许佳明随身带着，李贺说，就算他没杀他，许佳明也会去杀别人。"

回去的路上下雨了，雨点啪嗒啪嗒打在前窗上，眼看着天要黑了，我劝老郑今晚别回苏州了，不行就去我那儿将就一夜。老郑也在犹豫，含糊其辞地说，到上海再看。之后我就一支支地抽烟，把车窗开道缝儿，任雨水打进来。也许是发现我情绪不对劲儿，也许是他想领我的情，老郑拐着弯地又聊起许佳明。他打听许佳明是个什么样的人，如果好人是十分，坏人是零分，许佳明可以打几分？这种算法有意思，可真要是打分，还真是无从下手。我说我没觉着他多好，当然也不是个坏人，可能有时候人品是可以靠智商来弥补的。老郑没明白，他得想想这句话的逻辑。我解释说人都自私，都想把你的变成我的，我坑你一百块钱，那是我人品有问题，但如果我想点儿办法从你身上赚一百块钱，那就跟人品无关了。老郑哈哈大笑，他喜欢这说法，仿佛这句话一下子解决了他快六十年的人生困惑似的，呃摸了半天。

车进外环时他问我，要是李静萍说的是真的，许佳明是要杀谁，他买了一把铁锤，他那天到底要见谁。我又点一支烟，我说他要见我，我们下午见面，一起喝了咖啡，不到七点我们就散了。

"出事的时间是十点多，"老郑说，"这中间有三个小时，他正准备赴约，或者已经跟那个人见了面。"想到有这个可能性，想到在某个阴暗角落，还藏着一具被许佳明杀死的尸体，老郑兴奋起来。他求我仔细回想，许佳明有没有跟别人结过仇，或是，有没有哪个朋友消失太久没联系。

前方是我家和火车站的岔口，我放慢速度问他是回苏州，还是去我家。这一次他更犹豫了，似乎要取决于我能不能想出来这个早就死了的仇人，留他在上海调查。我先出外环，把车停辅路上，关上雨刷，雨水将车窗打得一片模糊。我应该告诉他，让他去做决定，我说："许佳明那天见的我，下午见面，晚上他没见任何一个人，他也不打算再见谁了，因为他想杀死的那个人，就是我。"

20

就像我一开始说的，和许佳明第五次星巴克时，他忽然跟我谈起梦想。回头想想是许佳明约的我，他说他来上海，问我出来坐坐。我当时不是很想见他，他过得不好，和林宝儿刚离婚，小半年没画出什么像样的东西，也许手头也没几个钱。我不愿意花一下午的时间陪他吃饭，听他诉苦，再借点钱祝他一路顺风。但这些都是胡扯，真正的原因是我不小心睡了林宝儿，虽然只有一次，虽然有一段时间了，然而依然是人生之耻。后悔也没用，倘若我还没有勇气自杀，就要得把事情瞒下去。

我们约在下午三点，在那之前他有足够的时间，弄到一把锤子，然后他就一直坐在店门口的遮阳伞下等着我。差不多四点钟我姗姗来迟。他左手握着咖啡杯，右手一直摸着包里的锤子盯着我看，他想听听我会说什么，他想知道我是不是还当他是傻逼，顾左右而言他。

结果就是这样，我讲了埃塞俄比亚的东非菜，讲了家里就不该装子母机，讲了这十几年的美术史，有人拼搏了一辈子，为的就是几句中肯的评价。这时他把右手抽出来，双手去握咖啡杯，他问我超级玛丽应该干什么，他说李小天，咱不玩了，收收心，好好干几件牛逼事，画几幅牛逼画，好多惊天动地的大事等着咱们去干呢。可能那个时候他一下子明白，我不配令他以命相抵，我只是李小天，不是库巴，如果梦想是抵达库巴城堡，我充其量也只是路途中的某个乌龟怪兽，超级玛丽绝不会冒着危险和哪个小角色纠缠不清，他很清楚，踩不到就往前走，把我抛在身后，越快越好，碧琪公主还在前面等着他。

可是许佳明，没几个小时你就死了，你真的在往前走一些吗？要是没能更靠近，就应该折回来把我踩死，要知道这一两年我像乌龟一般在星巴克的桌子间反复巡视，比死更痛苦。

21

许佳明是第一个受害人,他的凶手李贺成了第四受害人,而最终活下来的李静萍正在青浦服刑,看起来一切都结束了,只是最初的那个疑惑,许佳明和李贺,画家与司机,两个看似毫无交集的人,是怎么结的仇?这成了老郑的心病,就像去山东、湖南、东北一样,没人命令他,但他想知道那个玄妙的问题,人与人的谋杀之心是因何而生?

观前街派出所的空调早就修好了,也许还会坏,反正可以到冷饮店打发时间。老郑在那儿当了一辈子警察,我怀疑这是他遇见的第一场命案,而且不归他管,还是死咬着不放。之后差不多一年多,老郑只要是休息都会来上海,要么周六,要么周日,早上来,晚上走。拿着许佳明的照片,他把上海所有的五金店都走遍了。

临退休前他找我一起吃了个饭,当时约在老西门的孔乙己。他强调要他来请,拿着菜单看半天却不知道点什么,后来干脆让服务员先去忙,随便指着某个菜的照片对我说:"我找到那家超市了。"

"超市?"我没反应过来他要说什么。

"不光是五金店,超市也卖锤子。"他告诉我,那家超市在船舫路,豫园那边,上海最短的马路,只有十九米,浦西他都找遍了,居然在这么不起眼的地方。许佳明上午下火车,中午在那边买的锤子,没用上,我们都知道。"跟你分开后,他想把锤子退掉,那天晚上,他又去了第二回。"

看来老郑是不行了,我来点菜吧,肯定也不能让老人家请。等菜的时候老郑点支烟，被服务员劝阻后，想出去抽完。我起身陪他到门口抽烟，两人背对正门，面朝日落的街道，就像和许佳明的第一次星巴克。老郑说，是一个叫张玲的收银员认出的许佳明。

一年多了，早该忘记的，不过她一直在猜，那天店里发生的事，会不会和第二天苏州河的尸体有关系。张玲回忆那天是周末，照片上这男的进门时已经很晚了，他想退掉锤子。这事不归张玲管，她只是离门最近的那个收银员，她说有小票的话，可以替他去问问经理。显然是没有留，许佳明摇摇头说算了，将锤子放回包里，推车进去买东西。再出来时许佳明是在旁边排的队，当时人多，加上快打烊，算是收银员一天最忙的时刻，要不是许佳明跟人起了冲突，差点儿打一架，张玲可能永远不会在意，这个买了锤子又想退掉的男人。她没看见另一个男孩儿，脸被拉架的人们挡住了，几天后小区里贴着李贺的通缉令，她也只是瞎猜，是不是这个人。

给李贺收银的小姑娘已经辞职了，老郑在超市又问了几个收银员和保安，没几个记起来的，他们可没有张玲那样的想象力，把这事和命案联系到一起。这事太多了，在超市每天都会有人插队，前面的赶时间，后面的抱怨，大都是息事宁人，只不过这次后面的人发火了，只不过这次插队的人，脾气更火爆。

有个保洁阿姨能说上一些，她说后来的那个小伙子买的不多，好像是巧克力什么的，没推车，没拎框，很顺利地挤到前面去了，排队的人自然不高兴，提醒他别加塞，小伙子回瞪他们，同时让收银的小姑娘快点，他赶时间。

我他妈要是知道排队，至于下地狱吗？

我在电梯里的通缉令上见到过这种回瞪的眼神，虽然证件照对每个人都是噩梦，但李贺绝对是眼神最凶的那一个。不是不敢拦他，只是没必要讨嫌，大不了多等两分钟。许佳明也在这一排，他那天出头说李贺，可能是心情不好，这倒也是，他放过了李小天，可不想再受别人的气。于是李贺在等找零时，听到许佳明对他喊："滚到后面去！"

保洁阿姨说，夹塞的小伙子冲过去踹了他一脚，肯定是不对。但她挺同情这个孩子的，因为大家都对他有气，其实是拉偏架，有人趁乱下了黑脚。他们把李贺放倒，让他对许佳明道歉。李贺的脸被众人按在地上，嘴上虽然不骂了，可心里不服软，一直瞪着许佳明付账找零。拉架的人已经在防止李贺会报复，直到许佳明离开收银台，坐扶梯上了二楼，才松开李贺的头。

许佳明不该再逛了，他应该走出超市就消失在上海，二楼逛完逛三楼，李贺一直在超市门口等着他，直到他走出大门，一路跟住他，找个没人的地方对他下手。后面的事情老郑查不出来，他相信李静萍没说谎，李贺开始并没打算弄死他，估计想打伤他，出这口恶气，锤子是许佳明拽出来自卫的。可是你怎么这么笨，怎么拿着家伙，还被李贺上了手？

抽完烟我们好好吃了一顿，老郑说查清这些，他终于可以回苏州办退休了。他无法释怀这么小的事引起这么大的仇，这是不是就是谋杀之心，以及被杀的宿命？如果超市的人冷静一点，别让李贺受辱，如果许佳明走远一点，别让李贺跟上，也许这事就过去了，许佳明继续画他的画，李贺继续爱着他的李静萍。而我难过的是，命运还真是个无耻恶童，不该死的时候你让许佳明去死，而且又让他死得如此屈辱。许佳明有他的梦想，有他的爱恨情仇，生命终止的原因千万种，疾病、谋杀、车祸、枪毙、自杀、溺水、中毒等等这一切，要是碰上也就认了，可你却让许佳明像蟑螂一样，被人用脚底板碾死。

22

许佳明走后的第三年夏天，我在朋友的婚礼上见到了林宝儿。我和她没联系，以前也没有，无意见过一面，无意犯下错事。婚礼结束后我们约到星巴克坐坐，我回家把许佳明的《你在哪》拿给她。

没别的遗物了，我们一时没话说。喝过第一杯，我说这两年都在想，许佳明死前，第一次有了梦想，真正明白自己要干什么，可是三个多小时之后他就死了，与其这般，这个时候的梦想是否还有意义，梦想会不会朽？我好像跟他并不熟，就见过几回面，还每次都是在星巴克，第四次吧，我们两个都发现这规律了，许佳明还特意买了本梅尔维尔的《白鲸》，星巴克来自小说里大副的名字，水手都是烂酒鬼，唯有星巴克喜欢喝咖啡，许佳明死后我把这书读了，没觉得好看，但也还好，这书老被解读成是大自然的力量和人类的抗争，我感觉不是，我感觉梅尔维尔要谈的是梦想，这些水手靠捕鲸吃饭，梦想是白鲸，但大海里上万条白鲸，跟我们这时代一样，上万个梦想，干什么都行，这个不好抓换那个，直到有条白鲸咬了水手一口，他们来劲了，别的白鲸不要，就可着这条追，甚至还给它起名字了，莫比迪克，拼了命地抓它，后来只活下一个，全船的人都死了，就像许佳明，莫比迪克这个梦想没抓到，却为此丧了命。那这一船人的梦想听起来值吗？有意义吗？

我点点头，把最后一句话讲出来："梦想会不朽，因为活下来的那一个，把莫比迪克抓到了。"

本来说好晚点儿回到婚礼上，因为不想再见到我，林宝儿提前离开了上海。不算太愉快,但总还是个交代。她走后我一直在原地呆坐着,脑子一片空白,也许是死后的感觉。

后来起风了,街上的人加快脚步从我身边走过。随着几声雷,大片大片的雨点打在遮阳伞上,旁边的几桌客人也都捧着咖啡杯跑进店里面。服务生出来收杯,建议我进去坐坐。手忙脚乱将鲜奶糖浆弄翻在桌上。牛奶顺着风的方向在桌面往下淌,直到被一摊糖浆阻断,才从两侧绕过去,在糖浆的另一侧**白色流淌一片**。我跟服务生说,不用管我,让我在这儿坐一会儿。他摇摇头,留我一个人在大雨中。

雨越下越大,到晚上除了遮阳伞下这一块地是干的,整个上海已经升起一米多的水位,满大街的汽车无序地浮在水面上,偶尔出行的人们顶着到胸口的积水使劲往前走。又一道一道闪电后,一艘小船碰碰车一般撞开几辆汽车,从大街对面划过来。我以为是幻觉,但小船离我越来越近,差不多十来米的时候,我看到是许佳明在划桨。

他停船抛锚,将船绳拴在遮阳伞的铁杆上,从船上跳下来坐到我对面,把背包卸下来放在腿上,皱眉看着我桌上仅有的一杯咖啡。

"我的咖啡呢?"见星巴克已经关门,他拿起我的杯子,犹豫一下,不愿蹭我的,放下来问我,"你是不是有病啊,这么大的雨天,还要约到这儿来?"

我一时语塞,结结巴巴问:"你还好吗,许佳明?"

可能不好,可能很好,过得很充实。那天与我分开后,他哪儿也没去,就留在上海,用那把锤子造出这艘木船,当作他的画室,这两年多他一直漂在苏州河,他没有上过岸,就闷在他的画室里,要不是碰上这么大的雨,河水上涨,他才不会离开他的第三河岸。

他是来交卷的,库巴城堡还在那里,他已努力通了几关。他从包里掏出几幅画,一张张给我看。一打眼我就知道第一幅是快乐,说不上为什么,一片片白云手拉手一般连在一起,将硕大的太阳圈成一个小圆脸;第二幅是悲伤,四五个老人,每人守住一个雪地上的树桩;也许第三幅算永志不忘,骑单车的少年疯狂向迎面的卡车撞去;我喜欢第四幅,一座雪山,一条沉满白沙的冰河,真的是忘乎所以,我不知道许佳明在远处画了什么,上面所呈现的就像是,你能看到的,最远的地方;只有最后一幅我无法命名,一个女孩儿躲在面膜下面哭泣,我知道那是林宝儿,等待他来营救的碧琪公主。

我轻轻摸着每一幅画,我说真好,你画得真好。他知道我会惊叹,来之前就已经想到了。他说这两年他什么都没干,好像饭都没怎么吃,他的世界只有绘画与思念,偶尔闭上眼睛,他就能看到画上的每一个细节。超级玛丽一路要经过无数个烟囱,但有一个能够直通第九关。他说,别着急,他就要找到那个烟囱了,他一定可以到那里。

我可能一直在哭,看着他眉飞色舞讲述他的苦。后来我终于忍不住了,我应该把真相告诉他,我说:"许佳明,别这么苦着你自己了,随心所欲一点吧,不要再为梦想所累,因为你已经死了。"

这像个暂停键,超级玛丽也会定在空中。许佳明看看四周的大雨,拿起我的烟,咬了半天也没有点上,大声问我开什么玩笑,人死了还可能画画吗,况且还能画出天才之作吗?

"但你是死了,"我说,"你可能知道,只是不承认。你死在苏州河,看看周围,怎么能有这么大的雨,让你划着船来星巴克?你说你这一年多谁也没见,哪儿也没去,是因为你见不到,去不了,你再看看你的画,一点都没有湿,那些是假的。咖啡呢,你拿了我的杯子,但根本喝不进去,你嘴上叼着的烟还没点,因为你抽不动。许佳明,你完了,这个真实世界再也没有你了。"

他早就知道,我不是在提醒他,我只是戳穿他。许佳明瞪着眼睛咽唾沫,深吸一口气,警告我再也别想看到他的画。

"李小天,你在嫉妒我,你就是个懦夫!我有的你都想有,但你永远都不会有!你不配跟我比,你也不配再见到我!"

他抹抹眼睛,那里早已流不出眼泪,转身把画放进背包,回到船上收绳起锚。就像以往那些《和许佳明的六次星巴克》,就像他提前离场的盛宴,我留在伞下看他启程,双手握桨在雨中艰难前行,直到小船被汽车挡住,直到他消失不见。

从此以后,没有人再见到许佳明。

创 作 谈

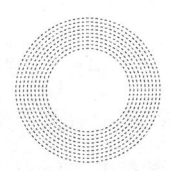

二〇一〇年十月,《为他准备的谋杀》就要截稿的时候,我在西安的城中村闲逛,去考虑《谋杀》结局应该如何处理。也就是在那时,我决定下本书就去写《白色流淌一片》,关于许佳明的一生。只是我没想到这本书要写这么久,差不多每一章都写了两遍以上,除去《遗腹子》《我私人的林宝儿》,剩下的几篇还不止两遍。第六章《和许佳明的六次星巴克》,一稿敲完最后一个字,已经到了二〇一四年的正月初七。前后三年多,四十个月,平均每篇差不多要写半年。虽然这期间我也做了一些琐碎的工作,但熟识我的朋友都知道,我人是陷在《白色流淌一片》里面的,我没有力气而且也不敢将自己拔出来。

斯蒂芬金说过这样的话,一本小说不要写太久,趁你对它还有热情抓紧写完。我所谓的不敢将自己拔出来,就是担心我对《白色流淌一片》的热情会消退。小说前面好写,有意无意地挖了几个坑,越往后写越艰难,既要把坑填上,又要让它成为独立的作品。到最后一章,《和许佳明的六次星巴克》,我已经不知道还能再讲点什么,前面全是坑,我总要将它们填上;第一章《遗腹子》留了个尾巴,林宝儿不想告诉修志博自己的过往,因为她不想错过眼前这个好男人。当时有人问我,林宝儿到底怎么了,我说不知道。对方不满意我的答案,但我是真的不知道,即使写完《手语者》一稿的时候,我都不清楚林宝儿是怎么回事。

直到十个月后,我写《手语者》第三稿,我才真正看清楚,林宝儿是什么样的一个人。

《白色流淌一片》六个章节,基本都是在《人民文学》发表,感谢编辑马小淘对我的信任。大概到二〇一一年十一月,第三章《六十号信箱》定稿后,我陆续收获前两章《遗腹子》及《花园酒店》的一些奖项,这种感觉很有趣,我一般不在写作中连载,更没有过正写着后几章,却收到前几章授奖邀请,那是一种奇怪的压力,超过自律自阉,得意退去就会想,前两章已经是他们眼中的年度最佳,这章怎么办,写掉了得多丢人。有那么一阵儿,我跟失语似的一个字也写不出来。

还好后面的没令人失望,还好现在的《白色流淌一片》胜过几年前我脑海中的《白色流淌一片》。我不清楚别人,只是我自己,最近十几年,总有那么几个故事在脑子里反复回荡,身为作家,我能做的就是在合适的时机把合适的那一个挑出来,一行一行地敲在电脑上,努力希望这比我一直构思的还要好,努力希望你会喜欢。

二〇一四年七月二十九日

读完本书意犹未尽?
诚邀您关注"美读"微信公众号
与众多趣味相投的人一起分享生活之美